KRÜGER

Judith Pinnow

Die Prophezeiung der Giraffe

Roman

KRÜGER

Erschienen bei FISCHER Krüger

Dieses Werk wurde vermittelt durch die Literarische Agentur
Thomas Schlück GmbH, 30161 Hannover

Satz: Pinkuin Satz und Datentechnik, Berlin
Druck und Bindung: CPI books GmbH, Leck
Printed in Germany
ISBN 978-3-8105-3060-8

Für Hilo und alle anderen
Lehrerinnen mit Herz

Eine Woche vorher

Hinterher weiß man alles besser. Ich hätte diese letzte ruhige Woche genießen sollen, aber ich hatte ja keine Ahnung, was bald auf mich zukommen würde. Meine Hortensien vor dem Haus waren noch komplett unversehrt und zeigten die ersten Blüten. Es ist jedes Jahr eine kleine Überraschung, welche Farbe sie bekommen. Meine Mutter hat sie früher mit einer speziellen Flüssigkeit gegossen, damit sie immer schön blau blühen. Ich mache das nicht, und so sind sie mal pink, mal lila und seltsamerweise ab und zu auch noch blau. Blau mag ich sie am liebsten, weil es mich an meine Mutter erinnert. Maja ist seit zehn Jahren tot, aber ich habe sehr viele Dinge, die mich an sie erinnern. Schließlich lebe ich in ihrem wunderschönen Haus mit dem viel zu großen, inzwischen ziemlich verwilderten Garten. Ich weiß nicht, wie Maja das früher geschafft hat. Kein Mensch kann so einen großen Garten in Schuss halten, deshalb konzentriere ich mich auf den Vorgarten mit den Hortensien und lasse hinten alles wuchern. So eine Sommerwiese hat absolut ihren Reiz zwischen den alten Bäumen. Jedes Mal, wenn mein Bruder Sebastian mit seiner Familie hier ist, sagt er: »Ich komme mal nächste Woche mit meiner Astschere die Bäume schneiden«, aber er kommt natürlich nie, und so bleiben sie, wie sie sind. Von der Terrasse aus kann man die Schaukel sehen, die ich, wie alle glauben, für meine Nichten Liz und Sophie aufgehängt habe. Die Wahrheit ist, dass ich selbst richtig gern schaukle.

Ich stoße mich mit meinen Füßen vom Boden ab und nehme ordentlich Schwung. Meine langen Haare fliegen hinter mir her, und ich fühle mich leicht. Die Seile der Schaukel sind an einem Ast ganz oben in der alten Kirsche angebracht. Mein Nachbar Friedhelm hat sie damals für mich befestigt. Es schaukelt sich anders mit so langen Seilen. Es ist ein bisschen wie fliegen. Ab und zu schaukeln meine Freunde bei mir, aber nie lange, sonst wird ihnen schwindelig. Angeblich kann das Gleichgewichtsorgan mit fortschreitendem Alter solche Bewegungen nicht mehr gut verarbeiten. Kaum einer kann mit vierzig plus noch richtig hoch schaukeln, was doch wirklich schade ist. Bei mir funktioniert es noch, vielleicht ist es auch einfach eine Übungssache.

Geübt bin ich jedenfalls. Jeden Morgen vor der Arbeit, wenn andere Leute laufen, setze ich mich auf meine Schaukel. Ich habe ein kleines Ritual entwickelt: Erst fasse ich die Schaukelseile an, setze mich aber noch nicht hin. Ich gehe einige Schritte rückwärts, so dass das Brett genau auf der Höhe meines Pos hängt. Wenn ich bereit bin, sage ich leise »Guten Morgen, Hanna« zu mir, ziehe mich dann mit den Armen ein Stück nach oben und lande schon im Losschwingen auf dem Brett. Dann schwinge ich konzentriert hin und her und gewinne an Höhe.

Ich brauche genau siebenmal Vor- und Zurückschwingen, um auf eine optimale Schaukelhöhe zu kommen. Dazu gehört allerdings eine gewisse Körperspannung. Auf der perfekten Höhe angekommen, schaukle ich weiter und sortiere im Kopf meinen Tag. Was ist heute wichtig? Wie will ich mich fühlen? Was nehme ich mir heute vor? Die Antworten auf die Fragen sind ganz und gar nicht bedeutungsvoll. Aber mir hilft dieses Morgenritual irgendwie.

Wenn ich mit meinem Sortieren fertig bin, kommt der Genussteil. Ich lege den Kopf so weit in den Nacken, dass alles auf dem Kopf steht, und lasse mich treiben. Manchmal schließe ich dabei die Augen. Heute lasse ich sie offen. Abwechselnd fliegen die Baumkrone und Teile des Gartens an mir vorbei. Baumkrone, Garten, Baumkrone, Garten, Baumkrone, Frau mit bunter Strickjacke.

Ich komme aus dem Rhythmus, weil ich mich abrupt aufrichte. Die Schaukel schlingert, ich drehe mich um, will die Frau mit der bunten Strickjacke sehen, aber die ist verschwunden. Ich rekonstruiere noch einmal, wo im Garten ich sie über Kopf gesehen habe, aber da ist nichts. Vielleicht waren es nur ein paar bunte Wiesenblumen, die mein Gehirn zu einer bunten Strickjacke zusammengesetzt hat. Zögernd schaukle ich weiter. Nach kurzer Zeit höre ich auf. Jedes Schaukeln wird mit einem präzisen Abspringen beendet. Ich springe immer auf die gleiche Stelle. Das Gras weiß das schon und wächst dort nur noch spärlich.

Von der Terrasse aus schaue ich noch mal in den Garten. Keine Frau mit bunter Strickjacke zu entdecken. Dafür sehe ich einen grünen Papagei hinten links auf dem Pflaumenbaum. Ab und zu verirrt sich einer der in unserer Stadt freilebenden Papageien in meinen Garten. In den sechziger Jahren sollen ein paar von ihnen aus dem Zoo ausgebüxt sein, und seitdem haben sie sich fröhlich vermehrt. Ich mag sie gern mit ihrem roten Schnabel und dem immer etwas geneigten Kopf. Tage, an denen ich einen grünen Papagei im Garten entdecke, sind gute Tage, daran wird auch eine Strickjackenhalluzination nichts ändern.

Ich nehme mir immer vor, um Viertel vor acht in der Schule zu sein, aber dann ist doch noch dies und das zu tun. Mal muss ich noch schnell die Spülmaschine einschalten, mal gefällt mir im letzten Moment meine Frisur nicht, und ich mache hastig meinen geflochtenen Zopf auf, um mir die Haare in einem Dutt oben auf dem Kopf zusammenzuknüllen. Je unordentlicher, umso besser. Einer meiner Schüler hat das mal liebevoll als Vogelnest betitelt. Ich bin Lehrerin. An der Art und Weise, wie andere Menschen meine Berufsbezeichnung wiederholen, kann ich sofort erkennen, was sie davon halten. Die meisten haben schlechte Erfahrungen mit Lehrern gemacht. Damals in ihrer eigenen Schulzeit oder, noch schwerwiegender, bei ihren Kindern. Ein wenig besänftigt es sie, wenn ich sage, dass ich Grundschullehrerin bin. Ich falle dann unter die Rubrik »harmlos«. Es dauert oft eine harte halbe Stunde, um aus der »Bastel- und Blümchenschublade« wieder herauszukommen. Dabei bastle ich gar nicht gern. Jeder hat ja Aufgaben in seinem Job, die er nicht so leiden kann. Ansonsten finde ich meinen Beruf jedoch einfach unheimlich sinnvoll, und sinnvolle Dinge zu tun, dazu sind wir schließlich auf der Welt.

Ich schwinge mich auf mein Rad und fahre die zwei Komma vier Kilometer zur Schule. Auf das Komma vier lege ich Wert, denn mit Hin- und Rückweg sind das schon Komma acht, also fast ein ganzer Kilometer mehr, den man nicht unter den Tisch fallen lassen sollte. Wenn es drauf ankommt, kann ich sehr genau sein, auch wenn meine Frisur aussieht wie ein Vogelnest.

Es ist so warm, dass ich ohne Jacke fahren kann. Ich habe einen blöden Ohrwurm im Kopf, einen Song, den ich gestern gehört habe. In dem Text sitzt einer auf dem Bett und isst Steine. Ich finde die Vorstellung, wie jemand in Steine beißt, fürchterlich. Sofort tun mir alle Zähne weh, und ich muss mit der Zunge über meine Zahnreihen fahren, um zu testen, ob sie noch in Ordnung sind. Auf dem Bett sitzen und Steine essen ergibt nun wirklich überhaupt keinen Sinn. Ich versuche, den Text umzudichten in: Sitze auf dem Bett und esse Schokolade. Das sind leider zu viele Silben. Stei-ne hat nur zwei. Vielleicht kann ich etwas anderes nehmen, was sich auf »esse Steine« reimt. Flicke Beine. Sitze auf dem Bett und flicke Beine, singe ich probeweise vor mich hin, leise, weil ich jetzt mit anderen Fahrradfahrern zusammen an einer Ampel stehe. »He, Kollegin«, ruft mir einer von ihnen zu.

»Hallo, Ulli, na, machen wir ein Wettrennen?«

Er lacht etwas verlegen, und bevor er antworten muss, wird die Ampel grün. Ulli ist Sportlehrer und würde niemals ein Wettrennen gegen eine moppelige Frau fahren. Das ist das Gute daran, wenn man Kleidergröße 46 trägt. Man muss der Welt nichts beweisen, kann aber immer schön die Klappe aufreißen. In meiner Vorstellung bin ich gar nicht mollig. Wenn ich an einem Spiegel vorbeikomme, bin ich immer leicht erstaunt, dass ich so rundlich wirke, denn ich fühle mich überhaupt nicht so. Hauptsache, man fühlt sich okay, und da ich die meiste Zeit des Tages ohne Spiegel herumlaufe, bin ich die meiste Zeit des Tages schlank!

Als ich am Fahrradständer ankomme, ist Ulli schon weg. Ich schließe mein Rad an. Der Lehrerfahrradständer ist extra auf der anderen Seite des Gebäudes. Hier kommen nicht so viele Leute vorbei, trotzdem muss man immer abschließen, und ab und zu kommen Klingeln oder Luftpumpen weg. Ich habe ein Zahlenschloss mit meinem Geburtsdatum als Code. Sehr originell, ich weiß. Wer mein Leben knacken will, muss sich keine große Mühe geben. Ich habe ein einziges Passwort für das gesamte Internet. »Schmetterling11«, weil ich am elften Geburtstag habe. Mit Schmetterling11 komme ich super durch. Manchmal soll man ein Passwort eingeben, dass Klein- und Großbuchstaben, Ziffern, Sonderzeichen, das Blut einer Jungfrau und drei Haare von einem Einhorn beinhaltet. Auf solchen Seiten kann ich leider nicht sein. Wenn Schmetterling11 nicht reicht, dann eben nicht. Man muss nicht überall Kompromisse machen.

Ich nehme meine Tasche aus dem Fahrradkorb, drehe mich um und falle beinahe in Herrn Schibalskis Becher, den er mir stolz hinhält. Herr Schibalski ist unser Hausmeister. Viele kommen nicht so gut mit ihm klar, weil seine Antwort immer erst mal »Nein« ist, wenn man ihn um etwas bittet. Von dem Mann kann man echt etwas lernen! Das muss man erst mal bringen, Hausmeister zu sein und dann auf die Frage, ob er bitte den Wasserhahn in der 1 b reparieren könne, knallhart »Nö« zu antworten und ohne weitere Erklärung weiterzugehen.

Von meiner Mutter habe ich gelernt, dass es immer einen Weg gibt, mit anderen zu sprechen. Man muss sich nur auf sie einlassen. Manche Menschen brauchen Lob, andere Aufmerksamkeit, und viele wollen einfach nur Verständnis für ihre Situation haben.

Als Herr Schibalski damals endlich grummelnd in meine Klasse kam, um den (seit drei Wochen) kaputten Hahn zu reparieren, und erst mal lange darüber lamentierte, dass niemand jemals sorgsam mit den Dingen umgehe und schon gar nicht in einer Schule, und er müsse dann dafür geradestehen und das auch noch mit seinem Kreuz, wo er doch sowieso schon seit Jahren Rücken hätte, habe ich ihm erst mal aufmerksam zugehört. Ich bestätigte ihn. Es ist tatsächlich nicht schön, dauernd Sachen zu reparieren und dann zuzuschauen, wie der Nächste wieder daran herumreißt. Und mit Rückenschmerzen gebeugt über einem kleinen Waschbecken zu hängen ist auch keine Freude.

»Ich hasse das …«, stöhnte er.

»Ich hasse basteln …«, sagte ich und zeigte auf die neunundzwanzig angefangenen Laternen, für die ich noch den Draht biegen und die Laschen kleben und alles das tun musste, wofür Erstklässler einfach noch zu klein sind. Die Mütter möchte ich damit auch nicht nerven. Heutzutage arbeiten die meisten und müssten sich dann mühsam freinehmen, um mit einer Heißklebepistole an der Perforation entlang Klebepunkte zu setzen. Das ist fast wie Steine essen.

Herr Schibalski richtete sich auf, schaute auf meine lange Reihe, lächelte und erklärte mir dann, wo genau er im Rücken Schmerzen hatte. Ich kenne diese Stelle, obwohl ich keine Wasserhähne repariere.

»Probieren Sie mal den.« Ich holte aus meinem Pult so einen kleinen Massageball hervor.

»Wie soll ich denn da bitte rankommen?«, fragte er verständnislos und zeigte hilflos Richtung Rücken.

»Herr Schibalski, ich lebe allein, ich hab da so meine Tricks. Sie machen es wie ein Braunbär an einem Stamm.« Ich hielt ihm den Ball zuerst auf Augenhöhe hin, so wie ich das mit meinen schwierigeren Schülern immer mache, und dann an die Wand. »So, und jetzt rollen Sie sich schön über die Stelle, die weh tut!« Ich machte es ihm vor und schubberte mich mit dem Ball im Rücken die Wand entlang. Herr Schibalski versuchte es und machte dabei ein paar Braunbärgeräusche. »Den schenke ich Ihnen!« Er strahlte, und seitdem frisst mir der Braunbär aus der Hand.

»Heute soll es bis zu siebenundzwanzig Grad warm werden, Frau Lambert. Und ich weiß doch, dass Sie die Hitze nicht so gut vertragen. Das ist Eistee, selbstgemacht. Garantiert ohne Zucker!«

»Wie schade!«

Er lacht schallend. »Schmeckt trotzdem, probieren Sie mal!«

Ich muss eigentlich dringend in meine Klasse flitzen, aber er schaut mich so nett an. Ich kann gar nicht anders, nehme den Becher mit Eiswürfeln drin und probiere einen kleinen Schluck. Es schmeckt zitronig und herrlich frisch. Ihm reicht mein Gesichtsausdruck. Er klopft mir zum Abschied auf den Arm, und ich trinke schnell noch einen Schluck, damit mir das Getränk auf der Treppe nicht überschwappt.

Man kann neunundzwanzig Kindern keinen Eistee vortrinken, darum stürze ich den Becher vor dem Klassenzimmer herunter und muss die ganze Schulstunde über auf Toilette.

Auf dem Rückweg ist mir heiß. Die Luft ist schwül und warm und hängt an mir wie schwere Lappen. Ich krieche die Straße entlang und stelle mir vor, ich hätte einen Bioteich im Garten, in den ich gleich springen könnte.

Ich würde am liebsten am Meer wohnen, und weil ich Majas Haus ja nicht mitnehmen kann, habe ich tatsächlich mal überlegt, es umgekehrt zu machen und mir etwas Wasser in meinen Garten zu holen. Ich stelle es mir wunderbar vor, einen Schwimmteich im Garten zu haben. Ich würde jeden Morgen zwischen Seerosenblättern meine Runden schwimmen und mich anschließend auf der Schaukel trocken schaukeln. Auch im Winter stelle ich es mir reizvoll vor, auf eine Wasserfläche zu gucken. Ich würde mir einen Schaukelstuhl auf die Terrasse stellen, mich in eine dicke, flauschige Decke hüllen und mit einer Thermoskanne voller Kakao auf mein kleines friedliches Meer schauen. Es war sogar mal ein Schwimmteichbauer hier. Ganz begeistert ist er durch den Garten gestiefelt und hat alles abgemessen. Mir wurde ganz schwindelig bei seinen viel zu schnellen Erklärungen von Regenerationszonen des Teiches und Pumpen und empfehlenswerten Filteranlagen. Das hätte ich aber alles für meine Wasserphantasien in Kauf genommen, nur leider sollte das Ganze am Ende so viel kosten wie zwei neue Mittelklassewagen von teuren Marken.

Bevor ich mir einen Schwimmteich leisten kann, muss ich erst mal die Dachziegel auf dem Haus erneuern.

Als Maja damals starb, rieten uns alle, das Haus zu verkaufen. In dieser Lage mit dem riesigen Garten hätten wir ein kleines Vermögen dafür bekommen. Aber dann wäre es weg gewesen, für immer.

Mein Bruder und ich köpften eine Flasche Wein und sprachen das Ganze unter dem alten Pflaumenbaum durch. Ich würde einziehen und ihm dafür jeden Monat eine Summe überweisen. Vermutlich muss ich die bis an mein Lebensende zahlen, und ich weiß nicht einmal, ob er dann am Ende genug bekommen hat. Aber das ist unser Deal, und damit geht es uns beiden gut. Mir tut das Haus gut und ihm das monatliche Geld. Seit Liz und Sophie auf der Welt sind, kann er sich sowieso nicht mehr vorstellen, das Haus zu verkaufen. Sie sollen es eines Tages erben, und diese Vorstellung finde ich schön. Ich werde vermutlich nie eigene Kinder haben. Inzwischen bin ich vierzig, die Wahrscheinlichkeit sinkt also jeden Tag rapide. Ich hätte gern Kinder gehabt, aber es war nie ein absolutes Muss. Kinder habe ich ja trotzdem mehr als genug in meinem Leben. Zu Hause angekommen, schleppe ich mich die Treppen hoch, ziehe mich vor der Dusche aus und lasse alle Klamotten einfach davor liegen.

Das kühle Wasser ist eine Erleichterung. Während sich fast ganz Deutschland über den frühen Sommer freut, werden wir hier auf eine harte, schwüle Probe gestellt. Die Luft ist so schwer, dass man den ganzen Tag nur auf einer Luftmatratze auf einem See herumdümpeln möchte. Aber wer kann das schon?

Ich öffne mit etwas Mühe mein neues Duschgel. »Ocean irgendwas«. Es riecht tatsächlich nach Meer. Faszinierend, wie die das machen! Ich nehme viel mehr als nötig, um ganz in den Duft einzutauchen. Fast kann ich die Möwen schon schreien hören, so gut riecht das Zeug!

Eingehüllt in die Ocean-Wolke und ein Handtuch, öffne ich das Fenster zur Straße und, damit etwas Durchzug entsteht, auch das Fenster im Zimmer gegenüber. Ich schaue hinunter in den Garten und suche die Baumkronen danach ab, ob ich den grünen Papagei entdecke.

Meine Klamotten lasse ich vor der Dusche liegen und gehe mir nebenan etwas Frisches anziehen. Mein Schlafzimmer ist ein großer, schöner Raum mit einem begehbaren Kleiderschrank. Mein großes Bett habe ich unter das Dachfenster gestellt. So kann ich nachts schön in die Sterne gucken, wenn der Himmel klar ist. Ich ziehe ein leichtes Sommerkleid vom Bügel. Es ist blau mit pinkfarbenen Blumen drauf. Moment mal, habe ich nicht gerade irgendwo ähnliche Farben gesehen? Farben, die dort gar nicht hingehörten. Ich durchsuche mein Gedächtnis, aber es bleibt nur eine verschwommene Erinnerung. In Unterwäsche gehe ich zurück ins Nebenzimmer und schaue noch einmal aus dem geöffneten Fenster. Meine Augen suchen den Garten nach diesen Farben ab. Ich kann nichts Ungewöhnliches entdecken. Gerade als ich das Fenster schließen will, sehe ich es. Über einem meiner Terrassenstühle hängt eine pinkblaugrüne Strickjacke. Das ist die Strickjacke, die ich heute Morgen schon beim Schaukeln gesehen habe, an einer Frau!

Ich rausche runter ins Erdgeschoss. Unten an der Treppe mache ich noch mal kehrt und flitze trotz der Schwüle wieder hoch. Wenn da wirklich eine fremde Frau in meinem Garten ist, wäre es vielleicht von Vorteil, ihr nicht in Unterwäsche zu begegnen. Ich werfe mir das Kleid über den Kopf. Es bleibt an meiner feuchten Haut kleben. Ich zwinge es an die richtige Stelle, renne barfuß bis auf die Terrasse. Friedliches Vogelgezwitscher und mein eigener Atem, sonst ist nichts zu hören und auch nichts zu sehen. Die Strickjacke ist weg. Ich fasse die Stuhllehne an, über der sie gehangen hat, als könnte ich dort noch Faserspuren entdecken.

»Ich weiß, dass Sie da sind!«, rufe ich in meinen friedlichen Garten hinein. »Ich habe Ihre Jacke gesehen!« Wie sich das anhört! Wie in einem Thriller. Ich weiß, dass Sie da sind, Strickjackenfrau. Was suchen Sie in meinem Garten? Wer sind Sie, ein Geist? Ich komme mir blöd vor, so auf meiner Terrasse zu stehen und angestrengt in den Garten zu horchen und zu spähen. Da, hinter dem Stamm des Pflaumenbaums hat sich etwas bewegt! Mit langen Schritten hetze ich zum Baum. Das Eichhörnchen huscht erschrocken den Stamm hoch und verschwindet zwischen den dichten Blättern. Keine Spur vom Strickjackengeist.

»Hör auf, Hanna, du machst den Kindern noch Angst mit deiner Geistergeschichte.« Meine Schwägerin sieht mich mahnend an.

»Das ist keine Geschichte, Jule, ich hab sie wirklich gesehen. Erst die Frau und später ihre Strickjacke!«

»Ein Geist mit einer Strickjacke ist überhaupt nicht gruselig«, belehrt uns Sophie. Sie ist acht und weiß schon genau Bescheid. »Geister tragen meistens gar nichts – die haben einfach nur so einen weißen oder grünen Geisterkörper.«

»Geister sind nackig!«, pflichtet ihr ihre kleine Schwester Liz bei. Dabei nickt sie so heftig, dass ihre hellblonden Zöpfe hin- und herschaukeln.

»Ihr seid auch kleine nackte Geister, und wen ich erwische, den tunke ich in das Planschbecken!«

Kreischend rennen die beiden in ihren Badehöschen weg. Ein paar Runden jage ich sie um den Tisch, dann kann ich nicht mehr. Es ist schon wieder so schwülheiß. Sebastian ist mit seiner Familie zum Frühstück gekommen. Das machen sie sonntags oft. Wir können quatschen, und die Mädchen können im Garten toben. Weil es so warm ist, habe ich ihnen gestern schon das Planschbecken aufgebaut. Wenigstens ein kleiner Schwimmteich für die Kinder. Vielleicht lege ich mich heute Abend auch mal rein.

Ich mag es, wenn die vier zum Frühstück kommen. Es ist schön, den Tag zusammen zu beginnen, und Jule und ich verstehen uns sehr gut. Sie ist drei Jahre älter als ich, also genauso alt wie Sebastian. Ich mag ihren Humor und die entspannte Art und Weise, wie sie mit meinem Bruder umgeht. Sie versucht nicht, ihn umzumodeln, wie Frauen das ja gern machen. Sebastian darf so sein, wie er ist, auch wenn das für Jule nicht immer einfach ist.

»Kann ich mal den Schinken haben?«, fragt Sebastian, und ich reiche ihm den Teller. »Du wirst jetzt aber keine wunderliche alte Dame, die Geister in ihrem viel zu großen leeren Haus sieht, oder?«, fragt er provozierend.

»Erstens bin ich nicht alt, und zweitens habe ich den Geist nicht im Haus, sondern im Garten gesehen. Außerdem war das gar kein Geist – es hat sich einfach eine ältere Frau in meinen Garten verirrt.« Hinten am Grundstück ist nur ein hüfthoher Maschendrahtzaun. Wenn man möchte, kann man den leicht überwinden.

»Warum taucht die verirrte Frau immer nur ganz kurz auf und hängt dann auch noch ihre Jacke über deinen Terrassenstuhl?«, will Jule wissen.

»Vielleicht ist sie nicht nur verirrt, sondern auch noch verwirrt«, sagt Sebastian kauend. Er hat sich einen hübschen Berg Schinken auf sein Brötchen gestapelt und obendrauf noch Tomaten gepackt. Jetzt kann er kaum davon abbeißen. »Diesen Sommer muss ich wirklich mal die Bäume schneiden«, sagt er mit einem Blick in den Garten.

»Muss man Bäume nicht im Frühjahr beschneiden?«, fragt Jule und kramt eine Tube Sonnencreme aus ihrer großen Tasche. »Sophie, Liz, kommt mal eben in meine Eincrempraxis!« Die Mädchen kommen angaloppiert und drängeln sich vor ihr, weil jede zuerst drankommen will. »Halt, erst mal müssen Sie im Wartezimmer Platz nehmen.« Das gefällt den beiden. Sie setzen sich auf den Boden und warten, bis Jule sie aufruft. Damit Sophie nicht so lange warten muss, darf sie zu mir ins »Sprechzimmer« kommen, und ich mache eine kleine

Hautanalyse mit ihr, bevor sie dann zur »Ärztin« weitergeschickt wird. Liz, die jetzt fertig eingecremt ist, will sich auch noch eine Hautanalyse bei mir abholen. Ich zupfe etwas an ihrer cremigen Haut herum und analysiere, dass das eine sehr gute Haut sei. Mit dieser Haut könne man sicher hundert Jahre alt werden, wenn man sie immer ordentlich eincreme!

Die Mädchen gehen wieder spielen, und ich binde mir die Haare hoch. »Es ist einfach zu warm unter dieser Wolle«, stöhne ich.

»Noch ein Wort«, droht Jule und schüttelt ihre schulterlange blonde Mähne. »Ich nehme deine Wolle sofort, kannst gern meine Schnittlauchlocken dafür kriegen!«

Um meine Haare werde ich oft beneidet. Sie sind relativ dick, dunkelbraun und wellig. Ich mag sie. Im Winter sind sie ein wunderbar warmes Fell, aber im Sommer ist es so, als würde ich die ganze Zeit einen Waschbären auf dem Kopf herumtragen, ganz egal, wie sehr ich auch versuche, sie mit einem Haargummi zusammenzuknüllen.

»Nimmst du auch die Kopfschmerzen, weil sie so schwer sind?«, frage ich Jule und lecke das Marmeladenmesser ab – die Kinder sind ja gerade nicht am Tisch.

Sie nickt eifrig. »Ich würde auch zwei Stunden Haarewaschen in Kauf nehmen für so ein Volumen!«

Sebastian steht auf und setzt sich mit seinem Stuhl ans Planschbecken. Gespräche über Haare sind nicht sein Ding. Die Mädchen begießen seine nackten Beine mit den Gießkannen, die ich für sie ins Planschbecken geworfen habe.

»Jule, deine Haare sind doch super! Liz wäre nie so schön hellblond geworden, wenn du mein dunkles

Pferdehaar hättest!« Sie zuckt mit den Achseln, schaut dann aber doch lächelnd ihre jüngste Tochter an. »Wie läuft es denn bei euch im Büro?«, lenke ich vom Haarthema ab. Sebastian arbeitet selbständig als Architekt, und Jule ist bei ihm beschäftigt.

»Mal besser, mal schlechter. Wir haben zwar immer sehr viel zu tun, was aber nicht unbedingt heißt, dass auch genügend Geld reinkommt. Manchmal wünschte ich, wenigstens einer von uns wäre Beamter!«

»Einer von uns ist doch Beamter«, sage ich lächelnd und schenke ihr noch O-Saft nach.

Sie wirft mir einen typischen Juleblick aus ihren hellen Augen zu, dann küsst sie mich schnell auf die Wange. »Sebastian hat wieder Ärger mit seinem Projektleiter, aber wir haben eine neue Studentin, Maggi, die ist sehr gut! Und wie läuft es bei dir? Habt ihr noch den grummeligen Hausmeister?«

»Schibalski, ja, den gibt es noch, neulich hat er mir einen Eistee geschenkt, selbstgemacht!«

»Huiuiui, und sonst, hast du noch andere Verehrer in der Schule?«

»Sieht ganz dürftig aus, was vor allem daran liegt, dass wir ja fast nur Frauen sind! Und wenn sich dann doch mal ein Lehrer bei uns verirrt, fällt Sandra Liebermann gleich über ihn her!«

»Liebermann, ist das nicht die mit den ganz kurzen Haaren?«

»Genau die. Ihre Haare sind raspelkurz, und ihre Libido ist meterlang.«

Jule kichert. »Eine meterlange Libido, ob man die im Garten aufhängen kann? Zum Trocknen?« Ich lache mit bei der Vorstellung. Wobei ich nicht genau weiß, wie ich mir jetzt eine Libido vorstellen soll. Eigentlich möchte ich das auch nicht, schon gar nicht die von der Liebermann!

»Was ist denn mit dem Sportlehrer?«

»Ulli? Nee!«

»Warum nee?«

»Weil ...«

Ehe wir das vertiefen können, platscht es so laut, als wäre ein Elefant vom Baum in den Pool gesprungen.

Sophie und Liz springen begeistert um das Planschbecken, aus dem jetzt ihr pitschnasser Vater klettert.

»War das Absicht?«, fragt Jule.

»Ja klar, ich gehe immer mit Handy in der Hosentasche schwimmen.« Sebastian holt sein nasses Smartphone raus. Ich nehme es entgegen und trockne es gründlich ab.

»Ausschalten!«, kommandiert Jule, die mit ihrem trockenen Handy sofort gegoogelt hat, was man bei einem Wasserschaden tun muss. Ich schalte es aus. »Hast du Reis? Wir müssen es in einen offenen Behälter mit Reis legen.« Sophie flitzt schon in die Küche und kommt kurze Zeit später mit einer Reispackung wieder. »Jetzt brauchen wir noch einen offenen Behälter«, liest Jule ab. Ich schüttle die restlichen Brötchen aus dem Brotkorb und den Reis hinein. In dieses Bett legen wir das Handy und decken es ordentlich mit Reiskörnern zu.

»Warum Reis? Warum nicht Nudeln?«, fragt Liz, die Nudeln lieber mag als Reis.

»Der Reis zieht die Feuchtigkeit aus dem Handy«, erkläre ich.

»Und jetzt?«, fragt Sebastian, der immer noch tropfnass neben dem Planschbecken steht.

»Jetzt«, liest Jule weiter, »soll man es zwei bis drei Tage im Reis liegen lassen.«

»Zwei bis drei Tage? Ohne Handy?«, fragt der nasse selbständige Architekt entsetzt. Wir nicken betroffen, und er lässt sich rückwärts zurück ins Planschbecken sinken.

Die Frau in der Strickjacke

Dienstagsnachmittags habe ich frei. Ich habe keine Hausaufgabenbetreuung, keine Konferenz, und ich habe mir angewöhnt, dienstags auch keine Unterrichtsreihen vorzubereiten oder Arbeiten zu korrigieren. Der Dienstagnachmittag gehört mir. Nicht wirklich, weil ich meistens einkaufe, aufräume, putze, was man eben so machen muss.

Heute kann ich die Wäsche nicht im Garten aufhängen, denn es ist kühl und regnerisch. Ich habe so viele Zimmer im Haus, dass ich eins davon locker zum Wäschezimmer machen könnte. In einer Hälfte würde ich Leinen spannen und in die andere einen Tisch stellen, auf dem ich die Wäsche zusammenlegen kann. Das kommt mir aber ziemlich dekadent vor, ein eigenes Zimmer nur für die Wäsche einer Person. Also hänge ich die Wäsche im Keller auf. Leider ist der Keller alt und leicht feucht. Es dauert immer ewig, bis die Wäsche endlich trocken ist. Ab und zu stelle ich mir dann doch einen Wäscheständer ins Gästezimmer, so wie heute. Nachdem ich die Wäsche aufgehängt habe, lege ich mich kurz auf das Gästebett mit der Überdecke. Es ist schade, dass es so selten benutzt wird. Ich bilde mir ein, es tut dem Bett gut, wenn ich mich wenigstens ab und zu mal kurz drauflege. Mein Dutt stört beim Liegen, darum mache ich mir die Haare auf. Es ist ein herrliches Gefühl, wenn die Haarwurzeln von dem Gewicht auf dem Kopf befreit sind. Ich überlege, was noch zu tun ist. Mein Blick streift meine Büroecke, die sich auch im Gästezimmer befindet, aber eigentlich kaum benutzt wird. Meistens bereite ich meine Schulstunden am Küchentisch vor oder im Sommer draußen auf der Terrasse. Eigentlich müsste ich das Bad oben aufräumen. Ich bin weder besonders ordentlich noch besonders unordentlich. Es ist bei mir einigermaßen aufgeräumt, und unangemeldeten Besuch kann ich problemlos hereinbitten. Nur das Badezimmer befindet sich fast immer im Chaos. Ich weiß nicht, warum. Ich lasse ausgezogene Klamotten einfach gern liegen, genauso wie benutzte Haarbürsten oder Zahnpastatuben. Und so summiert sich das dann so lange, bis es gar nicht mehr geht und ich endlich aufräume. »Komm«, motiviere ich mich selbst, »es fühlt sich gleich viel besser an, den Rest des Tages freizumachen, wenn du vorher noch das Bad aufräumst.« Ich folge seufzend meinem eigenen Rat und trödle die Treppe hoch. Im Bad schalte ich erst einmal das Internetradio an, ich stelle einen kanadischen Sender ein, um sicherzugehen, dass sie nicht das Steinelied spielen.

Zwanzig Minuten später sieht das Bad wieder normal aus. Der Boden ist frei begehbar, und auch der Rand des Waschbeckens strahlt.

Wenn ich dienstags mit allem fertig bin, nehme ich mir immer ein bisschen Zeit, um die Gedanken ausruhen zu lassen. Meine Freundin Svenja schafft das mit Yoga. Ich spaziere durch meinen Garten.

Ich schlüpfe in meine blauen Gummistiefel und gehe über die Terrasse nach draußen. Es ist bewölkt, aber bis jetzt noch trocken. Ich betrete die Sommerwiese und entdecke ganz viele Mohnblumen. Die blühen erst seit kurzem hier. Jedes Mal wenn ich durch den Garten spaziere, entdecke ich etwas Neues. Ich gehe an einigen Bäumen vorbei und komme dann zu meinem Lieblingsteil. Man geht durch eine Art Tor. Das Tor gibt es gar nicht mehr, nur noch die alte Backsteinmauer, die es links und rechts eingerahmt hat. Ganz früher war das Grundstück hier unterteilt. Immer wenn ich durch diesen Durchgang schreite, ist es ein bisschen so, als würde ich eine andere Welt betreten, obwohl das Gras und die Bäume auf der anderen Seite der Mauer genauso aussehen wie im vorderen Teil. Svenja hat das auch schon mal festgestellt. Sie meinte, es gebe eine »andere Energie« jenseits der Backsteinmauer. Heute habe ich keine Zeit, die andere Energie groß wahrzunehmen, weil ich mir plötzlich fast sicher bin, die Strickjacke zu sehen, die schon letzte Woche in meinem Garten herumspukte. Die Strickjacke sitzt an einem Campingtisch vor dem alten Wohnwagen, der seit unseren Kindertagen da steht. Maja hatte ihn damals geschenkt bekommen und wollte ihn eigentlich mal fit machen, um mit Sebastian und mir in den Urlaub zu fahren. Das hat sie nie geschafft, und so wurde er unser Geheimversteck im Garten. Ich weiß nicht, wie lange ich ihn nicht mehr betreten habe. Es steht auf meiner To-do-Liste, ihn eines Tages sauberzumachen und für Sophie und Liz herzurichten. Die zwei haben bestimmt Spaß an dem eigenen Haus, so wie Sebastian und ich damals. Ich befürchte aber, dass da sehr viel Arbeit auf mich zukommt und es mit etwas Abstauben nicht getan ist.

Der Campingtisch gehört jedenfalls nicht hier hin und die ältere Frau, die in der Strickjacke dahinter sitzt und häkelt oder strickt, definitiv auch nicht.

»Hallo?«, sage ich fragend, als ich nah genug bin.

»Hallo!«, antwortet sie freundlich und blickt sofort wieder auf ihre Handarbeit. Sie hält nur eine Nadel in der Hand, dann häkelt sie also.

»Wer sind Sie?«, frage ich.

»Ich bin eine Frau, die vor ihrem Wohnwagen sitzt und häkelt. Und Sie? Wer sind Sie?«

Ich bin etwas perplex, dass sie tatsächlich vor *ihrem* Wohnwagen gesagt hat. »Ich bin die Frau, die hier wohnt!«, sage ich nachdrücklich.

»In dem Haus?«, fragt sie freundlich und zeigt Richtung Haus.

»Ja, genau.«

»Dann sind wir jetzt Nachbarn. Ich wohne in dem Wohnwagen!«

Die spinnt ja wohl komplett. »Sie wohnen in meinem Wohnwagen?«, frage ich nach. Sie nickt und zieht etwas mehr Faden aus der Wolle, um weiterhäkeln zu können. »Sie wohnen in meinem Wohnwagen in meinem Garten?«

»Ist das auf dieser Seite noch Ihr Garten?«, fragt sie zurück.

»Allerdings!«

»Sie sollten mal den Rasen mähen. Und der eine Ast ist etwas morsch. Nicht, dass der mir eines Tages hier auf den Kopf fällt!«

Sie spricht mit mir, als wäre ich ihre Vermieterin.

»Sie können doch nicht einfach in meinem Wohnwagen wohnen!«, sage ich entrüstet.

»War auch nicht so leicht, da einzuziehen. Hab ihn aber recht hübsch hergerichtet.«

»Sie haben ihn recht hübsch hergerichtet?« Ich bin fassungslos. Entweder ist bei der Alten tatsächlich eine Schraube locker, oder sie ist unglaublich dreist. Sie sieht ganz normal aus. Ihre dunkelgefärbten Haare sind zu einem Bob geschnitten. Sie trägt Make-up. Einen roten Lippenstift passend zu ihrer bunten Strickjacke. Genau so sehen Frauen um die siebzig aus. Maja wäre jetzt etwa so alt. Ein kurzer Schmerz überflutet mich, dann fällt mir wieder ein, dass diese Dame meinen Wohnwagen »hübsch hergerichtet« hat. Ich mache ein paar schnelle Schritte auf die Wohnwagentür zu, die offen steht. Ich zögere. Natürlich ist es mein Wagen, aber kann ich ungefragt eintreten, wenn sie tatsächlich darin wohnt? Rechtlich sicher, aber rein moralisch?

Die Alte bemerkt mein Zögern. »Nur zu!«, macht sie mir Mut.

Ich steige die zwei Stufen hoch. Auf der obersten bleibe ich stehen. Der Wagen ist picobello sauber. Die Fenster sind geputzt, der Boden ist gewischt, ein Glas mit Wiesenblumen steht auf dem Tisch. Wirklich erstaunt bin ich aber über die Sitzpolster, die alle neu sind, und die Gardinen, die durch neue, offensichtlich selbstgenähte, ersetzt wurden. Der Stoff ist mit Farnblättern und grünen Papageien bedruckt. Ich unterdrücke ein Lächeln.

»Wo kommt die Küchenzeile her?«, frage ich stattdessen nach draußen.

»Die hat Wilfried mir eingebaut, wie soll ich mir denn sonst etwas kochen?«

Ich schüttle den Kopf. Ich will gar nicht wissen, wer Wilfried ist und wann er in meinem Garten war, um Küchenzeilen in meinen alten Wohnwagen einzubauen. Das kann doch alles nicht wahr sein! Ein paar Hausschuhe stehen vor dem Eingang. Ich wette, der neue Kühlschrank ist gefüllt, und wenn ich die Schränke öffne, werde ich ihre Socken und Unterhosen finden. Sie ist nicht nur hier eingezogen, sie hat sich den ganzen alten Wagen vorher tatsächlich »recht hübsch hergerichtet«!

»Gefällt es Ihnen?«, fragt sie immer noch häkelnd, als ich rückwärts wieder draußen ankomme.

»Warum haben Sie mich nicht gefragt?«, will ich wissen.

»Sie hätten nein gesagt!«

Wieder muss ich ungläubig den Kopf schütteln. »Warum sind Sie hier eingezogen? Haben Sie keine Wohnung mehr?«

»Sicher habe ich das. Aber ich habe nur einen kleinen Balkon, und der Garten hier ist wundervoll. Es ist Sommer, wissen Sie?«

»Frau …«, beginne ich. Sie hilft mir nicht und nennt mir nicht ihren Namen. »Wir machen Folgendes: Ich bezahle Ihnen das, was Sie in den Wagen investiert haben, und Sie ziehen bis morgen hier aus, einverstanden?«

Sie tut, als würde sie mich nicht hören, und zählt hingebungsvoll ihre Maschen.

»Ich gehe eben Geld holen.«

»Ich möchte kein Geld von Ihnen.«

»Gut, dann ziehen Sie ohne Geld aus.«

Sie überlegt kurz, dann sagt sie knapp: »Nein.«

»Nein?!«, frage ich.

»Nein!«, bestätigt sie noch einmal. Sie lächelt mich freundlich an und häkelt schnell weiter.

»Gut, dann muss ich jetzt die Polizei anrufen.«

»Tun Sie das!«, sagt sie zuversichtlich.

Ich stehe noch eine Weile vor ihrem Tisch. Sie sagt nichts mehr und beachtet mich auch nicht weiter. Seufzend trete ich den Rückweg an. Das gibt es doch gar nicht! Wie kommt sie darauf, in meinen Garten einzuziehen? Und dann investiert sie so viel in einen Wohnwagen, der ihr gar nicht gehört! Ich weiß nicht, ob ich wirklich gleich die Polizei anrufe. Momentan ist mir viel eher danach, Svenja anzurufen. Das hat ja jetzt gar nicht geklappt mit dem Gedankenausruhen, hätte ich doch auch lieber mal Yoga gemacht.

Auf der Terrasse angekommen, drehe ich mich noch mal um und schaue in den Garten. Der Wohnwagen ist von hier aus nicht zu sehen. Es fühlt sich nicht gut an zu wissen, dass dort hinten eine alte Frau in einer Strickjacke sitzt und häkelt. Vielleicht sollte ich doch die Polizei anrufen.

Ich schlüpfe aus den Gummistiefeln und suche das Telefon. Noch bevor ich es finde, klingelt es. Jetzt muss ich nur dem Geräusch nachgehen. Es liegt in der Küche. Ich melde mich und höre sofort die aufgeregte Stimme meiner Nachbarin von gegenüber. Iris neigt dazu, sich schnell aufzuregen. »Hanna«, keucht sie. »Guck schnell aus dem Fenster, nicht aus der Tür, o Gott, mach um Himmels willen die Tür nicht auf!!!«

»Hallo, Iris«, sage ich gelassen. »Hat wieder jemand falsch geparkt?«

»Du hast es noch nicht gemerkt, stimmt's?« Ihre Stimme kippt fast über vor Erregung. »Hanna, in deinem Vorgarten … Halt dich fest, oder, noch besser, setz dich hin! Sitzt du?«

»Jaja, ich sitze«, sage ich im Stehen. »Was ist in meinem Vorgarten?«, will ich wissen und bewege mich zur Haustür.

»In deinem Vorgarten, da ist, also, da steht eine Giraffe.«

Wer fällt denn auf so was rein? Langweilt die sich? »Du, Iris, ich muss dringend jemanden anrufen, ich habe da jetzt nicht so Zeit für, sag einfach, was du möchtest.«

»Guck aus dem Fenster!! Nicht die Tür!!«

Was soll das denn immer mit »nicht die Tür«? Hat sie mir einen Eimer Wasser davorgestellt, oder was? Ich will jetzt wissen, was los ist, und öffne vorsichtig die Haustür. Nichts passiert, außer dass jetzt hysterisches Geschrei aus dem Telefon kommt, das ich glücklicherweise nicht mehr am Ohr habe. Vor meiner Haustür liegt nichts. Auch auf der Treppe kann ich nichts entdecken. Ich mache einen Schritt aus dem Haus hinaus. Irgendetwas ist anders, aber was? Ein Blick nach links, alles normal, ein Blick nach rechts …

Aus meinen Hortensien wachsen ziemlich hübsche, lange Beine, die einem großen Tier gehören. Ich sehe eigentlich nur Beine und Hals. Der Kopf der Giraffe ist hinter den Blättern meiner Kugelrobinie verschwunden. Das Tier hat mich noch nicht bemerkt, und mein Instinkt sagt mir, dass das auch besser so ist. Am liebsten würde ich zu Iris rüberlaufen, um nicht mit der Giraffe allein zu bleiben. Aber das Risiko, dass sie mich dann entdeckt, ist mir zu groß. Als Erstes lege ich auf, damit die Geräusche aus dem Hörer aufhören. Dann bewege ich mich langsam und hoffentlich unauffällig rückwärts. In Zeitlupe schließe ich die Tür. Geschafft! Ich lehne mich kurz mit dem Rücken an die Wand und erschrecke mich zu Tode, als das Telefon laut klingelt.

»Hast du sie gesehen?«

»Ja, natürlich habe ich sie gesehen, Iris, sie ist ja nicht gerade klein! Seit wann ist sie in meinem Vorgarten?«

»Das weiß ich nicht, hab dich sofort angerufen, als ich sie gesehen habe. Erst habe ich gedacht, du hast dir da eine große Skulptur aufgestellt, was ja gar nicht typisch für dich wäre, aber man weiß ja nie. Hätte ja auch ein Geschenk sein können. Aber als ich dann gesehen habe, dass das eine echte Giraffe ist, Hanna, ich sag es dir …«

»Iris, ich muss auflegen und den Zoo anrufen!«

»Jaja, sicher, du hast recht. Mach das. Ich ruf wieder an, oder ruf du mich an, oder …«

Ich lege auf. Wo ist mein Handy? Ich finde es auf dem Küchentisch, google die Nummer des Zoos und drücke auf »Anruf«. Wenn ich aus dem Fenster gucke, kann ich die Beine der Giraffe und einen Teil von ihrem Po sehen. Sie hat ein richtig niedliches Schwänzchen. Ihr Netzmuster löst sich Richtung Schwanz in immer mehr Punkte auf. Der Schwanz ist ein bisschen zu dünn für so ein großes Tier. Ganz am Ende vom Schwänzchen wachsen schwarze lange Haare, als hätte sich die Natur gedacht, okay, ganz am Ende machen wir doch noch einen Schweif! Die Giraffe steht immer noch in meinen Hortensien und frisst an meiner Kugelrobinie.

»Herzlich willkommen bei der Besucherhotline des Zoologischen Gartens, zur Bestellung einer Tageskarte und zur Information zu den Eintrittspreisen drücken Sie bitte die Taste eins …« Ich werde wahnsinnig. Ich muss mit einem Menschen sprechen, nicht mit einer Maschine! »Für allgemeine Informationen, zum Beispiel zu den Öffnungszeiten und zu Jahres- und Gruppenkarten, wählen Sie bitte die Taste zwei …« Dämlich höre ich mir das Ganze an, obwohl mir schon klar ist, dass in der Auswahl kaum vorkommen wird: »Sollte sich eine Giraffe in Ihrem Vorgarten befinden, drücken Sie bitte die Taste vier!«

Ich entscheide mich schließlich für Taste drei, denn da geht es um Tierpatenschaften, und das passt besser als Geburtstagsprogramme oder Zooführungen.

»Wiesler, Zoologischer Garten. Was kann ich für Sie tun?«

»Guten Tag, ich heiße Hanna Lambert und habe eine Giraffe in meinem Vorgarten. Das ist kein blöder Witz, auch wenn es sich so anhört. Sie steht vor meinem Fenster und frisst meinen Baum kahl.«

»Bleiben Sie dran, ich verbinde Sie sofort mit unserem Tierarzt. Unbedingt dranbleiben, ja?«, hakt sie noch mal nach. Ich verspreche es und rede kurze Zeit später mit einem sehr ruhigen Dr. Horse. Ich weiß nicht, ob er wirklich Pferd heißt, vielleicht habe ich das falsch verstanden, vielleicht war es auch Dr. House? Wenn ich die Wahl habe zwischen dem codeinabhängigen Dr. House aus der Fernsehserie und einem Tierarzt, der Pferd heißt, dann nehme ich das Pferd. Er redet mit mir, als sei ich ein verwundetes Tier, und das gefällt mir.

»Frau Lambert, wo genau wohnen Sie?«

»In der Geranienstraße 12.«

Er wiederholt meine Adresse und pfeift dann durch die Zähne. »Hui, da ist sie aber weit gekommen.«

»Fehlt denn bei Ihnen eine Giraffe?«, frage ich.

»Ja, unsere Bibby ist seit zwei Stunden weg.«

»Ist das ein Mädchen?«

»Ja, passen Sie auf. Wir kommen so schnell wie möglich vorbei. Wichtig ist, dass Sie nichts tun, was die Giraffe erschrecken könnte. Bleiben Sie im Haus, öffnen Sie keine Fenster oder Türen, und niemand soll sich dem Tier nähern. Der Tritt einer Giraffe kann tödlich sein!«, warnt er mich. »Wir informieren die Polizei, damit Ihre Straße sofort gesperrt wird. Bitte rufen Sie ihre Nachbarn an, damit keiner das Haus verlässt. Giraffen sind sehr schreckhafte Tiere und rennen manchmal panisch los.«

»Okay. Das mache ich. Dann bis gleich.« Ich habe noch ganz, ganz viele Fragen, aber ich darf ihn nicht aufhalten. Wer weiß, wie lange Bibby noch an meinem Baum frisst. Ich rufe Iris zurück und erkläre ihr, was Dr. Horse gesagt hat.

»Wie heißt der Typ?«

»Horse oder House, keine Ahnung. Meinst du, es ist klug, die anderen Nachbarn anzurufen?«

»Natürlich, das sollen wir doch!«

»Ja, aber überleg doch mal, was die dann machen, wenn wir sagen, hier steht eine Giraffe bei mir im Vorgarten …«

»Keiner bleibt in seinem Haus.« Iris versteht meine Bedenken. »Dir habe ich auch gesagt, du sollst auf keinen Fall die Tür öffnen, und was machst du? Öffnest die Tür! Hätte ja sonst was passieren können! Treten Giraffen denn häufig, hat Dr. House da was drüber gesagt?«

»Das weiß ich nicht. Sag mir lieber, was die Giraffe jetzt macht, du hast den besten Blick auf sie!«

Es folgt eine lange Reportage, in der Iris genau beschreibt, mit welchem Ohr die Giraffe gerade zuckt und wie viele Blätter sie sich auf einmal einverleibt. »Du, die hat da 'ne ganz schicke Technik, wird nicht viel übrig bleiben von deinem Baum!«

»Iris, mach ein Foto! Aber kein Fenster öffnen!« Ich starre immer noch auf die Beine, als mir einfällt, dass ich ja vielleicht aus dem Dachfenster im Badezimmer oben mehr sehen könnte.

»O nein!«, jammert mir Iris ins Ohr.

»Was?«, frage ich alarmiert.

»Ich glaube, sie hat genug gefressen. Sie schaut sich um, sieht so aus, als würde sie gleich gehen!«

Das darf natürlich nicht passieren. Ich flitze zum Kühlschrank. In einem Sachkundeprojekt hatten wir mal das Thema »Tiere in Afrika«. Ich erinnere mich, dass bestimmte Bäume nach einer Weile Bitterstoffe entwickeln, damit sie den Giraffen nicht mehr schmecken. Ob meine Kugelrobinie das auch kann? Wenn ja, dann hat sie ein ganz schlechtes Timing. Ich muss Bibby bei mir im Vorgarten halten, bis Dr. Horse kommt. Ich reiße die Gemüseschublade aus dem Kühlschrank und nehme sie einfach komplett mit nach oben. Keine Ahnung, was Giraffen mögen. Aber mit Gemüse kann ich hoffentlich nicht viel falsch machen. »Iris, ich geh hoch und füttere sie aus dem Dachfenster. Guck mal schnell, komm ich von da oben an sie ran?«

»Bist du verrückt? Wir sollen Fenster und Türen geschlossen halten!«

»Jaja, wir sollen auch die Nachbarn anrufen, aber vor allem soll Bibby im Vorgarten bleiben und hier nicht durch die Straßen rennen. Also sag, komm ich ran?« Ich bin inzwischen selbst oben angekommen und kann auf Anhieb sehen, dass vor dem Fenster ein Giraffenkopf schwebt, der sich leider gerade entfernt. Ich lasse das Telefon fallen, schnappe mir das Erste aus der Gemüseschublade, was mir in die Hände fällt, und öffne unvorsichtig, aber dafür schnell das Fenster. Die Giraffe ist schon auf der Straße. Majestätisch gleitet sie vorwärts. »Bibby!«, rufe ich aus dem Fenster. Sie bleibt stehen und wackelt mit den Ohren. »Bibby, komm, hab was Feines für dich! Lecker Salat!«

Ich kann es selbst nicht glauben, aber Bibby dreht sich tatsächlich zu mir um. Erst nur mit ihrem Hals, dabei dreht sie den Kopf in meine Richtung. Ich weiß nicht, wie gut Giraffen sehen können, aber ihr Gehör ist anscheinend hervorragend. Ihre Augen betrachten mich interessiert. Ich wedele mit dem Salat aus dem Fenster und mache noch ein paar »Lecker, lecker Salat«-Lockrufe. Mein Herz setzt aus, als sie sich wieder in Bewegung setzt und genau auf mich zukommt.

»Die Hufe sind ganz weit unten. Es kann dir nichts passieren …«, flüstere ich mir selbst zu. Das Flüstern macht Bibby noch neugieriger. Sie bleibt stehen und fährt ihren Hals aus. Sie platziert ihren Kopf ziemlich nah an meinem Fenster und schaut mich und den Salat erst mal prüfend an. Ich flüstere weiter und spreche jetzt zu ihr: »Du bist aber ein wirklich schönes Tier, Bibby. So schöne Hörner hast du oben auf dem Kopf. Ich würde ja gern mal deine Zunge sehen. Magst du ein bisschen vom Salat?« Mit einer ganz langsamen Bewegung strecke ich meinen Arm aus und halte ihr ein Blatt hin. Ob Giraffen beißen können? Die haben doch sicher Zähne, oder? »Bibby, bitte nur ganz vorsichtig abbeißen, okay?«

Die Giraffe versteht mich. Erst schnuppert sie, und dann fährt sie ihre lange, dunkle Zunge aus und nimmt mir mit großer Selbstverständlichkeit das Salatblatt aus der Hand. Eine kleine Glückswelle durchströmt mich. Ich füttere eine Giraffe! Beim nächsten Salatblatt werde ich mutiger und Bibby auch. Sie kommt näher heran. Das dritte kann ich ihr gar nicht schnell genug herausreichen. Sie kommt noch einen Schritt näher und streckt ihren Kopf durch das Fenster ins Badezimmer, als ich nicht sofort mit einem Blatt auftauche. Sie frisst mit dem Kopf in meinem Bad. Ihre Schnauze bewegt sich hin und her. Das sieht so lustig und freundlich aus, dass ich mich beim nächsten Blatt traue, sie ganz, ganz vorsichtig am Hals zu berühren. Sie fühlt sich genauso an wie ein Pferd. Ich würde gerne ihre kurze braune Mähne streicheln, aber ich darf sie auf keinen Fall verschrecken. Bibby hat jetzt meine Gemüseschublade auf dem Badezimmerboden entdeckt. Vermutlich denkt sie, das ist eine Art Leckerliversteck, jedenfalls wird ihr Hals immer länger, und ich habe plötzlich immer mehr Giraffe in meinem Badezimmer.

»Bibby, du kannst dich hier nicht so breitmachen, komm, ich gebe dir noch etwas anderes. Magst du Möhren?«

Als Antwort kommt ihre Schnauze schnuppernd näher, noch bevor ich die Tüte aufgerissen habe. Einen Hund würde ich jetzt ein Stück zurückschieben, aber bei einer Giraffe traue ich mich das nicht. Schnell fummle ich eine Möhre aus der Verpackung. Einen Moment lang hat Bibby die Karotte quer im Maul, dann wird sie geschickt und mit vielen lustigen Bewegungen zerkleinert. Möhren mag sie noch lieber als Salat. Ich hoffe nur, Giraffen vertragen die auch. Eine nach der anderen verschwindet, und jedes Mal nimmt sie mir das Gemüse beinahe liebevoll vorsichtig aus der Hand mit ihrer geschickten Zunge. Ich fasse sie noch einmal am Hals an, während sie kaut, und spüre ihre Wärme. Sobald ihre Ohren zucken, nehme ich meine Hand schnell weg.

Ich glaube unten Geräusche zu hören. Dr. Horse ist mit seinen Leuten da. Fast bin ich ein bisschen enttäuscht. Ich weiß nicht, ob es okay ist, dass Bibby mit Kopf und Hals in meinem Haus hängt, deshalb versuche ich, sie jetzt wieder vor dem Fenster zu füttern, was sie zu heftigem Ohrenwedeln veranlasst. Ich werfe einen Blick nach unten. Ein Mann mit einem langen Stab kommt langsam auf Bibby zu. Das ist sicher die Betäubungspistole. Das Tier bemerkt ihn gar nicht und will unbedingt mehr von dem leckeren Zeug ohne Bitterstoffe und Äste. Sie schaut mich lieb an und zuckt im nächsten Moment nach hinten. Der Betäubungspfeil hat sie offensichtlich getroffen. »Weiterfüttern«, kommt von unten die Anweisung. Entschlossen halte ich ihr meine letzte Möhre hin.

»Komm, Bibby, eine hab ich noch. Nimm sie dir!«

Die Giraffe überlegt. Etwas hat sie getroffen, aber da ist die leckere Karotte. Sie entscheidet sich für einen letzten Bissen, wickelt ihre Zunge um die Möhre und will dann aber los. Sie macht ein paar unsichere Schritte. Ihr Gang ist nicht mehr majestätisch. Sie merkt, dass etwas seltsam ist, und bleibt stehen. Ihr Hals pendelt hin und her. Plötzlich kommen von überall Zoomitarbeiter und werfen ein paar Seile über ihren Körper. Sie schüttelt sacht den Kopf, dann verzieht sie die Schnauze, als würde sie grinsen. Erst jetzt sehe ich den großen Hänger, in den die Männer Bibby vorsichtig ziehen, schieben und drücken. Sie lässt sich tatsächlich in den Wagen verladen. Streckt dann aber, wie zum Abschied, noch einmal den Hals heraus und schaut zu mir hoch. Alles Gute und danke für die Gemüseleckerlis, sagt ihr Blick.

»Dir auch, Bibby, gute Fahrt nach Hause. War schön, dich kennenzulernen«, sage ich mit den Augen. Dr. Horse ruft mir zu, dass sie sofort losmüssen. »Danke, ich rufe Sie an!« Ich winke zum Abschied und schaue dem großen Wagen hinterher, wie er langsam unsere Straße verlässt. Mein Vorgarten ist auf einmal seltsam leer. Die Kugelrobinie hat eine blattlose Stelle, und meine Hortensien sind verknickt. Trotzdem fehlt mir das große Zootier, das hier nicht hergehörte.

Ich räume die Gemüseschublade, die jetzt um einen Salatkopf und eine Tüte Möhren ärmer ist, wieder zurück in den Kühlschrank. Es klingelt. Iris steht mit zwei Flaschen Bier vor der Tür. »Ich hatte nichts anderes, aber ich dachte, wir zwei brauchen jetzt ein alkoholisches Getränk!«

Ich freue mich, dass sie da ist. Es tut gut, jetzt nicht allein zu sein. Mir ist allerdings eher nach einer eiskalten Cola. Ich habe immer Cola im Kühlschrank, für alle Fälle. Ich liebe diese Koffein- und Zuckermischung. Ich könnte jeden Tag zu allen Mahlzeiten nur Cola trinken, aber dann muss ich meine Klamotten eines Tages wirklich in der Zeltabteilung kaufen, und das will ich dann auch nicht. Aber nachdem man eine Giraffe im Vorgarten hatte, kann man sich schon mal eine Cola gönnen. Ich biete Iris auch eine an, und sie nickt. Das Bier bleibt stehen und wird warm, während wir uns die ganze Geschichte noch einmal aus verschiedenen Perspektiven erzählen. Großartigerweise hat Iris sich auch nicht an die Anweisung gehalten, die Fenster zu schließen. Sie hat ein paar tolle Bilder gemacht von der Giraffe, die mit dem Kopf in meinem Dachfenster verschwindet.

Iris ist um die fünfzig und verheiratet mit Friedhelm. Friedhelm ist das Gegenteil von Iris. Iris ist groß, laut, redet viel und gerne. Friedhelm ist gut einen Kopf kleiner als sie und so still, dass man sich manchmal fragt, ob er vielleicht gar keine Stimmbänder hat, so selten wie er sie mal einsetzt. Ich mag ihn trotzdem oder gerade deshalb. Er ist unheimlich hilfsbereit und freut sich immer über ein Stück Käsekuchen. Jedes Mal wenn ich Käsekuchen backe, bringe ich ihm ein Stück vorbei. Iris natürlich auch, ich kann ja sowieso keinen ganzen Kuchen allein essen.

Friedhelm ist heute beruflich in München, deshalb bestellen Iris und ich uns Pizza. Ich wähle Tomaten mit

Rucola, sie nimmt eine Pizza Funghi. Jetzt wäre das Bier passend, aber das ist inzwischen leider sehr warm, darum müssen wir noch eine Cola trinken. »Wenn man schon Pizza isst, dann ist das egal, ob man dazu Wasser trinkt oder Cola.« Ich frage nicht nach, wieso, weil man bei Iris immer mit sehr ausführlichen Antworten rechnen muss. Dr. Horse ruft nicht mehr an, aber wir hoffen, dass die Giraffe wohlbehalten wieder in ihrem Gehege angekommen ist.

Iris und ich verbringen einen schönen Abend zusammen und sprechen die ganze Zeit nur über Bibby.

Erst, als ich viel zu spät im Bett liege, fällt mir die Frau mit der Strickjacke wieder ein, die dreist in meinen Wohnwagen eingezogen ist.

Was war das nur für ein verrückter Tag?

Ich stehe noch einmal auf und starre in meinen dunklen Garten. Ganz hinten, wo der Wohnwagen steht, ist kein Licht zu sehen. Wie soll ich denn schlafen, wenn eine fremde Frau in meinem Garten campiert?

Eine kleine sinnlose Hoffnung keimt in mir auf. Vielleicht hat meine Drohung mit der Polizei ja doch etwas bewirkt? Vielleicht ist sie genauso still und heimlich ausgezogen, wie sie eingezogen ist?

Zögernd lege ich mich zurück in mein Bett, dabei ist mir eigentlich schon klar, dass ich mir gleich einen warmen Pulli über mein Nachthemd ziehen und mit einer Taschenlampe noch mal bis hinten zum Wohnwagen schleichen werde.

Barfuß in den Gummistiefeln fühle ich mich tagsüber okay, aber nicht nachts. Ständig habe ich die blöde Vorstellung, dass zwischen meinen Zehen gleich ein Käfer krabbelt. Ich pirsche mich durchs hohe Gras und brauche meine Taschenlampe dabei gar nicht. Es ist hell genug. Der Himmel ist endlich klar, und der Mond scheint. Im blassen Licht sieht der Wohnwagen nicht heimelig, sondern gespenstisch aus. Mir kommt der absurde Gedanke, dass die Strickjackenfrau gar kein echter Mensch war, sondern tatsächlich ein Geist. Ein häkelnder Geist am helllichten Tag ist zwar nicht gerade gewöhnlich, aber dass tatsächlich jemand in meinen verfallenen Wohnwagen einzieht und ihn vorher hübsch herrichtet, ist auch nicht gerade wahrscheinlich. Ein paar Meter vor dem dunklen Wagen bleibe ich stehen. Was mache ich, wenn ich da jetzt reinleuchte und der alte Strickjackengeist mit Lockenwicklern am Fenster erscheint? Schreien, vermutlich. Und was mache ich, wenn ich da jetzt reinleuchte und der Wohnwagen innen verfallen und schmutzig ist, ohne neue Polster, Blumen auf dem Tisch und Vorhängen, auf denen Farne und Papageien sind? Dann schreie ich auch, beschließe ich. Langsam nähere ich mich dem Fenster. Ich hebe die Lampe hoch und leuchte in den Wagen. Er ist immer noch sauber und »hübsch hergerichtet«, aber ich kann die Strickjackenfrau nirgends sehen. Ich gehe um den Wagen herum. Das Bett hinten ist mit Sofakissen bestückt, die alle einen Häkelüberzug haben. Sie ist definitiv nicht im Wagen, und ich kann auch keine persönlichen Gegenstände entdecken. Sie ist tatsächlich ausgezogen. Die Häkelkissen hätte sie ruhig mitnehmen können! Erleichtert mache ich mich auf den Rückweg. Es ist sicher schon nach eins. Ich komme an der Schaukel vorbei, das Brett fühlt sich trocken an. Ehe ich noch groß überlegen kann, habe ich mich schon draufgeschwungen. Meine Haare fliegen hinter mir her. Ich zähle langsam bis sieben. Optimale Schaukelhöhe erreicht. Ich lasse den Tag aus mir herausfließen. Kopf in den Nacken, Augen schließen.

Svenja

Den ganzen Tag habe ich mich auf Svenja gefreut. Das frühe Aufstehen fiel mir heute Morgen nach zu wenig Schlaf besonders schwer. Wenn man sich meinen natürlichen Biorhythmus und meine Arbeitszeiten anschaut, habe ich den völlig falschen Beruf gewählt. In den Ferien schlafe ich bis zehn, und vor elf bin ich überhaupt nicht ansprechbar. In der Schulzeit quäle ich mich von Montag bis Mittwoch mit dem frühen Aufstehen, Donnerstag und Freitag geht es, weil ich mich bis dahin umgestellt habe. Am Wochenende mache ich mir meinen Rhythmus dann wieder total kaputt, weil ich ewig nicht ins Bett gehe und lange schlafe. So fängt das Spiel jede neue Woche wieder von vorn an: quälen, gewöhnen, kaputtmachen, quälen, gewöhnen, kaputtmachen. Glücklicherweise gibt es ja irgendwann immer Ferien. Das Hauptvorurteil, dass Lehrer nur Lehrer werden, damit sie so viel Ferien haben, stimmt. Gut, wir müssen auch in den Ferien Unterricht vorbereiten und oft auch Arbeiten korrigieren, aber das können wir uns dann frei einteilen. Das ist schon ein echter Luxus.

Heute hatte ich diesen Luxus nicht und wäre bei der Hausaufgabenbetreuung fast eingeschlafen. So viel Kaffee kann ich gar nicht trinken, um wach zu bleiben, bis die kleine Trödeline Alina alle Nomen im Text grün unterstrichen hat.

Zu Hause angekommen, habe ich mir erst mal den Schaden an meinen Hortensien angeschaut. Ich habe die Hälfte von ihnen wegschneiden müssen. So eine Giraffe ist ja nicht gerade leicht. Dr. Horse war auf meinem Anrufbeantworter. Er hat sich bei mir für die gute Zusammenarbeit bedankt. Bibby sei gut wieder im Zoo angekommen und würde sich auch von der »Dröhnung« durch die Betäubungsspritze gut erholen. Sollte ich Schäden im Vorgarten haben, solle ich ihm das melden, der Zoo werde dafür aufkommen. Niemand kann mir Majas Hortensien ersetzen, deshalb hoffe ich, dass sie sich wieder berappeln. Ich habe alle Blüten, die ich retten konnte, auf viele kleine Vasen im ganzen Erdgeschoss verteilt. Es sieht so hübsch aus, das sollte ich eigentlich jedes Jahr machen! Ich schneide sonst nur für Freunde als Mitbringsel mal ein paar Blüten ab.

Svenja ist schon an unserem Treffpunkt an der Parkbank, als ich ankomme. Ich schließe mein Fahrrad ab und umarme sie. Svenja und ich kennen uns seit dem Studium. Sie hat allerdings nach drei Wochen abgebrochen, dieser ganze »Pädagogenkram« war nichts für sie. Heute ist sie mit Leib und Seele Krankenschwester. Sie wäre sicher auch eine gute Ärztin geworden, aber lernen ist nicht so ihr Ding. Svenjas Ding ist »tun«, und dafür liebe ich sie. Deshalb treffen wir uns auch nicht einfach so zum Quatschen, sondern tun auch gleichzeitig etwas. Manchmal gehen wir Inlineskates fahren, heute haben wir uns zum Spazierengehen verabredet, weil ich so viele Neuigkeiten loswerden muss. Svenja ist auch nicht gerade eine Gazelle, und etwas Bewegung kann uns beiden nur guttun.

»Ich bin schon total gespannt, was du Wildes zu beichten hast!«, begrüßt sie mich. Heute hat sie den Pony ihrer kurzen Haare kunstvoll zur Seite geflochten. Obwohl ihre Haare nicht länger als kinnlang sind, schafft sie viel raffiniertere Frisuren als ich. Svenja ist überhaupt eine ganz hübsche Frau, finde ich. Sie hat hellbraune Haare und dazu wasserblaue Augen, in denen nicht nur ihre Patienten, sondern auch ihre Freunde oft Trost finden. Sie hat einen kleinen Hang zum Drama und ist eigentlich fast immer unglücklich verliebt in irgendeinen völlig unerreichbaren Mann. Ansonsten steht sie aber mit beiden Beinen fest auf dem Boden. Svenja ist die Art von Frau, die man sich bei einem Schiffsunglück ins Rettungsboot wünscht. Sie kann nicht nur blitzschnell einen Druckverband anlegen, sie weiß auch sicher, wie man das Salz aus dem Meerwasser filtert, um zu überleben.

Wir schlendern los, ohne Ziel. Ich erzähle ihr zuerst meine Giraffengeschichte. »Wie konnte die Giraffe denn überhaupt aus dem Zoo ausbrechen und es bis zu dir in deinen Vorgarten schaffen?«, fragt sie.

»Das habe ich mich auch schon gefragt. Ich hatte noch keine Gelegenheit, mal in Ruhe mit Dr. Horse zu sprechen …«

»Dr. Horse? Nicht wirklich, oder? Ein Tierarzt, der Pferd heißt?« Sie geht grinsend neben mir her.

»Ich glaube, der heißt Horse, das habe ich jedenfalls verstanden. Horse, House …«

»Sieht er gut aus?«

»Der Doktor Pferd? Das weiß ich gar nicht. Ich habe ihn nur kurz von oben gesehen, und da war ich viel zu sehr damit beschäftigt, Bibby zu füttern.« Svenja sieht enttäuscht aus. »Eine schöne Stimme hatte er am Telefon«, muntere ich sie auf, obwohl ich weiß, dass man bei ihr vorsichtig sein muss.

»Hach, der Tierarzt und du, das wär's doch. Und Bibby wird dann Trauzeuge!«, albert sie rum.

Ich schubse sie ein bisschen. »Was macht dein Jochen?«, frage ich. Jochen ist der schöne Nachbar, der schon vor einigen Monaten bei Svenja gegenüber eingezogen ist. Sie teilen sich unten im Hof die Mülltonnen. Einmal haben sie sich dabei getroffen und sind ins Gespräch gekommen. Seitdem grüßen sie sich. Sehr viel mehr ist bisher nicht passiert. Svenja kann von ihrer Wohnung aus zu ihm rüberschauen, da ihre Wohnung ein Stockwerk höher liegt als seine. Jochen hält glücklicherweise nichts von Vorhängen, und so kann Svenja sich ganz ihrem Voyeurismus hingeben.

»Jochen trainiert jetzt zweimal die Woche!«

»Woher weißt du das? Stalkst du ihn jetzt und verfolgst ihn, wenn er das Haus verlässt?«

Sie schaut mich strafend an. »Na, so verzweifelt bin ich auch nicht! Nein, er trainiert ja zu Hause, glücklicherweise. Er hat sich so ein Rudergerät gekauft und Hanteln. Das Rudern ist jetzt nicht so spannend, aber das Hanteltraining …« Sie bekommt einen verträumten Blick. Ich kann mir das nicht vorstellen.

»Macht der das wie in der Werbung mit freiem Oberkörper am Fenster, oder wie?«

Svenja seufzt. »Er macht es vor allem regelmäßig.

Mittwochs und samstags. Und ich finde, man sieht auch schon die ersten Erfolge!«

»Das klingt, als hättest du eine Spionkamera in seinen Badezimmerspiegel eingebaut. Svenja, wenn du ihn gut findest, sprich ihn doch mal an, ob ihr mal was trinken geht.«

»Hab ich ja«, sagt sie zerknirscht.

»Und?«

»Er hat gesagt, das wäre eine schöne Idee, er hätte nur gerade viel um die Ohren, und er meldet sich, wenn er wieder Land sieht.« Sie sieht mich unglücklich an. »Meinst du, er meldet sich?«

Ich schüttle den Kopf. »Ich glaube, wenn ein Mann Interesse hat, dann ist es egal, wie viel er um die Ohren hat. Vergiss ihn einfach.«

Sie reißt im Vorbeigehen ein paar Blätter ab und zerrupft sie in kleine Stücke. »Das ist nicht gerade leicht, wenn er gegenüber wohnt und auch noch regelmäßig trainiert.«

»Dann kauf dir Vorhänge oder geh eben auch regelmäßig trainieren, aber außer Haus!«

Sie bleibt vor mir stehen und macht absichtlich eine ganz traurige Schnute. »Krieg ich ein Eis?«, fragt sie wie ein Kind und zeigt auf die Eisdiele am Ende vom Park. Ich wollte eigentlich heute nach dem Abendessen nicht mehr naschen, weil ich die Cola und die Pizza von gestern ausgleichen will, aber wenn Svenja es braucht … »Aber nur eine Kugel!«, sage ich mit meiner strengen Lehrerstimme.

Mit einer Eiswaffel in der Hand fühlt es sich sofort nach Sommer an, auch wenn es heute wieder kühl ist und wir beide Jacken tragen. Eine Weile essen wir schweigend unser Eis, sie Schokolade, ich Himbeere.

»Eine Giraffe im Vorgarten«, sagt Svenja. »Das ist ja mal ein ungewöhnlicher Start in die Woche!«

»Davon kann ich noch mehr bieten!«, sage ich und wedle aufgeregt mit meinem Eis herum.

»Na dann, her damit!« Svenja setzt sich schwungvoll auf eine Parkbank und klopft einladend neben sich. Ich setze mich und erzähle von meinem Strickjackengeist. »Die ist nicht wirklich einfach bei dir eingezogen? Hast du nichts gemerkt?«

»Der Wohnwagen steht ja ganz hinten im Garten. Da sind so viele Bäume dazwischen, dahinten könntest du 'ne Party feiern, und man würde das am Haus nicht merken.«

»Aber wie kommt sie denn ausgerechnet auf deinen alten Wohnwagen?«

»Das hat sie nicht erklärt, sie sagte nur, es sei Sommer und sie hätte keinen Garten!«

»Das ist ja der Hammer. Sie hat keinen Garten, klar. Ich hab auch keinen Garten, da könnte ich doch mal im Villenviertel vorbeispazieren und mich da in ein Gartenhäuschen einmieten. Dann könnte ich jeden Morgen im Pool ein paar Bahnen kraulen.«

»Der Wohnwagen ist ja jetzt wieder frei, zieh lieber bei mir ein, und wir bauen zusammen einen Schwimmteich!«

»Oh, da müssen wir aber lange graben.«

»Ja, dann kriegen wir solche Armmuskeln!« Ich zeige auf meine schlaffen Oberarme.

»Oder wir fragen meinen trainierten Jochen. Der

kann bestimmt auch Minibagger fahren! Und deinen Dr. Horse rufen wir auch an, und dann graben die Jungs uns das Loch, und wir essen Eis und gucken zu. Und wenn der Teich fertig ist, gehen wir alle zusammen nackt schwimmen!« Ihre hellen Augen glänzen. Dieser Jochen weiß überhaupt nicht, was ihm entgeht. Sie guckt auf die Uhr. »In einer halben Stunde fängt er an. Komm mit, ich zeig's dir!« Ich ahne, dass sie Jochens Workout meint. Obwohl es mir widerstrebt, ihren Nachbarn beim Hanteltraining zu begaffen, hole ich mein Fahrrad und komme mit.

Svenjas Wohnung ist klein. Gegen mein riesiges Haus kommt sie mir immer winzig vor. Ich hätte aber auch viel lieber eine winzige Wohnung und dafür eine Mutter, die noch lebt und die Hortensien mit einer blau machenden Flüssigkeit gießt. Ich setze mich auf Svenjas gemütliches Sofa, werde aber sofort wieder aufgescheucht. »Da kannst du nicht sitzen, von da aus siehst du ja nix!«

»Wo sitzt du denn, wenn du deinen Nachbarn stalkst?«

»Sag nicht immer stalken. Das ist etwas ganz anderes. Außerdem ist das krank. Ich stalke nicht, ich beobachte lediglich.«

»Natürlich, du beobachtest!«

»Jetzt hör auf, und komm ans Fenster, die Show geht los!« Sie reicht mir ein Glas Weißwein und bietet mir eine Ecke von ihrem Schreibtisch an, auf der ich sitzen soll. Mir bleibt nichts anderes übrig. Gegenüber sehe ich Jochens Wohnung. Man hat tatsächlich einen super Blick auf alles. Jedes einzelne Bild an der Wand kann ich sehen. Svenjas Zeigefinger lenkt meine Aufmerksamkeit von den Bildern auf das einzige sich bewegende Objekt. Jochen, tatsächlich mit freiem Oberkörper und einer Hantel. »Das Rudern haben wir schon verpasst«, sagt Svenja vorwurfsvoll, als sei es meine Schuld, dass sie kein Fahrrad dabei hatte und wir laufen mussten. Ich schaue mir eine Weile an, wie er mit dem glitzernden schweren Teil seine Übungen macht. Erst links, dann rechts. Er sieht wirklich gut aus. Fehlt nur noch die Dose Cola, die er gleich ansetzt und runterstürzt.

»Meinst du, er kann uns sehen?«, frage ich Svenja, die verträumt an ihrem Wein nippt.

»Ich denke nicht. Wir können ja auch nicht in die obere Wohnung gegenüber gucken.«

Da hat sie recht. »Ich werde aber das Gefühl nicht los, dass er weiß, dass er Zuschauer hat. Guck doch mal, wie er posiert.« Unser Blick ruht auf dem Kerl, der jetzt beide Armmuskeln anspannt wie Superman.

»Vielleicht stellt er sich vor, dass ihn jemand beobachtet. Vielleicht hat er auch diese Werbung im Kopf?«, überlegt Svenja. »Jetzt gib zu, dass es sich lohnt!«

»Was, genau? Dass ich mir hier 'ne Delle in den Popo sitze auf deiner Schreibtischecke?«

Sie schüttelt den Kopf. »Pures Testosteron, männliche Inspiration!« Sie zeigt auf Jochen, der jetzt ein paar Liegestütze einstreut. Sie fummelt an meinem Handgelenk rum.

»Svenja, was soll das?«

»Ich fühle deinen Puls, dann kann ich beweisen, dass dich die Show da drüben nicht kalt lässt!«

Ich schüttle sie ab. Ich möchte nicht, dass sie meinen Puls fühlt und womöglich feststellt, dass er wirklich erhöht ist. »Kann schon sein, schlecht sieht er ja nicht aus«, gebe ich zu, damit sie Ruhe gibt.

»Wann hattest du das letzte Mal Sex?«, fragt sie, und ich nehme einen großen Schluck Wein, um nicht antworten zu müssen. »Hanna, mir kannst du's sagen, ich weiß, dass das nicht letzte Woche oder letzten Monat war.« Als sie merkt, dass ich nach einer pfiffigen Antwort suche, sagt sie schnell: »Bei mir war es letztes Jahr. Im Februar.«

»War das der Patient mit dem gebrochenen Bein?«, frage ich und muss kichern bei der Vorstellung, wie Svenja mit einem Typ mit Gipsbein heimlich in einem Krankenhausbett rummacht und ihm zwischendurch den Puls fühlt.

»Richard, genau. Der war mit Gipsbein schon so gut. Schade, dass ich von dem keine Nummer habe, ohne Gips ist der sicher der Hammer!«

»Warum habt ihr keine Nummern ausgetauscht?«

Sie trinkt den Rest von ihrem Glas leer. »Das ging alles so schnell. Kann mich ja meinen Job kosten, wenn mich da einer dabei erwischt, wie ich mit einem Patienten rummache. Also bin ich danach superschnell aus seinem Zimmer rausgerauscht. Am nächsten Tag hatte ich keinen Dienst, und am übernächsten war er weg. Auf eigene Verantwortung nach Hause entlassen. Peng.«

»Wunderheilung über Nacht würde ich das nennen. Deine Behandlung hat voll angeschlagen! Konntest du nicht in der Krankenakte nach seiner Nummer gucken?«

»Na, das wäre dann ja aber wirklich stalken!« Empört schaut sie mich an.

»Guck mal.« Ich deute rüber zu unserer männlichen Inspiration. »Ist das das Finale?« Svenja nickt. Der Typ macht jetzt Burpees, diese alberne Mischung aus Liegestütz und Hampelmann. Als er schließlich schwer atmend und schweißüberströmt fertig ist, klatschen Svenja und ich Beifall. Er hört uns nicht und geht allein duschen, was ein bisschen schade ist. Ins Badezimmer kann man nämlich nicht gucken, und ich hatte mich gerade an seinen zugegebenermaßen sexy Körper gewöhnt. Ich bin froh, dass Svenja vergessen hat, dass sie eigentlich von mir wissen wollte, wann ich das letzte Mal Sex hatte. »Ich fahr jetzt, vielleicht schaffe ich es, noch vor dem Regen zu Hause zu sein!« Zweifelnd schauen wir nach oben. Eigentlich müsste es um diese Jahreszeit jetzt noch hell sein, aber am Himmel hängen dunkle Wolken.

Ich schaffe es nicht einmal trocken bis um die Ecke. Sobald ich auf dem Fahrrad sitze, öffnet der Himmel seine Schleusen. Ich trete kräftig in die Pedale, aber egal, wie schnell ich fahre, diesem Platzregen kann ich nicht entkommen. Ich sollte mich unterstellen, aber ich bin sowieso schon durch und durch nass. Glücklicherweise sind wenigstens kaum Ampeln rot. Zu Hause angekommen, hinterlasse ich richtige Pfützen im Flur. Meine Haare kleben mir nass am Rücken. Ich dusche lange und so heiß, dass mein Badezimmer voller Dampf ist, als ich endlich aus der Kabine steige. Es duftet nach meinem Ocean-Duschgel. Ich bilde mir ein, leicht das Meer vor meinem Fenster rauschen zu hören. Ich öffne das Badezimmerfenster und bin fast erstaunt, auf die Straße zu gucken und nicht auf einen Strand. Es hat aufgehört zu regnen. Die Feuchtigkeit bekomme ich so nicht raus, also mache ich wieder meine Durchzugtechnik und öffne im gegenüberliegenden Zimmer das Fenster zum Garten. Dieses Zimmer nenne ich immer das Regalzimmer, weil es hier nichts gibt, außer den Regalen an der Wand. Hier stehen lauter kleine Dinge, die mir wichtig sind oder mal wichtig waren. Kleine Geschenke von meinen Schülern, ein paar schöne Steine, die ich am Rhein gefunden habe. Meine Fotoalben sind hier gelagert, Bücher, die ich nicht mehr lese, aber auch nicht wegwerfen möchte. Es ist ziemlich nervig, all die Sachen abzustauben, deshalb mache ich das auch nur selten. Ich fahre mit meinem Finger über die Staubschicht, um zu prüfen, wie tief sie schon ist. Ich denke, das Abstauben kann noch etwas warten. Wenn man ein großes Haus hat, darf man sich mit dem Putzen nicht zu sehr stressen, denn sonst kann man eigentlich gar nichts anderes mehr tun. Ich hab mir angewöhnt, mich über einen einzigen geputzten Raum zu freuen, statt ständig daran zu denken, wie viele andere noch nicht geputzt sind.

Ich schaue noch einmal aus dem Fenster. Auch auf dieser Seite leider kein echtes Meer, dafür immerhin mein Meer aus Bäumen. Die ersten Sterne wären jetzt zu sehen, wenn der Himmel nicht so wolkenverhangen wäre. Ich konzentriere mich und schaffe es nach einer Weile tatsächlich, die Sterne durch die Wolken hindurch zu sehen. Vielleicht mit meinem inneren Auge, aber das genügt. Bevor ich ins Bett gehe, vergewissere ich mich noch mal, dass keine Strickjacke auf der Terrasse über dem Stuhl hängt. Alles ist friedlich im Garten, und so gehe ich beruhigt ins Bett.

Am nächsten Morgen habe ich mich etwas an das frühe Aufstehen gewöhnt. Ich klemme mir das Schaukelkissen zwischen Po und Schaukelbrett, sage zuversichtlich: »Guten Morgen, Hanna!«, und schaukle konzentriert in sieben Zügen auf meine optimale Schaukelhöhe. Die Vögel zwitschern, obwohl der Himmel wieder wolkenverhangen ist. Sie machen es richtig. Ich versuche, meine Gedanken zu ordnen. Heute schreibe ich mit meiner Klasse eine Mathearbeit. Ich habe sie schon lange vorbereitet, darf nur nicht vergessen, sie gleich auch mitzunehmen. Die Kinder nehmen einem das zwar nicht übel, wenn man eine Arbeit verschiebt, aber die Mütter. Ich kriege dann wieder sieben »Aber wir haben doch extra geübt«-Mails. Manche Kinder sind auch wirklich sehr aufgeregt vor einer Arbeit, und es ist nicht fair, ihnen diese Aufregung ohne Grund zweimal für einen Test zuzumuten. Außerdem bin ich sowieso spät dran, die Sommerferien nahen, die Noten müssten längst feststehen. So, Gedanken präzise ordnen, ermahne ich mich selbst. Ich muss heute unbedingt einkaufen, ich habe kein Obst mehr und gar nichts im Kühlschrank. Heute Nachmittag werde ich Jule mal anrufen, ob sie mit den Kindern am Wochenende kommen möchte. Ich hab ja jetzt eine tolle Überraschung für Liz und Sophie: den hübsch hergerichteten Wohnwagen. Plötzlich tut mir die alte Frau leid. Sie hat sich den Wagen so schön gemacht, um den Sommer hier draußen zu verbringen, und ich herzloses Stück habe sofort mit der Polizei gedroht. Wäre es denn wirklich so schlimm gewesen, wenn sie da hinten im Garten campiert hätte? Ja, sagt eine kleine Stimme in mir. Immerhin habe ich ihr Geld angeboten. Vielleicht sehe ich sie ja noch einmal und kann ihr noch etwas geben für den Wagen, das wäre nur fair.

Ich zwinge mich, weiter den Tag zu planen, Mathearbeit mitnehmen, einkaufen, Jule anrufen, was noch? Sport sollte ich mal wieder machen. Vielleicht schaffe ich es heute Abend ins Hallenbad. Ich liebe es, im Sommer draußen im Freibad zu schwimmen, aber das Wetter sieht ja leider nicht mehr wirklich nach Badewetter aus. Kurz ärgere ich mich, dass ich die schwülheißen Tage nicht zum Schwimmen genutzt habe. Ärgern ist aber auf meiner Schaukel verboten, und so gehe ich endlich zum schönsten Teil über, lege den Kopf in den Nacken und lasse mich ausschaukeln.

Beim Abspringen entdecke ich es. Da hinten hängt etwas am Pflaumenbaum. Ich laufe durch die Wiese. Ein Ast hat sich einen gehäkelten Strumpf angezogen. Er ist lilagrün geringelt und passt ihm perfekt. Fast so, als hätte man ihn genau für diesen Ast gehäkelt. Die Strickjackenfrau! Hab ich diesen Astwärmer übersehen, oder ist sie wieder da?

Ich habe eigentlich keine Zeit nachzuschauen, aber natürlich laufe ich doch schnell durch das Tor auf die andere Seite des Gartens. Beim Näherkommen höre ich schon Musik. Das muss irgendein schlimmer Radiosender sein, ich erkenne einen alten Schlager. Ist das etwa »Schön ist es auf der Welt zu sein« von Roy Black? Das ist ja schlimmer als der Steine-Song. Das werde ich jetzt den ganzen Tag im Kopf haben. Schon ertappe ich mich dabei, wie ich innerlich mitsinge von Bienen und Stachelschweinen. Der Duft von Kaffee weht mir entgegen.

Frau Strickjacke macht sich wohl gerade ein Frühstück. Zu sehen ist sie nicht, aber ich kann sie im Wagen herumwerkeln und singen hören. Ich entdecke eine Wäscheleine, auf der sie ihre Tischdecke aufgehängt hat. Die ist vermutlich nass geworden. Die ganze Szene hat etwas Schönes und Heimeliges. Vielleicht drehe ich mich deshalb einfach wieder um und gehe zurück zum Haus. Ich kann heute Nachmittag noch mit ihr reden, und dann kann ich auch darauf bestehen, ihr für den Wagen Geld zu bezahlen.

Ich fahre zusammen mit der Biene und dem Stachelschwein in die Schule.

»Haben Sie einen Tipp gegen einen Ohrwurm?«, frage ich Herrn Schibalski, der mich wie jeden Morgen am Fahrradständer freundlich begrüßt. Eine Zeitlang habe ich gedacht, er hat da eben um diese Uhrzeit zu tun. Inzwischen weiß ich: Er wartet jeden Morgen auf mich.

Er nickt. »Ja. Sie müssen einfach ein anderes Lied singen. Allerdings haben Sie das dann im Ohr.«

»Ganz loswerden kann man die nicht?«, frage ich und komme mit rotem Gesicht nach oben, weil ich so lange kopfüber an meinem Zahlenschloss rumgefummelt habe.

»Doch. Heute Abend haben Sie ihn vergessen! Rückenschmerzen sind schlimmer als ein Ohrwurm!«, fügt er hinzu.

Da hat er natürlich recht. »Ist es wieder schlimmer bei Ihnen?«

»Geht schon«, brummt er. »Hab ja Ihren Ball!«

Mir kommt eine Idee. »Herr Schibalski, haben Sie ein Nudelholz?«

»So ein Teil, mit dem man Teig ausrollt? Ja sicher, ich mach damit immer meine Quiche, wenn meine Tochter kommt. War schon eine Weile nicht mehr da, sie hat ja so viel zu tun ...«

Ich unterbreche ihn. »Nach der Sechsten – hier mit dem Nudelholz!«, ordne ich an.

»Na, Sie wollen mich doch wohl nicht verprügeln, Frau Lambert?« Er lacht über seinen Witz, aber ich bin schon an ihm vorbei. Erste Stunde ist Mathe. Es läuft ganz gut. Ich helfe ein bisschen hier und da und schreibe an die Tafel, dass alle bitte erst die Aufgaben LESEN sollen, bevor sie anfangen zu rechnen. Schließlich setze ich mich vorn an mein Pult und versuche, das Stachelschwein aus meinem Kopf zu bekommen. Der einzige Song, der mir einfällt, ist der Steineesser, und dann habe ich BEIDE im Kopf, was weder musikalisch noch textlich irgendwie zusammengeht.

Nach der sechsten Stunde vergesse ich beinahe Herrn Schibalski. Eigentlich sehe ich ihn nur zufällig unten an der Treppe stehen, mit dem Nudelholz in der Hand. Alle Schüler machen einen respektvollen Bogen um ihn. Ich winke ihm von oben zu, dass er mir folgen soll.

Ich lotse ihn in meinen leeren Klassenraum und schließe die Tür hinter uns.

»Frau Lambert, langsam krieg ich's mit der Angst! Was haben Sie vor?«

»Sie stellen sich jetzt mit dem Gesicht zur Tafel, und ich rolle Ihren Rücken mit dem Nudelholz ab!« Ich kann an seinem Gesicht sehen, dass er eine Erklärung braucht. Nicht, dass er am Ende noch denkt, das sei ein seltsamer Fetisch von mir, alte Männer mit einem

Nudelholz abzurollen. »Haben Sie noch nie etwas von Faszien gehört? Das ist Ihr Bindegewebe. Die Faszien halten alles schön zusammen, können aber im Laufe der Zeit und bei einseitiger Belastung gerne mal verkleben ...«

»Verkleben?«, fragt er verständnislos.

Ich ändere meine Erklärungstaktik. »Im Prinzip wirkt das wie der Ball, nur besser, weil die Fläche größer ist. Also, los jetzt.« Ich nehme ihm das Holz mit rechts aus der Hand und schlage es scherzhaft in meine linke Hand, als wollte ich ihn verprügeln. Ergeben dreht er sich um und stützt sich an der Tafel ab. Jetzt sieht er aus wie ein Ganove, der gerade nach Waffen abgetastet wird. Ich rolle das Nudelholz über seinen Rücken. Anfangs ganz leicht, damit er sich etwas entspannt. Sobald ich seine Bärgeräusche höre, lege ich los und rolle kräftiger.

»Gott, das tut weh!«, jammert er.

»Wenn's weh tut, wirkt es!«, sage ich und rolle noch heftiger.

Mitten in seinen schmerzvoll gestöhnten Ohs und Ahs wird die Klassenzimmertür aufgerissen. »Was passiert hier?«, will Herr Rosenbaum, unser Schuldirektor, wissen. Herr Rosenbaum ist ein sehr kleiner Mann, der auf Augenhöhe mit den meisten unserer Grundschüler ist. Allerdings kenne ich niemanden, der von so weit unten so streng nach oben gucken kann wie er.

»Faszienbehandlung. Ich rolle Herrn Schibalskis Rücken ab, damit seine Schmerzen besser werden.«

Der kleine Schuldirektor blickt prüfend von mir zu unserem Hausmeister. Er registriert, dass wir beide voll bekleidet sind und ich tatsächlich ein Nudelholz in der Hand halte. »Zeigen Sie mal«, fordert er uns auf.

»Die verklebten Faszien können sich durch den Druck wieder lösen und geben dann Nerven und die Muskulatur wieder frei.« Während ich erkläre, rolle ich kräftig auf Herrn Schibalski herum. Der versucht zwar vor unserem Direktor tapfer zu wirken, aber ab und zu entfährt ihm doch ein kleiner Schmerzenslaut.

»Und das wirkt?«, fragt Herr Rosenbaum. Ehe ich noch antworten kann, hat er sein Jackett ausgezogen und sich neben den Hausmeister gestellt und stützt sich ebenfalls an der Tafel ab. »Rollen Sie mal!«, fordert er mich auf. Ich verkneife mir ein Lachen und rolle unseren Schuldirektor ab. »Fester!«, befiehlt er.

»Ist das hier *Fifty Shades of Grey*?« Sandra Liebermann steht hinter uns und das halbe Lehrerzimmer in der geöffneten Tür. Sie spitzt ihre lippenstiftroten Lippen und nimmt mir das Nudelholz aus der Hand. »Darf ich auch mal?«, fragt sie lasziv und macht sich von hinten an dem wehrlosen Direktor zu schaffen.

Ich nutze die Gunst der Stunde, um mich zu entfernen. Herr Schibalski folgt mir wie ein Hund. »Faszien ausrollen«, erkläre ich dem Rest meiner Kollegen, die belustigt in der Tür stehen und zur Seite gehen, als wir den Raum verlassen.

»Mein Nudelholz hole ich dann später«, nuschelt Herr Schibalski und wuselt über den Flur weg.

»Danke, Frau Liebermann, das reicht schon«, versucht sich drinnen unser Chef aus seiner hilflosen Position zu befreien. Die Liebermann lacht kokett und rollt einfach weiter.

»Ist es so fest genug?«, fragt sie mit einer tiefen Stimme. Sie ist so peinlich!

Ich verschwinde ganz schnell ins Lehrerzimmer, schnappe mir meinen Mittagssnack und flüchte nach draußen. Heute ist es wieder schwül, die Sonne lässt sich allerdings nicht blicken. Seltsamer Sommer.

Ich habe heute Nachmittag wieder Hausaufgabenbetreuung. Das ist neben dem Basteln ein weiterer Teil an meinem Job, den ich nicht mag. Vielleicht liegt es auch nur an der Uhrzeit. Nach dem Mittagessen ist immer mein absoluter Tiefpunkt. Ich hab dann einfach keine Kraft mehr, kleine Menschen, die auch ihren Tiefpunkt haben, durch die Hausaufgaben meiner Kollegen zu schleppen. Ich selbst gebe nämlich so wenig Hausaufgaben wie nötig auf. Natürlich ist es wichtig, dass sich die Schüler den Stoff noch einmal selbst erarbeiten und gewisse Dinge üben. Aber noch wichtiger finde ich, dass sie auch noch Zeit haben, um zu spielen und Kind zu sein.

Meine Ohrwürmer tauchen pünktlich zur Hausaufgabenbetreuung auch wieder auf, und ich erwische mich selbst dabei, wie ich alle Nomen im Liedtext innerlich grün unterstreiche. Welt, Biene, Stachelschwein, Ich, Bett, Steine.

Manchmal verblödet man als Grundschullehrerin einfach nur.

Als ich mein Fahrrad vor dem Haus parke, setzt sich ruckartig eine kleine Menschenmenge in Bewegung und rollt auf mich zu. Sie bewegen sich komisch, weil einer eine große Kamera auf der Schulter hat und ein anderer einen langen Stab hält, auf dem vorn eine hässliche, fusselige Mütze montiert ist. Ich nehme an, unter dem Filz ist ein Mikrophon. Leider bekomme ich sofort die Gelegenheit, mir die Mütze genauer anzusehen, sie wird mir nämlich direkt vor die Nase gehalten.

»Was haben Sie gedacht, als plötzlich dieses Wildtier in Ihrem Garten stand?«, schreit mich ein Mann an, der eine blöde Kappe trägt und einen Block, auf den er starrt, statt mich anzuschauen. Gern würde ich meinem Impuls folgen und einfach wortlos in mein Haus gehen, aber der Typ mit der Kamera auf der Schulter steht mir im Weg. Die werden mich hier nicht so einfach gehen lassen. Prinzipiell hätte ich gar kein Problem damit, ein Interview zu geben und über Bibby zu sprechen. Ich nehme mal an, dass er Bibby mit dem Wildtier meint. Aber die Art und Weise, wie die mir hier auf die Pelle rücken, geht einfach gar nicht.

»Mai hachgemir kon da so brusch ma kumpka da lusch«, sage ich in die Kamera. Für einen kurzen Moment herrscht verblüffte Stille. Die kleine Truppe gleicht meine Phantasiesprache im Kopf mit den ihnen bekannten Sprachen ab und versucht, sie einzuordnen.

»Russisch?«, rät einer weiter hinten, der keine echte Funktion hat und nur irgendetwas schleppt.

»Ma hat gulpa die Anion!«, fahre ich fort und deute mit meinen Armen jetzt etwas Hohes, Langes an.

»Do you speak English?«, schreit mich der Kappentyp an. Der andere sollte ihm mal die Mikrophonmütze hinhalten, dann müsste er nicht immer so brüllen.

»Parlez-vous français?«, versucht es der Schlepper von hinten.

»Das Problem ist nicht meine Sprache, sondern Ihre«,

sage ich zu dem Kappenmann. »Guten Tag, ich bin der Herr Soundso vom Sender Dasunddas. Wir würden gerne ein Interview mit Ihnen drehen. Es tut uns leid, wenn wir Sie so überfallen, wir können auch gern morgen wiederkommen, wenn es dann besser passt«, spreche ich ihm vor.

Er starrt mich nur verständnislos an. »Morgen ist zu spät, das kommt heute um einundzwanzig Uhr fünfundvierzig«, sagt er in normaler Lautstärke. »Was haben Sie gedacht, als Sie die Giraffe das erste Mal gesehen haben?«, schreit er mich wieder an.

Das ist vielleicht eine nervige Taktik. »Klingeln Sie bei Windhus gegenüber. Die hat alles gesehen.« Die Kamera bleibt weiter auf mich gerichtet. »Tal ja man hulgur!«, rufe ich und mache eine verscheuchende Handbewegung. Der Truppe wird klar, dass von mir nichts mehr zu bekommen ist. Sie setzen sich wieder seltsam synchron in Bewegung und klingeln bei Iris. Ich weiß, das wird ihr Spaß machen, und ich kann in Ruhe nach Hause kommen.

Gerade als ich mir eine Kleinigkeit zu Essen gemacht habe, klingelt es an der Tür. Das ist sicher Iris, die mir ganz aufgeregt alles von ihrem Fernsehinterview erzählen möchte.

Vor mir stehen zwei Leute. Einer hält eine Kamera in der Hand. Schon wieder jemand von der Presse! Haben die eigentlich kein Telefon? »Entschuldigen Sie, dass wir einfach so bei Ihnen klingeln. Ich bin Renate Schneider, Redakteurin vom *Tagesblatt*, und das ist unser Fotograf Holger Dünnast. Dürften wir vielleicht ein Interview mit Ihnen machen?«

»Die spricht nur Russisch!«, schreit der Fernsehtyp, der mit seinem Team und Iris vor meinem Vorgarten herumsteht. Iris hört gar nicht auf zu reden, obwohl sie schon keiner mehr filmt.

»Kommen Sie doch bitte rein«, sage ich so liebenswürdig, wie ich kann, zu der Redakteurin und werfe dem blöden Kappenmann einen triumphierenden Blick zu. Das *Tagesblatt* ist eine seriöse Zeitung, und im Gegensatz zu den Fernsehfritzen hat sie sehr höflich gefragt. Wir machen das Interview draußen auf der Terrasse. Es dauert länger, als mir lieb ist, und dann möchte der Fotograf auch noch Bilder von mir machen. Ich soll ein paar Möhren aus meinem Dachfenster halten. »Möhren habe ich keine mehr, die hat alle Bibby gefressen!«

»Ach ja«, sagt die Redakteurin. Wir einigen uns auf eine Gurke. Das Fernsehteam ist glücklicherweise inzwischen weg, nur Iris schaut mir zu und winkt von unten, als ich oben die Gurke aus dem Dachfenster halte, als würde ich eine Giraffe füttern. Ich komme mir ziemlich blöd dabei vor.

»Es wäre besser, wenn die Gurke angebissen wäre!«, ruft der Fotograf von der Straße. Holger Dünnast hat ganz genaue Vorstellungen vom Bild. Ich erkläre dem Fotografen nicht, dass Giraffen nicht abbeißen, sondern ihre Zunge benutzen. Ich beiße also ein Stück von der Gurke ab und halte dann die angebissene Gurke aus dem Fenster. Iris feuert mich unten an und nimmt mir auch schließlich Redakteurin und Fotograf ab, indem sie beide zu sich einlädt. Ich soll auch mitkommen, aber ich lehne dankend ab und winke zum Abschied mit der Gurke.

Geschafft.

Als es einige Stunden später wieder klingelt, bin ich schon im Nachthemd. Es ist Iris, die einfach an mir vorbei in meine Wohnung stürmt, den Fernseher anschaltet und sich auf mein Sofa setzt. »Na komm!« Sie klopft neben sich. »Geht gleich los! Wir kommen im Fernsehen!« Bevor es wirklich losgeht, müssen wir uns allerdings noch einen Beitrag über einen Gartenbesitzer anschauen, der Buchstaben und Smileys in seine Hecken schneidet. »Das wäre mir zu aufwendig«, kommentiert Iris. »Heckenschneiden an sich ist ja schon viel Arbeit, aber dann noch …«

»Pscht! Es geht los!«, unterbreche ich sie. Die Moderatorin berichtet jetzt von der entlaufenen Giraffe. Sie zeigen erst mal Bilder von Bibby im Zoo, was sehr schön ist, denn jetzt kann ich sehen, dass sie wieder normal läuft und jede Menge Blätter und Zweige frisst. Mein Haus kommt ins Bild, und dann gibt es eine Nahaufnahme von meinen kaputten Hortensien. Mein Herz tut plötzlich weh, aber ich habe keine Zeit, mich damit groß aufzuhalten, denn jetzt bin ich im Bild. »Die Bewohnerin dieses Hauses wurde von dem Wildtier bedroht«, sagt eine Stimme aus dem Off, und man sieht mich, wie ich etwas Langes, Hohes mit meinen Armen andeute. Mein Gott, sind die bescheuert. Plötzlich ist die Moderatorin wieder im Bild, die uns mitteilt, dass Bibby wohlbehalten im Zoo angekommen ist, was man ja vorher schon sehen konnte.

Fassungslos starrt Iris auf den Bildschirm. »Die haben mich gar nicht gesendet! Eine Stunde haben sie mich gefilmt, und nichts davon haben sie gesendet!« Iris steht auf und geht ganz nah an den Bildschirm heran, als könnte sie sich so noch irgendwo entdecken.

»Sei froh! Mir haben sie großen Blödsinn in den Mund gelegt!« Ich weiß nicht, ob ich Dr. Horse nach diesem Beitrag überhaupt noch anrufen kann. Hoffentlich guckt das keiner! Ich räume etwas auf, um Iris zu signalisieren, dass sie jetzt nach Hause gehen soll. Sie bleibt stur auf dem Sofa sitzen.

»Die haben mich einfach rausgeschnitten!«

»Sie haben dich gar nicht erst reingeschnitten, Iris. Das sind Idioten. Du hast ihnen einfach zu kluge Dinge gesagt. Das passte nicht in ihren Beitrag!«

»Meinst du?« Sie sieht mich traurig an. Ihre Wimperntusche ist verschmiert, und ich sehe den grauen Ansatz in ihren rötlich gefärbten Haaren. Sie sieht plötzlich so alt und unglücklich aus. Es hätte ihr viel bedeutet, für dreißig Sekunden berühmt zu sein. Jemand sollte sie in den Arm nehmen. Ich setze mich neben sie und lege einen Arm um ihre Schulter. So bleiben wir sitzen, bis sie schließlich aufsteht und geht. »Ich bin dann mal weg. Schlaf gut, Hanna.«

»Iris!« Mir kommt da plötzlich eine Idee. Hoffentlich ist es noch nicht zu spät!

Regenbogen-Eier

Der nächste Morgen ist grau. Ich lasse frische Luft in mein Schlafzimmer. Ein paar Vögel zwitschern, ihnen ist das Wetter egal. Grübelnd stehe ich vor meinen Klamotten. Keine Sonne, aber vielleicht wird es schwül? Ich hasse es, zu warm angezogen zu sein. Bevor ich mich entschieden habe, was ich denn nun anziehe, klingelt es an der Tür. Schnell schlüpfe ich in die nächstbeste Hose und ziehe mir im Gehen ein weißes Oberteil über. Etwas unordentlich öffne ich die Tür. Mir ist klar, wer da steht. »Es ist drin!«, sagt sie aufgeregt und schwenkt eine Brötchentüte und eine Zeitung. »Alles ist drin! Ein ganz toller Artikel!« Glücklich schwebt sie an mir vorbei in die Küche. Sie breitet das *Tagesblatt* auf meinem Tisch aus, und ich sehe sofort das Bild, das sie von Bibby und mir gemacht hat. Sie zeigt auf den kleinen Schriftzug darunter: »Foto: Iris Windhus«, sagt sie stolz. »Das klingt gut, ne? Ich könnte ja noch Fotografin werden. Warum nicht? Die fanden mein Bild so gut, guck. Hier ist es drin!« Aufgeregt tippt sie auf die Seite.

»Lies mal vor«, fordere ich sie auf, während ich zwei Teller auf den Tisch stelle und Margarine und Marmelade aus dem Kühlschrank hole. Der Artikel ist wirklich gut. Bibby kommt nicht als gefährliches, hortensienvernichtendes Wildtier rüber. Die Redakteurin Renate Schneider hatte sich sehr gefreut, als ich sie gestern Abend noch so spät angerufen habe. Gut, dass ich ihre Visitenkarte nicht weggeschmissen hatte!

»Ich hab fast nicht geschlafen, so aufgeregt war ich!«, sagt Iris und bestreicht sich ihr Brötchen dick mit Margarine. »Bin so gespannt, was Friedhelm dazu sagt, dass ich als Fotografin in der Zeitung bin. Er kommt heute wieder. So eine Aufregung, während er weg war. Er hat echt was verpasst! Erst die Giraffe, und jetzt ist auch noch seine Frau in der Zeitung!« Sie lacht begeistert. Ich bin mal wieder ganz erstaunt, wie gut Iris gleichzeitig reden und essen kann. Wie immer ist es etwas schwer, sie pünktlich loszuwerden.

In der Schule bin ich heute die »Giraffenfrau«. Alle wollen die Geschichte von Bibby hören, und als ich nachmittags endlich auf dem Rückweg bin, habe ich sie, glaub ich, achtmal erzählt.

Ich biege mit dem Fahrrad in meine Straße ein und sehe das große gelbe Postlieferauto. Ich bestelle nicht so oft Sachen, aber ich nehme relativ häufig Pakete für meine Nachbarn an.

Der Posttyp wartet, bis ich mein Fahrrad angeschlossen habe. »Da haben Sie aber etwas Schweres bestellt!«, begrüßt er mich. »Wo soll ich's absetzen?« Ich habe keine Ahnung, wovon er redet. Ich habe nichts bestellt und schon gar nichts Schweres. Ächzend schleppt er ein großes Paket die Stufen hoch. Ich öffne ihm schnell die Haustür, und er schwankt an mir vorbei in den Flur. »Hier?« Noch bevor ich antworten kann, hat er es schon abgestellt. »Ein Autogramm, bitte.« Er hält mir das komische Gerät hin, auf dem kein Mensch normal unterschreiben kann, und ich kritzle ein paar Hieroglyphen in das kleine Feld. Sobald er meine Unterschrift hat, hetzt er zurück zu seinem Wagen. Keine Zeit, ihm mitzuteilen, dass ich gar nichts bestellt habe.

Ich sehe mir das Paket an. Es stehen mein Name und meine vollständige, korrekte Adresse drauf. Absender ist die Firma Böhöcker. Was bitte verschickt eine Firma Böhöcker? Klingt irgendwie nach Sanitärbedarf. Firma Böhöcker schickt mir Musterflanschmuffen, weil ich in einem alten Haus wohne und ein Vertreter der Böhöckers allen Leuten in alten Häusern Musterflanschmuffen schickt, damit sie sich endlich neue bestellen und die an ihren Leitungen auswechseln. Das ist mein heimlicher Horror, dass ich eines Tages eine große Reparatur am Haus machen lassen muss und das Geld dafür nicht habe.

Ich suche eine Schere, um das Paket zu öffnen. Es ist spannend, ein Paket zu bekommen, dieses hier muss ganz klar eine Fehllieferung sein. Wenn es ein Geschenk wäre, würde ich ja den Absender kennen. Außer … jemand hat bei der Firma Böhöcker etwas für mich bestellt. Vielleicht ist es ein Pflanzenversand, und Dr. Horse hat mir neue Hortensien bestellt? Ich finde keine Schere und beschließe, das Paket erst einmal in die Küche zu tragen. Es ist so schwer, dass ich es nicht heben kann. Ich schiebe es mit dem Fuß vor mir her. Mein Gott, sind da Steine drin? Hat der Steineesser mir jetzt schon Steine geschickt, damit ich mich auf das Bett setzen und sie essen kann?

Irgendwie wuchte ich es auf den Tisch. Jetzt tut mir

auch der Rücken weh. Morgen lass *ich* mich mal von den Herren in der Schule mit einem Nudelholz abrollen. Das Paketband ist sperrig und lässt sich nicht aufreißen. Ich nehme ein Messer zur Hilfe. Ich sollte das Paket sauber öffnen, damit ich es zurückschicken kann. Ich gebe mir unendlich viel Mühe, säge und feile und bekomme es nur Stück für Stück auf.

Vielleicht hab ich ja einen heimlichen Verehrer, der mir Coladosen schickt. Coladosen könnten so schwer sein. Mir reicht es jetzt. Ich bekomme das blöde Paket nicht auf und will jetzt endlich wissen, was drin ist. Mit roher Gewalt reiße ich an dem Karton. Er gibt nach und reißt viel weiter auf als geplant. Der Inhalt springt plötzlich durch meine Küche. Was ist das? Ich brauche einen Moment, um zu verstehen, dass Hunderte von bunten kleinen Flummis über den Tisch, den Boden und die Küchenzeile hüpfen. Es hört gar nicht auf. Das Paket ist bis zum Boden aufgerissen, und der komplette Inhalt stürzt sich jetzt begeistert nach draußen. Bald stehe ich knöchelhoch in kleinen Bällen. Ich nehme einen hoch. Er liegt gut in der Hand, leuchtet in allen Farben und ist nicht rund, sondern oval. Ich suche im leeren Paket nach einem Lieferschein.

»Regenbogen-Eier-Flummis, Stückzahl: 1000«. Wer um Himmels willen bestellt tausend Regenbogen-Eier-Flummis? Und warum ging die Lieferung an mich? Das muss ein Fehler sein. Ich wate durch das Meer aus Bällen. Ganz viele sind durch die geöffnete Küchentür in den Flur gesprungen. Auch im Wohnzimmer liegen welche. Ich muss ziemlich weit gehen, bis ich eine freie Fläche auf dem Boden finde. Ich lasse den kleinen Ball aus meiner Hand springen. Er kommt nicht wieder nach oben, sondern titscht zur Seite weg, was vermutlich an seiner Eiform liegt. Er springt und springt und ändert dabei ständig seine Richtung.

Ich gehe zurück zur Küche. Reingehen kann ich gar nicht. Ich habe Angst, dass ich auf den Flummis ausrutsche. Hier sieht es aus, als ob ein Regenbogen explodiert wäre. Überall liegen die kleinen Eier. Kein Wunder, wenn das wirklich tausend Stück waren. Ich muss die wieder einsammeln. Aber in dem Paket kann ich sie nicht zurückschicken, das habe ich ja kaputtgerissen. Ich gehe den Flur entlang zum Gästezimmer. Sofort kommen die Bälle wieder in Bewegung und springen aufgeregt durch die Tür, die ich gerade geöffnet habe. »Ihr sollt hier nicht auch noch rein!«, schimpfe ich und hole den Wäschekorb, der leer herumsteht. Ich fange an die kleinen Eier in den Korb zu sammeln. Dabei komme ich mir vor wie an Ostern. Allerdings muss man sie wirklich vorsichtig ablegen und darf sie auf keinen Fall mit Schwung in den Korb werfen, dann kommen sie nämlich sofort wieder herausgesprungen. Mein Rücken tut weh, deshalb mache ich bald auf allen vieren weiter. Ich krabble durch den Flur und sammle mit der rechten Hand die Flummis ein. Tausend Stück! Das wird ewig dauern, bis ich die alle im Wäschekorb habe. Als der Flur flummifrei ist, mache ich im Wohnzimmer weiter. Das ist schon schwieriger, weil sie hier nicht nur auf dem Boden liegen, sondern wie eine Horde ungezogener Affen überall hingesprungen sind. Auf das Sofa, unter das Sofa, hinter das Sofa, in die Blumenkübel, auf das Fensterbrett, sie sind überall.

Ich gebe auf. Der Wäschekorb ist halbvoll, aber im Wohnzimmer habe ich längst nicht alle, und in der Küche liegen sie ja noch knöchelhoch! Ich binde mir meine Haare zusammen, weil ich schwitze, balanciere dann über die Eier zum Kühlschrank und hole mir ein Glas Orangensaft. Ich nehme einen großen Schluck. Ich werde jetzt bei den Böhöckers anrufen und fragen, was das soll. Die Nummer steht auf dem Lieferschein.

»Meier, Firma Böhöcker, was kann ich für Sie tun?«

»Guten Tag, Lambert ist mein Name, ich habe hier eine Lieferung von tausend Regenbogen-Eier-Flummis, die ich nicht bestellt habe.«

»Tausend? Das ist eine ungewöhnlich große Lieferung!«

»Finde ich auch!«

»Liefernummer?«

Ich gebe sie ihr. Sie ruft die Bestellung auf und sagt: »Hanna Lambert?«

»Ja, das bin ich.«

»Sie haben die Flummis bestellt und auch bezahlt.«

»Habe ich nicht.«

»Doch, laut meinen Unterlagen sind Sie der Auftraggeber. Sie wissen, dass die Flummis ein Sonderangebot waren?«

»Nein. Und was heißt das jetzt?«

»Sie sind vom Umtausch ausgeschlossen.«

»Aha. Hören Sie, da hat sich jemand einen Scherz mit mir erlaubt. Ich habe die nicht bestellt, wirklich nicht!«

»Frau Lambert, die Flummis sind bezahlt, von daher ist Ihnen ja kein Schaden entstanden!«

Ich gucke auf meine bunte Regenbogenküche. »Nein«, seufze ich, »da haben Sie recht.«

»Kennen Sie nicht ein paar Kinder? Verschenken Sie die Flummis doch einfach!«

»Tausend Stück?«

»Ein paar können Sie doch behalten. Die sind doch nett!«

Ich beende das Gespräch. Ob ich nicht ein paar Kinder kenne! Ich sitze praktisch an der Quelle, aber mit dieser Lieferung könnte man drei Schulen versorgen!

Ich hole einen zweiten Wäschekorb und mache mich an den Küchenboden. Als ich damit fertig bin, brauche ich erst mal etwas zu essen. Etwas Richtiges, kein Brot. Ich entscheide mich für Sommerspaghetti. Die mach ich gerne, wenn es richtig hochsommerlich heiß ist. Hochsommerlich ist es zwar heute nicht, aber heiß ist mir vom vielen Flummisaufsammeln. Um die Nudeln zu kochen, muss ich erst mal den Herd von den Regenbogen-Eiern befreien.

Ich setze Wasser auf, sammle dabei zehn Flummis aus der Spüle und mache mich dann ans Zwiebelschneiden. Ich habe noch einen alten Herd, deshalb dauert es eine ganze Weile, bis das Wasser kocht. Inzwischen habe ich die Soße schon fertig. Olivenöl, Zwiebeln und Tomaten. Das Ganze mit Salz und Pfeffer gewürzt. Fertig. Ich sammle noch ein paar Flummis von den Regalen und dem Tisch und den Stühlen, bis die Nudeln gar sind. Die zwei Wäschekörbe sind jetzt randvoll.

Mit meinen Sommerspaghetti setze ich mich raus auf die Terrasse. Als ich mich hinsetze, sehe ich den gehäkelten Astwärmer am Pflaumenbaum. Um die Strickjackenfrau muss ich mich ja auch noch kümmern! Die hatte ich total vergessen. Ich mische die Spaghetti noch mal durch, damit sich die Soße gleichmäßig an den Nudeln verteilt. Dadurch, dass die Soße nicht warm ist, bekommt das Gericht so etwas herrlich Frisches. Ich werde jetzt erst einmal essen und mich dann um die Strickjackenfrau kümmern. Meine Mutter hat immer gesagt: »Auf leeren Magen kann man nichts entscheiden!«

Ich wünschte wie so oft, ich könnte sie anrufen und ihr von der Flummilieferung erzählen. Auch nach zehn Jahren habe ich mich noch nicht an den Gedanken gewöhnt, ihr nie wieder etwas erzählen zu können. Wobei das so auch nicht stimmt. Ich rede viel mit ihr, in Gedanken. Sie weiß immer, wie es mir geht und was mich gerade beschäftigt. Auf diese Art ist sie weiterhin an meinem Leben beteiligt. Trotzdem fehlt sie. Weder Sebastian noch ich gehen jemals an ihr Grab. Wir finden sie dort nicht. Sie ist nicht dort zwischen den schweigenden Grabsteinen und den Friedhofsblumen, die sie nicht mochte. Sie ist hier, im Garten, zwischen der Sommerwiese und den Bäumen, sie ist im Blau der Hortensien und im Geschmack der Sommerspaghetti, weil sie das Gericht erfunden hat. Eine Träne findet ihren Weg über meine Wange. Ich wische sie nicht weg. Zehn Jahre ist sie jetzt schon tot, und natürlich geht es mir um Welten besser als am Anfang, als die Tage und Nächte nur eine zähe Masse waren und jeder Atemzug Mühe kostete. Trauer ist unberechenbar und kennt kein Zeitlimit. Manchmal springt sie mich immer noch aus dem Nichts an. Ein Geruch, ein Lied, ein Geschmack, alles kann sie triggern.

Wir wussten, dass Mama sterben wird. Maja wusste, dass sie sterben wird. Aber man kann sich auf den Tod nicht vorbereiten. Ich jedenfalls habe das nicht geschafft, und Sebastian, soweit ich weiß, auch nicht. Maja war unsere Familie. Papa und sie haben sich früh getrennt. Er hat eine neue Familie gegründet. Wir hören ab und zu voneinander, und er hat auch versucht, für uns da zu sein, als sie starb, aber mit seiner hilflosen Art ist er uns eher auf die Nerven gegangen. Er teilte unsere Trauer nicht, und das tat noch mehr weh. Sebastian kapselte sich ab, nur Jule kannte den Weg zu ihm. Aber ich hatte Svenja. Nächtelang haben wir gesprochen. Ich denke, sie hat mir so eine Therapie ersetzt. Egal, wie viel ich weinte, egal, wie viel ich loswerden musste, Svenja war da. Ihre wasserblauen Augen fest auf mich gerichtet, wie ein Rettungsanker, selbst wenn sie manchmal mitweinte. Eines Tages sagte sie zu mir: »Sie war dreißig Jahre lang deine Mutter. Sei dankbar dafür!« Niemand anders auf der Welt hätte mir das sagen dürfen. Aus Svenjas Mund klang es nicht hohl. Svenjas Mutter hat sich nie wirklich um ihre Kinder gekümmert. Ihre fünf Jahre jüngere Schwester hat Svenja praktisch allein großgezogen. Aus ihrer Sicht war es ein großes Glück, so eine Mama wie Maja zu haben, selbst wenn sie viel zu früh gehen musste.

Maja war besonders. Sie hatte ganz viel Phantasie. Als wir klein waren, erzählte sie uns viele erfundene Geschichten zu unserem Haus und dem Garten. An manche erinnere ich mich und erzähle sie jetzt Liz und Sophie.

Als alleinerziehende Mutter konnte Maja allerdings

auch sehr streng sein. Ich mag es, wenn Sebastian manchmal genau ihre Sätze benutzt, wenn er seine Mädchen zur Ordnung ruft. Er merkt das gar nicht, glaube ich. Ich muss dann immer insgeheim lächeln. Erinnerungen sind nicht nur traurig, sondern auch schön.

Meine Sommerspaghetti sind aufgegessen, und die Träne ist getrocknet. Was mache ich jetzt mit der Strickjackenfrau? Ich habe große Lust, einfach etwas Unvernünftiges zu tun. Ich gehe einfach hin und kippe ihr einen ganzen Wäschekorb voller Flummis in den Wagen. Ich scheue ein zweites Gespräch mit ihr. Ich möchte sie weder rausschmeißen noch will ich, dass sie weiter in meinem Garten wohnt, aber so wie es aussieht, wird sich das Problem nicht von selbst lösen. Ich räume ab, schnappe mir alles, was ich an Bargeld da habe, immerhin knapp zweihundertfünfzig Euro, und stapfe tapfer durch die Wiese nach hinten zum Wohnwagen. Ich werde es ganz kurz machen, ihr das Geld auf den Tisch legen und sagen, bis morgen muss sie raus sein. Oder von mir aus bis Ende der Woche.

Als ich am Wagen ankomme, läuft keine Musik. Die Tischdecke liegt wieder ordentlich über dem Campingtisch. Wiesenblumen stehen in der Mitte in einem Glas. Die Tür zum Wohnwagen ist geschlossen. Gerade als ich überlege, ob ich anklopfen soll, entdecke ich sie. Sie liegt in einem Gartenstuhl, hat die Beine auf einem Hocker abgelegt und schläft. Vielleicht tut sie auch nur so. Ich räuspere mich ein paarmal, aber wie erwartet passiert nichts. Auf dem Tisch liegen ihr Häkelzeug und eine Einkaufsliste. Der Stift, mit dem sie geschrieben hat, liegt daneben. Entschlossen schreibe ich auf das untere Stück Papier:

Nehmen Sie bitte das Geld für Ihre Kosten am Wohnwagen. Es tut mir sehr leid, aber ich möchte keinen Untermieter. Bitte ziehen Sie bis morgen aus, sonst muss ich rechtliche Schritte einleiten.
Viele Grüße
Hanna Lambert

Das Geld fixiere ich mit einem Stein neben der Botschaft. Ich gehe erleichtert zum Haus zurück. Schriftlich macht die Aufforderung vielleicht mehr Eindruck, als wenn ich es ihr sage und sie dann wieder so tut, als hätte sie nichts gehört.

Was ich jetzt brauche, ist ein großes Stück Käsekuchen und einen Latte macchiato.

Svenja hatte Frühdienst und guckt mit kleinen Augen in die Welt. »Das wird mein Abendessen, ich hau mich gleich wieder ins Bett.« Fast tut es mir leid, dass ich sie angerufen und überredet habe, mit mir noch einen Käsekuchen essen zu gehen. Wir sitzen im Schmittis draußen unter einem Sonnenschirm. Es sieht nach Regen aus, und so haben wir wenigstens ein Dach über dem Kopf. Es ist nach achtzehn Uhr, und niemand bestellt mehr Kuchen. Ich war total froh, dass sie noch zwei Stücke hatten. Der Käsekuchen hier ist legendär. Das wissen nicht nur Svenja und ich.

Svenja liest müde den Artikel im *Tagesblatt*, den ich ihr auf den Tisch gelegt habe. »Der ist gut!«, sagt sie.

»Dafür war der Fernsehbeitrag total daneben.«

»Du warst im Fernsehen?«

Ich winke ab. »Nur als pantomimische Russin.« Svenja versteht kein Wort, ist aber zu müde, um nachzufragen. Stattdessen stürzt sie ihr Getränk herunter. »Trink doch keinen Kaffee, wenn du gleich ins Bett gehst – dann kannst du wieder nicht schlafen!«, bemuttere ich sie.

»Das liegt nicht am Kaffee, dass ich nicht schlafen kann, das liegt am Schichtdienst! Kaffee bewirkt gar nix mehr bei mir, guck!« Zum Beweis legt sie ihren Kopf auf den Tisch.

Bevor sie mir hier wegpennt, zeige ich ihr meine Handtasche. »Guck mal«, sage ich. Sie hebt den Kopf, und ich öffne meine Tasche.

»Was hast du da drin?«, fragt sie und klingt schon etwas wacher. »Regenbogen-Eier-Flummis.« Ich hole einen heraus und lege ihn Svenja in die Hand. »Die wurden mir heute geliefert, tausend Stück.«

Sie schaut mich verständnislos an. »Was willst du mit tausend Flummis?«

»Genau das ist die Frage, ich habe die nämlich nicht bestellt!«

»Wer dann?«

»Ich weiß es nicht. Ich kam von der Schule, und der Posttyp stand da mit einem riesigen Paket. Das war so schwer, das konnte man kaum tragen. Ich hab es aufgerissen, und tausend Flummis sind in meiner Küche rumgesprungen. Die Firma sagt, sie sind bezahlt, und ich sei der Auftraggeber.«

»Du hast sie aber nicht bezahlt?« Offensichtlich arbeitet Svenjas müdes Gehirn etwas langsam.

»Nein, wie denn, ich hab sie ja nicht mal bestellt!«

»Und was machst du jetzt? Man muss doch rausfinden können, wer die bezahlt hat. Vielleicht dein Dr. Horse?« Jetzt kommt Leben in ihre Miene. »Du, kann doch sein! Ein seltsames Dankeschön von einem Tierarzt! Ich meine, Ärzte sind schon superseltsam, dann sind Tierärzte vermutlich völlig bekloppt! Ruf ihn an!«

Ich nicke. »Ja klar, Svenja. Ich rufe ihn an und frage: Haben Sie mir als Dankeschön tausend Regenbogen-Eier-Flummis geschickt? Wie nett, wär doch nicht nötig gewesen!«

Jetzt hört sie selbst, wie absurd das klingt. »Dann waren es vermutlich Schüler von dir …«, überlegt sie. Endlich kommt unser Kuchen. Den Latte macchiato haben wir beide schon getrunken.

Der Käsekuchen ist weich, fluffig und lecker. Wir müssen eine kurze Gesprächspause einlegen, um zu genießen.

»Ich hab neben den Flummis noch ein ganz anderes Problem. Die Strickjackenfrau ist wieder da!«

»Hab ich mir gedacht«, behauptet Svenja.

»Warum?«

»Na, die zieht da nicht einfach so wieder aus, nachdem sie sich den ganzen Wagen renoviert hat. Nie im Leben, da musst du schon deutlich werden.«

»Und das heißt?«

»Ruf die Polizei. Lass sie zur Not abholen. Das ist dein Grundstück und dein Wohnwagen, Hanna!«

Ich seufze und wechsle das Thema. Als wir den Kuchen aufgegessen haben, zahlen wir sofort und gehen.

Svenja muss ins Bett, und ich muss noch ein paar Flummis aufsammeln.

Der Käsekuchen hat richtig gutgetan und Svenja zu sehen sowieso. Zu Hause schalte ich das Radio ein und räume voller Elan die restlichen Küchenflummis in die überquellenden Wäschekörbe. Ich kann und will keinen dritten Wäschekorb opfern, denn dann habe ich keinen mehr für meine Wäsche. Die lege ich auch noch schnell zusammen und räume sie in meinen Schrank. Ich habe keine Lust auf Fernsehen, also koche ich mir einen Tee und setze mich nach draußen, um den Tag gemütlich ausklingen zu lassen.

»Somewhere over the rainbow« läuft im Radio. Ich stelle es ganz laut, damit ich es auf der Terrasse hören kann. Ich finde, es ist das passende Lied zu diesem Tag. Auf dem Tisch draußen liegt mein Geld, fixiert mit demselben Stein, den ich bei der Strickjackenfrau benutzt habe. Allerdings hat er jetzt einen Häkelüberzug bekommen, in Regenbogenfarben. Da hat sie ja mal unwissend ins Schwarze getroffen. Das heißt wohl: »Nein, danke. Ich ziehe nicht aus.«

So was Blödes. Jetzt muss ich morgen doch die Polizei anrufen. Ich nehme den bescheuerten Häkelstein und werfe ihn so weit in den Garten, wie ich kann. Er schafft es nicht mal bis zum Pflaumenbaum.

Am nächsten Morgen regnet es, aber so richtig. Schaukeln fällt heute also aus, und ich nehme den Bus und nicht das Fahrrad. Ich ergattere einen Fensterplatz und schaue den Regentropfen an der Scheibe zu, wie sie ihre Bahnen ziehen. Ich versuche, im Kopf meinen Tag zu ordnen. Das konnte ich ja heute Morgen ohne mein Schaukelritual nicht. Heute ist Freitag. Das ganze Wochenende liegt vor mir. Ein echtes Freitagsgefühl will sich aber nicht einstellen, weil ich heute unbedingt die unangenehme Sache mit der Strickjackenfrau erledigen muss. Dr. Horse muss ich heute auch noch anrufen, sonst ist es zu lange her und macht einen seltsamen Eindruck. Ich würde gern noch mehr erfahren über die Giraffe Bibby. Vielleicht kann ich mit meiner Klasse mal einen Ausflug in den Zoo machen. Ob die Giraffe sich an mich erinnert?

Um die Flummis muss ich mich auch kümmern. Die können nicht in meinen Wäschekörben bleiben. Leider kann ich sie nicht einfach vorn an der Schultür verteilen, dann springen uns die Dinger kreuz und quer durch die Schule, und es gibt ein Riesenchaos. Das möchte ich nicht mit Herrn Rosenbaum in seinem Büro diskutieren. Herr Rosenbaum zitiert einen gern in sein Büro. Er setzt sich dann hinter seinen monströsen Schreibtisch und fährt seinen Drehstuhl ganz nach oben. Man selbst muss auf einem sehr niedrigen Stuhl Platz nehmen. So kann er endlich mal auf den anderen hinabschauen. Ich finde das niedlich, aber ich hüte mich davor, das jemals laut auszusprechen.

Man kann davon ausgehen, dass alles, was man Kollegen erzählt, irgendwann die Runde macht und zu Herrn Rosenbaum weitergetragen wird. Dafür sorgt schon sein Vorzimmerdrachen, Frau van Raden. Sekretärinnen an Grundschulen sind immer Drachen.

Bei manchen Berufen frage ich mich: Werden die

Leute im Laufe der Zeit so, oder stellt man extra solche Leute ein? Und wie testet man das? Im Vorstellungsgespräch gibt sich jeder doch erst mal nett, oder? Frau van Raden würde sich sicher keine tausend Flummis liefern lassen, und bei ihr würde auch garantiert niemand ungefragt in den Wohnwagen im Garten einziehen.

Als hätte sie gespürt, dass ich mir im Bus Gedanken über sie gemacht habe, kommt sie auf mich zugeschossen, als ich die Schule gerade betreten habe. »Frau Lambert, Sie müssen Ihr Fach leeren!«, herrscht sie mich an. Die grauen Haare hinten zu einem Dutt zusammengesteckt, die braunen Augen hinter einer randlosen Brille. Ich suche nach einer guten Antwort, aber so schnell fällt mir nichts ein.

»Ich kann keine Mitteilungen mehr an Sie hineinlegen, weil es praktisch überquillt. Leeren Sie das eigentlich nie?« Sie schneidet mir den Weg ab und fuchtelt mit einem Blatt vor meinem Gesicht herum, sicher die wichtige Mitteilung, die sie unmöglich noch in mein übervolles Postfach legen konnte. Ich lese schon ab und zu, was da so in meinem Fach liegt, allerdings entsorge ich die meisten Blätter nicht. Die müssten nämlich nach dem Überfliegen ganz schnell in den Papiermüll wandern, aber dann sehen alle, dass ich den ganzen wichtigen Nachrichten kaum Bedeutung zumesse. Ich bin zu faul, um sie nach Hause zu schleppen, damit ich sie dort wegwerfen kann, und so bleiben sie eben im Fach.

»Ich habe ein System«, erkläre ich der aufgebrachten Schulsekretärin.

»Ihr System funktioniert aber nicht!«, kontert sie. Ob

sie für mich bei der Polizei anrufen kann? Das wäre super. Die Strickjackenfrau wäre in null Komma nichts aus meinem Garten raus. Ich strecke die Hand aus, um die Mitteilung, mit der sie so herumwedelt, zu bekommen, aber sie verschränkt die Arme und schaut mich strafend an. Ich besinne mich auf Majas Philosophie, dass man mit jedem reden kann, wenn man weiß, wie.

»Es tut mir leid, Frau van Raden. Es ist sicher ärgerlich, wenn mein Fach so voll ist und Sie dann doppelt laufen müssen. Danke für den Hinweis, ich werde es heute noch leeren.« Ich halte ihrem Blick stand und sehe, wie ihre Entschlossenheit bröckelt. Wortlos drückt sie mir das Blatt in die Hand, dreht sich um und marschiert in ihr Büro zurück.

Ich leere mein Fach, indem ich in einem unbeobachteten Moment einfach alles in den Papiermüll kippe und dann zur Tarnung ein paar alte Zeitungsblätter von ganz unten obendrauf lege. Ich unterrichte erst meine dritte Klasse, dann die zweite, arbeite danach noch ein bisschen was im Lehrerzimmer weg und fahre dann direkt bei der Polizei vorbei.

Der zuständige Beamte ist ein junger Kerl Mitte zwanzig, den meine Geschichte eher belustigt. »Und die Dame wohnt seit wann in Ihrem Wohnwagen?«, will er wissen.

»Das weiß ich nicht genau. Entdeckt habe ich sie letzte Woche.«

»Und warum kommen Sie erst jetzt?«

»Ich dachte, sie geht wieder. Ich habe ein paarmal mit ihr gesprochen und ihr eine Nachricht geschrieben.« Das Geld verschweige ich lieber.

»Na, dann sehen wir uns das mal an!« Er nimmt seine Jacke von der Stuhllehne.

»Sie wollen mitkommen?«, frage ich entsetzt. Das geht mir alles zu schnell.

»Wir können der Dame natürlich auch eine Nachricht schreiben, aber erfahrungsgemäß wird sie davon nicht ausziehen.« Er grinst mich an.

Ich kann Iris' neugieriges Gesicht hinter der Scheibe sehen, als ich in einem Polizeiauto vorgefahren komme.

Der Polizist pfeift anerkennend durch die Zähne, als er aussteigt und mein Haus sieht. Es ist wirklich schön. Mit seinen vielen Erkern und kleinen angedeuteten Türmchen sieht es aus wie ein kleines Schloss. Es tut gut, ab und zu mal mit den Augen eines Fremden draufzuschauen. Für mich ist der Anblick so normal geworden.

Sein Blick gleitet am Haus entlang bis in die Baumkrone meiner Kugelrobinie. »Was ist denn mit dem Baum passiert?«, fragt er und bleibt stehen. Ich würde gern endlich in den Garten gehen und das Ganze hinter mich bringen. Außerdem spüre ich, wie Iris uns ganz genau beobachtet.

»Ach das, das war eine Giraffe!« O nein, das hätte ich nicht sagen sollen. Jetzt denkt er gleich, ich spinne und denke mir die Strickjackenfrau in meinem Wohnwagen auch nur aus.

»Die entlaufene aus dem Zoo? Sie sind das?!« Zum Glück hat er die Geschichte mitbekommen. Ich nicke, und er will alles wissen. Angespannt erzähle ich, während wir uns durch die nasse Wiese bis nach hinten zum Wohnwagen kämpfen. »Wir haben die Meldung erst gar nicht ernst genommen, als sie reinkam. Wie oft bricht denn eine Giraffe aus dem Zoo aus?!« Er hat total Spaß an der Geschichte, aber ich komme ins Schwitzen, denn der Wohnwagen sieht, als wir näher kommen, ziemlich verlassen aus.

Die Tür ist nicht verschlossen, und nachdem der Polizeibeamte mehrmals laut geklopft hat, treten wir ein. Ich weiß schon, was wir zu sehen bekommen: einen tadellos aufgeräumten Wagen ohne persönliche Gegenstände. Er öffnet ein paar Schränke. Alle sind leer. »Ich schwöre Ihnen: Sie war hier!« Zum Beweis zeige ich ihm noch den gehäkelten Astwärmer, den ich auch theoretisch da hätte hinhängen können. Ich zähle auf, wann und wie oft ich sie im Garten gesehen habe.

Meine Haare kringeln sich von der Feuchtigkeit wild um mein Gesicht. Ich hoffe, ich sehe nicht allzu irre aus.

»Frau Lambert, nichts deutet darauf hin, dass jemand bei Ihnen im Wohnwagen wohnt. Das nächste Mal besuchen Sie doch bitte eine psychiatrische Praxis und nicht die Polizeistation!« Er verschwindet mit langen Schritten. Ich bleibe allein neben meiner nassen Schaukel im Garten stehen und bemerke jetzt meine durchweichten Schuhe. Durch die Scheibe gucken mir meine blauen Gummistiefel zu, garniert mit einem Regenbogen-Eier-Flummi.

Mit Geschmack

Das ganze Wochenende hat es durchgeregnet, und auch Montagmorgen ist keine Besserung in Sicht. Ich ziehe mir meine knallgelbe Regenjacke an, die richtig gut aussieht zu meinen blauen Gummistiefeln. Es schüttet, aber mir fehlt mein morgendliches Schaukelritual. Ich wage mich nach draußen, sinke ein in der matschigen Wiese. Das Schaukelkissen ist schon nass, nur von den paar Metern bis zur Schaukel. Egal jetzt. Ich fasse die klammen Seile an, gehe ein paar Schritte rückwärts, klemme das Kissen zwischen Po und Brett und lege los. Beim Vorwärtsschaukeln fisselt mir der Regen ins Gesicht. Ich lasse meine Kapuze auf und schaukle so vorsichtig, dass sie mir nicht runterrutscht. Obwohl der Baum mir ein bisschen Schutz bietet und trotz Regenjacke und Gummistiefeln, bin ich in kürzester Zeit nass. Es ist unbequem, so zu schaukeln, dass die Kapuze oben bleibt. Ich beschließe, dass das jetzt auch schon egal ist, und lasse sie mir vom Kopf wehen. Optimale Schaukelhöhe erreicht. Was steht heute an? Dr. Horse anrufen und nach Bibby fragen, Jule und Sebastian einladen, das Wetter wird ja hoffentlich irgendwann wieder besser. Die Kinder können dann im Wohnwagen spielen. Bisher ist die Strickjackenfrau nicht wieder aufgetaucht, und ich habe am Wochenende ein zusätzliches Schloss an der Wohnwagentür angebracht. Falls sie wiederkommt, lässt sie sich vielleicht davon abschrecken. Vielleicht auch nicht. Ich seufze und schaukle höher, bis die Gedanken an die Strickjackenfrau verschwinden. Meine Haare fliegen hinter mir her. Ich würde gern ein Sommerfest machen hier im Garten. Ich nehme mir das jedes Jahr vor, und immer kommt mir alles Mögliche dazwischen. Das Wetter oder die Sommerferien, denn dann kann keiner, weil alle im Urlaub sind. Aber dieses Jahr würde ich es gern schaffen. Kann man so etwas nicht auch relativ spontan machen? Vielleicht zu Beginn der Sommerferien? Ich schaue über den verregneten Garten und stelle mir vor, wie überall weiße Lampions in den Bäumen hängen und Picknickdecken auf dem Boden liegen. Die Wiese müsste man dann allerdings mähen. Mal Sebastian fragen, ob der eine Idee hat, wie man das macht. So hoch wie das Gras jetzt steht, kommt man da mit einem normalen Rasenmäher nicht durch.

Allerdings macht so ein Sommerfest auch nur bei gutem Wetter Spaß. Da muss ich dann einfach Glück haben! Im Glückhaben bin ich ziemlich gut. Nicht nur mit dem Wetter, sondern überhaupt. Ich finde, ich habe oft Glück im Leben. Zumindest bei den kleinen Dingen, und die machen es ja letztendlich aus. Wenn ich in einem Café einen Kuchen bestelle, bekomme ich oft das größte Stück. In der Bahn muss ich nie stehen. Immer ergibt es sich gerade so, dass genau vor mir einer aussteigt und ich seinen Sitzplatz haben kann. Hätte ich ein Auto, müsste ich sicher nie lange nach einem Parkplatz suchen. In der Schule bekomme ich immer die netten

Klassen ab, und an meinem Geburtstag scheint fast immer die Sonne.

Mir fällt auf, dass ich hier schon viel zu lange schaukle. Ich muss gleich los. Kopf in den Nacken. Ausschaukeln lassen. Heute schließe ich die Augen, mein Gesicht ist nass vom Regen. Gut, dass ich noch keine Wimperntusche aufgetragen habe! Ich springe präzise ab und lande im Matsch. Beinahe falle ich der Länge nach hin, kann mich aber durch Armruderbewegungen gerade noch halten. Ich sag doch, ich habe Glück!

Meine Haare sind nass und kringeln sich in alle Richtungen. Ich zwinge sie schnell in einen Flechtzopf, ohne sie zu kämmen, das ist in diesem Zustand nämlich aussichtslos!

Ich hätte gar nicht zum Bus rennen müssen, er hat Verspätung. Unter meinem roten Regenschirm warte ich im Regen. Meine Mitwartenden haben sich alle unter das kleine Bushäuschendach gequetscht. Meine Hose ist noch vom Schaukeln nass, deshalb kann ich auch ohne Dach warten. Ich mag es nicht, so eng mit fremden Menschen zusammenzustehen. Ein grüner Regenschirm trennt sich aus der Gruppe und gesellt sich zu mir. »Entschuldigen Sie, dass ich Sie so einfach anspreche«, sagt eine sonore Stimme. Überrascht stelle ich fest, dass sie von einer älteren Frau kommt. Sie trägt die grauen Haare sehr kurz geschnitten, ein dunkler Lippenstift betont ihren Mund.

»Sprechen Sie mich ruhig an. Ich hab gerade sowieso nichts zu tun!«, ermuntere ich sie und bin jetzt echt neugierig, was sie mich fragen will.

»Ich hätte da ein ungewöhnliches Jobangebot für Sie.

Ich arbeite für eine Firma, die Dildos herstellt.« Sie wartet meine Reaktion ab. Ich starre sie nur an. Der grüne Regenschirm lässt ihre Haut grünlich aussehen, und die Lippen wirken in dem Licht fast schwarz. »Ich bin auf der Suche nach Dildotesterinnen. Sie sehen so aus, als wären Sie genau die Richtige dafür.« Sie strahlt mich an.

»Ich soll für Sie Dildos testen? Warum machen Sie das nicht selbst?« Verarscht die mich?

»Oh, das tue ich. Wir alle in der Firma testen. Aber wissen Sie, jede Frau ist anders gebaut. Vielfalt ist wichtig in unserer Branche.«

»Wissen Sie was, da bin ich sicher nicht die Richtige. Ich möchte keine ... Ich möchte nichts von Ihnen testen. Und auch nichts kaufen, danke!«, sage ich nachdrücklich. Wo bleibt bloß der Bus? »Fragen Sie doch jemand anderen!«, fordere ich sie auf, als sie hartnäckig neben mir stehen bleibt.

»Sie sind so eine lebensbejahende Frau. Sie wären eine perfekte Testerin. Und wir zahlen auch gut. Unsere Modelle sind ganz weich, nicht das übliche harte Silikon oder Holz. Unser Material ist flexibel! Kennen Sie diese Kissen und Matratzen, die sich dem Körper anpassen? So müssen Sie sich unsere Dildos vorstellen. Sie reagieren auf Körperwärme! Wir haben sogar welche mit Geschmack!«

»Mit Geschmack?«, wiederhole ich. Gott sei Dank, der Bus kommt!

»Überlegen Sie es sich! Rufen Sie mich an!« Energisch drückt sie mir ihre Karte in die Hand.

Ich nehme sie, um sie loszuwerden, und bemerke dann erst, dass sie mir nicht nur ihre Karte gegeben hat.

Mit einem Dildo in der Hand bezahle ich beim Busfahrer meine Fahrt. Er tut, als sei das ganz normal, und ich finde, das ist eine ganz gute Taktik. Ich setze mich also so normal wie möglich auf einen leeren Platz, mit meiner Tasche und dem Dildo auf dem Schoß. Wenn ich Glück habe, denken die Leute, ich fahre mit einem Kaktus durch die Gegend. Das Teil ist leuchtend grün und erschreckend groß. Ich habe keine Chance, es loszuwerden. Einen Mülleimer gibt es hier im Bus natürlich nicht. Am liebsten würde ich es beim Aussteigen einfach auf dem Sitz liegen lassen. Aber wenn das einer bemerkt und dann durch den ganzen Bus ruft: »Hallo, Sie haben Ihren Dildo vergessen!«, dann sterbe ich leider. Ich muss ihn unauffällig in meine Tasche packen. Genau in diesem Moment setzt sich ein gutaussehender Mann neben mich. Das darf doch nicht wahr sein!

Meine Gesichtsfarbe passt sich meinem Regenschirm an. Die Hand, die den Kaktusdildo so unauffällig wie möglich hält, fängt sofort an zu schwitzen. Gleich wird er mir aus den Fingern rutschen und auf seinem Schoß landen. Der Typ denkt dann, ich stehe auf XXL-Schwänze. Wenn ich mich gar nicht bewege, geht das Ding vielleicht als Kaktus durch. Kaktus, Kaktus, Kaktus, denke ich, um diese Theorie zu unterstützen. Entsetzt sehe ich, dass der blöde Dildo tatsächlich auf Körperwärme reagiert. Wie eine erschlaffende Erektion neigt er sich langsam nach vorn, gibt dort nach, wo meine schwitzenden Finger ihn halten.

Ich muss ihn jetzt in meine Tasche packen. Eine kleine, schnelle Bewegung. Er darf mir nur nicht runterfallen. Und ich darf gar nicht daran denken, dass er mir runterfallen könnte. Das ist wie mit Kindern. Man soll Kindern nicht sagen: Fall nicht runter, denn dann programmiert man ihr Gehirn auf das Fallen. Man soll sagen: Halt dich gut fest! Halt ihn gut fest, den Kaktus! Mach die Tasche auf, leg ihn rein und lächle! Ich komme durcheinander, fange mit dem Lächeln an und öffne lächelnd meine Tasche, lege den Kaktus rein, bleibe an der Schlaufe hängen und stopfe ihn schließlich mit sehr hektischen Bewegungen zu meinen Büchern und Heften. Der Mann guckt mich interessiert an. Fragend zieht er die Augenbrauen hoch. Schließlich sagt er: »Schöne Tasche!«

Ich möchte mir die schöne Tasche am liebsten vors Gesicht halten. »Danke.« Ich spüre, wie mir das Blut ins Gesicht schießt.

»Und das Grüne da war Ihr …«

»Kaktus«, sage ich schnell. Das ist alles so ausweglos, darum halte ich ihm die Karte von der Frau hin. »Hermine Noppel, Dildofrabrikantin. Wir machen es Ihnen mit Geschmack!«, liest er belustigt.

»Von dieser Frau habe ich das grüne Monster gerade in die Hand gedrückt bekommen. Eben, als ich eingestiegen bin in den Bus«, erkläre ich, rot, wie ich bin.

»Und warum?«

»Sie hat mich angesprochen, ich soll …« Im letzten Moment schlucke ich »als Dildotesterin für sie arbeiten« herunter. Das glaubt er mir ja nie im Leben. Also vervollständige ich: »… das Zeug kaufen! Den Kaktus hat sie mir geschenkt.«

»Darf ich mal sehen?« Er beugt sich neugierig zu mir herüber. Seine dunklen Haare sind etwas länger als gewöhnlich bei Männern und kringeln sich auch bei der Feuchtigkeit.

Ich öffne meine Tasche, und wir starren beide auf den grünen Dildo. Er hat sich inzwischen wiederaufgerichtet. »Ich muss hier raus!«, unterbreche ich diesen schrägen Moment.

»Schade, es wurde gerade so romantisch!«, sagt er und steht grinsend auf. Ich muss lachen. Er ist echt nett. Er gibt mir die Karte von Hermine Noppel zurück und sagt frech: »Viel Spaß mit dem Kaktus!«

Ich würde gerne etwas Saucooles antworten. »Worauf du wetten kannst!«, zum Beispiel, aber ich fühle mich plötzlich dick, nass und unattraktiv, darum winke ich nur unbeholfen mit meiner freien Hand und steige aus.

Auf dem kurzen Weg zur Schule habe ich keine Möglichkeit, den Kaktus loszuwerden. Es kommt mir falsch vor, mit einem Dildo in der Tasche eine dritte Klasse zu unterrichten. Den Kindern könnte ich das Teil sogar noch als Kaktus verkaufen, aber was, wenn es einer im Lehrerzimmer sieht? Ständig muss ich Bücher aus meiner Tasche ein- und auspacken, und dazu muss erst mal das grüne Monster raus. Wenn das die Liebermann sieht, bin ich geliefert. Das lässt die sich nicht entgehen. Dildowitze sind genau ihr Geschmack. Mir kommt eine Idee. Der Grüne würde bei ihr sicher ein gutes Zuhause finden. Wenn irgendjemand hier im Kollegium etwas mit einem fetten, sich dem Körper anpassenden Dildo anfangen kann, dann Sandra Liebermann!

Ich verstaue meine Tasche unter meinem Tisch im Lehrerzimmer und gehe ohne irgendetwas in meine Klasse. Die ersten zehn Minuten machen wir sowieso den Erzählkreis. Ich ermutige die kleine Lilly, von ihrem Wochenende zu erzählen. Sie möchte nicht, aber ich rede ihr gut zu. Sie wird immer ganz aufgeregt, wenn sie vor der ganzen Klasse sprechen soll, kann plötzlich keine Sätze mehr bilden und braucht sehr lange, um zu erzählen, welchen Kinofilm sie denn nun gesehen hat. Ich stupse Simon in die Seite, der die Augen verdreht, weil es so lange dauert und Lilly nicht auf den Punkt kommt. Der Rest der Kinder wird unruhig, und Lilly wird immer unsicherer, gleich wird sie in Tränen ausbrechen. Ich helfe ihr, indem ich zusammenfasse, was sie bisher erzählt hat. Sie erzählt erst etwas holperig, dann aber immer flüssiger zu Ende. »Lilly, das hast du super gemacht. Ich finde, Lilly hat eine Rakete verdient, was meint ihr?« Einige Kinder nicken. Simon meldet sich.

»Ich finde nicht, dass sie das gut gemacht hat. Sie hat am Anfang voll rumgestammelt und so. Dafür eine Rakete?«

»Simon, du spielt doch super Fußball, oder?!« Er nickt. »Stell dir vor, du und ich, wir spielen.« Die Kinder kichern bei der Vorstellung, wie ich Fußball spiele. Ich stehe auf und dribble ein bisschen hin und her. Alle lachen, auch Lilly. »Wir müssen in die Löcher einer Torwand schießen, okay? Du triffst jedes Mal mühelos.«

»Ja, klar«, sagt Simon und reißt siegessicher die Arme hoch.

»Aber ich, ich treffe erst mal kaum den Ball. Ich gebe mir Mühe, ich nehme Anlauf und renne und schieße, aber ich treffe nie in ein Loch. Ich strenge mich richtig doll an und fange an zu schwitzen, und dann, endlich, schaffe ich es und treffe, einmal.« Ich mache eine Pause und warte, bis meine Geschichte bei allen angekommen ist. »Wer von uns hat dann eine Rakete verdient?«

»Na, ich!«, sagt Simon. »Sie haben ja kaum getroffen!«

Großer Protest in der Klasse. »Nein, Frau Lambert kriegt die Rakete!«, schreit Alissia.

»Warum?«, frage ich sie.

»Weil Sie sich ganz viel Mühe gegeben haben und erst nicht so gut waren. Tore schießen ist leicht, wenn man das kann, aber eben schwer, wenn man es nicht kann. Und dann hat man auch eine Rakete verdient.«

Ich muss lächeln, so schön hat sie das gesagt. »Und wer von euch ist jetzt dafür, dass Lilly eine Rakete bekommt?« Alle heben die Hand, bis auf Simon. Ich warte kurz, und schließlich hebt auch er die Hand. »Okay, dann los!«

Wir fangen alle an mit den Füßen auf den Boden zu trommeln und mit den Händen auf unsere Beine, dazu sagen wir rhythmisch: »Lilly, Lilly, Lilly … hoch!« Bei dem Wort hoch reißen wir alle die Arme in die Höhe. Eine Rakete ist bei uns in der Klasse eine hohe Auszeichnung. Sie funktioniert besser als Gummibärchen. Ich hab nie so ganz verstanden, warum eigentlich, bis die Klasse eines Tages spontan eine Rakete für mich machte. Das Trommeln, das Rufen meines Namens, ich hätte fast geheult! Eine Rakete katapultiert dich in den Mittelpunkt der Aufmerksamkeit. Die Energie von neunundzwanzig Kindern trifft dich mit voller Wucht, und für einen klitzekleinen Moment bist du unsterblich. Lilly fühlt sich gerade so. Ihr Gesicht strahlt.

»Setzt euch auf eure Plätze und macht weiter mit den

Aufgaben auf Seite achtundvierzig, wo wir gestern aufgehört haben. Ich muss kurz ins Lehrerzimmer, meine Tasche holen.«

Ich schließe die Klassenzimmertür hinter mir und höre schon, wie der Lautstärkenpegel anschwillt. Jetzt habe ich circa drei Minuten, bevor es eskaliert. Wenn keiner im Lehrerzimmer ist, schaffe ich das. Ich habe Glück, und es sind tatsächlich alle Kollegen im Unterricht. Ich packe den Kaktus aus meiner Tasche und schleiche zu den Lehrerfächern. Gerade als ich den Grünen in das Fach von Sandra Liebermann legen will, höre ich, wie jemand die Tür zum Lehrerzimmer öffnet. Geistesgegenwärtig öffne ich schnell eine Schranktür und stelle mich dahinter. Sie ist lang und breit genug, um mich vollständig zu verdecken. Aber meine Füße könnte man sehen, wenn man genau hinschaut.

Jemand kommt mit schnellen Schritten herein, jemand, der auch etwas schnell holen muss und keine Zeit hat zum Gucken. Bitte, hoffentlich. Ich bete hinter der Tür, dass ich nicht entdeckt werde. Mit einem Riesenpenis in der Hand, hinter einer Schranktür im Lehrerzimmer versteckt; das kann ich nicht plausibel erklären.

»Dann sitz ich auf dem Bett und esse Steine …«, singt es leise aus der Ecke. Das ist Ulli. Der hört auch den Steineesser-Song, den ich jetzt wieder den ganzen Tag im Ohr haben werde. Komm schon, Ulli, hau ab, denke ich. Der Dildo in meinen aufgeregten Händen gibt schon wieder nach und knickt ein. Ob das so sinnvoll ist, dieses Materialanpassen? Kann man den denn überhaupt vernünftig benutzen, wenn er ständig irgendwo einknickt? Sandra Liebermann wird es herausfinden.

Ulli hat endlich den Raum verlassen, und ich platziere den Dildo in ihr Fach. Oben auf alle wichtigen Mitteilungen. Da liegt er jetzt und leuchtet einem entgegen. Ich muss grinsen. Das wird aber eine schöne Überraschung für sie.

»Viel Spaß«, raune ich dem Ding zu und rausche dann zurück in meine Klasse, die inzwischen so laut ist, dass man sie schon über den Flur hören kann.

Auf dem Rückweg muss ich ständig im Kopf Steine essen oder wahlweise Beine flicken. Wieso bin ich so anfällig für Ohrwürmer? Im Bus ist es drückend feucht und schwül. Ich wünsche mir wieder einen Schwimmteich in den Garten. Was macht so ein Teich eigentlich, wenn es ganz viel regnet? Läuft der dann über? Ich stelle mir Hochwasser bei mir im Garten vor. Die ganze Wiese würde versinken, und mitten auf der Wasseroberfläche würde in einem kleinen Schlauchboot die Strickjackenfrau sitzen und häkeln.

Noch bevor ich in den Garten schaue, weiß ich schon, dass sie wieder da ist. Ich habe es gespürt. Sie sitzt nicht in einem Schlauchboot, sondern häkelnd auf einem Campingstuhl unter dem großen Pflaumenbaum, also schon sehr nah an meiner Terrasse und nicht wie sonst vor ihrem, nein, meinem Wohnwagen.

Ich starre durch die Terrassentür nach draußen. Ruf ich jetzt den Polizeibeamten noch mal an? Rede ich noch mal mit ihr? Ich fühle mich schwitzig und müde und möchte eigentlich nur nach oben duschen gehen. Soll sie doch da sitzen und häkeln!

Ich werfe meine Klamotten vor der Dusche ab wie

eine Schlange, die sich häutet. Ich drehe den Wasserhahn auf und hülle mich in meinen Ocean-Duft. Alle Gedanken an die Strickjackenfrau, die da unten in meinem Garten sitzt, spüle ich mit dem Wasser einfach weg. Genauso die Kaktusgedanken, was die Liebermann jetzt wohl mit ihm macht, alles fließt durch den Ausguss weit fort, bis ich allein bin an einem weiten endlosen Strand mit ein paar Möwen. Ich höre die Wellen rauschen und hinterlasse Fußabdrücke im nassen Sand.

Ich dusche lange, trockne mich lange ab und creme mich danach langsam und gemütlich ein. Nach und nach zerfällt meine Strandphantasie, bis sie in kleinen Sandkörnern um mich herum auf dem Boden liegt. Der Spiegel ist beschlagen, aber ich möchte heute keine Fenster öffnen. Ich will wenigstens in meinem Badezimmer ganz privat sein, ohne Einfluss von der Welt da draußen. Ich zeichne ein Herz in Höhe meines Kopfes auf die Spiegelfläche und wische das Innere des Herzens sauber. Jetzt kann ich mich sehen. Ich hätte Majas Augen, sagen mir die Leute oft. Ein dunkles Braun, umrahmt von langen Wimpern. Ich sehe da einfach nur meine Augen. Und meine Augenbrauen, die ich mal wieder zupfen müsste. Ich schneide mir selbst ein paar Grimassen, hänge dann die nassen Handtücher über die kalte Heizung und hebe sogar meine Klamotten vom Boden auf. Die Luft steht hier drin. Widerwillig öffne ich das Fenster zur Straße, gehe rüber in mein Regalzimmer und mache dort auch das Fenster zum Garten auf. Vorher schließe ich kurz die Augen und wünsche mir, dass die Strickjackenfrau nicht mehr unten im Garten sitzt.

Vorsichtig linse ich nach unten. Kein Stuhl, keine häkelnde Dame. Mein Blick wandert am Pflaumenbaum hoch. Er hat noch einen Astwärmer hinzubekommen. Sieht eigentlich ganz witzig aus, das Buntgehäkelte am Baum. Ob der Baum das mag? Kann es Bäumen eigentlich zu warm werden in Häkelsachen? Muss ich ihn ausziehen, wenn es heiß wird? Quatsch, Pflanzen haben kein Kälte- oder Hitzeempfinden, oder? Das müsste ich als Sachkundelehrerin eigentlich wissen. Ich werde das herausfinden und morgen mal mit meiner Klasse besprechen. Ist doch viel interessanter als die Flüsse in Deutschland. *Iller, Lech, Isar, Inn fließen fleißig zur Donau hin, Wörnitz, Altmühl, Naab und Regen kommen ihr noch schnell entgegen*, spuckt mein Gehirn ungefragt aus. Ich glaube, es steht einfach auf skurrile Texte. Vielleicht sollte ich mal Gedichte auswendig lernen, dann hab ich nicht ständig Steine im Kopf. Die Strickjacke ist jedenfalls weg. Ich bin fast froh, dass sie immer kleine bunte Beweise ihrer Anwesenheit hinterlässt, sonst würde ich langsam denken, ich sehe wirklich einen Geist.

Als Maja gestorben war, habe ich immer gedacht, sie schickt mir ein Zeichen. Jeder Vogel auf meinem Fensterbrett und jeder Sonnenstrahl, der sich durch die Wolken kämpfte, kam von ihr.

Ich ziehe mir gemütliche Sachen an und betrete dann ihr Zimmer. Es liegt gegenüber von meinem Schlafzimmer und liegt zum Garten raus. Es ist das schönste Zimmer im Haus, deshalb hat sie auch hier geschlafen. Ich habe es nicht so gelassen, wie es war, mit all ihren Möbeln und Sachen. Ich wollte keinen Schrein, sie hätte das furchtbar gefunden. Behalten habe ich nur ihren

Schreibtisch, der einsam noch an derselben Stelle steht wie immer. Majas Zimmer hat zwei kleine Türmchen, die sich einem rund und mit Fenstern besetzt freundlich entgegenwölben. In einem der Türmchen steht ihr Schreibtisch mit Blick auf den Garten. Ansonsten ist das Zimmer leer. Ich benutze es nie. Nur manchmal setze ich mich an den Schreibtisch und rede mit ihr. Es ist ein Ort, an dem ich ihr ganz nah sein kann. Niemand weiß davon. Vielleicht ahnen Jule und Sebastian, dass ich das Zimmer nie nutze. Ich konnte hier einfach nicht meine Möbel reinstellen. Es ist Majas Zimmer, und das bleibt es auch.

Ich öffne zwei Fenster und lasse etwas frische Luft herein. Behutsam setze ich mich auf ihren Stuhl und streiche mit den Händen über den alten Sekretär. Hier hat sie unsere Geburtstagskarten geschrieben und die Weihnachtspost. Es waren nie viele Sätze, aber die wenigen trafen immer genau ins Schwarze. Leider habe ich nur noch ein paar von ihren Karten. Man weiß erst, wie wertvoll etwas ist, wenn es endet.

»Mama, was mache ich mit der Strickjackenfrau?«, frage ich in die Baumkronen hinein. Stille. Majas Antworten kommen leise. Sie formen sich in mir, wachsen langsam wie die Blüten einer Hortensie.

»Vielleicht tut sie dir ja gut«, wächst ein Satz in mir. Sie tut mir gut? Wie das denn? Ich weiß nie, ob die Sätze von mir oder wirklich von Maja kommen. Manchmal sind sie sehr naheliegend, aber das ist jetzt eher absurd. So etwas traue ich meinem Steinetextesammelgehirn zu.

»Du fehlst mir, Mama, ich wünschte, ich könnte dich anrufen!« Stille. Es bleibt still. Ich warte eine ganze Weile auf den Trost, der am Ende immer kommt, als würde sie mich mit einer warmen weichen Decke einhüllen, so wie ganz früher, als ich noch klein war. Es ist so schade, dass wir alle groß werden. Vielleicht arbeite ich deshalb so gern mit Kindern. Es bringt mich dem Gefühl von damals manchmal so nah. Der Trost kommt und hüllt mich ein. Alles ist gut. Sorgfältig stelle ich den Stuhl an den Tisch zurück und schließe die Fenster.

Bei einem Blick in den Garten fällt mir ein, dass ich den Wohnwagen ja mit einem Schloss gesichert hatte. Hat sie das geknackt? Ich binde mir das nasse Handtuch vom Kopf und lasse meine feuchten Haare auf meinen Rücken fallen. Zeit, der Strickjackenfrau einen Besuch abzustatten.

Regenschwer hängen die Wolken am Himmel. Es ist drückend. Ich wandere in den hinteren Teil des Gartens. Als ich das steinerne Tor durchschreite, bilde ich mir ein, mich anders zu fühlen. Bald höre ich Musik, diesmal keine Schlager, sondern klassische Musik. Ich glaube, ein Klavierkonzert von Mozart zu erkennen. Das ist mir lieber als die Biene und das Stachelschwein, ganz einfach, weil es keinen Text dazu gibt. Frau Strickjacke sitzt auf einem Campingstuhl mit einer Tasse in der Hand am Tisch. Diesmal hat sie kein Häkelzeug in den Händen.

»Setzen Sie sich!«, begrüßt sie mich, als wären wir verabredet gewesen. Sie schenkt mir aus einer Thermoskanne eine Tasse Tee ein. Ich nehme sie wortlos entgegen und bleibe stehen. Sie schiebt mir langsam das Sicherheitsschloss über den Tisch zu. Es ist völlig unversehrt. Jetzt setze ich mich doch.

»Sagen Sie mal, können andere Menschen Sie eigentlich auch sehen?«, frage ich. Sie schmunzelt. »Manchmal kommt es mir so vor, als ob Sie ein Geist sind. Sie kommen und gehen und können anscheinend auch durch eine Tür mit einem Sicherheitsschloss hindurchgleiten.« Ich mache eine gleitende Handbewegung.

»Das war nicht nett!« Sie deutet auf das Schloss. »Ohne den Dietrich von Wilfried hätte ich es zerstören müssen!« Sie reicht mir vorwurfsvoll einen großen Kringelbutterkeks rüber. Ich nehme ihn und überlege, was ich sagen soll.

»Frau ...« Wie beim letzten Mal kommt sie mir nicht zu Hilfe. »Dieser Wilfried müsste nicht mit einem Dietrich kommen, wenn Sie endlich einsehen würden, dass Sie hier nicht wohnen können!« Sie schweigt und schaut in den Himmel. Unwillkürlich folge ich ihrem Blick. Über uns ist plötzlich ein Wolkenloch. Unnatürlich blau knallt der Himmel uns entgegen.

»Wenn man ihn in den Tee tunkt, schmeckt er herrlich!«, sagt sie und zeigt auf meinen Butterkringel. Ich seufze und tunke dann den Kringel in den Tee. Sie hat recht, es schmeckt hervorragend. Ihr Blick wandert in die Baumkronen. »Schau'n Sie mal!« Sie zeigt auf einen Ast, auf dem ein grüner Papagei sitzt. »Papageien mögen Musik, sie kommen immer, wenn ich welche anhabe!«, sagt sie stolz. Eine Weile hören wir der Musik zu, trinken Tee, essen unseren Kringel und beobachten den kleinen grünen Vogel. Er trippelt auf dem Ast hin und her und betrachtet uns zwischendurch mit schief gelegtem Kopf. Ich müsste etwas sagen. Ich müsste mit der Polizei drohen und den Beamten anrufen. Der würde dann sehen, dass ich keinen an der Waffel habe. Stattdessen lausche ich den Klängen von Mozarts Klavierkonzert und beschließe, dass man manche Dinge einfach so nehmen muss, wie sie sind. Es gibt tausend kluge Sprüche zu dem Thema, aber letztendlich muss das jeder für sich in der Praxis herausfinden. Diese wunderliche ältere Dame wohnt jetzt einfach in meinem Wohnwagen. Ich kann eine Frau, die Mozart und Schlager hört und mir Butterkringel mit Tee anbietet, nicht von der Polizei entfernen lassen. Das bringe ich einfach nicht übers Herz.

Ich warte, bis das Klavierkonzert zu Ende ist, stelle die leere Teetasse ab und sage: »Nur diesen Sommer.« Ich strecke ihr meine Hand hin. »Nur diesen Sommer«, verspricht sie, nimmt meine Hand und drückt sie feierlich.

Lichtermeer

Ich hab es ja immer schon befürchtet, und ich glaube, heute ist es so weit. Ich wohne eben in einem alten Haus, und jetzt ist meine Wasserleitung kaputt. Jedenfalls stimmt hier etwas ganz und gar nicht. Es schäumt und sprudelt, wenn ich den Hahn aufdrehe. Ich lasse das Wasser eine Weile laufen, aber es verändert sich nicht. Schließlich wasche ich mir vorsichtig mit dem Sprudelwasser das Gesicht. Es ist nicht seifig, und der Geschmack ist gut. Ich putze mir mit dem Sprudelwasser die Zähne und ersticke fast am Zahnpastaschaum. Was ist hier los? Ich lasse das seltsame Wasser in ein Glas laufen, um es genauer zu untersuchen. Es ist klar, riecht gut und sprudelt. Es sieht fast so aus wie ganz normales Mineralwasser! Wasser mit Kohlensäure eben. Aber wie, um Himmels willen, kommt denn Kohlensäure in mein Leitungswasser?

Nachdenklich ziehe ich mich an. Vielleicht sind meine Leitungen so alt, dass inzwischen chemische Prozesse passieren, bei denen Kohlensäure entsteht. Gibt es so etwas? Ich opfere mein Schaukelritual und surfe im Internet. Ich vergewissere mich, dass Kohlensäure das Produkt ist aus Kohlendioxid und Wasser, CO_2. So weit, so gut, aber wie kommt Kohlendioxid in mein Leitungswasser? Ich teste den Wasserhahn in der Küche. Auch hier fließt wunderbares Sprudelwasser. Ich brauche einen Zeugen. Wenn ich heute Nachmittag nach Hause komme und das Wasser ist wieder ganz normal, glaubt mir das keiner, und alle denken, ich werde langsam verrückt, weil ich allein im Haus meiner toten Mutter lebe – mit einer Strickjackenfrau, die im Wohnwagen im Garten wohnt, die aber nur ich sehen kann. Himmel! Mir wird schwindelig, und ich muss mich an der Spüle festhalten. Als das Blut in meinen Kopf zurückkommt, laufe ich kurz entschlossen zu Iris rüber.

Auf mein Klingeln macht erst mal gar keiner auf, und dann steht Friedhelm im Schlafanzug in der Tür. »Friedhelm, entschuldige, dass ich so früh störe! Ist Iris da?« Er schüttelt seinen kahlen Kopf. Ich zögere kurz, frage dann aber doch: »Kannst du schnell mit rüberkommen? Bei mir kommt Mineralwasser aus den Leitungen, und ich brauche einen Zeugen, damit ich selbst weiß, dass ich nicht verrückt bin!« Friedhelm schaut mich ratlos an. »Klingt verrückt, ich weiß, deshalb musst du ja eben mitkommen!«

Jetzt nickt er, sucht hinter der Tür seine Pantoffeln und schlurft dann im Schlafanzug hinter mir her, der Gute. Ich schließe die Haustür hinter uns und gehe voran in die Küche. Ich zeige auf den Wasserhahn. Weil er selbst so schweigsam ist, fängt man selbst an. Wörter zu vermeiden. Friedhelm versteht die Geste und lässt das Wasser laufen. Schäumend sprudelt es uns entgegen.

»Da, siehst du!«, schreie ich triumphierend. Er nimmt sich ein Glas und füllt es, riecht daran und nimmt schließlich einen Schluck.

»Jo«, sagt er. »Mineralwasser.«

»Wusste ich doch! Ich bin nämlich nicht verrückt! Hast du eine Ahnung, wie das in meine Leitung kommt?« Der Mann im braunweißgestreiften Schlafanzug schüttelt den Kopf und kratzt sich am Kinn. Jetzt habe ich den Armen hier rübergezerrt und muss ihn auch schon gleich wieder hinauskomplimentieren. Ich muss nämlich dringend los.

»Soll ich mal nachschauen, im Keller?«, bietet er treuherzig an. Er hatte noch keinen Kaffee, und ich kann ihm keinen anbieten.

»Friedhelm, vielen Dank, das ist ganz lieb, aber ich muss weg, und du hast dir jetzt echt ein Frühstück verdient. Ich wollte nur, dass jemand sieht, dass da wirklich Mineralwasser aus der Leitung kommt.« Während ich rede, schiebe ich ihn mehr oder weniger zur Tür. Er nickt und geht. Ich mache mir ganz schnell mein Vogelnest oben auf dem Kopf und flitze los. Auch heute lässt sich die Sonne nicht blicken, aber es regnet wenigstens nicht, und ich kann das Fahrrad nehmen. Ich trete kräftig in die Pedale, komme aber trotzdem so spät an der Schule an, dass ich Herrn Schibalski vertrösten muss, der mich kleinlaut fragt, wo denn sein Nudelholz abgeblieben ist. Das hat sicher die Liebermann noch. Bin gespannt, ob sie sich etwas anmerken lässt wegen des Kaktus.

Meine Spannung schlägt in leichtes Entsetzen um, als ich nachmittags den Konferenzraum betrete und in der Mitte des Tisches der leuchtend grüne Dildo aufrecht steht.

»Die Liebermann hat einen Verehrer!«, raunt mir Marlene zu, als ich mich setze. Herr Rosenbaum, der normalerweise nicht an der Lehrerkonferenz teilnimmt, wartet, bis alle da sind, und sagt dann mit verschränkten Fingern: »Wir haben hier einen unschönen Fall. Unsere Kollegin Frau Liebermann ist Opfer einer sexuellen Nötigung am Arbeitsplatz geworden.«

Ich fasse es nicht. Mir wird heiß und kalt. Sandra Liebermann nickt die ganze Zeit mit dem Kopf. Ich kann richtig sehen, wie sie die Aufmerksamkeit genießt, denn jetzt sind alle Augen auf sie gerichtet.

»Das da habe ich gestern in meinem Fach gefunden!« Sie zeigt auf den Dildo und gibt ihrer Stimme dabei einen empörten Klang. »Ich bin entsetzt, dass man sich hier als Frau offensichtlich nicht mehr nett zurechtmachen kann, ohne gleich als Sexobjekt betrachtet zu werden!« Jetzt zückt sie ein Taschentuch, um ihre nicht vorhandenen Tränen abzutupfen.

Meine Kollegin Heike mischt sich ein: »Entschuldigt, aber ich versteh die ganze Aufregung nicht. Was soll das denn sein? Für mich sieht das aus wie ein gebastelter Kaktus. Das ist doch nett.« Fragend schaut sie in die Runde. Jeder hofft, dass ein anderer die Erklärung übernimmt. Schließlich fühlt sich Herr Rosenbaum zuständig.

»Es handelt sich hierbei um ein …«, er versucht, das Wort Dildo zu umgehen, und ich muss mir ein Grinsen verkneifen, »um ein Sexspielzeug.«

Heike wird rot. »Ach so.«

»Vielleicht war das nur ein Spaß von jemandem?«, wirft Angelika ein. Angelika ist lang und dünn mit kurzen dünnen Haaren. Sie sieht auch im Sommer immer so aus, als würde sie frieren, und weckt in mir ständig den Wunsch, ihr einen heißen Kaffee in die Hand zu drücken.

»Nein, das ist kein Spaß, das ist ganz klar eine sexuelle Anspielung!«, stellt Sandra Liebermann vehement fest. Das hätte sie wohl gern, denke ich. Ihr Blick wandert zu Ulli, der ziemlich unschuldig zwischen uns sitzt. Herr Rosenbaum und Ulli sind die einzigen Männer, die Zugang zu den Fächern haben.

»Wann genau haben Sie den … das Ding entdeckt?«, fragt Herr Rosenbaum.

»Gleich nach der ersten Stunde. Ich war eine der Ersten im Lehrerzimmer. Morgens vor dem Unterricht war er noch nicht da. Das weiß ich genau. Es muss also jemand während der ersten Stunde hier drin gewesen sein, um mir diese Obszönität in mein Fach zu legen.«

»War jemand von Ihnen gestern während der ersten Stunde im Lehrerzimmer?«

Ich bete, dass Ulli sich nicht meldet. Vergeblich, denn er hebt naiv seine Hand.

»Ich war kurz hier, ich habe das große Geodreieck geholt.« Er verstummt und schaut in die Runde. Sandra Liebermann lehnt sich mit verschränkten Armen auf ihrem Stuhl zurück. Alle starren Ulli an, nur ich nicht. Ich betrachte den Tisch vor mir und denke fieberhaft nach, wie ich die Situation retten könnte. Alle verdächtigen jetzt Ulli. Selbst wenn es ihm niemand nachweisen kann, werden alle im Kollegium heimlich glauben, er war es. Er tut mir leid, wie er da in seinem gestreiften T-Shirt sitzt. »Was denn … Ihr glaubt doch nicht, dass ich …?«, stammelt er, als keiner etwas sagt. Ich muss etwas tun, auch wenn es nicht das Klügste ist.

»Ich war's!«, sage ich wahrheitsgemäß. »Aber ich wusste nicht, dass das ein … Sexspielzeug ist. Ich hab das Ding an der Bushaltestelle gefunden und dachte, es lässt sich gut für das Faszientraining anwenden, so wie das Nudelholz, das Herr Schibalski übrigens schon vermisst!« Ich riskiere einen strafenden Blick auf Sandra Liebermann. »Du hattest da doch so einen Spaß mit, als du Herrn Rosenbaum abgerollt hast, und ich wollte dir einfach etwas Gutes tun! Kann ich ja nicht ahnen, dass du das als Sexspielzeug ansiehst!«

Sandra Liebermann kneift die Augen zu kleinen Schlitzen zusammen. »Ich sehe das nicht als Sexspielzeug an, es ist ganz klar eins!«

»Na ja, wenn man sich damit auskennt, weiß man das. Heike hat auch gedacht, es ist ein Kaktus!« Es tut mir leid, dass ich Heike da mit reinziehen muss, aber ich bin jetzt gerade in Fahrt. »Liebe Sandra, es tut mir aufrichtig leid, wenn dich mein Fasziengerät beleidigt hat. Das war sicher nicht meine Absicht!«

Sandra Liebermann, die jetzt als Profi in Sachen Sextoys dasteht, gibt nicht kampflos auf. »Warum hast du das denn nicht gleich gesagt? Hm? Warum lässt du uns hier alle erst mal rätselraten?«

Ich senke betreten den Kopf und mache eine kunstvolle Pause. »Es war mir peinlich, dass ich nicht gewusst habe, dass das ein Dildo ist.« Ich benutze extra das Wort, um das alle die ganze Zeit herumgeschlichen sind. Ich schaffe es sogar, ein bisschen rot zu werden. Dildo vor versammelter Mannschaft zu sagen verfärbt automatisch meine Gesichtsfarbe. Ulli schaut mich dankbar an. Herr Rosenbaum nickt mir aufmunternd zu, und Heike fängt begeistert an zu klatschen. Die anderen stimmen ein. Sandra Liebermann wirft mir einen bitterbösen Blick zu.

»Na, dann ist das ja geklärt. Für die weiteren Themen ist meine Anwesenheit hier nicht erforderlich. Sie entschuldigen mich.« Herr Rosenbaum verlässt den Raum. Ich atme ganz tief aus. Das wäre geschafft!

Ich habe die Rechnung ohne die Liebermann gemacht. Sie passt mich auf dem dunklen Flur ab, als ich aus der Lehrertoilette komme. »Hier hast du dein blödes Fasziengerät zurück.« Sie hält mir den Dildo ganz nah vor mein Gesicht. Ich muss zurückweichen, weil er mich sonst berührt, und die Liebermann rückt nach und drängt mich an die Wand. »Ich weiß ganz genau, dass du nicht so ahnungslos und naiv bist, wie du tust.« Sie hält den Grünen wie eine Waffe auf mich gerichtet. Ihre Augen sind wieder die kleinen Schlitze. Ich bemühe mich, ganz ruhig Blickkontakt mit ihr zu halten, und setze zu einer Antwort an. Sie fällt mir sofort ins Wort und zischt: »Ich will gar nichts hören. Du hast mich da drin vor versammelter Mannschaft aussehen lassen wie eine Sexsüchtige, die sich mit Dildos auskennt, während ihr Pussis ja alle glaubt, das sei ein gebastelter Kaktus!!« Beim Wort Kaktus piekst sie mich mit dem Dildo in die Brust. So schnell kann er nicht auf Körperwärme reagieren und nachgeben, deshalb tut es weh. Der ist richtig hart! Hat sie gerade wirklich Pussis gesagt? »Das vergesse ich nicht, Hanna!« Mit dieser diffusen Drohung wirft sie mir den Kaktus zu, den ich reflexartig fange.

Was ich jetzt brauche, ist etwas zu essen und Svenja.

Zu Hause angekommen, teste ich als Erstes das Wasser aus dem Hahn in der Küche. Es sprudelt mir immer noch frisches Mineralwasser entgegen. Ich mache mir ein Brot und trinke dazu mein hauseigenes Mineralwasser. Praktisch ist es ja, das muss man sagen.

Als Svenja endlich kommt, muss sie sofort ein Glas Wasser abfüllen. »Ich dachte, es geht um einen Dildoskandal?«, fragt sie verständnislos.

»Unter anderem, ich habe viele Baustellen«, seufze ich.

Svenja füllt sich brav ein Glas Wasser ab und staunt. »Das sieht aus wie Mineralwasser! Cool! Wer hat dir das eingebaut?«

»Niemand, so etwas kann man gar nicht einbauen. Heute früh, als ich aufgewacht bin, war das einfach so. Langsam glaube ich selbst, ich werde verrückt. Ich habe mir heute Morgen extra meinen Nachbarn als Zeugen rübergeholt.«

»Kann ich das trinken?«, fragt Svenja und schnuppert am Glas. Ich nicke. Sie trinkt ihr Glas in einem Zug aus. Ich hole mir und ihr eine Dose Cola aus dem Kühlschrank. Dieser Tag kann absolut nicht ohne bewältigt werden. Svenja fummelt an dem Wasserhahn herum. »Kommt aus allen Hähnen das Sprudelwasser?« Sie schaut unter der Spüle nach.

»Oben im Bad und hier unten. Im Gäste-WC habe ich es noch nicht getestet.«

»Und wenn du es eine Weile laufen lässt?«

»Hab ich versucht, es bleibt.«

Svenja dreht den Hahn voll auf. Sprudelnd zischt das Wasser in die Spüle. Nach einer Weile wird das Sprudeln weniger. Sie schaut mich triumphierend an.

»Das gibt es doch nicht, genau das habe ich heute Morgen auch versucht!« Das Wasser läuft jetzt ganz normal aus dem Hahn. Keine Spur mehr von Kohlensäure.

»Tja, du bist eben keine Krankenschwester! Ich krieg alle wieder hin, sogar kaputte Wasserleitungen!«, sagt sie stolz und verlässt die Küche.

»Wo willst du hin?«

»In den Keller, Leitungen checken.« Offenbar fühlt sich Svenja jetzt als Profiklempner. Ich folge ihr in den Waschkeller. Sie begutachtet die Wasserleitung an der Wand.

»Das ist ja nur der kleine Teil, den wir sehen, kannst ja nicht in die Wand reingucken«, sage ich.

Sie nickt konzentriert und klappt dann den Deckel mit dem Wasserzähler auf. »Sieht alles okay aus.«

»Als ob du das feststellen könntest«, sage ich und schiebe sie wieder die Treppe nach oben.

»He, ich hab dir gerade deine kaputte Leitung repariert, oder nicht?«

»Ja, Frau Doktor«, witzle ich.

»Für die meisten Diagnosen braucht es keinen Doktor, nur etwas gesunden Menschenverstand!« Wir kommen schnaufend oben an. Svenja geht zwei Schritte rückwärts, weil sie sich zu mir umdreht, und fällt dabei über einen der vollen Wäschekörbe. Er kippt mit ihr um, und fünfhundert Flummis jagen aufgeregt in Richtung Wohnzimmer.

»Nein!«, rufe ich.

»Aua«, ruft Svenja. Ich helfe ihr hoch, was gar nicht so einfach ist, weil man nirgends hintreten kann, ohne auf einem Regenbogen-Eier-Flummi auszurutschen. »Ach du Scheiße, sind das viele«, sagt sie, als sie wieder steht.

»Ja«, seufze ich. »Und sie nutzen jede Gelegenheit, um in mein Wohnzimmer zu springen.« Während Svenja und ich Flummis einfangen, erzähle ich von Hermine Noppel, die mir an der Bushaltestelle angeboten hat, Dildotesterin zu werden. Ich erzähle vom gutaussehenden Typen neben mir, der abknickenden Erektion, und dann muss ich eine ganze Weile lang alleine Flummis einsammeln, weil Svenja sich vor Lachen über den Boden rollt. »So witzig war das in dem Moment aber nicht!«, sage ich und lege mich platt auf den Boden, um die Flummis unter dem Sofa aufzusammeln.

»Glaub ich!«, japst sie. »Hast du seine Nummer?«

»Nein, das war jetzt nicht wirklich eine Situation, in der man fröhlich Nummern austauscht!«, ächze ich und komme unter dem Sofa wieder hervor. Ganz hinten liegt noch einer, aber da komme ich nicht ran. Soll er doch da liegen bleiben!

»Schade!« Svenja rollt sich von der Rückenlage hoch und ist jetzt wieder fähig weiterzusammeln. Ich erzähle von meiner Idee, den Grünen der Liebermann in ihr Fach zu legen, von der Konferenz und von der diffusen Drohung im Flur bei den Toiletten. Erschöpft werfe ich mich aufs Sofa. »Mein Gott, sind Lehrer bescheuert«, diagnostiziert die Krankenschwester und wirft sich neben mich auf die Couch.

»Was mache ich denn jetzt?«, frage ich und lasse meinen Kopf an ihre Schulter sinken.

»Gar nix, die kriegt sich schon wieder ein.«

»Da kennst du Sandra Liebermann aber schlecht. Sie war richtig sauer.«

»Hanna, sei einfach nicht so harmoniesüchtig. Mein Gott, dann hasst dich die Liebermann eben mal 'ne Woche, na und? Was glaubst du, wie viele Patienten mich jeden Tag hassen?«

»Dich?«, frage ich erstaunt.

»Ja, was glaubst du denn? Glaubst du, die sind alle nur ständig dankbar? Wenn ich denen eine Spritze gebe oder einen Zugang lege oder ihnen das Rauchen verbiete, dann ist da kein Mensch dankbar. Dabei ist das alles ja nur zu ihrem Besten, ich will die Patienten ja nicht ärgern mit meinen Maßnahmen.«

Ich nicke. »Der Dildo war ja auch nur zu ihrem Besten, das hat sie nur nicht verstanden.«

»Ja klar, Hanna, und du wolltest sie auch kein bisschen ärgern mit dem Teil ...«

»Ein bisschen«, gebe ich zu.

»Na und, dafür kassierst du jetzt eben mal. Jetzt halte das doch aus!«

Ich knülle an einem Sofakissen herum. Im Aushalten bin ich keine Heldin, das war ich noch nie. Ich kann das nicht gut haben, wenn jemand sauer auf mich ist. »Vielleicht bringe ich ihr morgen Blumen mit«, schlage ich vor.

»Nix da, du hast sie vor versammelter Mannschaft blamiert, jetzt steh dazu und kassiere ihre Flurdrohungen und lass sie einfach sauer auf dich sein!« Svenja wirft ein Kissen in die Luft und fängt es wieder auf.

»Aber warum soll ich es nicht wiedergutmachen, mit Blumen?«

»Weil das geschummelt ist, meine Liebe. Dir geht es doch nicht wirklich darum, dich bei der Liebermann zu entschuldigen. Du denkst dir doch: Das hat sie verdient. Die Blumen willst du ihr nur bringen, damit du dich besser fühlst, nicht damit sie sich besser fühlt. Und das – ist schummeln.« Sie wirft mir das Kissen ins Gesicht. Ich will etwas sagen, aber Svenja stoppt mich und sagt mit erhobenem Zeigefinger: »Aushalten!«

Ich nicke ergeben. Svenja hat recht. »Aushalten«, seufze ich.

»Kann ich endlich mal meine Dose Cola kriegen? Ich bin schon ganz vertrocknet!«, beschwert sich Svenja. »Und bring einen Block und einen Stift mit, dann kümmern wir uns um dein nächstes Problem!«

Ich stehe auf und hole alles, was Svenja mir aufgetragen hat. »Welches?«, frage ich. »Das mit der Strickjackenfrau, die jetzt den Sommer über in meinem Wohnwagen wohnt, weil der Polizist mir nicht geglaubt hat und ich es nicht über das Herz bringe, sie wirklich rauszuschmeißen? Oder die tausend Flummis, die hier ständig im Haus rumspringen? Und was mache ich mit dem Grünen?«

»Den hast du hier?« Svenja öffnet ihre Coladose.

»Ja klar, was sollte ich denn damit machen? Ich kann ihn ja schlecht in der Schule wegwerfen, und dann findet ihn ein Kind, und ich sitze in der nächsten Konferenz und muss erklären, warum meine Schüler mit Sexspielzeug in Kontakt kommen. Ich hatte ihn hinten im Fahrradkorb, da konnte er schön rausgucken und hatte noch was vom Fahrtwind!«

»Ich glaube nicht, dass Dildos auf Fahrtwind stehen.«

»Wer weiß, hat bisher nur nie einer probiert!« Ich grinse sie an.

»Wo hast du das Ding, ich will das mal sehen!«, fordert sie mich auf. Seufzend verlasse ich wieder das Sofa und komme mit dem Grünen zurück. »Heiliger Kaktus, ist der groß!«, staunt Svenja. »Ist das XXL?«

»Ich bin ja froh, dass du das auch denkst. Ich finde ihn auch riesig!«

Svenja dreht und wendet ihn. »Vielleicht kommt einem das auch nur so vor, weil man dieses Teil sonst nie einzeln auf dem Sofa liegen hat.«

Bei der Vorstellung von einzelnen Penissen, die auf meinem Sofa liegen, muss ich lachen. »Da fällt mir ein …« Svenja macht kleine Dellen in den Dildo, indem sie ihre Finger darauflegt und wartet, bis er nachgibt. »Du hast meine Frage neulich nicht beantwortet.«

Ich weiß genau, welche Frage sie meint. Ich hebe einen Flummi vom Boden auf, damit ich auch an etwas herumdrücken kann. »Wann ich das letzte Mal Sex hatte?« Ich werde um die Antwort sowieso nicht herumkommen. »Das war … Das ist schon ein paar Jahre her«, sage ich und weiß schon, dass das für Svenja nicht genügen wird.

»Mit wem?«, fragt sie und knickt den Grünen ab, indem sie ihn nur an einer Seite wärmt.

»Ach, mit dem schüchternen Seminarleiter, weißt du doch.«

»Jörg? Gott, Hanna, das ist ja schon ewig her!«

»Jaja, reite nur drauf herum, dass ich nie Sex hab. Macht ja nix, hab ja jetzt ihn!« Ich zeige auf den abgeknickten Dildo in ihrer Hand.

»Du musst einfach mal wieder eine Fortbildung machen, oder du rufst endlich mal Dr. House an!«

»Horse«, verbessere ich. Stimmt, den habe ich ja völlig vergessen.

»Der Typ in der Bahn – der wäre auch gut gewesen. Mensch, Hanna, dass du von dem keine Nummer hast!«

»Du wolltest doch eigentlich all meine Probleme lösen. Hier mit dem Block und dem Stift. Dann mach mal!«, lenke ich sie ab. Das Thema ist mit Svenja immer so anstrengend. Sie glaubt, dass es unser oberstes Ziel sein müsste, endlich einen Mann zu finden. Aber ich bin ganz zufrieden ohne und einfach nicht die Freundin, die mit ihr um die Häuser zieht und notgeil das andere Geschlecht anbaggert.

»Richtig«, sagt Svenja, klappt wichtig den Block auf und beginnt zu zeichnen. Es wird eine hübsche Zeichnung. Ich wusste gar nicht, dass Svenja das so gut kann. Sie malt einen Wohnwagen, darüber das Wort »Strickjackenfrau« und einen Pfeil, der ins Innere des Wohnwagens zeigt. Dann zeichnet sie erstaunlich gut eine Giraffe, einen Wasserhahn, aus dem Mineralwasser sprudelt, einen Dildo, der wie eine Schmiererei an der U-Bahn aussieht, und ganz viele Regenbogen-Eier-Flummis, die alle einfach wie Eier aussehen. »All das ist dir in den letzten Tagen passiert.« Sie zeigt auf das Blatt. Es ist inzwischen dunkel geworden. Ich müsste Licht anmachen, aber sie schaut mich ernst an.

Ich nicke: »Ja, das stimmt.«

»Das ist doch nicht normal!« Sie tippt wieder auf ihre Zeichnung. »All das in so kurzer Zeit! Allein die Giraffe im Vorgarten ist schon ungewöhnlich. Aber dann noch

Mineralwasser, das plötzlich aus deiner Leitung fließt, und eine Flummilieferung von tausend Stück und dann noch diese Noppel, für die du Dildos testen sollst. Da stimmt doch was nicht!« Ihre Stimme bekommt einen aufgeregten Klang.

»Ich seh da keinen Zusammenhang zwischen den Sachen«, sage ich.

»Ganz genau, es gibt auch keinen. Aber es ist mehr als unwahrscheinlich, dass all das plötzlich einer einzigen Person passiert! Und ich kenne mich aus mit Wahrscheinlichkeiten. Zu uns kam mal ein Patient, der hatte sich dreimal denselben Arm gebrochen. Immer wieder bei verschiedenen Aktionen! Aber das hier ...«, sie zeigt auf die Zeichnung, die jetzt kaum noch zu sehen ist im schwindenden Licht, »... das ist spooky!«

»Svenja, du spinnst!«, sage ich laut, um der Gänsehaut entgegenzuwirken, die sich gerade bei mir einstellt. Ich stehe auf, um das Licht anzumachen. »Das ist einfach ein seltsamer Zufall. Mehrere seltsame Zu...« Ich breche mitten im Wort ab. Svenja springt alarmiert vom Sofa hoch. »Guck dir das an!«, flüstere ich. Durch das große Fenster sehen wir im Garten Hunderte von kleinen Lichtern funkeln. Sie gehen an und aus, sie sind überall. Der ganze Garten ist voll von ihnen. Sie scheinen im Gras zu sitzen und in den Bäumen zu hängen oder einfach in der Luft zu schweben. Ich finde Svenjas Hand und schließe meine Finger um ihre.

»Lass uns rausgehen«, flüstert sie. Auf der Terrasse ist es noch unglaublicher. Wir haben das Gefühl, jetzt mitten im Lichtermeer zu stehen. Um uns herum leuchtet und blinkt es. Es ist wunderschön. »Glühwürmchen«, wispert Svenja. Sie hat recht. Ich habe seit Jahrzehnten keine mehr gesehen. Das letzte Mal irgendwann in den achtziger Jahren in einem Italienurlaub. Es muss ein ganzer Schwarm sein. Staunend schauen wir uns Hand in Hand das ungewöhnliche Naturschauspiel an. Für den Moment ist es mir egal, wieso mir schon wieder so ein seltsamer Zufall begegnet. Dieses Leuchten ist für Svenja und für mich. Mir ist, als ob unsere Freundschaft da hundertfach im Garten blinkt. Ich bin so froh und dankbar, sie an meiner Seite zu haben, meine wunderbare, patente Svenja. Ein Glühwürmchen setzt sich in ihre Haare, und sie hält ganz still. Ich strecke die Hand aus, und eins landet tatsächlich auf meiner Handfläche. Es ist faszinierend. Wir sind ein Teil des Schwarms. Umgeben von kleinen Lichtern und einem feinen Surren.

Spurensuche

Obwohl es kühl und windig ist, frühstücken wir draußen. Was ist bloß mit diesem Sommer los? Wo sind die warmen sonnigen Tage? Man kann schon froh sein, wenn es mal einen Tag lang nicht regnet. Jule hat Sophie und Liz in blaue und pinkfarbene Softshelljacken gepackt und sich selbst in einen dicken Kapuzenpulli. Ich trage eine alte graue Strickjacke, die ich liebe. Ich habe sie vor sehr vielen Jahren mal mit Maja zusammen gekauft. Immer wenn ich sie anziehe, habe ich das Gefühl, die Welt ist noch in Ordnung, so wie damals, als ich einfach das Telefon nehmen und meine Mutter anrufen konnte, wenn irgendetwas in meinem Leben aus dem Gleichgewicht geraten war. Manchmal wünschte ich, ich hätte eine Schwester, mit der ich über all das reden könnte. Mein Bruder sitzt nur schweigsam am Tisch und baut sich wieder einen Schinkenberg auf sein Brötchen. »Gehst du nachher noch segeln?«, necke ich ihn. Er trägt nämlich eine wasserabweisende Outdoorjacke, die für einen kühlen Sonntag Anfang Juli ziemlich übertrieben ist.

»Kann ja nicht jeder so ein Wärmepolster mit sich rumtragen wie du, Moppelchen«, kontert er grinsend. Jule guckt mich entsetzt an. Sie ist ohne Geschwister aufgewachsen und wundert sich oft über den Ton, in dem Sebastian und ich uns unterhalten.

»Und, hast du dir ein neues Handy gekauft?«, frage ich.

»Woher weißt du das?«, will Jule wissen.

»War doch klar, dass er es keine vierundzwanzig Stunden ohne Handy aushält!« Ich stibitze ihm eine Scheibe von seinem Schinkenberg, und er lässt es brummend geschehen.

»Ich arbeite mit dem Ding. Das ist nicht wie bei dir einfach dazu da, um deinen Freundinnen goldige Fotos zu schicken!« Man versteht ihn kaum, weil er gleichzeitig sein Brötchen isst.

»Sein altes funktioniert wieder, tadellos!«, mischt sich Jule ein. »Jetzt hat er zwei teure Teile!«

»Sophie kann eins kriegen, passt doch«, nuschelt Sebastian.

»Sophie! Bist du bescheuert, die ist acht! Haben die Kinder bei dir in der Klasse schon Handys, Hanna?«

Wenn ich jetzt die Wahrheit sagen würde, steht Jule schlecht da, also versuche ich es mit einer diplomatischen Antwort: »Handys sind in dem Alter wirklich noch viel zu früh, finde ich.«

»Sie haben welche!«, sagt Sebastian triumphierend und klaut mir meine letzte Himbeere vom Teller.

»Hanna, können wir jetzt die Strickjackenfrau besuchen?« Liz klettert auf meinen Schoß. Sie trägt wieder ihre zwei kleinen Zöpfe rechts und links. Ich weiß nicht, ob das meine verblendete Sicht als Tante ist, aber ich finde, Liz sollte man den ganzen Tag fotografieren, um festzuhalten, wie hübsch und niedlich sie ist.

»Die wohnt immer noch in unserem Wohnwagen?« Sebastian klingt nicht begeistert.

»Sie ist eine ganz süße alte Dame, und sie hat mir Kekse angeboten und Tee. Da habe ich es einfach nicht über das Herz gebracht, sie von der Polizei hier raustragen zu lassen.«

»Ach sooo, sie hat dir Kekse angeboten, na dann …«, ärgert mich Sebastian und kassiert einen Klaps auf die Schulter.

Sophie kommt angelaufen und will auch auf meinen Schoß. Sie sieht es gar nicht ein, dass ihre Schwester immer alle Aufmerksamkeit kassiert. »Ist die Strickjackenfrau ein echter Geist?«, will sie wissen.

Ich balanciere jetzt auf jedem Bein ein kleines Mädchen. »Die Strickjackenfrau ist eine Frau und kein Geist.«

»Wie heißt sie denn?«, fragt Sophie und hindert ihre kleine Schwester daran, meine Jacke zuzuknöpfen. Es gibt ein kleines Gerangel, bei dem Liz fast mein Glas mit Orangensaft vom Tisch wirft.

»Lasst uns losgehen und die Strickjackenfrau besuchen. Ich bin auch neugierig!« Sebastian pflückt Sophie von meinem Schoß.

Wir lassen die Mädchen vorgehen. Liz verschwindet völlig im hohen Gras, und bei Sophie sieht man nur noch ihren wippenden Pferdeschwanz. Ich schau mich um, ob ich noch Glühwürmchen sehe, aber im Tageslicht sind sie sehr schwer zu finden. »Hab ich euch das eigentlich schon erzählt?« Ich drehe mich zu Sebastian und Jule um, die Hand in Hand hinter mir herlaufen. »Neulich war hier abends ein ganzer Schwarm Glühwürmchen im Garten!«

»Wirklich? Ich dachte, die gibt es gar nicht mehr«, sagt Jule.

»Hab ich auch gedacht. Vielleicht sind sie auf der Durchreise. So toll wie an diesem einen Abend haben sie nie mehr geleuchtet, danach habe ich sie nur vereinzelt mal blinken sehen.«

»Und am Anfang war es ein ganzer Schwarm?«, fragt Jule interessiert.

»Ja, sie waren überall, im Gras, an den Bäumen und in der Luft. Alles hat gefunkelt. Es war wie Magie! Svenja war auch da und hat es gesehen.« Ich füge das hinzu, weil Sebastian so skeptisch guckt. Ich hoffe wirklich, dass die Strickjackenfrau heute da ist, damit er sieht, dass ich keine wunderliche einsame Frau werde. Wir passieren die Stelle mit der Mauer, und die Energie im Garten verändert sich, wie immer. Jule und ich schauen uns an. Ich habe ihr mal davon erzählt, und sie meint, es auch zu spüren. Sebastian pflückt eine Blume für Jule und dann noch eine für mich. Von Jule bekommt er als Dank einen Kuss, ich boxe ihn etwas zärtlicher als sonst an die Schulter und stecke mir meine Blume ins Haar. Jetzt können wir den Wohnwagen sehen. Auf der Wäscheleine hängen ein paar Küchentücher, aber es sitzt niemand am Campingtisch und häkelt.

»Hier wohnt tatsächlich jemand«, sagt Sebastian überrascht. Unser Klopfen an der Tür bleibt unbeantwortet. Ich öffne vorsichtig die unverschlossene Tür. Drinnen sieht es aus wie immer. Picobello aufgeräumt. Die Kinder drängeln hinter mir in den Wagen.

»Schuhe aus, bevor ihr reingeht!«, kommandiert Jule von draußen.

Ich winke Sebastian an die Tür. »Guck mal, was sie alles renoviert hat!« Er beugt sich in das Wageninnere und staunt. Dann zieht er seine Schuhe aus, und Jule und ich machen es ihm nach. Zu fünft quetschen wir uns in den kleinen Wohnwagen. Diesmal hat die Strickjackenfrau doch eine Menge persönlicher Gegenstände hiergelassen. Einige Bücher stapeln sich auf dem Fensterbrett, daneben eine Lesebrille in einem blauen Lederetui.

»Mannomann, die hat sich ja sogar eine kleine Küche eingebaut!«, sagt Sebastian. Er kennt den Wohnwagen, genau wie ich, von früher mit verschlissenen Polstern. Jule dagegen ist zum ersten Mal hier drin.

»Die hat Wilfried eingebaut«, erkläre ich.

»Wer ist Wilfried?«

»Keine Ahnung. Ein Freund von ihr. Der kann auch Sicherheitsschlösser mit einem Dietrich knacken. Ich hatte eins angebracht. Auch das konnte sie nicht aufhalten.«

»Aber das ist ja kriminell!«, empört sich Jule. »Die kann doch nicht einfach hier ein- und ausgehen, als wäre das ihr Wagen!«

»Genau das macht sie aber!«, sage ich. »Und außerdem behäkelt sie die Bäume, zeige ich euch nachher«.

Sebastian öffnet neugierig den Kühlschrank und holt eine angebrochene Flasche Weißwein heraus.

»Stell die wieder rein!«, sagt Jule, der es unangenehm ist, so in der Privatsphäre der Strickjackenfrau zu kramen. In diesem Moment fängt es wie auf Kommando an zu regnen. Als hätte jemand die Dusche angedreht, rauscht es aufs Wohnwagendach.

»O nein, der Frühstückstisch!«, sage ich.

»Sollen wir schnell hinrennen?«, fragt Jule.

Ich winke ab »Bis wir da sind, ist eh alles nass. Guck mal, wie es schüttet!« Wir schauen aus dem Fenster auf eine Wasserwand. Die Küchentücher auf der Leine sind schon klitschnass. Da ist nichts mehr zu retten.

»Na dann!« Sebastian findet drei Gläser und entkorkt die Flasche. Die Mädchen haben sich hinten auf dem Bett jeder ein Nest aus den Häkelkissen gebaut und spielen Hasen im Wald. Jule und ich sehen uns zweifelnd an, während Sebastian schon großzügig die Gläser befüllt.

»Was soll's, wir kommen jetzt erst mal sowieso nicht weg. Und wenn die Strickjackenfrau einfach unseren Wohnwagen nutzt, können wir auch einfach ihren Wein trinken!«, sage ich entschieden.

»Um elf Uhr vormittags?«, antwortet Jule zweifelnd. Sebastian hat überhaupt keine Skrupel. Er hat das kleine Radio eingeschaltet, aus dem jetzt ein Schlager dröhnt, und es sich schon auf der Eckbank gemütlich gemacht.

»Ladys, worauf wartet ihr?« Er hebt sein Glas. Wir quetschen uns zu ihm auf die Bank und stoßen an. »Auf diesen Sommer!«, sagt mein Bruder mit Blick aus dem Fenster.

»Darauf, dass er besser wird!«, sagt Jule und hebt ihr Glas.

»Auf die Strickjackenfrau!« Ich hebe auch mein Glas. »Möge sie uns verzeihen, dass wir ihren Wein wegsaufen!« Wir stoßen an und trinken. Es schmeckt hervorragend. Nach einigen Schlucken stehe ich noch mal auf und krame in der Küchenzeile, bis ich finde, was ich suche: die Butterkringel! Ich gebe den Mädchen jeweils einen, mit der strengen Auflage, sie ganz fein wie zwei Hasen ordentlich zu mümmeln, ohne auf das Bett zu krümeln, und stelle den Rest der Packung zu uns auf den Tisch. Jule schenkt mir einen großen Schluck von ihrem Wein in mein halbleer getrunkenes Glas.

»Ich muss noch fahren«, erklärt sie. Wir nehmen uns alle einen Butterkringel. Er schmeckt auch zu Weißwein erstaunlich gut. Ich erzähle von den Ereignissen der letzten Tage. Das mit den Flummis kann ich laut erzählen, die Geschichte von dem Dildo leise. Jule, die von einem halben Glas Wein schon angeschickert ist, bekommt vor lauter Lachen einen Schluckauf. Ich erzähle vom Polizisten, der mir nicht geglaubt hat, und von den idiotischen Fernsehfritzen und von dem Mineralwasser, das plötzlich aus den Leitungen kam und dann wieder weg war.

»Svenja sagt, das sind ein bisschen viele seltsame Zufälle auf einmal«, schließe ich.

»Guck du dir doch mal im Keller die Leitungen an!«, fordert Jule Sebastian auf.

»Was soll er da sehen? Das Wasser ist ja wieder normal. Schade eigentlich, denn das war schon praktisch.« Die Flasche Wein ist leer. Sebastian und ich haben den größten Teil davon getrunken. Er schaut mich länger als sonst gedankenverloren an.

»Viele ungewöhnliche Zufälle auf einmal«, murmelt er. »Eine Phase von ungewöhnlichen Zufällen. Das war es. So hat sie es genannt.«

»Was laberst du?«, fragen Jule und ich gleichzeitig und kichern. Ich spüre den Wein jetzt.

»Mama hat das mal erzählt.« Das Wort Mama aus seinem Mund lässt mich aufhorchen.

»Was hat Mama erzählt?«, frage ich gespannt.

»Sie sagte mal, sie hätte früher eine Phase von ...«, er konzentriert sich, um den Wortlaut genau wiederzugeben, »... ungewöhnlichen Zufällen gehabt.«

»Was für Zufälle?«, fragt Jule.

»Das weiß ich nicht.« Er steckt den Korken auf die leere Flasche und stellt sie sinnlos wieder zurück in den Kühlschrank.

»Ein Regenbogen«, schreit Sophie aufgeregt und stürmt aus der Tür.

»Deine Schuhe!«, ruft Jule, aber sie ist schon weg. Wie der Blitz saust die kleine Schwester ihr hinterher, und auch wir stehen alle auf und drängeln uns nach draußen, allerdings ziehen wir uns vorher Schuhe an. Die Mädchen zeigen uns aufgeregt den Regenbogen, als wir nach draußen kommen. Über uns scheint die Sonne, während es im vorderen Teil des Gartens noch regnet. Ich könnte wetten, die Grenze zwischen Sonne und Regen verläuft genau an der alten Mauer. Ungefähr dort sehen wir auch den Regenbogen. Ich habe noch nie einen so nah gesehen. Ein Regenbogen in meinem Garten! Früher hätte ich das als Zeichen von Maja gedeutet.

»Können wir ihn anfassen?«, schreit Sophie aufgeregt.

»Ihr könnt es versuchen!«, sage ich. Beide rennen weg. Ich finde es schade, dass Jule, Sebastian und ich nicht mitrennen. Manchmal macht einem zu viel Wissen einfach alles kaputt. Der Regenbogen ist kräftig und hebt sich toll gegen den dunklen Himmel dahinter ab. »Er verschwindet, wenn wir näher kommen!«, beschwert sich Sophie. Sebastian läuft zu den Mädchen rüber. Er nimmt sie an den Händen, und sie gehen so lange rückwärts, bis sie den Regenbogen wieder sehen können. Dann geht er in die Hocke und erklärt ihnen, wie ein Regenbogen entsteht oder vielmehr, wann wir einen sehen können. Jule und ich holen die Schuhe der Mädchen aus dem Wohnwagen. Ich bringe noch schnell die Häkelkissen wieder in Ordnung, stelle die Butterkringel zurück und nehme die benutzten Gläser mit, um sie zu Hause zu spülen. Auf dem Weg zurück zum Haus stellen Liz und Sophie viele Fragen.

»Gibt es eigentlich viele Regenbogen, die nur keiner sieht?«, will Liz wissen.

Sebastian schmunzelt. »Das habe ich mir noch nie überlegt, aber so gesehen, bestimmt. Wenn es regnet und die Sonne scheint, gibt es sicher 'ne Menge Regenbogen, die keiner sieht.«

»Tausend!!«, bestätigt Liz und nickt wissend vor sich hin. Sophie ist noch nicht damit zufrieden, dass man das gebrochene Licht nicht anfassen kann.

»Papa, aber wenn ein Regenbogen ganz nah zu sehen ist, so nah, dass ich nur die Hand ausstrecken muss – dann kann ich ihn doch anfassen!«

Ich hab eine Idee. »Sophie, wenn ihr das nächste Mal kommt und dann die Sonne scheint, dann mache ich euch mit dem Gartenschlauch einen Regenbogen zum Anfassen!«

»Das kannst du?«, staunt Liz.

»Ich denke, ich krieg das hin«, verspreche ich.

»Warum erst das nächste Mal?«, quengelt Sophie. »Ich will jetzt einen Regenbogen anfassen!«

»Aber wir brauchen Sonne«, sage ich und zeige auf die dunklen Wolken über uns.

»Die scheint gleich!«, sagt Sophie zuversichtlich.

»Und wer mir jetzt beim Abräumen hilft, darf gleich in Regenbogen-Eier-Flummis baden!« Ich habe den Mädchen die Wäschekörbe voller Flummis noch nicht gezeigt, und jetzt sind sie ganz neugierig. Fleißig decken sie mit uns Erwachsenen zusammen den nassen Frühstückstisch ab. Wir müssen von jedem Teller erst mal das Wasser abschütten, bevor wir sie übereinanderstapeln können.

»Ich will jetzt im Regenbogen baden!« Liz baut sich mit verschränkten Armen vor mir auf, während Jule und ich alles in die Spülmaschine räumen.

»In Regenbogen-Eier-Flummis, du Dummi!«, korrigiert Sophie ihre kleine Schwester.

»Ohne ein ›Bitte‹ badet hier niemand, weder im Regenbogen noch in Flummis!«, ordnet Jule an.

»Bitte, Hanna!«, ruft Liz sofort.

Und auch Sophie fällt mit ein: »Bitte, bitte, bitte!«

»Na, dann kommt mal mit.« Ich geleite die beiden zu den Wäschekörben im Gästezimmer. Jule folgt uns und staunt noch mehr als die Mädchen.

»Die waren alle in einem Paket?«, fragt sie und taucht ihre Hände in einem Wäschekorb ein. Ich nicke. Liz will jetzt endlich in ihre Badewanne zu den Flummis und steigt schon mit den Füßen in den Wäschekorb.

»Halt!« Ich hebe sie wieder raus. »Eine Bedingung!« Ich gucke streng und hebe einen Zeigefinger. »Alle Flummis, die rausfallen, müsst ihr nachher wieder einsammeln, okay?« Die Mädchen versprechen es und steigen dann quietschend in die Wäschekörbe. Begeistert baden sie in Regenbogen-Eier-Flummis, und zum ersten Mal finde ich meine Fehllieferung gar nicht mehr so sinnlos.

Wie immer kommt mir das Haus plötzlich zu groß und zu leer vor, als die vier weg sind. Ich sammle noch ein paar Flummis von meiner Büroecke auf und vom Gästebett, die die Mädchen übersehen haben, und lege mich anschließend selbst drauf. Es ist gut für das Bett, wenn ab und zu einer in ihm liegt. Ich tue das nur für das Bett, nicht für mich, obwohl ich plötzlich furchtbar müde von dem Wein bin. Der Schlaf überkommt mich, und ich lasse mich hinübergleiten, ohne mich zu wehren. Ich träume von einer Schatzkiste, in der etwas ganz Wichtiges drin ist. Ich kann mich nicht erinnern, was es ist, und ich habe keinen Schlüssel zu der Kiste. Den hat nur Maja, aber Maja kann ich einfach nicht finden, ich rufe sie an, aber sie geht nicht an ihr Handy.

Als ich nach einer Stunde aufwache, fühle ich mich, als hätte ich wie Svenja im Schichtdienst gearbeitet. Alles ist schwer und klumpig. Ich binde mir als Erstes meine Haare auf dem Kopf zusammen, jetzt bekommt mein verschwitzter Nacken etwas Luft. Ich trinke am Kühlschrank stehend Milch direkt aus der Flasche. Das mache ich selten, aber gerade bin ich noch nicht in der Lage, mir ein Glas zu holen. Es klingelt, und ich suche erst mal eine Weile das Telefon, um dann, als ich es endlich habe, festzustellen, dass es die Türklingel ist. Im normalen Zustand kann ich beide Klingeln gut auseinanderhalten, aber mein Verstand ist noch mit dicker Watte umhüllt.

»Mann, siehst du verknittert aus!«, sagt Svenja zur Begrüßung. Sie selbst ist taufrisch und schwebt an mir vorbei direkt in die Küche. Bevor ich die Haustür schließe, schaue ich noch einmal nach, ob nicht zufällig eine Giraffe im Vorgarten steht. Seit Bibby hier war, muss ich das jedes Mal machen. Irgendwie fehlt sie mir. Als ich in die Küche komme, hat Svenja uns schon zwei Coladosen aus dem Kühlschrank geholt. Sie will mir lässig eine zuwerfen, überlegt es sich zum Glück dann doch anders und stellt mir die Dose auf den Tisch. »Was ist los mit dir, Hanna? Hast du die Nacht mit Dr. Horse durchgemacht? Oder hat dich etwa der Kaktus wach gehalten?« Sie grinst unverschämt und öffnet zischend ihre Dose.

Ich lasse mich auf einen Stuhl fallen.

»Weder noch. Die Nacht war okay, aber dann hab ich heute Vormittag mit Jule und Sebastian im Wohnwagen von der Strickjackenfrau Wein getrunken und bin dann im Gästezimmer eingeschlafen. Das Bett muss man ab und zu beliegen, das ist sonst so allein. Ich hab von Maja geträumt, und jetzt fehlt sie mir.«

»Klarer Fall von Verwahrlosung an einem Sonntag«, analysiert Svenja und öffnet für mich die Dose. »Trink das, werde wach, ich habe Neuigkeiten!« Sie strahlt mich an. Sie sieht schön aus, wenn sie so lächelt. Ich nehme einen Schluck Cola und hoffe, die Mattigkeit verschwindet dadurch. »Hör zu«, startet Svenja, die nicht warten kann, bis ich wirklich wach bin. »Wen treffe ich heute Morgen an den Mülltonnen?«

Ich weiß sofort, wen sie meint, sage aber: »Kermit, den Frosch?«, damit sie glühend sagen kann: »Jochen!«

»Und habt ihr zusammen ein paar Burpees gemacht?«

»Viel besser! Er geht mit mir aus!« Sie hält ihre Coladose hoch wie eine Trophäe.

»Ja super! Wie kam es dazu?« Jetzt bin ich doch neugierig.

»Ich habe ihn mit Suggestivfragen in ein Date gelockt! Hab ich von einem Patienten gelernt, der war mal Journalist, jetzt liegt er regelmäßig mit seiner Raucherlunge bei uns, egal, jedenfalls von dem habe ich das!«

»Svenja, ich brauche etwas mehr Infos. Wie hast du es gemacht?«

»Ganz einfach, ich habe zu ihm gesagt: ›Gehst du nächsten Freitag oder lieber am Samstag mit mir essen?‹ Und er hat gesagt: ›Samstag‹, und ich hab gesagt: ›Prima, dann um halb acht hier unten!‹«

»Und dann?«

»Dann hab ich mich umgedreht und bin gegangen. Das war ein richtig cooler Abgang, kann ich dir sagen!«

Ich nicke zustimmend und hoffe sehr, dass Jochen ihr nicht kurz vorher absagt, Suggestivfragen hin oder her.

»Jetzt freu dich mal für mich!«, verlangt Svenja und knickt an ihrer leeren Dose herum.

Ich trinke meine in einem Zug aus und zerknicke sie ebenfalls. »Svenja, ich finde das heldenhaft! Hätte ich nie so gebracht! Ich wette, du kannst ihn von dir überzeugen bei dem Date!« Ich werfe beide Dosen in den Müll. Meine Lebensgeister sind zurück. »Und jetzt gehen wir beide auf den Dachboden!«

»Okay!«, sagt sie fröhlich. »Und was machen wir da?«

»Spurensuche!«, sage ich geheimnisvoll.

Es ist gar nicht so einfach, die alte Dachbodenleiter oben aus der klappbaren Luke mit einer Stange herunterzuziehen. Als wir es schließlich geschafft haben, gehe ich vor, dicht gefolgt von Svenja, die ständig Witze über mein Hinterteil macht. Seit Jochen ihr zugesagt hat, befindet sie sich in einem Zustand, den man auch als »high« bezeichnen könnte.

Oben angekommen, habe ich das gleiche Gefühl, das ich schon mit acht hatte, wenn Sebastian und ich hier oben spielten und stöberten. Eine Mischung aus Spannung und leichtem Gruseln. Sogar Svenja verstummt, als sie neben mir steht. Der Dachboden ist groß, aber man kann nur in der Mitte aufrecht stehen. Rechts und links fällt das Dach steil ab. Es gibt ein winziges, total verschmutztes Fensterchen durch das nur spärlich Licht fällt. Hier oben ist es staubig und tot. Genau so müssen Dachböden sein. »Was suchen wir?«, flüstert Svenja. Ich antworte erst auch flüsternd, dann räuspere ich mich und erzähle mit normaler Stimme von Sebastians Erinnerung. »Nein, wie krass!« Svenja krallt sich an meinem Arm fest. »Und du meinst, hier finden wir einen Hinweis?«

»Wenn überhaupt, dann hier!« Ich habe damals alle persönlichen Erinnerungen von Maja, ihre Tagebücher und Briefe hier oben in einer Kiste aufbewahrt. Nur die Fotos habe ich unten im Regalzimmer, damit ich sie ab und zu anschauen kann. Ich habe nur keine Ahnung, wo ich die Kiste hingetan habe.

»Svenja, guck mal nach einer kleinen Holzkiste«, instruiere ich meine begeisterte Freundin. Sofort huscht sie zwischen den verstaubten Gegenständen herum. Ich kämpfe mich durch ein paar Spinnweben und fange auf der anderen Seite an. Die Schatzsuche beginnt. Mir begegnet eine Menge aus meiner Kindheit. Ich zeige Svenja meinen geliebten Puppenwagen mit der dazugehörigen Puppe.

Maja hat viele Dinge von uns aufgehoben, wobei ich nicht erkennen kann, ob es ihr einfach zu lästig war, sie wegzugeben, oder ob es echte Sentimentalität war. Nichts davon ist sorgsam aufbewahrt, sondern eher einfach hier oben abgestellt. Den Jahren und den Spinnen hilflos ausgeliefert. Es macht mich ein bisschen traurig, dass ich kein Kind habe, das mein altes Spielzeug wieder zum Leben erwecken könnte. Sicher, Liz und Sophie hätten vielleicht Spaß an den Dingen, aber das ist nicht das Gleiche. Oder doch? Maja hat die Sachen vielleicht für ihre Enkel aufgehoben. Ob es für sie eine Rolle gespielt hätte, ob es nun meine oder Sebastians Kinder sind? Sie hat Sophie und Liz nicht mehr erlebt. Ich weiß, dass Sebastian darunter leidet, auch wenn er nie darüber spricht.

Meinen Vater interessieren seine Enkel nicht. Ich glaube, er hat sie erst ein einziges Mal gesehen. Unser Vater wird nicht einmal so von uns genannt. Er ist nur »der Klaus«. Ich hoffe wirklich, hier oben etwas Brauchbares zu Majas Geheimnis zu finden. Den Klaus möchte ich auf keinen Fall dazu befragen. Ich kann bis heute nicht verstehen, wie er sich so heftig von Maja entlieben konnte, während sie nie aufgehört hat, ihn zu lieben, selbst als er schon ganz lange nicht mehr zu unserem

Leben gehörte. Ich habe damals vor zehn Jahren viele Dinge weggeworfen, die ihre Beziehung dokumentierten. Ich wollte keine Liebesbriefe von ihm im Haus haben oder Fotos, die die beiden jung und turtelnd zeigen.

»Ich glaube, ich habe sie!« Svenja zieht eine Kiste aus dem Staub.

Ich schüttle den Kopf. »Das war sie nicht.«

Enttäuscht lässt Svenja sie sinken, klappt sie dann aber doch auf. »Oh, schau mal. Frühe Werke deiner Kunst!« Ich kämpfe mich über einen Berg alter Koffer zu ihr hinüber. Sie hat tatsächlich Bilder aus meiner Kindergartenzeit gefunden. Die Farben und Formen sind mir fremd. Seltsam, wie viel man über die Jahrzehnte vergisst. Wir blättern durch den Stapel und lachen über einen riesigen Osterhasen, der wohl so etwas wie einen Korb auf dem Rücken trägt. Es sieht aber eher aus wie ein Fallschirm. Ein Bild zeigt vier Personen. Links, das bin wohl ich, daneben Maja, Sebastian und mit etwas Abstand … der Klaus. Er ist kleiner gezeichnet als wir und hat auch kein Gesicht.

»Eine gesichtslose Figur am Rand«, sage ich und zeige auf ihn. Svenja blättert ungerührt weiter. Sie wird manchmal sehr verschlossen, wenn es um unfähige Elternteile geht. Ihr Motto ist: Je weniger ich darüber rede und daran denke, umso besser geht es mir damit. Ich bin da anders, aber ich weiß auch, dass jeder seinen eigenen Weg finden muss. Wir legen meine Kindergartenkunst zurück und suchen weiter. Ich krame mich gerade intensiv durch einen alten Schrank, als plötzlich eine wuchtige Gestalt mit langen Haaren neben mir auftaucht. Vor Schreck springe ich einen Schritt zurück und stolpere rückwärts auf ein altes Schaukelpferd. Auf dem bleibe ich erst mal sitzen. Svenja wirft die langen Haare einer Perücke zurück, die sie sich auf den Kopf gesetzt hat.

»Na, wie gefalle ich dir?« Geziert spreizt sie die Finger und fummelt an langen Strähnen herum, die gespenstisch ihr Gesicht umspielen. »Furchterregend«, sage ich wahrheitsgemäß.

»Und jetzt?«, fragt sie und setzt sich eine riesige Sonnenbrille und einen Hut aus den sechziger Jahren auf.

Ich muss lachen. »Jetzt siehst du toll aus, Svenja!«

Sie dreht sich einmal im Kreis. »Komm mit, wir finden für dich auch noch was!« Sie zieht mich begeistert zu einem Kleidersack, den sie aufgemacht hat, wohl eher aus Neugierde, als um ernsthaft eine Holzkiste darin zu finden.

Ich erkenne unsere alte Verkleidungskiste. Maja hatte alle möglichen schrillen Klamotten aus den sechziger Jahren aufbewahrt und dazu noch eine Menge Karnevalskram. Als Kinder konnten Sebastian und ich mit Hilfe dieser Kostüme sein, was wir wollten. Ich ziehe eine lila Perücke heraus, die mein Bruder früher immer aufsetzte, warum, weiß ich nicht. Die glatten, hellllilafarbenen Haare sind in einem Pagenschnitt angeordnet. Irgendwie gefiel ihm das. Ich setze sie auf und schüttle mir den Pony aus den Augen. Svenja nickt zustimmend und findet eine Cowboyweste, die mir viel zu klein ist. Ich ziehe lieber einen Bastrock über und lege mir eine Federboa um meinen Hals. Das Pink der Federn korrespondiert hervorragend mit meinen lilafarbenen Haaren. Svenja findet noch eine Schürze mit roten Äpfeln drauf, die sie sich umbindet. Jetzt sehen wir beide toll aus! »So solltest du am Samstag zu deinem Date gehen!«, kichere ich. Svenja läuft geziert hin und her und wedelt dabei mit ihrer Schürze. Plötzlich hält sie inne.

»Meinst du, er findet mich zu dick?«

Ich möchte erst scherzhaft antworten, dass rote Äpfel schlank machen, aber dann merke ich, dass sie diese Frage ernst meint. Ich lege ihr meine Federboa um den Hals. »Du bist wunderschön, Svenja! Wenn er das nicht sieht, ist er sowieso ein Idiot!«

Sie setzt sich seufzend auf den Boden, und ich mache es ihr nach. »Ja, aber ich bin eben auch nicht schlank. Ein Typ wie Jochen, der zu Hause trainiert und Burpees macht und alles – meinst du nicht, der sucht eine Frau, die genauso einen tollen Körper hat?«

»Vielleicht«, sage ich. »Aber vielleicht steht er auch auf Kurven!«

Sie lässt die Federboa durch ihre Finger gleiten. »Denkst du nie, das ist der Grund, warum wir allein sind – unsere Kilos?«, fragt sie und schaut mich dabei nicht an.

»So kann ich das gar nicht beantworten. Ich fühl mich nicht allein. Ich hab dich und Sebastian mit seiner Familie und all die Kinder in der Schule …«

»Ja, aber du hast keinen Mann, Hanna!«, sagt Svenja und klingt plötzlich wütend.

»Brauche ich denn einen?«, frage ich sie. Svenja vergräbt sich in der Federboa. Ich formuliere die Frage um. »Fühlst du dich allein, Svenja? Wünschst du dir einen Mann an deiner Seite?«

»Ich komme mir blöd vor!«, nuschelt sie durch die

Federn hindurch. »Das ist doch normal, dass man sich einen Partner wünscht! Und es ist nicht normal, dass man die Männer mit Suggestivfragen in ein Date locken muss. Schlanke Frauen müssen das sicher nicht!«

So kenne ich meine Freundin gar nicht. Svenja, die immer so lebensfroh allen Widrigkeiten begegnet und unerschütterlich an den Märchenprinzen glaubt, der sie eines Tages mit einem weißen Pferd retten wird, klingt plötzlich so verbittert. »Zieh die Sachen aus, du redest gar nicht mehr wie meine Freundin!«, sage ich und nehme ihr die Perücke vom Kopf.

Sie schreit plötzlich auf, und ich denke schon, ich hätte ihr weh getan. Sie springt hoch und kommt kurze Zeit später mit der Holzkiste in den Händen wieder. »Gefunden!«, sagt sie stolz. Der Anflug von Bitterkeit ist verschwunden. Ihre Augen strahlen wieder. »Jetzt lüften wir Majas Geheimnis!«, sagt sie feierlich.

Eine ungewöhnliche Einladung

Es ist dunkel geworden. Meine Augen brennen. Svenja und ich sitzen erschöpft in meiner Küche. Das Rührei, das Svenja uns irgendwann gemacht hat, ist längst gegessen. Ich war Maja sehr nah in den letzten Stunden. Es gab ganz viel zu lesen, zu gucken und zu weinen. Jetzt fühle ich mich einfach nur müde und leer.

»Komm.« Svenja zieht mich sanft am Arm. Ich folge ihr nach oben. Sie schiebt mich ins Bad. »Ausziehen und Zähne putzen«, befiehlt sie. Ich gehorche. Meine Gedanken sind bei meiner Mama, die damals so viele Träume und Pläne hatte. Neunundfünfzig Jahre alt ist sie geworden. Das war nicht genug. Es ist einfach nicht fair.

Als ich aus dem Bad komme, hat Svenja bei mir im Schlafzimmer gelüftet und mein Bett aufgeschlagen. Ich schlüpfe hinein, und sie deckt mich zu, wie eine Mutter. Obwohl wir beide keine Mütter sind und obwohl wir beide keine Mutter mehr haben. Svenja hatte eigentlich nie eine. Jemand sollte auch sie zudecken. »Willst du nicht bleiben?«, frage ich und klopfe auf die Matratze.

Svenja wirft sich angezogen neben mich. »Ich fahre gleich heim. Ich möchte noch ein bisschen an Jochen denken und mir vorstellen, wie unser Date wird.«

Das verstehe ich gut. Ich lösche das Licht und sage: »Ich hätte auch gerne ein Date.«

»Echt? Du tust immer so uninteressiert, was Männer angeht.«

Ich schließe müde die Augen und seufze. »Ja. Ich brauche nicht unbedingt einen Mann. Aber die Schmetterlinge im Bauch und die Aufregung vor einem Date …« Ich gähne. »… darum beneide ich dich. Genieß das!«

»Und ob!«

Wir schweigen kurz, und ich bin fast schon eingeschlafen, als sie fragt: »Hanna, bist du sehr enttäuscht, dass wir gar keinen Hinweis gefunden haben auf Majas Phase mit ungewöhnlichen Zufällen?«

Ich atme hörbar aus. »Ich weiß es nicht. Ich bin eher so allgemein enttäuscht, dass ich sie so vieles nicht mehr fragen kann. All die Lücken bleiben jetzt für immer …«

»Und wir werden ihr Geheimnis nie lüften!«, vervollständigt Svenja dramatisch.

»Nie«, bestätige ich und gähne noch einmal. Ich bekomme nicht mehr mit, wie Svenja das Fenster schließt und das Rollo runterzieht. Ich merke nicht, wie sie aus dem Zimmer schleicht und das Haus verlässt.

Als ich am nächsten Morgen aufwache, frage ich mich, ob sie sich allein gefühlt hat gestern, als ich schon schlief.

Mein Schaukelritual findet heute ausnahmsweise mal unter blauem Himmel statt. Ich sollte mich gut fühlen, denn es verspricht ein herrlicher Tag zu werden, aber ohne das regenschwere Grau fehlt mir fast etwas. Gerade heute wäre mir eher nach einem warmen, kuscheligen Pulli, in dem ich mich verkriechen kann. Stattdessen fahre ich in einer kurzärmeligen Bluse los, mit meinem Vogelnest auf dem Kopf. Eigentlich sollte ich als Lehrerin und Vorbild einen Fahrradhelm tragen. Ich finde allerdings, dass ich auf dem Weg zur Schule noch keine Lehrerin bin, sondern einfach Hanna. Hanna, die nicht gerne früh aufsteht und auf ihrem Kopf unmöglich neben der Haarmasse auch noch einen Helm unterbringen kann. An der vorletzten Ampel treffe ich mal wieder Ulli. Er trägt sein ewiges Ringel-T-Shirt und natürlich einen Helm auf seinen kurzen braunen Haaren. Er lächelt, als er mich erkennt. Er will etwas sagen, aber die Ampel wird grün, und er reiht sich hinter mir ein. Das letzte Stück zur Schule fährt er verbotenerweise neben mir her. »Danke für neulich.«

Er meint die Kaktussache. Ich nicke. »Schon okay. Ich hatte das ja selbst verbockt.«

»Ja, aber du hättest ja nichts sagen müssen. Dann hätten alle geglaubt, ich war das.« Ich biege links auf unser Schulgelände ein, Ulli bleibt an meiner Seite. »Das war mutig von dir.« Er schaut mich treuherzig an. Ich werde etwas rot, steige schnell von meinem Fahrrad ab und beschäftige mich mit dem Schloss. Ulli bleibt neben mir stehen und sagt leise: »Wir können ja mal … also, wenn du Lust hast …« Etwas trifft mich hart hinten am Rücken, ich fahre herum und sehe Linus, der sich erschrocken die Hände vor den Mund hält. Sein Flummi hat mich unabsichtlich getroffen.

»Der ist erst mal weg!«, sage ich laut und stecke das blaue kleine Geschoss in die Tasche. »Entschuldige, Ulli, was hast du gesagt?«

Er zögert. »Ach, war nicht wichtig. Vergiss die Konferenz heute um drei nicht!« Er dreht sich um und jagt mit langen Schritten die Treppe hoch. Wollte Ulli mich gerade auf einen Kaffee einladen? Ich sehe ihm nach und wünschte, ich könnte mich in ihn verlieben. Aber Ulli ist halt einfach nur … Ulli. Vielleicht wollte er auch etwas ganz anderes sagen.

Die erste Stunde fällt mir schwer. Ich dehne den Erzählkreis länger als üblich aus und fiebere wie ein Kind der Frühstückspause entgegen. Ich habe mir heute Morgen ein sehr leckeres Sandwich gemacht, aber bevor ich das essen darf, muss ich auch noch die zweite Stunde schaffen. Ich weiß, dass man Kindern nichts beibringen kann, wenn man sich selbst nicht für die Sache begeistert. Der Wasserkreislauf steht auf dem Lehrplan, und ich überlege, ob ich da nicht auch einen Regenbogen hineinschummeln könnte. Wir könnten alle zusammen mit einem Gartenschlauch einen Regenbogen sichtbar machen, dann könnte ich schon mal für Sophie üben. Ich muss Herrn Schibalski unbedingt fragen, ob es einen Gartenschlauch an unserer Schule gibt.

Ich drehe mich gerade zur Tafel um, als ein unangenehmes Geräusch die Klasse aufschreckt. »Uuuuuuui, Uuuuuuuui, Uuuuuui«, tönt es aus dem Lautsprecher an der Decke.

»Feueralarm«, schreien die Kinder durcheinander.

»Das ist sicher nur ein Probealarm. Stellt euch zackig auf, damit wir nicht die Letzten sind!« Während ich die Fenster schließe und das Klassenbuch hole, stellt sich meine Klasse zügig in Zweierreihen vor dem Notausgang auf. Der Notausgang befindet sich an der Fensterfront. Durch eine Glastür kann man direkt nach draußen spazieren, was mir jedes Mal ein gutes Gefühl gibt. Noch nie waren wir bei einem Alarm ernsthaft in Gefahr, aber für den Fall eines echten Feuers ist es gut zu wissen, dass man nicht erst durch die ganze Schule rennen muss, um das Gebäude zu verlassen. Ich zähle schnell durch, bevor ich meine Truppe durch den Notausgang ins Freie lasse. Alle da.

Auf dem Schulhof stehen schon einige Klassen versammelt. Nirgends ist Rauch zu sehen, alle sind gelassen. Es wird eine Übung sein. Ich suche die Menschenmenge nach Herrn Schibalski ab. Wenn er da ist, gibt er uns das Zeichen, damit wir wieder hineingehen können. Ich hoffe, dass er nicht so bald auftaucht, damit ich noch eine Weile in der Sonne stehen kann. Endlich ein paar wärmende Sonnenstrahlen in diesem Sommer! Ich sehe Ulli mit seiner Klasse, die in Sportsachen herumalbern, er winkt mir zu. Ich winke zurück und drehe mich dann zur Sonne, damit ich nicht die Liebermann sehen muss, die hier sicher auch irgendwo rumsteht. Ich schließe die Augen und lasse die Sonne mein Gesicht wärmen. Plötzlich zupft mich jemand am Arm. Es ist nicht wie erwartet einer meiner Schüler, sondern Herr Schibalski, der sich seitlich angeschlichen hat und mit seiner Körperhaltung signalisiert, dass er nicht sofort von allen gesehen werden möchte.

»Frau Lambert!«, wispert er aufgeregt. »Ich hab den Feueralarm ausgelöst!«

Ich starre in sein faltiges Gesicht, das von seinen weißen Haaren umrahmt ist, die heute wild in alle Richtungen abstehen. Er erinnert mich an »Doc, Dr. Emid Brown« aus dem Film »Zurück in die Zukunft«. Herr

Schibalski löst immer den Probealarm aus. Das ist sein Job als Hausmeister. Ich schaue ihn fragend an.

»Ich habe den Feueralarm ausgelöst, weil Ihre Kollegin, die mit den Haaren …«, er deutet mit seinen Händen eine Kurzhaarfrisur an und fährt sich dann über die Lippen. Jemand mit kurzen Haaren und Lippenstift.

»Sandra Liebermann?«, flüstere ich.

Er nickt aufgeregt. »Die hat sich an Ihrem Fach zu schaffen gemacht!« Er positioniert diese Information an meinem linken Ohr und schaut mich dann wissend mit aufgerissenen Augen an.

»Und da haben Sie den Feueralarm ausgelöst?«, frage ich nach. Er nickt stolz. »Das ist wirklich lieb von Ihnen. Aber vielleicht wollte sie mir nur einen Zettel ins Fach legen?«

Herr Schibalski schaut mich an, als wollte er sagen: »Wie naiv sind Sie denn, bitte?« Stattdessen sagt er: »Die führt was im Schilde. Nehmen Sie sich in Acht!«

»Okay, danke!«, sage ich leise. Er dreht sich um, geht ein paar Schritte auf die Schule zu, bis ihn alle sehen können, und gibt dann das Zeichen, indem er einen Arm hochreißt. Das Hineingehen verläuft weniger geordnet als das Rauslaufen. Die Kinder drängeln und quatschen, als hätten wir schon Pause. Ich suche die Menschenmasse nach der Liebermann ab, kann sie aber nicht entdecken. Was kann sie mir schon Schlimmes in mein Fach legen? Spinneneier? Juckpulver? Langsam erreichen wir wirklich Grundschulniveau. »Pussis«, hat sie uns genannt, als sie mir gedroht hat. Sie war richtig sauer. Es belastet mich mehr, als ich vor mir selbst zugeben möchte.

Es klingelt zur Pause, aber ich habe plötzlich keinen Hunger mehr. Vorsichtig inspiziere ich mein Fach, kann darin aber nichts anderes finden als Papier. Frau van Raden schwebt vorbei und wirft mir so einen vorwurfsvollen Blick zu, dass ich sofort mein Fach leere. Ich gehe noch einmal sorgfältig alle Zettel durch. Keine verklebten Gummibärchen, und auch kein verräterisches Pulver. Vielleicht hat sie mit einer großen Plastikspritze lebensgefährliche Viren auf die Zettel aufgetragen. Wenn ich mir jetzt mit den Fingern ins Gesicht fasse, an den Mund oder ans Auge ... Ich werde mich mit Malaria oder mit einer noch viel schlimmeren, womöglich tödlichen Krankheit infizieren. Es ist der perfekte Plan. Ich werde sterben, und niemand wird jemals die Liebermann verdächtigen. Doch, einer – Herr Schibalski! Er wird meinen rätselhaften Tod aufklären und bei meiner Beerdigung ans Mikrophon treten und die Liebermann vor versammelter Trauergemeinde enttarnen, als Täterin, als Mörderin von Hanna Lambert, die viel zu jung von der Welt dahinschied, und alles nur wegen des Grünen.

Eigentlich ist an allem Hermine Noppel schuld, die mir den blöden riesigen Dildo ja unbedingt in die Hand drücken musste, bevor ich in den Bus einstieg! Sie hätte lieber Sandra Liebermann ansprechen sollen. Die hätte das Jobangebot als Dildotesterin sofort angenommen, hätte hier gekündigt, und ich müsste mir jetzt keine lebensgefährlichen Viren von den Händen waschen! Ich nehme das dritte Mal Seife. Heißes Wasser gibt es hier leider nicht auf der Toilette. Die Tür geht plötzlich auf, und Sandra Liebermann spaziert herein.

»Guten Morgen!«, sagt sie überfreundlich. Und wie die »was im Schilde führt«!

»Es geht doch nichts über saubere Hände«, antworte ich, damit ihr klar ist, dass sie mich auf keinen Fall mit Viren ausschalten kann. Sie lächelt mich teuflisch an und verschwindet dann in einer Kabine.

Ich bewache jetzt praktisch in jeder Pause, in der ich kann, mein Fach. Das ist zwar kindisch, aber ich kann einfach nicht anders, obwohl ich weiß, dass Sandra Liebermann jederzeit, während ich Unterricht habe, hier reinspazieren und mir gruselige Dinge in mein Fach legen kann.

In der Mittagspause verlasse ich freiwillig das Lehrerzimmer, weil die Liebermann Ulli peinlich laut beflirtet und sich dabei unangenehm über den Tisch räkelt. Das kann ich mir nicht angucken. Ich esse mein Sandwich, das noch von der Frühstückspause übrig ist, draußen. Sonnenschein, Vogelgezwitscher, blauer Himmel. Ich gebe mich der trügerischen Idylle hin. Herr Schibalski und ich, wir sehen Gespenster. Die Liebermann ist längt über den Dildovorfall und die ganze Sache mit meinem Fach hinweg, und dass sie damit etwas vorhat, findet nur in meinem Kopf statt. Aber warum verdächtigt Herr Schibalski sie? Er weiß ja gar nichts von ihrer Drohung im dunklen Flur bei den Toiletten. Oder etwa doch? Manchmal habe ich den Eindruck, die Wände in der Schule haben Ohren.

Als wir uns um fünfzehn Uhr alle im Lehrerzimmer zur Konferenz einfinden, wähle ich meinen Sitzplatz extra so, dass ich die Fächer nicht sehen kann. Ich muss aufhören, mir solche Dinge einzubilden. Wir haken einen Punkt nach dem anderen zügig ab. Heute wollen alle schnell nach Hause bei dem schönen Wetter.

Ich plane, heute nach der Arbeit noch ins Freibad zu fahren und dort ein paar Bahnen zu schwimmen. Das habe ich viel zu lange nicht gemacht, dabei liebe ich Wasser. Im Wasser bin ich viel leichter und schneller als an Land. Vielleicht war ich in meinem früheren Leben mal ein Pinguin. Ich sehe gern Dokumentationen über Pinguine. Wie die ulkigen Tiere mühsam bis zur Klippe watscheln. Sie springen dann mutig rein und verwandeln sich im Wasser in pfeilschnelle, anmutige Wesen. Ich bin so in meine Pinguinträumerei versunken, dass ich nicht bemerkt habe, wie Sandra Liebermann aufgestanden ist und sich zu den Fächern bewegt hat.

»Ach, Hanna, entschuldige, ich war so ungeschickt und habe dein Fach umgestoßen. Dein Buch ist mir dabei rausgefallen. Vielleicht steckst du es lieber gleich ein.« Sie kommt zurück zum Tisch mit einem Buch in der Hand, das ich noch nie gesehen habe. Bevor sie es mir hinhält, liest sie den Titel vor: »›Kochen für eine Person, zuschauen wie die Pfunde schmelzen‹ – da sind sicher super Rezepte drin. Vielleicht dürfen wir beim nächsten Schulfest etwas davon testen?« Sie lächelt ihr teuflisches Lächeln und hält mir jetzt das Buch hin. Es ist tatsächlich ein Kochbuch mit diesem bescheuerten Titel. Wer kauft denn so was? Alle starren mich an. Jetzt zu sagen »Das ist nicht mein Buch« würde alles nur noch schlimmer machen. Ich spüre, wie ich rot anlaufe.

»Entschuldige, Hanna, das muss versehentlich bei dir gelandet sein. Das ist mein Buch!« Ulli streckt fordernd seine Hand aus. »Sandra, aber wenn du Interesse hast, kopiere ich dir gern ein paar Seiten. Bei meiner Schwester hat es super funktioniert, die hat in sechs Wochen drei Kilo abgenommen!« Er bringt das so überzeugend, dass Sandra Liebermann gar nichts anderes übrigbleibt, als ihm das Buch auszuhändigen.

In diesem Moment könnte ich ihn knutschen. Ulli, der Held, in seinem rotweißen Ringel-T-Shirt! Ich werfe ihm einen sehr dankbaren Blick zu, den er zwar bemerkt, aber nicht erwidert, um das Ganze weiterhin glaubwürdig wirken zu lassen. Wir besprechen den letzten Punkt auf der Liste, dann zerstreut sich unsere Gruppe ziemlich schnell. Sandra Liebermann hat keine Augen mehr für Ulli. Sie stürmt an uns vorbei zur Tür hinaus, und als wir aus der Schule kommen, ist sie glücklicherweise nirgends mehr zu sehen.

Ulli und ich schließen gemeinsam unsere Fahrräder auf. Es wäre jetzt eigentlich an mir, ihn auf einen Kaffee einzuladen. Ich bin nicht gut in so was. Ich kann mit Ulli herumalbern und der Kumpel sein, sogar der moppelige Kumpel, das macht mir nichts aus. Was ich nicht kann, ist die Frau sein, die ihn, den Mann, auf einen Kaffee einlädt. Wenn ich das nicht mal bei Ulli schaffe, wie soll ich das jemals bei jemandem hinkriegen, an dem ich Interesse habe?

Er schwingt sich auf sein Rad. Jetzt oder nie. »Ulli … Danke!«

»Wofür denn?«, fragt er leichthin und fährt los. »Bis morgen, Hanna!«

»Bis morgen, Ulli!« Bis ich aufgestiegen bin, ist er schon vom Schulgelände runtergefahren. Pinguine sind eben nicht schnell an Land.

Zu Hause setze ich mich mit einem Kaffee und einer Packung Kekse auf die Terrasse. Ich will ein bisschen in den Garten gucken, mir die Sonne auf die Haut brennen lassen und die Gedanken ausruhen. Daraus wird aber leider nichts. Auf dem Terrassentisch finde ich einen Briefumschlag, der mit einem umhäkelten Stein befestigt ist.

Statt gemütlich Kekse zu knabbern, wähle ich kurze Zeit später Svenjas Nummer. Ich hole sie aus dem Tiefschlaf, und sie kann erst mal nur mit Geräuschen statt Worten antworten.

»Tut mir leid, dass ich dich wecke, aber es ist was passiert!«

»Hmmmmmö?«

»Ich komme gerade nach Hause und finde einen Briefumschlag auf dem Tisch draußen. Es ist eine Nachricht von der Strickjackenfrau …«

»Haaaa!«

»Ja, aber das Seltsame ist, der Brief und der Umschlag sind total schick, so als wäre es eine ganz offizielle Einladung …«

Svenja findet jetzt ihre Sprache wieder: »Wieso, Einladung? Was für eine Einladung?«

»Ja, pass auf, jetzt kommt es: Die lädt uns beide ein, dich und mich!«

»Mich?«

»Ja, sagte ich doch gerade! Warte, ich lese es dir vor!« Ich falte das dicke, steife Papier auseinander und lese:

»Liebe Hanna Lambert, liebe Svenja Schneider …«

»Das bin ich«, unterbricht mich Svenja.

»Sag ich doch, jetzt lass mich weiterlesen.«

»Oder meint sie eine andere Svenja Schneider? Es gibt einige, glaube ich. Woher kennt sie denn meinen Namen?«

»Ich habe keine Ahnung, aber ich bin mir sicher, dass sie dich meint! So, hör weiter zu: Ich möchte euch beide gern einladen. Morgen Nachmittag zum Blaubeerkuchenessen, 16 Uhr, vor meinem Wohnwagen. Bitte seid pünktlich. Adäquate Kleidung ist erwünscht, herzliche Grüße, Gerda.«

»Herzliche Grüße, Gerda? Wer ist Gerda?«

»Svenja, du nervst – die Strickjackenfrau!«

»Aber seit wann …«

»Jetzt halt die Klappe und lass mich reden!« Svenja schweigt beleidigt, und ich nutze die Pause, um loszuwerden, was mir auf der Seele brennt.

»Blaubeerkuchen war der absolute Lieblingskuchen von Maja. Diese Frau hat etwas mit meiner Mutter zu tun! Vielleicht spinn ich ja jetzt auch, aber ich hab einfach so ein Gefühl. Und der Name Gerda sagt mir auch was!«

»Meinst du echt? Das wäre ja krass! Lies noch mal vor, Wort für Wort!«, fordert sie mich auf. Ich tue ihr den Gefallen. »Für mich klingt das alles sehr …«, sie sucht nach einem Wort, »… mütterlich irgendwie. Wir sollen pünktlich sein und uns adäquat anziehen …«

»Was ist überhaupt adäquate Kleidung zum Kuchenessen am Wohnwagen?«, überlege ich.

»Mal ganz davon abgesehen, dass sie schreibt, vor IHREM Wohnwagen«, fällt Svenja dazwischen. »Ich würde ein Kleid anziehen«, sagt sie.

Ich muss lachen. »Du kommst also mit?«

»Ja, was glaubst du denn? Der Alten werden wir aber mal ordentlich auf den Zahn fühlen. Die kommt nicht von ihrem Kaffeetisch weg, bis wir alle Antworten haben. Alle!«

»Was will die denn von mir? Wenn sie wirklich etwas mit Maja zu tun hatte und deshalb auch nicht zufällig in ihrem, jetzt meinem Garten wohnt, warum kommt sie erst jetzt? Zehn Jahre nach ihrem Tod?«

»Vielleicht weiß sie nicht, dass sie tot ist?«, schlägt Svenja vor.

»Und woher weiß sie deinen Namen, Svenja?«

»Gute Frage, sehr gute Frage. Das ist spooky!«

»Bei dir ist alles immer spooky. Was ist das überhaupt für ein Wort?«

»Hanna, wir sollten auf alle Fälle jemandem Bescheid sagen, dass wir da morgen um 16 Uhr hingehen. Was, wenn es eine Falle ist?«

»Quatsch. Ich war schon ein paarmal ganz allein bei der Strickjackenfrau, die ist harmlos.«

»Das weißt du nicht! Erinnere dich bloß an Harald, den Fußfetischisten!« Svenja erlebt in ihrem Krankenhaus oft die schrägsten Geschichten. Vor ein paar Jahren hatte sie einen Patienten, Harald, der einen ganz netten und sympathischen Eindruck machte. Aber eines Nachts war er nicht in seinem Bett. Svenja fand ihn dann in einem ganz anderen Zimmer. Er war herumgeschlichen und hatte von allen schlafenden Patienten Bilder von ihren nackten Füßen gemacht.

»Der war doch auch harmlos.«

»Wer weiß, was der noch gemacht hätte, wenn ich ihn nicht erwischt und bei der Krankenhausleitung gemeldet hätte! Es gibt echte Spinner, und die Strickjacken-Gerda macht mir jetzt auch nicht den gesündesten Eindruck. Vielleicht will sie gar nichts von dir. Vielleicht ist sie ja hinter MIR her?«

»Wieso hinter dir?«

»Weil sie meinen Namen weiß!«, flüstert Svenja. Das ist wirklich ein Punkt, der unheimlich ist. Ich kann mich nicht erinnern, Svenja mal erwähnt zu haben. »Was, wenn sie ein Geist ist?« Svenja flüstert immer noch.

»Ja, bestimmt. Ein Geist, der häkelt und Blaubeerkuchen backt.«

»Hat Maja gehäkelt?«

»Nein! Was soll das?«

»Hat sie schon mal irgendjemand außer dir gesehen, Hanna?«

»Nein«, muss ich zugeben.

»Und das findest du nicht seltsam, dass sie immer gerade dann nicht an ihrem Wohnwagen ist, wenn du in Begleitung bist?«

Ich weiß, dass Svenja sich da etwas zusammenspinnt, aber sie bringt mich mit ihrer Argumentation doch zum Nachdenken. »Nehmen wir mal ganz kurz an, sie wäre ein Geist, warum lädt sie dich dann zum Blaubeerkuchenessen ein? Warum spukt sie nicht bei dir rum, wenn sie dich will?«

»Weil ich keinen Garten habe«, sagt Svenja pragmatisch.

»Ja, natürlich, daran wird es liegen. Die Strickjackenfrau ist ein typischer Gartengeist. Das leuchtet mir ein.«

»Eigentlich spukt sie ja nicht im Garten, sondern

in Majas Wohnwagen. Und sie backt ihren Lieblingskuchen, und sie schreibt mütterliche Einladungen …«

»Svenja, was soll das? Willst du sagen, Maja hat mir diesen Geist auf den Hals gehetzt? Diese Diskussion ist doch bescheuert. Gerda ist kein Geist!«

»Das werden wir morgen herausfinden! Und auch, ob und was sie mit deiner Mama zu tun hatte! Du sagst, der Name kommt dir bekannt vor?«

»Vielleicht bilde ich mir das auch nur ein. Gerda … Hieß nicht jedes zweite Mädchen so vor sechzig Jahren?«

»Okay, nehmen wir die Fakten, die wir haben. Wie sehen das Papier und der Umschlag dazu aus?«

Ich wende prüfend die Einladung in meinen Händen. »Es ist, glaube ich, ein sehr teures Papier. Es ist dick, so dick, dass man es kaum falten kann, und die Schrift ist mit einem Füller geschrieben, schwarze Tinte.«

»Kennst du die Handschrift?«

»Nein, doch, sie hat mir ja schon einmal geschrieben. Das ist die gleiche Schrift. Aber was komisch an der Einladung ist …« Ich mache eine kurze Pause und überlege, wie ich mein Gefühl in Worte fassen kann. »Sie wirkt so wichtig. Auf so einem Papier lädt man zu einer Hochzeit ein. Es hat so was Offizielles. Als sei diese Einladung von höchster Wichtigkeit. Auch der Teil mit der adäquaten Kleidung. Das passt alles nicht zu Kaffee und Kuchen vor einem Campingwagen.«

»Da hast du recht«, stimmt Svenja zu und gähnt. »Ich komme dann morgen nach meinem Dienst direkt zu dir. Hoffe, der Blaubeerkuchen von dem Geist ist gut. Ich hab immer einen Riesenhunger nach der Arbeit!«

Ich liebe es, wenn Svenja solche Dinge sagt. Sie schafft es damit, uns aus der seltsamen Stimmung herauszuholen, in die wir uns geredet haben. »Danke, dass du mitkommst, Svenja!«

»Na klar, bin schließlich eingeladen. Aber ich hätte dich da sowieso nicht allein hingehen lassen. Und sag bitte Sebastian Bescheid, dass wir den Strickjackengeist treffen. Wenn wir uns bis achtzehn Uhr nicht bei ihm gemeldet haben, soll er die Polizei anrufen.«

»Super Plan, Svenja. Sebastian denkt eh schon, ich spinne, und die Polizei kann uns ganz sicher von der anderen Seite retten!«

»Von der anderen Seite«, wiederholt Svenja mit einer Grabstimme.

»Du bist so bescheuert!«

»Ja, ich lieb dich auch! Bis morgen!« Es klickt, und Svenja ist nicht mehr in der Leitung.

Kurz nach unserem Gespräch kommt es mir blöd vor, dass Svenja und ich wild herumspekulieren. Warum gehe ich nicht einfach die paar Schritte durch den Garten und spreche Gerda an? Das könnte mir eine schlaflose Nacht ersparen. Ich setze mich erst mal auf die Schaukel und ordne ein bisschen meine Gedanken. Ulli fällt mir ein. Ich habe Svenja gar nichts von seiner Rettungsaktion erzählt. Ich würde zu gern wissen, ob er mich wirklich auf einen Kaffee oder ein Glas Wein eingeladen hätte, wenn Linus mit seinem Flummi nicht dazwischengekommen wäre.

Ob Ulli mich attraktiv findet? Ich betrachte meine Beine während des Schaukelns. Sie könnten etwas Sonne vertragen, aber sonst sind sie ganz okay. Ich lege den

Kopf in den Nacken und überlege, was ich an mir schön finde. Ganz klar, meine Haare. Auch wenn sie oft anstrengend sind, weil sie mir durch ihr Gewicht Kopfschmerzen verursachen und Waschen und Föhnen ewig dauert, liebe ich sie. Ich habe zwar auch ganz ordentliche Kurven, da ich ja kein Hungerhaken bin. Richtig weiblich fühle ich mich trotzdem nur durch meine Haare. Mein Bauch ist nicht schön. Mein Rücken ist gut, glaube ich. So oft sehe ich ihn ja nicht. Mein Gesicht ist auch gut. Maja hat mich früher immer »meine Schöne« genannt. Sie hat mein Gesicht in ihre Hände genommen, mir tief in die Augen geschaut bis auf den Grund meiner Seele, und dann hat sie gesagt: »Meine Schöne!« Vielleicht finden alle Mütter ihre Töchter schön, aber ich habe ihr jedes Mal geglaubt. Es war wie eine Zauberformel. Wenn Maja sagte, ich sei schön, dann war ich es auch. Ich hab sie einfach zu lange nicht gehört. Ich will auf keinen Fall so anfangen wie Svenja neulich und mich plötzlich zu dick finden. Zu dick für einen Sportlehrer. Zu dick für Ulli. Energisch springe ich diesem Gedanken davon, indem ich von der Schaukel springe.

Erstens will ich nichts von Ulli, und zweitens erinnere ich mich an Majas Vorstellung von Gedanken. Sie sagte, sie glaubt, dass alles, was wir über andere Menschen denken, auch irgendwie bei ihnen ankommt. Das heißt konkret, wenn ich denke, Ulli findet mich zu dick, wird Ulli das eines Tages auch tatsächlich denken. Ich habe es sozusagen herbeigedacht. Vielleicht sollte ich mal anfangen zu denken, dass die Liebermann mich mag, dann könnte ich wenigstens dieses Problem aus der Welt schaffen.

Ich stromere durch das hohe Gras. Ich gehe ein paar Umwege, kämpfe mich durchs Gestrüpp. Früher oder später muss ich hier mal roden, sonst verwildert der Garten komplett. Ich seufze. Was wohl ein Gärtner kostet? Vor fünf Jahren hat das mal ein Kumpel von Sebastian gemacht. Der ist mit so einem Häckselgerät überall durchgefahren und hat alles gemäht und gleichzeitig geschnitten. Es war laut, und ich konnte gar nicht hinschauen, weil ich dachte, es bleibt am Ende nichts mehr übrig. Danach war der Garten riesig und sah aufgeräumt aus. Er versprach, nächstes Jahr wiederzukommen, aber leider ist er dann nach Hamburg gezogen. Seitdem wuchert es.

Ich passiere die Mauerstelle und versuche, ganz neutral zu spüren, ob sich etwas ändert. Man kann nicht neutral auf etwas warten. In dem Moment, in dem man auf etwas wartet, ist man ja schon nicht mehr neutral. Das ginge nur, wenn mich jemand mit verbundenen Augen herumführen würde und ich »jetzt« sagen müsste, wenn sich die Energie ändert. Selbst dann würde ich darauf warten, und es wäre wieder nicht neutral. Diese ganze Sache mit Gerda stresst mich. Es sind momentan eindeutig zu viele seltsame Dinge in meinem Leben. Ich sehne mich nach handfesten Sachen wie einer roten Ampel oder Würstchen mit Kartoffelsalat. Dinge, die man erklären, sehen und anfassen kann. Bestenfalls auch noch essen. Ich überlege, wie lange es dauert, einen Kartoffelsalat zu machen, und wo ich Würstchen herbekomme. Schneller als erwartet stehe ich vor dem Wohnwagen. Natürlich ist niemand da. Das macht mich langsam wütend! Ich hätte nicht zustimmen sollen, dass sie den Sommer über hier wohnt. Was soll das alles? Wer ist diese Frau?

Ich boxe gegen ein Tischtuch, das auf der Leine hängt. Das Tuch lässt es gelassen geschehen. Ich boxe noch mal. Es beult sich kurz aus und kehrt dann wieder in seinen nach unten hängenden Ursprungszustand zurück. Ich boxe es wieder und wieder, bis es ein paar Falten hat. Irgendwie reicht das nicht, und ich zerre es schließlich von der Leine und zerknülle es ordentlich. Dann hänge ich es wieder auf. »So!«, sage ich böse zu dem armen Tischtuch. »Schluss mit Gerade-Rumhängen!« Im Stechschritt laufe ich zurück zum Haus. Ein Eichhörnchen huscht erschrocken vor mir den Stamm eines Baumes hoch. Gerda wird morgen kein ordentliches Tischtuch haben, und ich werde ganz sicher nicht in adäquater Kleidung erscheinen. Vielleicht ziehe ich mir sogar einen Schlafanzug an. Das ist immer noch mein Garten, und ich kann machen, was ich will! Für den Anfang mache ich jetzt erst mal einen Kartoffelsalat.

Majas Geheimnis

Als es dunkel ist, schleiche ich eine Weile um Majas Zimmer herum. Schließlich schlüpfe ich durch die Tür und öffne wie immer als Erstes ein Fenster. Die hereinströmende Nachtluft ist sommerlich warm. Ich habe kein Licht im Zimmer angeschaltet. Ich warte, bis sich meine Augen an die Dunkelheit gewöhnt haben, dann setze ich mich an Majas Schreibtisch. »Soll ich da morgen hingehen?«, frage ich sie. Spontan und erstaunlich schnell formt sich ein »Ja« in mir. »Hat Gerda etwas mit dir zu tun?«, frage ich weiter. Es kommt keine Antwort. Ich weiß, dass ich in erster Linie mit mir selbst spreche. Ich zeichne ein paar Kreise mit meinen Fingern auf die Schreibtischplatte. In Gedanken erzähle ich meiner Mama von meinem Tag. Ich stelle mir vor, wie sie gelacht hätte über den fehlgeschlagenen Plan von der Liebermann. Sie hätte dreimal nachgefragt, ob mich Ulli denn jetzt wohl auf einen Kaffee eingeladen hätte oder nicht. Ist doch egal, Mama, ich will nichts von Ulli. Meine Finger zeichnen ein paar Streifen auf den Tisch. Ich male abwechselnd rot und weiß, bis die ganze Holzplatte geringelt ist. Heute warte ich nicht auf den Frieden, der mich sonst immer nach einer Zeit an Majas Schreibtisch überkommt. Stattdessen gehe ich ans Fenster und schaue in den dunklen Garten. Nachts sind dort ganz andere Geräusche zu hören als tagsüber.

Ich lausche eine Weile und wünsche mir, dass es kein Fehler war, Gerda den Sommer in meinem Wohnwagen zu erlauben. Plötzlich sehe ich ein kleines Licht unten im Garten auf der Höhe der Schaukel und noch eins und noch eins. Drei Glühwürmchen sind wohl geblieben, und jetzt leuchten sie für mich. Eine ganze Weile schau ich ihnen noch zu, wie sie ihr Licht an- und ausmachen, einer behält es durchgehend an. Ich nenne ihn Willi. Als ich das Fenster endlich schließe, ist es schon spät. Ich kann sehr gut einschlafen mit dem Wissen, dass Willi draußen für mich leuchtet.

Der Tag startet mit gutem Wetter, und ich bin plötzlich aufgeregt wie ein Kind an seinem Geburtstag. Der Schulalltag zieht an mir vorbei ohne besondere Vorkommnisse. Die Liebermann hält sich fern, und auch Ulli treffe ich weder auf dem Hin- noch auf dem Rückweg. Als ich zu Hause ankomme, werkeln Iris und Friedhelm vor ihrem Haus im Vorgarten. Sie arbeiten beide nicht mehr Vollzeit und haben immer mal wieder einen Tag frei. Wir quatschen ein bisschen, und ich fühle mich animiert, mal in meinem Vorgarten nach den Hortensien zu schauen. Sie sehen ganz okay aus.

Ich versuche, mich zu beschäftigen, bis Svenja kommt, und nicht ständig in den Garten zu starren. Ich weiß nicht, was ich anziehen soll. Die Wut von gestern ist weg, und es kommt mir lächerlich vor, mich extra doof anzuziehen. Um zwei Uhr fällt mir dann ein, dass wir ja vielleicht etwas mitbringen sollten. Ich rase mit dem Rad zum Supermarkt und kaufe einen Wein. Den schulde ich ihr ja sowieso noch. Ich komme gleichzeitig mit Svenja wieder zu Hause an. »Wow, du bist ja pünktlich!«, sage ich und umarme sie. Sie trägt ein tolles gelbes Kleid mit ausgestelltem Rock. »Du siehst toll aus! Das Kleid kenne ich gar nicht an dir!«

Sie dreht sich lächelnd einmal im Kreis und lässt es wie ein kleines Mädchen um sich herumfliegen. »Ich hab das nie an, weil ich es immer irgendwie zu viel finde.«

»Das solltest du bei deinem Date mit Jochen anziehen!« Ich schließe die Haustür auf und lasse uns beide hinein.

»Meinst du echt? Sehe ich nicht aus wie eine Wurst?«

Ich schaue auf ihr tolles Dekolleté und tippe mir an die Stirn. »Du spinnst echt. Das ist eine neue Macke und keine besonders gute«, tadele ich sie.

»Welche Macken sind schon gut?«, fragt sie lachend zurück. Sie lobt mich für den Wein und fragt dann, was ich anziehen will.

»Ich weiß es nicht!«, sage ich wahrheitsgemäß und schaue an mir hinunter. Ich trage eine dreiviertel lange Jeans und ein T-Shirt. Das ist sicher keine adäquate Kleidung. »Eigentlich will ich mir von der Strickjacken-Gerda nicht vorschreiben lassen, was ich tragen soll«, protestiere ich halbherzig, als Svenja mich eifrig die Treppe hochschiebt zu meinem Kleiderschrank.

»Ach komm, das macht doch Spaß!«

Wir finden ein rotes Kleid für mich, das ich auch nie trage. Hübsch herausgeputzt treten wir um zehn vor drei den Weg nach hinten in den Garten an. Vorher hat Svenja noch darauf bestanden, dass ich bei Jule anrufe und sie informiere, wo wir sind. Jule fand das spannend und bat darum, dass ich mich auf alle Fälle nach dem Treffen bei ihr melde.

Ich bin aufgeregt und Svenja auch, was sie durch permanentes Reden kompensiert.

Als wir die Steinmauer passieren, nehme ich kurz Svenjas Hand. Sie drückt sie und verstummt dann. Klassische Musik ist zu hören, noch bevor wir den Wohnwagen sehen. Immerhin ist Gerda da, und ich habe jetzt endlich einen Zeugen, der ihre Existenz bestätigen kann. Svenja macht große Augen, als wir näher kommen. Der Campingtisch versteckt sich unter einer festlich gedeckten Tafel. Die Strickjackenfrau hat nicht das verknüllte karierte Tischtuch von der Leine genommen. Eine weiße Tischdecke strahlt uns frisch gestärkt entgegen. Da würde ich sicher keine Falten reinboxen können, egal, wie viel Mühe ich mir gebe. Das Teeservice sieht aus wie Meißner Porzellan. Keine Ahnung, ob ich mit meiner Vermutung richtigliege, so wirklich kenne ich mich nicht damit aus. Es ist jedenfalls schnörkelig und blauweiß. Gefaltete Stoffservietten stecken in silbernen Ringen. Auf einer Etagere liegen Butterkringel, daneben steht der versprochene Blaubeerkuchen, und statt dem Glas mit den Wiesenblumen gibt es heute eine echte Vase mit Hortensien drin. Blauen Hortensien. Svenja pfeift leise durch die Zähne. »Wow, sieht aus wie die Teeparty von Alice im Wunderland. Ich bin das Kaninchen, und du bist Alice, und da kommt auch schon der verrückte Hutmacher!« Ehe ich etwas antworten kann, steht Gerda vor uns. Sie ist sorgfältig frisiert und geschminkt. Unter ihrer Schürze, die sie sich schnell abbindet, kommt ein schwarzes Kleid zum Vorschein. Lächelnd streckt sie Svenja eine Hand hin:

»Freut mich, Sie kennenzulernen, Svenja. Ich bin Gerda!«

Svenja ergreift ihre Hand und sagt souverän: »Danke für die Einladung. Ich war sehr neugierig, woher Sie meinen Namen wissen!«

Damit fällt sie so ziemlich mit der Tür ins Haus, aber Gerda begrüßt erst mich mit Handschlag und sagt dann: »Setzen wir uns doch erst mal!« Ich überreiche umständlich den Wein, ohne anzumerken, dass wir ihre letzte Flasche einfach leer getrunken haben.

Wir nehmen Platz und lassen uns von Gerda Kaffee einschenken und ein kleines Milchkännchen reichen. Verlegen lehne ich den angebotenen Zucker ab, obwohl ich, schon um die entzückende kleine Zuckerwürfelzange mal zu benutzen, gern zugreifen würde. Svenja tut das, und ich schaue fasziniert zu, wie sie sich ein Stück Würfelzucker damit angelt und ihn dann in ihrem schwarzen Kaffee ertränkt. Während Gerda den saftig aussehenden Blaubeerkuchen anschneidet, bricht Svenja das unangenehme Schweigen: »Und Sie wohnen jetzt also bei meiner Freundin Hanna im Wohnwagen? Das ist etwas ungewöhnlich, finden Sie nicht auch?«

»Lasst es euch schmecken! Ich hoffe, ihr mögt Blaubeerkuchen?«

»Ja«, sage ich, »das war der Lieblingskuchen meiner Mutter.« Fast bereue ich den Satz und wünschte, wir hätten es erst einmal mit etwas Smalltalk versucht.

Gerda nickt zustimmend und zeigt dann auf einen Ast

schräg gegenüber von uns. »Seht mal! Da ist wieder der Papagei! Das ist so ein putziges Kerlchen! Er liebt klassische Musik. Immer wenn ich welche auflege, sitzt er da und hört zu!« Tatsächlich ist er wieder da. Der steckt garantiert mit ihr unter einer Decke. Vielleicht hat sie ihn sogar dressiert. Mit schräg gelegtem Kopf äugt er zu uns herunter. »Svenja, was sind Sie von Beruf?«

»Krankenschwester«, antwortet sie etwas zurückhaltend. Normalerweise kann man ihr immer anhören, wie gern sie diesen Beruf ausübt.

»Was für eine schöne und sinnvolle Tätigkeit«, lobt Gerda. »Arbeiten Sie da auch im Schichtdienst?«

Svenja nickt nur, weil sie sich gerade ein großes Stück Blaubeerkuchen in den Mund geschoben hat. Der Kuchen schmeckt hervorragend. Man müsste Gerda dafür loben, aber Svenja und ich sind beide viel zu fixiert auf unsere ganzen offenen Fragen, denen Gerda jedes Mal elegant entkommt. »Ich habe auch Butterkringel für dich, Liebes«, wendet sie sich jetzt an mich. »Du mochtest die doch so gern das letzte Mal. Es ist schön, dass ihr da seid, dann bin ich nicht so allein hier hinten im Garten!« Sie nimmt ihre Kaffeetasse, als wollte sie mit uns anstoßen, trinkt dann aber einfach nur daraus mit ungewöhnlich hoch gehaltenem Arm. Svenja und ich wechseln einen Blick. Plötzlich bin ich mir gar nicht mehr sicher, ob Gerda überhaupt etwas mit Maja zu tun hat. Vielleicht sind das alles nur Zufälle. Blaubeerkuchen backt man eben im Juli, und blaue Hortensien blühen eben auch jetzt. Vielleicht ist Gerda einfach eine ältere Frau, die ein bisschen einsam ist und sich ab und zu Gesellschaft und einen Garten wünscht.

»Haben Sie eigentlich Kinder?«, frage ich unvermittelt.

Gerda schüttelt den Kopf, bevor sie antwortet: »Leider nicht. Mein Mann und ich konnten keine kriegen. Wir hätten gern damals so etwas Kleines bekommen.« Sie zögert kurz und fügt dann hinzu: »Und heute wäre es schon auch schön, einen Sohn oder eine Tochter zu haben, vielleicht sogar Enkel. Jetzt, da Hubert tot ist.«

»Das tut mir leid!«, sagt Svenja sofort.

»Ja, mir auch«, stimme ich mit ein.

»Ach, Kinder, das ist schon in Ordnung. Es ist eine Weile her. Man vermisst jeden Tag, aber man gewöhnt sich an diesen Zustand.«

Ich nicke und schaue auf meinen Teller. Sie beschreibt das ziemlich gut.

»Immerhin hatten Sie mal jemanden, der sie geliebt hat«, sagt Svenja und spießt eine Blaubeere mit ihrer Silbergabel auf. Gerda nickt. Svenja nickt, und auch ich fange an zu nicken. Wir registrieren gleichzeitig, was wir da tun, und lächeln alle drei.

Wir sind mit dem Kuchen fertig. Gerda seufzt und wirft ihre Serviette auf den Tisch neben ihren Teller. »Es gibt einen Grund, warum ich euch heute eingeladen habe«, verkündet sie. Es ist, als würde plötzlich elektrischer Strom durch meinen Körper fließen. Mein Pulsschlag beschleunigt sich, alle Muskeln spannen sich an. Was kommt jetzt? Auch Svenja hängt gespannt an Gerdas Lippen. »Es ist Zeit, ein Versprechen einzulösen, das ich einer alten Freundin vor über zehn Jahren gegeben habe.« Mir wird ganz flau im Magen. »Hanna.« Jetzt hat sie Tränen in den Augen. »Ich bin eine alte Freundin deiner Mutter, und ich habe etwas für dich!«

Beim ersten Teil des Satzes wollte ich noch schreien: »Ich wusste es!«, aber der zweite Teil kommt ganz überraschend. Sie hat etwas für mich? Von Maja? Mein Kleid ist auf einmal viel zu eng. Ich kann nicht gut atmen. Jemand fasst mich am Arm, das muss Svenja sein. »Wieso«, bringe ich heraus, »wieso erinnere ich mich nicht an dich?«

»Weil wir uns das erste Mal sehen. Deine Mama und ich, wir sind alte Schulfreundinnen. Später haben wir uns leider ziemlich aus den Augen verloren, aber als sie dann mit dieser Bitte an mich herantrat, habe ich mir gewünscht, ich hätte sie früher mal gesucht. Ich habe kostbare Jahre verschenkt.« Sie bringt sich und ihre Frisur mit einer energischen Handbewegung wieder in Fassung. »Darum geht es heute nicht. Heute geht es um dich und Maja. Sie bat mich, dir etwas zu geben, wenn du …« Sie steht aufgeregt auf und wirft dabei fast die Kaffeekanne um. »… vierzig bist. Du bist doch vierzig, oder?«

»Dieses Jahr am elften Januar geworden, ja«, sage ich etwas atemlos.

Sie verschwindet im Wohnwagen. Svenja verstärkt den Druck auf meinen Arm. Ich schaue sie an. Ihr Gesicht glüht vor Aufregung. Eine Strähne hat sich aus ihrem geflochtenen Pony gelöst. Ich komme nicht ganz mit und möchte am liebsten eine Stopptaste drücken. Wie immer im Leben gibt es die nicht. Gerda ist schon zurück, bevor ich bereit bin, etwas von Maja entgegenzunehmen.

»Den soll ich dir von ihr geben.« Sie überreicht mir einen Briefumschlag. In geraden, schlichten Buchstaben steht dort »Für Hanna« in Majas Handschrift. Diese acht Buchstaben lassen plötzlich Tränen kullern. Auch Svenja und Gerda werden etwas wässrig. Ich halte den Briefumschlag in der Hand und weiß nicht, was ich tun soll. »Du willst ihn sicher ungestört lesen«, schlägt Gerda zum Glück vor. »Geht nur, ich höre zusammen mit dem Papagei noch etwas Musik!« Wie in Trance stehe ich auf. Svenja übernimmt das Bedanken und schiebt mich dann sanft durch den Garten. Vor der Terrasse bleiben wir stehen.

»Soll ich gehen?«, fragt Svenja, obwohl ich genau sehen kann, dass sie vor Neugierde platzt. Sie würde es sicher gar nicht fertigbringen, nach Hause zu fahren, und stattdessen vor meinem Haus herumlungern. Ich kann den Brief aber auch nicht lesen, wenn sie daneben sitzt und vor Aufregung ihre Finger knacken lässt, so wie sie es gerade macht.

»Geh doch eben Cola einkaufen«, schlage ich vor. Ich habe keine mehr im Kühlschrank, und ich könnte wirklich eine brauchen.

»Okay, toll! Cola! Ich …« Sie dreht sich einmal um sich selbst. »Mach ich! Und du liest den Brief. Atmen nicht vergessen!« Sie küsst mich auf die Wange und verschwindet im Haus. Ich setze mich auf die Schaukel. Erst lesen, dann schaukeln, beschließe ich. Bevor ich den Umschlag öffne, halte ich ihn an mein Gesicht, so dass die Schrift meine Haut berührt. Was hat Maja sich aufgehoben, um es mir zehn Jahre nach ihrem Tod mitzuteilen? Hätte ich so einen Brief von ihr nicht direkt nach ihrem Tod am dringendsten gebraucht? Das hier ist nicht der richtige Ort, um den Brief zu lesen. Ich gehe ins Haus. Svenja ist schon weg.

An Majas Schreibtisch öffne ich mit zitternden Fingern den Brief.

Meine liebe Hanna,

es ist seltsam, mir vorzustellen, dass Du vierzig Jahre alt sein wirst, wenn Du diese Zeilen liest. Sicher bist Du jetzt eine wunderschöne Frau, die mitten im Leben steht. Ich wünsche mir sehr, dass es Dir gutgeht. Ob Sebastian inzwischen Kinder hat? Ich wünschte, ich könnte jetzt noch bei Euch sein und all das mit Euch erleben. Aber das Leben läuft manchmal anders, als man es sich wünscht. Die Kunst ist, das Beste daraus zu machen, und damit komme ich zu dem Grund für diesen Brief.
Liebe Hanna, es gibt da eine Sache, die Du wissen solltest. In unserer Familie gibt es eine ungewöhnliche »Tradition« von seltsamen Ereignissen. Deiner Oma sind sie passiert und mir, und ich möchte, dass auch Du vorbereitet bist, wenn es bei Dir anfängt, was eventuell schon der Fall sein könnte. Bevor ich Deinen Vater kennenlernte, begegneten mir auf einmal sehr viele ungewöhnliche Dinge. Ich gewann bei Preisausschreiben, an denen ich gar nicht teilgenommen hatte, mehrere Igelfamilien wohnten plötzlich in meinem Garten, in meiner Firma wurde ich zum schönsten Brillengesicht des Monats gekürt. Teilweise waren es Sachen, die sich wirklich nicht erklären ließen. Einmal regnete es auf einem Fest, und nur genau über mir blieb es einfach trocken. Ich saß in einer kleinen Bannmeile, in die sich kein Regentropfen verirrte. Ich erzählte meiner Mutter davon, und sie sagte mir, das sei ganz normal und würde das baldige Erscheinen eines Mannes, und zwar meiner großen Liebe,

ankündigen. Sie selbst hat das damals auch erlebt, bevor sie Opa kennenlernte. Ich glaubte ihr kein Wort, aber kurze Zeit später lernte ich Deinen Vater kennen. Daraufhin hörten die seltsamen Ereignisse auf.
Leider hat es auf lange Sicht nicht geklappt mit Klaus, aber ich habe nie aufgehört, ihn zu lieben.
Liebe Hanna, Liebe ist etwas Wunderbares. Ich hoffe, Du hast durch unsere Trennung nicht den Glauben daran verloren. Sollte bei Dir also eine Phase von ungewöhnlichen Zufällen eintreten, dann sei gewiss, dass Dein Traummann bald in Dein Leben treten wird. Das ist in unserer Familie einfach so bei den Frauen. Sollte Sebastian mal Mädchen haben oder Du, bereite sie darauf vor, wenn es so weit ist.
Genieß das Leben, meine Hübsche!

In Liebe,
Deine Mama Maja

Ich lese den Brief genau dreimal durch. Ich bin so gerührt von ihrer Handschrift und der Tatsache, dass es eine Nachricht von ihr an mich gibt, zehn Jahre nach ihrem Tod, dass ich den Inhalt lange nicht begreife.

Jemand klopft zaghaft an die Tür. Ich will nicht so gern, dass Svenja Majas Zimmer sieht, in dem nur ein einziger Schreibtisch steht, deshalb gehe ich mit dem Brief in der Hand schnell hinaus.

»Hab unten schon die Cola für dich bereit. Ich hoffe, es ist okay, dass ich sie in ein Glas mit Eiswürfeln getan habe. Ich dachte, das ist netter so, als aus der Dose zu trinken, feierlicher, weißt du? Wir könnten anstoßen auf den Brief. Hast du ihn gelesen? Wie geht es dir?«

Sie überschüttet mich mit diesen Sätzen, während wir nebeneinander die Treppe hinuntergehen. Ich trinke schweigend mein ganzes großes Glas Cola aus, dann drücke ich meiner Freundin, die mich besorgt beobachtet, Majas Brief in die Hand.

»Meine Mutter spinnt leider komplett!«, sage ich und lasse Svenja den Brief lesen, während ich im Wohnzimmer auf und ab gehe.

»Das ist ja der Wahnsinn«, flüstert Svenja beim Lesen.

»Absolut«, stimme ich ihr zu. Ich finde noch einen verirrten Flummi in einem Regal und werfe ihn ein bisschen durch die Gegend. Eigensinnig springt er hier- und dahin und ändert dabei dauernd die Richtung.

Svenja ist fertig mit Lesen und fällt mir um den Hals. »Hanna, herzlichen Glückwunsch! Das ist ja so toll!«

Verständnislos schaue ich sie an. »Was ist denn bitte toll? Ich habe gedacht, das ist eine Nachricht von meiner Mama mit sinnvollen Lebensweisheiten oder so. Stattdessen schreibt sie mir diesen Blödsinn!«

»Hanna, verstehst du denn nicht, was da steht? Das ist so großartig! Es ist wie eine Garantie, die große Liebe zu finden! In eurer Familie habt ihr so etwas wie einen Gendefekt!«

»Einen Gendefekt?!«

»Ja, wie in ›Die Frau des Zeitreisenden‹, da hat er doch auch diesen Gendefekt, der ihn durch die Zeit reisen lässt, und du hast …«

»Was hab ich?«

»Du hast den Gendefekt, dass dir seltsame Dinge passieren und damit die Ankunft deiner großen Liebe ankündigen!« Sie schaut mich erwartungsvoll an, als müsste ich es jetzt endlich verstehen.

»Svenja, das ist jetzt nicht dein Ernst, dass du den Quatsch hier glaubst? Ich weiß nicht, wann sie das geschrieben hat, sie bekam am Ende sehr starke Medikamente, und sie meinte es bestimmt gut, aber ...« Mir kommen die Tränen. »Was soll ich denn damit bitte anfangen?«

Bestürzt nimmt mich Svenja in den Arm. »Mausepieps, wir waren auf dem Dachboden, um Majas Geheimnis zu lüften. Sebastian hat erzählt, Maja hätte so eine Phase gehabt von ungewöhnlichen Zufällen. Und kurz danach bekommst du diesen Brief, der alles erklärt, der genau das bestätigt, was wir vermutet haben. Das ist doch Magie!«

»Das ist bescheuert«, heule ich.

»Du hast einen Schock. Das ist ganz normal. Leg dich mal hier hin.« Sie deutet auf das Sofa. Dann schiebt und drückt sie mich so, dass ich gar keine Wahl habe. Sie lagert meine Beine mit ein paar Kissen etwas höher und deckt mich mit der Sofadecke zu. »Ganz normal atmen. Magst du etwas Musik hören?«, fragt sie mich ruhig.

Ich strample die Decke weg und springe auf. »Nein! Ich will keine Musik! Ich will einen richtigen Brief, in dem schöne und hilfreiche Dinge stehen und nicht irgendein Märchen von der großen Liebe! Glaubst du nicht, jeder kann sich das hinbiegen? Eine Phase von ungewöhnlichen Zufällen? Die hast du doch auch! Dein Nachbar macht plötzlich mit nacktem Oberkörper Übungen, dein Patient ist Fußfetischist, du siehst plötzlich Glühwürmchen in meinem Garten ...«

Svenja schüttelt den Kopf und versucht, meinen Puls zu fühlen, ich schüttle sie energisch ab. »Das mit Harald ist zwei Jahre her, und die Glühwürmchen sind dein ungewöhnlicher Zufall.«

»Ich will das aber nicht!«, schreie ich. »Ich will keine seltsamen Zufälle, und ich will auch keine große Liebe treffen. Ich will einfach so leben wie bisher!« Es donnert plötzlich krachend über uns, und wir fahren vor Schreck zusammen. Ein lautes Trommeln folgt, und wir sehen durch das bodentiefe Fenster, wie große Hagelkörner in meinen Garten fallen. Sie springen herum wie Regenbogen-Eier-Flummis. Der Spuk dauert ein, zwei Minuten, dann hört es genauso abrupt auf, wie es angefangen hat.

Wir gehen nach draußen und nehmen ein paar Körner in die Hand. Sie sind so groß wie die Kaugummikugeln, die man früher an jeder Straßenecke aus dem Automaten ziehen konnte. Svenja schaut mich wissend an. »Sag jetzt nichts!«, warne ich sie. »Hagelschauer sind ganz normal im Juli.«

Sie geht zurück ins Haus, und ich höre sie nach kurzer Zeit nach mir rufen. Sie steht in der geöffneten Haustür. »Guck dir das bitte an!«

Ich seufze, komme aber brav gucken. »Ich sehe nichts!«, sage ich.

»Ja, eben«, antwortet sie. »Kein Hagel hier auf der Straße. Nur in deinem Garten.« Verwundert registriere ich, dass sie recht hat. Svenja flitzt jetzt ohne Schuhe die Straße entlang und schaut links und rechts über die Zäune in die Gärten.

Außer Atem kommt sie zurück. Ich weiß schon, was

sie mir sagen wird. »Nirgends Hagel, nur in meinem Garten, richtig?«

Sie nickt. Ich halte mir die Hände vor das Gesicht. »Hanna, sieh es doch als Chance! Du musst ja nicht dran glauben. Sollte die große Liebe morgen hier klingeln, kannst du dir ja immer noch überlegen, ob du sie reinlassen willst!«

»Und die seltsamen Zufälle?«

»Die sind doch lustig! Genieß sie doch!« Svenja strahlt mich an. Sie hat recht. Wenn man es so betrachtet, kann ich bei der ganzen Sache nur gewinnen.

»Ich brauche mehr Infos von Gerda. Wann hat Mama ihr den Brief gegeben? Und warum ihr, wo sie doch so lange gar keinen Kontakt mehr hatten? Und warum sollte ich den erst mit vierzig kriegen? Was, wenn diese Phase schon vorher angefangen hätte? Ich versteh das alles nicht!«

»Fragen wir sie!«

Gerda hat uns beiden einen Schnaps eingeschenkt, der guttut. Wir sitzen auf der Eckbank im Wohnwagen. Ihre Antworten bleiben allerdings unbefriedigend. »Ich kann dir nicht mehr sagen, Hanna. Ich weiß nicht, warum sie mich ausgesucht hat, und ich weiß auch nicht, warum der Brief dieses Jahr übergeben werden sollte. Ich weiß nicht einmal, was drinsteht. Ich weiß nur, dass es deiner Mutter ganz wichtig war, und ich wollte meiner alten Schulfreundin diesen letzten Wunsch an mich unbedingt erfüllen. Von Maja wusste ich, dass Svenja deine beste Freundin war damals, und ich konnte in den letzten Wochen beobachten, dass es sie immer noch gibt in deinem Leben. Also habe ich sie mit eingeladen als emotionale Stütze. Ich bin hier eingezogen, weil ich erst einmal gucken wollte, wie stabil dein Leben ist, bevor ich mit einer Nachricht aus der Vergangenheit alles in Unruhe bringe. Das ist ja auch eine große Verantwortung.«

Svenja nickt verständnisvoll. Ich schaue auf Gerdas Häkelzeug, das auf dem Tisch liegt. Es ist sicher beruhigend, wenn man so eine Handarbeit macht. Ich sollte vielleicht auch damit anfangen. »Gerda?«

»Ja, Liebes?«

»Würdest du noch eine Weile hier wohnen bleiben?«

Sie lächelt. Es ist ein ganz breites Lächeln, eins von denen, die man beim besten Willen nicht verhindern kann, wenn sie sich ihren Weg bahnen. »Sehr gern!«

Sebastian

Früher haben mich meine Freundinnen alle um meinen großen Bruder beneidet. Die meisten waren selbst nur mit einer kleinen Schwester ausgestattet und schmolzen dahin, wenn Sebastian mit seinem Mofa auf den Schulhof gefahren kam, den Helm abnahm und seine dunklen, damals noch schulterlangen Haare zurechtschüttelte. Keine meiner Freundinnen wusste, dass er mich nur grüßte, wenn ein anderes hübsches Mädchen neben mir stand. In der Phantasie meiner Freundinnen nahm er mich auf seinem Mofa mit, lieh mir seine Mixtapes und beschützte mich vor älteren Jungs. In Wahrheit sah das alles natürlich ganz anders aus. Sein geliebtes Mofa durfte ich auf keinen Fall anfassen. Einmal spielte ich mit einer Freundin Pferd. Das Mofa war dabei das Pferd. Wir hatten einen Stall drum herum gemalt mit Kreide und dem Pferd gerade frisch abgepflücktes Gras zu fressen gegeben, als er auftauchte und völlig ausflippte, was wir da mit seinem Mofa anstellten. Dabei hatte er den Teil des Spiels, bei dem wir zu zweit auf dem Pferd ritten, gar nicht mitbekommen.

Als ich klein war, hat er ab und zu mit mir Pferd gespielt. Wir konnten überhaupt gut zusammen spielen. Wir dachten uns lauter Fabelwesen aus, die im Haus lebten und alle regelmäßig gefüttert werden mussten. Püttje, zum Beispiel, ein fetter Troll, der in der Speisekammer lebte und alles wegfraß, wenn man ihm nicht rechtzeitig sein Gänseblümchenfutter hinstellte. Maja muss von all diesen Fabelwesen gewusst haben, denn sie sorgte dafür, dass Püttje, Lumbatsch, Fiete und Schlüpp unsere Gaben immer auffraßen und uns mit leeren Tellern beglückten. Als Sebastian vierzehn wurde, war es dann schlagartig vorbei mit Pferdespielen und Gänseblümchenfüttern.

Er rannte voraus in eine Welt, in der er mich nicht haben wollte. Ich wurde ohne mein Zutun von meinem Bruder befördert, und zwar von seiner besten Spielkameradin zur nervigsten Person in seinem Leben. Ich vermute mal, dass alle kleinen Geschwister diesen Bruch erleben müssen, aber das hat mich damals nicht getröstet. Ich fütterte Püttje und die anderen noch eine Weile allein, aber es war nicht mehr das Gleiche. Ich war allein. Meine einzige Chance war, Sebastian in die neue Welt zu folgen, in der sich alles um Musik, Mädchen und sein Mofa drehte. Je mehr ich mich bemühte, dabei zu sein, desto heftiger wurde ich von ihm abgewiesen. Seine Musikkassetten waren für mich tabu, und er empfand es als persönliche Beleidigung, wenn ich mal ein Lied einer Band hörte, die er gut fand. Es sei seine Musik, erklärte er mir und Maja, die das Theater genauso wenig verstehen konnte wie ich. Nur große Brüder können es bringen, Musik für sich ganz persönlich zu beanspruchen. Es wurde erst besser, als ich fünfzehn wurde und meine Freundinnen interessant für ihn.

Einmal haben wir uns gemeinsam eine unheimlich ausgeklügelte Verkupplungstaktik ausgedacht, um ihn mit meiner Bekannten Simone zusammenzubringen. Simone hatte lange rote Haare und viele Sommersprossen, und Sebastian fand sie schön. Ich ärgerte ihn, indem ich sagte, dass er einfach immer noch auf Pippi Langstrumpf stehe, aber wir arbeiteten super zusammen, um Simone auf ihn aufmerksam zu machen. Es war ein bisschen wie früher beim Trollfüttern. Sebastian ergatterte nicht mehr als einen Kuss von ihr, aber ich war wieder rehabilitiert und hatte mich als würdige Schwester in der neuen Welt erwiesen.

Das Schwierige und gleichzeitig Schöne an Geschwistern ist, dass man solche Geschichten auch im Erwachsenenalter immer mit sich herumträgt. Wenn ich Sebastian treffe, dann sehe ich nicht nur den schon etwas grauhaarigen Vater von zwei Kindern, den selbständigen Architekten, den Mann von Jule. Ich sehe auch den Trollfütterer, den Mofaliebhaber, den Musikverteidiger und die Person, die nie mit geschlossener Tür schlafen konnte. Immer musste sie einen Spalt aufstehen, und etwas Licht musste hereinfallen.

Ich würde behaupten, ich kenne meinen Bruder, und kann oft viel früher als andere Menschen vorhersehen, was ihn nervt, stresst oder freut. Aber diesmal liege ich gründlich falsch. Ich war mir sicher, er würde mit mir Mamas Brief analysieren und am Ende darüber lachen und fragen, was sie sich wohl dabei gedacht hat. Nie im Leben habe ich erwartet, dass er das alles so bitterernst nehmen würde.

Wir sitzen unter dem Pflaumenbaum. Ich habe die

zwei Klappstühle und den kleinen Tisch hier hingestellt. Es ist ein herrlich lauer Sommerabend. Wir trinken Wein und essen Käse mit Baguette. Es ist so selten, dass Sebastian und ich mal Zeit zu zweit haben, und ich wollte etwas Besonderes daraus machen. Aber statt schöner Geschwisterzweisamkeit bekomme ich, wie früher, ungefiltert seine plötzlich schlechte Laune ab. Ich weiß zwar, wie ich mich dann verhalten muss, dass man ihn auf gar keinen Fall frontal darauf ansprechen darf, sondern mit Einfühlsamkeit und kleinen Witzen vorsichtig versuchen muss, seine Gunst zurückzugewinnen, aber das ist mir heute zu doof. »Sebastian, was ist los? Warum bist du jetzt so sauer?«

»Ich bin doch nicht sauer«, sagt er, reißt wütend ein großes Stück Baguette ab und belegt es hektisch mit sehr viel Käse. »Du bekommst einen tollen Brief von Mama und willst dann nichts von dem Inhalt annehmen. Und ich soll dann auch noch sagen: Ja, Hanna, sicher hatte sie nicht mehr alle Latten am Zaun, glaube ich auch, Hanna!« Es regt mich auf, wie er meinen Namen benutzt. Er hört nicht auf, Käse abzuschneiden und sein dämlich großes Stück Baguette damit zu belegen.

Ich nehme den restlichen Käse und lege ihn im ganzen Stück auf sein Brot. »So. Reicht dir das jetzt, Sebastian?« Absichtlich benutze ich seinen Namen ganz genau so blöd, wie er meinen benutzt.

»Ach, iss doch deinen Käse allein. Mach doch deinen ganzen Käse allein, Hanna. Offensichtlich willst du das ja.«

»Was soll das denn jetzt bitte heißen?«

»Mein Gott. Warum sträubst du dich denn so gegen

einen Partner? Glaubst du, es ist so schlimm, sein Leben mit einem anderen Menschen zu verbringen?«

»Ich sträube mich doch nicht gegen einen Partner!«

»Doch!«

»Nein!«

»Doch!«

»Nein!« Wir streiten wie die Kinder, aber ich kann nicht anders, als jedes Mal wieder »Nein« zu sagen, wenn von ihm ein »Doch« kommt.

Er ändert die Taktik und schweigt. Sein Käsebaguette rührt er nicht an. Stattdessen trinkt er einen Schluck Wein.

»Ich sträube mich nicht gegen einen Partner, obwohl es mir auch ohne ziemlich gutgeht, auch wenn das keiner glaubt. Ich sträube mich gegen diese schräge Geschichte …«

»Aber es ist Mamas Geschichte!« Jetzt schreit er fast. »Sie hat dir das geschrieben, weil es ihr wichtig war. Und du trittst das alles mit den Füßen!« Er steht auf und fährt sich aufgeregt durch die Haare. Diese Geste kenne ich, sie bedeutet höchste Alarmstufe.

»So meine ich das doch nicht«, sage ich versöhnlich. »Es ist mir einfach unheimlich.«

Er setzt sich wieder hin. Ich nehme das große Stück Käse von seinem Baguette runter. »Meinst du, für mich ist das leicht?«, fragt er leise. »Warum habe ich denn keinen Brief von ihr bekommen? Glaubst du, die Geschichte, wenn sie denn stimmt, ist für mich nicht wichtig? Oder für Sophie und Liz? Warum erfahre ich das denn alles nur aus zweiter Hand? Warum gibt es für mich keinen Brief?«

Endlich verstehe ich ihn. Er hat keinen Brief bekommen. Maja war alles, was wir je hatten. Glücklicherweise waren wir erwachsen, als sie starb, aber man hört nicht auf, Eltern zu brauchen, nur weil man dreißig ist. Dieser Brief aus der Vergangenheit ist ein Stück von Maja, und es ist an mich adressiert und nicht an ihn. »Du kommst gleich ganz am Anfang vor. Sie wusste, dass bei dir alles gut laufen würde.«

»Jaja, bei mir lief ja immer alles gut …« Ich kenne ihn gut genug, um zu wissen, dass das nur die Einleitung war. Also warte ich geduldig auf den Hauptteil. »Hat sich mal jemand Gedanken gemacht, dass bei mir eben auch alles gut laufen musste? Es war ja gar kein Platz für Probleme. Den hast du ja komplett ausgefüllt.« Jetzt brauche ich einen großen Schluck Wein. Ich habe den Platz für Probleme voll ausgefüllt? Womit denn? Als könnte er meine Gedanken raten, sagt er: »Mein Gott, du warst halt die kleine Schwester. Und ich, ich war der große Bruder und der einzige Mann im Haus. Das ist eine ganz schön blöde Rolle. Ich hatte immer das Gefühl, ich kann es mir nicht leisten, jetzt auch noch auszuflippen.«

»Was heißt denn bitte auch noch? Ich bin nie ausgeflippt, und ich hatte auch keine großen Probleme, mit denen ich allen Platz ausfüllte!«

»Nein. Keine großen Sachen. Aber die kleinen reichten schon. Wenn Maja dich nachts von einer Freundin abholen musste, weil du nicht einschlafen konntest, wenn du an deinem Geburtstag unbedingt die Bananentorte haben musstest, obwohl Maja dir einen Schokokuchen gebacken hatte.«

»Spinnst du? Das sind ganz normale Sachen. So sind Kinder!«

»Ja, aber ich durfte nicht so sein! Da war kein Platz für!«

»Was meinst du damit?«

»Ich hatte einfach das Gefühl, ich muss mich mehr zusammenreißen als du, weil ich älter bin, und weil Maja alleinerziehend ist.«

»Das wusste ich nicht.«

Er nickt. »Keine Ahnung, ob es wirklich so war. Ich habe mir diese Rolle ja auch selbst genommen. Aber es ist so typisch, dass du jetzt den Brief bekommst und ich nicht.«

Er sitzt da wie ein kleiner Junge. Der Mann über vierzig mit seinem viel zu großen Stück Baguette. Ich umarme ihn verbal, weil ich weiß, dass ich es körperlich jetzt nicht tun darf. »Du hast recht. Das ist unfair.« Er seufzt. »Es tut mir leid, dass ich dich auch noch damit genervt habe«, sage ich sanft. Er trinkt sein Glas leer. Ich rupfe ein paar Gänseblümchen aus dem Rasen und reiche sie ihm.

»Was soll ich damit?«

Ich pflücke noch ein paar. »Komm mit!«, sage ich zu meinem Bruder, und er folgt mir ins Haus. Ich nehme einen kleinen blauen Teller aus dem Schrank und lege die Gänseblümchen darauf. Als ich die Speisekammertür öffne, lächelt er.

»Meinst du, Püttje frisst noch Gänseblümchen?«

»Lass es uns versuchen!«, sage ich und halte ihm den Teller hin. Er platziert ihn auf dem Boden. Dann schaut er mich an, grinst, geht ein paar Schritte zurück und betrachtet kritisch die Position des Tellers. Genau so hat er das vor über dreißig Jahren gemacht. Er verschiebt den Teller noch zweimal, während ich gespannt warte, bis er seine perfekte Position erreicht hat. Dann schließen wir gemeinsam die Speisekammertür bis auf einen winzigen Spalt, damit Püttje rein- und rauslaufen kann.

Später als ich im Bett liege, stelle ich mir vor, wie der Troll die Gänseblümchen findet und frisst. Es wird weh tun, die vertrockneten Blumen morgen selbst zu entsorgen, weil es keine Maja mehr gibt, die es für uns macht. Eine Welt ohne Mama ist eine Welt ohne Trolle.

Am nächsten Morgen brauche ich eine Weile, um zu verstehen, dass ich nicht verschlafen habe, sondern Samstag ist. Das Blut rauscht aufgeregt in meinen Kopf, und ich komme nicht so gemütlich und verschlafen runter in die Küche, wie man es an einem Samstagmorgen sollte. Ich beschließe, als Erstes die Blümchen zu entsorgen, dann habe ich es hinter mir.

Doch als ich die Tür der Speisekammer öffne, ist der Teller leer. Vor meinem Schaukelritual schreibe ich Sebastian eine SMS: *Hast du die Gänseblümchen entsorgt? Nette Geste* ☺

Sobald ich die optimale Schaukelhöhe erreicht habe, versuche ich, Ordnung in meine Gedanken zu bekommen. Es will mir nicht wirklich gelingen. Alles schwirrt wild durcheinander. Am besten hört man in solchen Situationen dann auf, sich mit sich selbst zu beschäftigen. Das ist nämlich eine große Falle, wenn man allein lebt. Ohne eine hilfreiche Unterbrechung von außen kreisen die Gedanken ständig um die eigenen Probleme. Svenja braucht mich heute, fällt mir ein. Schließlich ist heute ihr großer Tag: das Date mit Jochen. Bisher hat er anscheinend noch keinen Rückzieher gemacht, und ich bete für meine Freundin, dass das auch so bleibt. Es ist nicht so, dass ich einem Mann nicht zutraue, Interesse an ihr zu haben, sie ist hübsch und witzig. Aber dieser Jochen scheint sich nicht wirklich für sie zu interessieren, und ich möchte ihr ein gebrochenes Herz ersparen. Allerdings ist es fast leichter, wenn er von vornherein absagt, als wenn sie sich noch das ganze Date hindurch Hoffnungen macht. Ich rüge mich selbst für diese Gedanken. Svenja ist so ein toller Mensch, und wer die Gelegenheit bekommt, sie kennenzulernen, der wird das auch feststellen.

Ich lege den Kopf in den Nacken und lasse mich ausschaukeln.

Ich frühstücke mit einer Zeitung und meinem Handy im Garten. Mein Smartphone zeigt eine SMS von Sebastian: *Nein, habe keine Blumen entsorgt. Hat Püttje sie etwa gefressen? ;-) Du wirst doch jetzt nicht seltsam, Schwesterchen? Zu viel Wein?*

Wenn ich das Svenja erzähle, kommt Püttje sofort auf die Liste mit meinen ungewöhnlichen Zufällen. Ich sehe es schon vor mir, wie sie notiert: – Gänseblümchen verschwinden über Nacht.

Als ich später bei Svenja in der Wohnung bin, haben wir gar keine Zeit, um über Gänseblümchen zu sprechen. Wir suchen sehr, sehr lange das richtige Outfit für den Abend aus, wobei die meiste Zeit mit der Wahl der perfekten Unterwäsche draufgeht.

Alles was ich aus ihrer Wäscheschublade hole, kommentiert sie mit »zu nuttig« oder »zu bieder«. Schließlich halte ich ihr ein schwarzes Höschen und einen schlichten schwarzen BH hin. »Das ziehst du jetzt an, und ich will nichts mehr hören. Das ist weder nuttig noch bieder. Es ist klassisch und perfekt, und du wirst bombig darin aussehen.«

Sie nimmt die Wäsche ergeben entgegen, traut sich dann aber doch noch einmal zu protestieren: »Was, wenn ...«

»Wenn was?«

»Wenn er Schwarz nicht mag?«

Ich stöhne. »Wenn er Schwarz nicht mag, ziehst du es eben aus. Außerdem solltest du sowieso nicht nach dem ersten Date mit ihm ins Bett gehen.«

Sie starrt mich kurz an, dann sagt sie: »Das gilt für Frauen unter vierzig. Wir sind jetzt über der magischen Grenze.«

»Blödsinn. Magische Grenzen gibt es nur bei mir im Garten und vielleicht in meiner Speisekammer.«

Svenja fragt nicht nach, weil sie viel zu sehr damit beschäftigt ist, sich zu überlegen, welche Musik sie heute Abend spielen soll, falls er noch mit hoch in ihre Wohnung kommt. Ich schlage Pink Floyd vor. »Meinst du echt? Das alte Zeug?«

»Sebastian stand ohne Ende darauf, und Jochen ist in seinem Alter. Außerdem gibt es bei Pink Floyd nicht so viel Text.«

»Wieso schadet viel Text bei einem Date?«

»Ach, das ist nur meine Macke, ich habe dann immer sofort einen Ohrwurm, und es kommt nicht so gut, wenn man während des Aktes ständig ›Sitze auf dem Bett und esse Steine‹ vor sich hin murmeln muss.«

»Mein Gott, Hanna, du brauchst ganz dringend ein Date!«

»Wieso, weil ich den Steineesser-Song so gut draufhabe?«

»Nein, weil du ›während des Aktes‹ sagst. Das nennt man poppen, vögeln, nageln …«

Ich hebe die Hände, um noch mehr Synonyme für Sex zu vermeiden. »Bisher bin ich mit meinem Vokabular ganz gut ausgekommen.«

»Nein, echt jetzt mal. Wir besorgen dir auch ein Date. Du hast den Gendefekt, mit dem nichts schiefgehen kann in Sachen Männer, schon vergessen?«

»Ja, hat bei meiner Mutter auch großartig geklappt.«

»Na, sie hatte immerhin Sex, sonst würdest du ja nicht hier sitzen. Außerdem will ich dir auch mal Unterwäsche aussuchen, die du dann anziehen musst.« Sie zeigt auf die schwarzen Sachen, in die sie gerade geschlüpft ist.

»Wenn ich dann auch so gut aussehe, gern!« Svenja strahlt, stellt sich vor den Spiegel und zieht den Bauch ein. »Lass das!« Ich klopfe ihr tadelnd auf den Rücken. »Stell dich gerade hin, Brust raus, dann wird der Bauch von ganz allein flach.« Sie versucht es. »Jetzt musst du nur noch ab und zu mal atmen, dann wird alles ganz von selbst laufen.«

»Vielleicht ziehe ich mir fürs Essen noch etwas über die Unterwäsche?«

»Bitte, wenn du unbedingt so bieder sein willst!« Wir lachen, und ich reiche ihr das ausgesuchte Oberteil. Ihre Aufregung ist einfach ansteckend.

Obwohl wir sehr viel Zeit eingeplant haben, um Svenja fertig zu machen, wird es am Ende doch knapp. Svenja schimpft mit mir, weil ich nicht schon bei ihrer ersten Frisur begeistert genug war, so musste sie sich eine zweite und dann zur Sicherheit noch eine dritte machen, um dann letztendlich doch wieder die erste hinzuflechten. Ich glaube ja, der Zeitverlust lag vor allem an dem langen Unterwäscheaussuchen, aber ich sage nichts und nehme sie stattdessen in den Arm. »Ich wünsche dir ein ganz tolles Date! Hab Spaß, sei wie du bist, dann muss er sich einfach in dich verlieben!«

Svenja drückt meine Hand und macht dann ein piepsiges Geräusch.

»Du schaffst das schon. Am Anfang lässt du einfach ihn reden!« Ich verlasse mit ihr gemeinsam die Wohnung. Sie überquert den Hof, um ihn abzuholen, und winkt mir noch einmal nervös zu. Ich finde ja, der Mann sollte die Frau abholen. Aber da Svenja sich das Date sozusagen ergaunert hat, kann man sagen, dieses Mal ist es okay, wenn sie ihn abholt. Ein bisschen beneide ich sie schon. Schmetterlinge im Bauch sind etwas sehr Schönes. Auch das ganze Zurechtmachen vorher hat was. Ich habe mich das letzte Mal für Gerdas Teeparty schön gemacht. Eigentlich sollte ich das viel öfter machen. Warum nicht am Montag zur Schule? Da ist zwar niemand, den ich gern beeindrucken möchte, aber ich würde mich gut fühlen. Allerdings müsste ich dann früher aufstehen.

Hin- und hergerissen radle ich nach Hause. Irgendwie möchte ich jetzt nicht so gerne allein sein. Ich muss für Svenja lange wach bleiben, weil sie versprochen hat, nach dem Date gleich anzurufen und mir alles zu erzählen. Ich stelle mein Fahrrad vor meinem Haus ab und klingle dann gegenüber bei Iris und Friedhelm. Keiner macht auf. Vielleicht sind die beiden essen gegangen und sitzen jetzt irgendwo draußen und genießen den Sommerabend. Ich sollte auch irgendwo sitzen und den Sommerabend genießen. Ich überlege, ob ich mit dem Fahrrad noch in einen Biergarten fahre, aber die Vorstellung, mir dort allein einen Platz an den überfüllten Tischen zu suchen, ist nicht gerade verlockend.

Unschlüssig stehe ich vor meinem Vorgarten. Ich erschrecke mich zu Tode, als plötzlich eine Gestalt aus meinem Gartentor kommt. Sie ist dunkel gekleidet, genau wie man das von Einbrechern erwartet. Unerwarteterweise grüßt mich der Einbrecher.

»Gerda, Sie haben mich zu Tode erschreckt!«

»Wir waren doch schon beim Du, Hanna.«

»Was schleichen Sie hier abends aus dem Garten?«

»Ich brauche etwas Bewegung. Vielleicht gehe ich auch einen Wein trinken. Man kann ja nicht immerzu allein im Wohnwagen herumhocken.« Sie schaut mich unternehmungslustig an.

»Nein, da hast du recht, das kann man nicht. Was dagegen, wenn ich dich begleite?«

Ihr Gesicht strahlt. »Gerne, komm doch mit!«

»Ich muss mir eben noch meine Handtasche holen.« Ich zögere kurz, dann bitte ich sie hinein, weil ich es unhöflich finde, sie auf der Straße stehen zu lassen.

Sie lehnt ab und sagt: »Ich warte eben hier, aber ich würde gerne bei einer anderen Gelegenheit mal das Haus sehen, wenn es dir nichts ausmacht.«

»Wir können auch gleich ...« Sie winkt ab, und ich beeile mich, meine Tasche zu holen. Am liebsten würde ich auch noch einen Lippenstift auftragen, denn Gerda ist im Gegensatz zu mir sorgfältig geschminkt und frisiert. Ich finde einen, der in der Küche herumliegt, und schmiere ihn mir schnell auf die Lippen.

Svenja hat vorhin die Farbe »freches Flittchen« aufgetragen. Das ist so ein Gag des Herstellers, allen Farben frivole Titel zu geben. Freches Flittchen stand Svenja aber gut.

Ich checke meine Farbe kurz im Flurspiegel. Da ich keine Wahl habe, finde ich sie einfach gut, löse noch schnell meine Haare aus ihrem Vogelnest und mache schnell etwas Headbanging, um sie auszuschütteln.

Mit einem leichten Schwindelgefühl trete ich zurück auf die Straße. Keine Gerda. Ich schließe die Haustür und gehe ein paar Schritte die Straße hoch und runter, aber sie ist nirgends zu sehen.

»Gerda?« Keine Antwort. Hat sie der Boden verschluckt? Ist sie doch ein Geist und mir nur eben mal erschienen, um sich dann wieder in Luft aufzulösen? Ratlos stehe ich vor meinem Haus. Das Gartentor ist geschlossen. Ich öffne es und rufe noch einmal: »Gerda?«

Nichts, nur ein paar Vögel, die mir zwitschernd antworten. Ja, spinn ich jetzt? Vielleicht hat sie es sich anders überlegt und ist allein losgegangen. Was mache ich denn nun? Mit der frischen Farbe auf den Lippen möchte ich nicht zurück in mein Haus gehen. Gerade als ich auf mein Fahrrad steigen will, um allein loszufahren, geht polternd das Gartentor auf. Gerda entschuldigt sich außer Atem.

»Ich hatte meine Brille vergessen. Ich dachte, ich hol sie schnell, aber das ist doch ein Weg bis zum Wohnwagen und zurück.«

Ich stelle mein Fahrrad wieder weg, und wir gehen nebeneinander die Straße runter. Ich bin etwas genervt und weiß nicht genau, warum. Es war ein blödes Gefühl, als sie plötzlich weg war. Ich merke, dass ich ihr immer noch nicht richtig vertraue. Sie kommt mir nicht wie eine reale Person vor, obwohl ich sie neben mir reden höre und ihr Parfüm riechen kann. Gerda gibt sich alle Mühe, unser Gespräch in Gang zu halten. Sie fragt mich kleine unverfängliche Dinge, und ich gebe ihr kurze unverfängliche Antworten. Als sie vorschlägt, beim erstbesten Lokal, an dem wir vorbeikommen, einzukehren, bin ich einverstanden. Wir finden einen freien Tisch draußen und bestellen jeder ein Glas Wein. Ich denke an Svenja und drücke ihr heimlich die Daumen. Hoffentlich amüsiert sie sich mit Jochen.

Mein Gespräch mit Gerda gerät langsam ins Stocken. Ich weiß, es liegt an mir. Ich bin viel zu passiv und lasse mich auf kein Gesprächsthema richtig ein. Ich würde sie gern so viel fragen. Wie Maja und sie damals befreundet waren, was genau sie gesagt hat, als sie ihr den Brief an mich überreicht hat, aber all das kommt mir auf einmal so mühsam vor. Denn dazu müsste ich mich ihr anvertrauen, und dazu bin ich nicht bereit. Also stolpern wir weiter durch den Abend. Gerda lädt mich ein, und ich bin froh, als sie sagt, sie wolle noch ein wenig allein spazieren gehen. Erleichtert laufe ich ohne sie zurück nach Hause.

Es ist erst halb zehn, als ich ankomme. Ich schminke mich ab, ziehe mir kuschelige Sachen an und werfe mich auf die Couch. Nach kurzer Zeit stehe ich noch einmal auf, koche mir einen Tee. Ich hole den leeren Teller aus der Speisekammer.

»Püttje, haben dir die Gänseblümchen geschmeckt? Möchtest du noch mehr?« Ob ich ihm noch einen Teller voll pflücken soll? Es kommt mir falsch vor, das ohne Sebastian zu tun, und ich möchte die schrägen Zufälle auch nicht herausfordern. Manchmal ist es einfacher, an einen Troll zu glauben, als die Wahrheit herauszufinden.

Als mein Tee fertig ist, schleiche ich hoch und hole Majas Brief aus ihrem Zimmer. Ich hatte ihn oben auf ihren Schreibtisch gelegt. Mit meiner Teetasse und dem Brief lege ich mich wieder auf mein Sofa. Ich lese noch einmal, was mir meine Mutter kurz vor ihrem Tod geschrieben hat. Sie klingt nicht verwirrt, und so wie ich mich an sie erinnere, war sie das auch nicht. Vielleicht die letzten zwei Wochen etwas, aber da war sie schon nicht mehr in der Lage, Briefe zu schreiben. Es tut mir nicht gut, an diese Zeit zu denken. Es fühlt sich an, als würde jemand in Rekordzeit ein riesiges Loch in meinem Inneren schaufeln, in dem ich jederzeit für immer verlorengehen kann. Ich warte geduldig, bis keine Tränen mehr kommen und das Atmen wieder leichter ist. Vielleicht hat Sebastian recht, und dieser Brief ist ein Geschenk von ihr. Ihr letztes Geschenk an mich. Ich sollte es annehmen.

Svenja meldet sich nicht. Ich werte das als gutes Zeichen und gehe um halb zwei dann doch ins Bett. Mein Handy und das Festnetztelefon lege ich mir auf den Nachttisch. Ich stelle mir vor, wie Jochen Svenjas schwarze Unterwäsche entdeckt. Dann stelle ich mir vor, welche Unterwäsche Jochen wohl trägt. Sein nackter Oberkörper kommt mir in den Sinn. Svenja hat einen guten Geschmack, das muss ich schon sagen. Bestimmt trägt er Boxershorts. Er ist garantiert der Boxershortstyp. Welche Unterwäsche wohl der Mann aus dem Bus trägt? Der, der neben mir saß, als ich den peinlichen Dildo auf dem Schoß hatte. Ich denke, der Busmann trägt grüne enganliegende Hosen. Im selben Grün wie der Kaktus natürlich. Und Ulli trägt rotweißgestreifte Unterwäsche. Ich stelle ihn mir in überdimensionalen Boxershorts vor, so groß wie ein Zelt und leuchtend rotweißgestreift. Nur seine Haare und seine Füße gucken oben und unten heraus, der ganze Rest von ihm steckt im Unterhosenzelt. An dem Zelt ist eine Klingel, und jemand klingelt laut und nervig. Bin ich das? Will ich etwa, dass Ulli mich in sein Unterhosenzelt lässt?

Es dauert eine Weile, bis ich verstehe, dass das Telefon auf meinem Nachttisch klingelt. Ich werfe es im

Dunklen erst mal runter, und bis ich es aufgehoben habe und drangehe, hat es aufhört zu klingeln. Ich warte eine Weile, und wie erwartet klingelt es wieder, diesmal ist es allerdings mein Handy. Ich muss also wieder suchen, finde das Handy aber schneller, weil es leuchtet, und melde mich.

»Hast du schon geschlafen?«

»Vielleicht. Keine Ahnung, ob ich mir Ulli auch im wachen Zustand in einer Zeltunterhose vorstelle, eher nicht, also ja.«

»Muss ich das verstehen?«

»Nein. Wie war dein Date?«

»Ja … Okay.«

»Wie? Okay?« Ich gucke auf die Uhr. Es ist nach zwei.

»Ja, es war nett. Wir waren essen und haben geredet. Eigentlich hat er die ganze Zeit geredet. Über seinen Job.«

»Was macht er denn?«

»Er ist Sachbearbeiter im Finanzamt.«

»Oh.«

»Ja. Und er hat mir die ganze Zeit erzählt, wie doof doch alle Leute sind, die ihre Steuererklärung einreichen, und keiner kriegt es hin, dabei wäre es doch so einfach, und wie plump die meisten versuchen, Steuern zu sparen, und wie toll er ihnen allen auf die Schliche kommt.«

»Und dann?«

»Dann habe ich zwei Kaffee getrunken, um nicht aus Versehen einzuschlafen.«

»Und dann?«

»Hat er gefragt, ob wir noch irgendwohin gehen. Und er hat mir in die Jacke geholfen.«

»Echt?«

»Ja, das war total süß!«

»Das ist ein Pluspunkt, oder nicht?« Svenja klingt insgesamt wenig begeistert, was so gar nicht ihre Art ist.

»Ja, das ist ein Pluspunkt. Aber ich fürchte, das war auch der einzige.«

»Wieso, wie ging es dann weiter?«

»Wir sind in eine Bar gegangen. Und er hat mir ungefragt einen Cocktail bestellt.«

»Was für einen?«

»Keine Ahnung. Er sah eklig aus – blau. Und er hat auch eklig geschmeckt.«

»Vielleicht wollte er dich betrunken machen?«

»Nein. Ich glaube, er wollte einfach gern weiter über sich reden. Das hat er dann auch gemacht.«

»Wieder über seinen Job?«

»Nein, das konnte ich zum Glück verhindern. Ich habe ihn nach seinem Training gefragt, und das ... war ein Fehler.«

»Warum?«

»Weil er dann richtig aufdrehte. Ich weiß jetzt alles, was ich nie wissen wollte. Wie er die Leistung seiner Muskeln Woche für Woche durch anhaltenden Trainingsreiz steigert. Welche Proteinshakes er sich mixt. Wie er seinen Laktat- oder Laktosewert in den Griff bekommen hat, welche Hanteln sich für welche Muskelgruppen eignen, und warum Ausdauersport allein nicht reicht.«

Ich muss gähnen.

»Ja, genau!«, sagt Svenja. »So ging es mir auch! Ich habe dann irgendwann eine Katze erfunden, um da rauszukommen.«

»Eine Katze?«

»Ja, eine Katze mit Diabetes.«

»Was?«

Sie seufzt. »Ich habe eine Katze mit Diabetes zu Hause. Und leider habe ich vorhin beim Füttern vergessen, ihr eine Insulinspritze zu geben. Und die muss sie innerhalb von sechs Stunden bekommen, sonst stirbt sie.«

Ich muss lachen. »Klar. Das ist eine ganz gängige Ausrede, wenn man ein langweiliges Date beenden will.«

»Es war ja kein langweiliges Date. Es war nur so langweilig, was er alles erzählt hat. Er hat mir keine einzige Frage gestellt, den ganzen Abend lang nicht. Und alles, was er erzählt hat, war einfach überhaupt nicht interessant. Wahrscheinlich hast du recht, es war ein langweiliges Date. Aber er war nett. Und er hat mich nach Hause gebracht.«

»Ja klar, er wohnt ja gegenüber.«

»Ja, aber du weißt schon, zur Tür und so.«

»Und so?«

»Er hat mich geküsst zum Abschied.«

»Was? Wieso erzählst du das erst jetzt? Das ist toll! Das ist doch noch ein Pluspunkt oder?«

Svenja schweigt.

»Svenja?«

»Na ja. Er ist jetzt nicht so gut im Küssen.«

»Nein? Wieso?«

»Eigentlich hat er mir nur ganz schnell seine Zunge in den Mund gesteckt und wieder rausgezogen und das dann ein paar Mal wiederholt.«

»Igitt«, entfährt es mir.

»So schlimm war es jetzt auch nicht.«

»Aber es war nicht gut.«

»Definitiv nicht.«

»Das tut mir echt leid. Schade.«

»Vielleicht treffe ich ihn ja noch mal.«

Das überrascht mich jetzt. »Warum? Willst du noch mehr übers Hanteltraining wissen oder wie du deine Steuererklärung machen sollst?«

»Nein, aber … Wenn ich ihn mir jetzt eine Woche nur angucke, dann mag ich ihn sicher wieder, und dann könnten wir noch mal neu starten.«

Das ist totaler Schwachsinn, aber ich glaube, es ist nicht die passende Uhrzeit, um das zu diskutieren. »Lass uns morgen noch mal drüber sprechen, ja?«

»Okay. Schlaf schön, Hanna.«

»Du auch!«

Sieben Stunden später werde ich wieder durch das Klingeln des Telefons geweckt. Das wird sicher nicht zur Regel, mit diesen nervigen Teilen in einem Raum zu schlafen. Jetzt bin ich schon wach, dann kann ich auch drangehen. »Guten Morgen, Hanna, hast du es schon gesehen?«, weckt mich eine vertraute Stimme, die ich aber auf Anhieb nicht zuordnen kann.

»Wer ist denn da?«

»Mein Gott, ich bin's, Iris! Das siehst du doch an der Nummer! Hab ich dich etwa geweckt?«

»Nein, ich war schon wach«, lüge ich und weiß nicht, warum ich das tue.

»Aber noch nicht lange, sonst hättest du es schon gesehen!«, antwortet Iris.

»Was hätte ich schon gesehen?«, frage ich alarmiert.

»Das muss du dir selbst anschauen, am besten gleich.

Friedhelm und ich stehen hier schon seit einer Viertelstunde vorm Haus und schauen es uns an!« O Gott, bitte nicht. Was ist es diesmal? Vielleicht ein Elefant im Vorgarten? Kann man denn hier gar keinen normalen Tag mehr erleben? Einfach einen simplen, langweiligen Sonntag, an dem nichts passiert?

»Ich komme«, seufze ich und lege auf. So schnell es mein verschlafener Zustand zulässt, steige ich in eine Jeans und ein geringeltes Oberteil. Das erinnert mich wieder an Ulli in seiner Zeltunterhose. Seit wann hat Ulli eigentlich einen Platz in meinen Träumen? Ich kann nicht weiter darüber nachdenken, weil ich mich jetzt für den Anblick vor meiner Haustür wappnen muss. Was wird mich dort erwarten? Vermutlich kein Tier, sonst hätte Iris mich gewarnt.

Ich öffne die Haustür und staune. Auf den ersten Blick sehe ich ein großes Loch mitten auf der Straße. Der Asphalt ist aufgebrochen, und man sieht, dass unsere Häuser eigentlich oben auf einer Klippe stehen, denn weiter unten ist ein wunderschöner Fluss zu sehen, an dem zwei Bären sitzen. Iris und Friedhelm zeigen lachend von der anderen Straßenseite auf mich.

»Genau so habe ich auch geguckt!«, ruft Iris. »Das ist nur aufgemalt!« Ich gehe die Treppe runter, ganz nah an das Bild heran. Erst jetzt sehe ich tatsächlich, dass es mit Kreide auf die Straße gemalt wurde. Es sieht so täuschend echt aus, dass man wirklich mehr als zweimal hingucken muss, um es zu erkennen.

»Wer hat das gemalt?«, frage ich über die Straße. Iris und Friedhelm stehen auf der anderen Seite des Lochs, unüberwindbar weit weg, so scheint es.

»Das wissen wir nicht!«

Wer immer es war, er ist gut. Richtig gut. Ich habe das Gefühl, jederzeit zu den Bären hinabsteigen zu können. Ein paar Felsvorsprünge tiefer liegt der Fluss. Ich könnte von hier dort runterspringen und dann noch zwei Sprünge, und ich wäre da. Eine versteckte wunderschöne Landschaft unter unserer Straße. Eine großartige Idee!

»Ich hab den Bären schon gestreichelt!«, ruft Iris und geht dann ganz außen um das Loch herum, um auf meine Seite zu gelangen. Als sie bei mir angekommen ist, schaut sie fasziniert auf das Bild. »Von hier ist es noch schöner!«, ruft sie rüber zu Friedhelm.

Friedhelm fackelt nicht lange und kommt auch, allerdings nimmt er den direkten Weg und latscht einfach mitten durch das Loch. Iris und ich sagen gleichzeitig: »O nein!«

»Du hättest wenigstens von Felsen zu Felsen gehen können!«, rügt ihn Iris, als er auf unserer Seite ankommt.

»Das zerstört die Illusion, wenn du da einfach drüberläufst!«, pflichte ich ihr bei. Ich brauche eine Weile, bis es wieder ein Loch ist und keine bemalte Straße.

»'tschuldigung. Ich wollte nur gucken, ob es hält, wenn ich drüberlaufe.«

Iris und ich lachen. »Das Bild hat keine Signatur«, fällt mir auf.

»Die habe ich auch schon gesucht. Ich denke, das ist so ein Kunstprojekt, bei dem die Künstler einfach wild ihre Kunstwerke auf der Straße präsentieren.«

»Das kann man ja auch schlecht woanders präsentieren als auf der Straße«, wirft Friedhelm ein. Ich weiß gar nicht, wieso er heute so gesprächig ist.

»Wir müssen mal morgen in die Zeitung schauen, vielleicht sind überall in der Stadt solche Bilder auf der Straße!« Iris ist ganz begeistert. Ich denke, dieses Bild ist das einzige, und es ist kein Zufall, dass es ausgerechnet hier vor unserer Haustür gemalt wurde. Wenn ich länger drüber nachdenke, ist es natürlich doch ein Zufall. Mein ganz persönlicher Zufall. Svenja hat einen weiteren Punkt für ihre Liste. Ich halte mich an ihren Rat und genieße das einfach. Iris und ich holen unsere Smartphones und machen ein paar lustige Bilder, bei denen wir auf den Felsen stehen. Es ist erstaunlich, wie echt das aussieht. Die Fotos werden super. Nach und nach kommen auch andere Nachbarn und bestaunen das Kunstwerk. Immer wieder müssen wir die Frage beantworten, wer das Bild gemalt hat. Mein Magen knurrt, und mir fällt ein, dass ich noch kein Frühstück hatte. Ich verabschiede mich von allen und verschwinde in mein Haus.

Ich trödle mich durch den Sonntagvormittag und freue mich, als Svenja mir per SMS mitteilt, dass sie sich gern im Schmittis mit mir treffen würde.

Als ich ankomme, ist Svenja schon da, hat aber noch keinen Tisch ergattern können. »Draußen, oder?« Die Frage stellt sich nicht bei dem herrlichen Wetter. Die Leute stehen schon Schlange, um den nächsten freien Tisch zu bekommen. Leider geht das hier nicht der Reihe nach, sondern eher nach dem Prinzip »Der Schnellste kriegt den Tisch«.

Getrieben von der Angst, am Ende keinen Käsekuchen mehr abzubekommen, positionieren wir uns an zwei verschiedenen Ecken. Ich belauere ungeduldig ein Pärchen. Sie haben schon bezahlt, sitzen aber vor ihren leeren Gläsern und quatschen. Noch ein Tisch könnte bald frei werden. Drei ältere Damen haben längst ihren Kuchen aufgegessen, und eine winkt immer wieder dem Kellner. Sie sehen alle gleich aus, tragen ihre weißen Haare kurz und mit Lockenwicklern in Form gebracht.

Ich freue mich immer, wenn ich mal eine alte Frau sehe, die etwas aus der Norm fällt. Neulich saß eine im Botanischen Garten, durch den ich manchmal laufe. Sie hatte einen Zeichenblock auf den Knien und malte eine der Pflanzen ab. Ihre Haare waren lang, grau und zu einem Zopf gebunden. Lange Haare dürfen in unserer Gesellschaft nur die Jungen haben. Und die sehen genau wie die Älteren dann alle gleich aus. Wenn ich morgens mit dem Fahrrad fahre, kommen sie mir alle entgegen auf dem Weg zum Gymnasium. Alle Mädchen haben lange Haare. In beiden Fällen ist es langweilig. Ich beschließe, eine langhaarige alte Frau zu werden. Aber wer weiß, vielleicht beschließen das jetzt gerade alle in meiner Generation, und in vierzig Jahren sehen wir dann wieder alle gleich aus.

Der Kellner kommt, und die Kurzhaarigen bestellen nicht, wie erhofft, die Rechnung, sondern noch mehr Getränke. Mir bleibt jetzt nichts anderes übrig, als das Pärchen zu hypnotisieren. Svenja taucht neben mir auf.

»Bei mir da hinten geht gar nichts. Alle sind gerade erst gekommen und haben noch nicht mal bestellt. Und wenn das so weitergeht …«, sie zeigt auf drei Stück

Käsekuchen, die gerade an uns vorbeigetragen werden, »... ist der Kuchen gleich aus!« Sie hat recht. Wir müssen uns etwas einfallen lassen.

»Die haben gezahlt, gehen aber einfach nicht.«

»Na, das kriege ich hin!« Svenja setzt ein Siegerlächeln auf und steuert auf den Tisch zu. »Wird hier gleich frei?«, fragt sie. Das Pärchen guckt etwas irritiert, nickt dann aber. »Gut, dann setze ich mich schon mal!«, strahlt Svenja und setzt sich zu dem perplexen Pärchen an den Tisch. »Hanna, komm schnell, hier wird jetzt frei!«, ruft sie theatralisch zu mir herüber. Ich bewege mich auf den Tisch zu, und das Pärchen hat genug. Sie sammeln ihre Pullis und das Handtäschchen ein und verziehen sich. Wir haben unseren Tisch!

»Du bist genial!«, lobe ich meine Freundin.

»Ich weiß!«, seufzt sie. Richtig zufrieden ist sie aber erst, als wir unseren Käsekuchen kriegen. Ich erzähle ihr von dem Loch vor meinem Haus und zeige ihr Bilder. Svenja staunt, und wie ich es schon vermutet hatte, kommt sie mir sofort mit der Liste von ungewöhnlichen Zufällen. »Jetzt gib es endlich zu, dass es so ist«, fordert sie und bekräftigt diesen Satz, indem sie ihre Kuchengabel wie eine Waffe auf mich richtet.

Bevor ich von drei kleinen Zinken aufgespießt werde, sage ich schnell: »Ja, ich gebe zu, langsam sind es tatsächlich sehr viele ungewöhnliche Zufälle.«

»Ist noch etwas passiert?«, fragt Svenja nach.

»Ja, nein. Vielleicht.«

Ihre Augen funkeln. »Erzähl schon!« Ich hole etwas aus und erzähle erst einmal von dem schwierigen Gespräch mit Sebastian und wie wir dann zusammen Püttje gefüttert haben. »Püttje, wie süß, wie sieht er denn aus?«

»Das kann man nur vermuten«, sage ich.

»Und was vermutest du?«

Ich muss nicht lange überlegen. Ich weiß genau, wie Püttje aussieht. »Er ist etwa so groß.« Ich deute mit meiner Hand die Größe einer Katze an. »Er hat große watschelige Füße, ein bisschen wie eine Ente, und einen ganz dicken Bauch, kaum Beine.« Svenja nickt, und ich kann sehen, wie sie ihn sich vorstellt. »Sein Gesicht ist freundlich, und er hat keine Haare, deshalb trägt er immer einen blaugrauen Schlafanzug mit Kapuze.« »Damit er nicht am Kopf friert?«

»Genau.«

»Kluger Troll, man verliert am meisten Körperwärme über den Kopf.« Svenja isst ihr letztes Stück Kuchen. »Und Sebastian hat das mitgemacht, das Trollfüttern?«

»Ja, sogar gern.«

»Ihr seid ja niedlich. Was frisst Püttje denn?«

»Gänseblümchen. Die haben wir ihm auf einen Teller gelegt. Früher hat die immer Maja für uns entsorgt, und als ich sie morgens wegnehmen wollte, waren sie nicht mehr da.«

»Dann hat Sebastian sie weggetan«, sagt Svenja ungerührt.

»Nein, ich habe ihn gefragt. Er sagt, er war es nicht.«

Svenja schaut mich mit großen Augen an und pustet sich eine Ponysträhne aus der Stirn. »Dann … war es vielleicht eine Maus?«

»Eine Maus, die Gänseblümchen frisst?«

»Dann ein Kaninchen?«

»In meiner Küche? Ein Kaninchen?!«

»Ja, aber wer hat sie dann weggetan?«

Ich grinse und sage: »Püttje!«

»Das ist spooky!«, antwortet Svenja. Ich will sie gerade damit aufziehen, das bei ihr immer sofort alles spooky ist, als sie mir ins Wort fällt. »Es passt nicht in deine Liste mit ungewöhnlichen Zufällen. Alle Zufälle sind bisher zwar ungewöhnlich, aber nicht ausgeschlossen.«

»Das heißt?«, frage ich nach.

»Es sind keine übernatürlichen Phänomene«, erklärt Svenja. »Es kann passieren, dass es nur in einem ganz kleinen Gebiet hagelt, und das war ausgerechnet dein Garten. Es kann passieren, dass ein Schwarm seltener Glühwürmchen plötzlich im Sommer auftaucht. Auch das war ausgerechnet in deinem Garten.«

»Das Mineralwasser in den Leitungen?«, frage ich nach.

»Das ist sehr ungewöhnlich, aber das würde ich auch nicht als übernatürliches Phänomen einordnen. Spooky ja, aber nicht übernatürlich.«

Ich nicke zögernd und bin etwas verwirrt von Svenjas Definition von »spooky«. »Aber gerade eben hast du gesagt, dass Püttje tatsächlich nachts die Gänseblümchen gefressen hat – *das* sei spooky. Aber das ist doch eher übernatürlich.«

»Absolut, *das* ist anders spooky – eben ein übernatürliches Phänomen, das nicht in die Liste passt.«

»Du verwendest spooky einfach für alles, richtig?«

Sie lächelt. »Ja, ich mag das Wort!«

»Wenn ich also jetzt einen echten Troll in meiner Küche habe, der nachts das Futter frisst, das ich ihm hingestellt habe, dann hat das nichts mit den anderen ungewöhnlichen Zufällen zu tun?«

»Genau, so habe ich das gemeint!« Svenja klopft mir zufrieden auf die Schulter.

Mir fällt etwas ein: »In Island wäre das ganz normal. Wusstest du, dass es in Reykjavik sogar einen Elfenbeauftragten gibt?«

»Du spinnst!«

»Nein, den gibt es wirklich! Wenn in Island eine Straße geplant wird, dann muss der Elfenbeauftragte vorher die Strecke freigeben, damit keine Wohnplätze zubetoniert werden, in denen Elfen hausen.«

»Und was, wenn dort Elfen hausen?«

»Dann wird die Straße drumherum gebaut.«

»Woher weißt du das?«, will Svenja wissen.

»Das habe ich mal gelesen. Hat mich sehr interessiert, weil ich ja selbst lange an Fabelwesen in unserem Haus geglaubt habe. Und mir gefällt die Vorstellung, dass es wirklich einen Püttje gibt. Nach all den Jahren.«

»Mir wäre das unheimlich.«

»Jetzt rede mir nichts ein. Ich habe mit den ungewöhnlichen Zufällen schon genug Probleme!«

Svenja hebt den Zeigefinger: »Das einzige Problem, das du hast, Hanna – du brauchst dringend ein Date.«

»Das habe ich schon mal irgendwo gehört«, seufze ich.

»Und ich auch!« Jetzt seufzt auch Svenja. »Ich glaube, das wird nichts mehr mit Jochen. Der ist ganz nett anzugucken, aber im echten Leben hat er sich nicht bewährt.«

Ich muss kichern. »Im echten Leben hat er sich nicht bewährt?«, wiederhole ich.

»Nein, hat er nicht«, bestätigt Svenja.

»Also, wo bekommen wir beide ein Date her?«, frage ich.

Sie schaut mich erstaunt an. »Du bist dabei?«

Ich denke an Majas Brief und nicke feierlich. »Ich bin dabei!«

Svenja küsst mich übermütig auf die Wange und hat sofort einen Plan. Dabei legt sie so ein Tempo vor, dass ich am liebsten einen Rückzieher machen würde. »Plan eins: Wir suchen uns einen auf meiner Station aus. Da kommt jeden Tag frisches Fleisch rein. Du begleitest mich einfach und suchst dir einen aus – und ich auch. Mit der Krankenschwesternummer kriegen wir jeden rum. Männer stehen da drauf.«

Ich hebe abwehrend die Hände. »Erstens bin ich keine Krankenschwester ...«

»Das merkt doch keiner!«

»... und zweitens hatte ich mir das etwas anders vorgestellt.«

»Kein Problem, dafür habe ich Plan zwei, wenn dir Plan eins nicht gefällt.«

»Kann ich vor Plan zwei noch einen Kaffee bestellen?« Ich trinke sonst nie zwei Tassen Kaffee, aber gerade habe ich das Gefühl, ich könnte eine zweite gebrauchen.

Ich schaue mich nach dem Kellner um, aber Svenja kann nicht warten und redet einfach weiter: »Plan zwei ist der Klassiker, wir gehen zu einem Speed-Dating.«

Ich vergesse sofort, dass ich noch einen zweiten Kaffee wollte. »Speed-Dating? Svenja, das ist ja wohl nicht dein Ernst!«

»Wieso, es ist die schnellste Art, Leute kennenzulernen! Ich wollte das immer schon mal machen!«

»Ich nicht.« Svenja schaut mich enttäuscht an. »Ich kann mir einfach nicht vorstellen, zehn fremden Männern innerhalb von ein paar Minuten mein Leben zu erzählen!«, versuche ich zu erklären.

»Musst du doch auch gar nicht. Du sagst: ›Hallo, ich bin Hanna, vierzig Jahre alt, von Beruf Grundschullehrerin‹, und alles andere lässt du weg, vor allem Püttje!« Sie grinst mich an. »Komm, das wird lustig!«

Mir wird ganz heiß. Ich bastle meine Haare mit einem Haargummi nach oben und sage: »Svenja, ich weiß nicht. Ich glaube nicht, dass Maja sich das so vorgestellt hat. Die große Liebe, die sollte man zufällig kennenlernen, an einer Bushaltestelle oder im Kino oder bei einem Spaziergang durch den Park, verstehst du, was ich meine?«

Svenjas Euphorie fällt in sich zusammen. »Ich weiß ganz genau, was du meinst«, sagt sie leise. »Die große Liebe …« Sie seufzt. »… die sollte man unter schönen oder lustigen Umständen kennenlernen, so dass man später immer die Geschichte erzählen kann, Freunden und seinen Kindern. Man sagt dann: ›Weißt du noch …‹, oder: ›Als ich deinen Vater kennenlernte, wollte ich gerade einen Weihnachtsbaum kaufen …‹ Für dich ist das einfach, Hanna, dir kann dir große Liebe tatsächlich im Park begegnen oder an der Bushaltestelle.«

»Oder beim Weihnachtsbaumkaufen nächste Woche«, scherze ich, aber Svenja bleibt ernst.

»Du hast eine Garantie! Und du begreifst überhaupt nicht, wie großartig das ist. Ich weiß nicht mal, ob es für mich eine große Liebe gibt, ob es mir bestimmt ist, den einen, den Mann fürs Leben zu finden, mit dem man seine Lieblingsserie guckt und der genau wie ich Lakritze liebt und mit dem ich zusammen eine Katze aus dem Tierheim hole. Eine mit Diabetes.« Jetzt lächelt sie immerhin ein kleines Lächeln.

»Ich glaube, dass es für jeden die gleichen Chancen gibt, seine große Liebe zu finden, Svenja. Wenn man es nämlich genau nimmt, war Klaus definitiv nicht Majas große Liebe. Irgendwie schon, aber sie leider nicht seine. Und wenn ich das so betrachte … Ich weiß nicht, ob ich überhaupt den Mann fürs Leben möchte. Und wenn das für dich so wichtig ist, dann wirst du ihn auch finden, ganz bestimmt!«

Das war jetzt alles etwas konfus, deshalb schaue ich Svenja in die Augen, um zu sehen, ob meine Botschaft angekommen ist. »Du hast genauso gute Chancen, ihn an der nächsten Ecke zu finden, wie ich!«, sage ich noch einmal mit Nachdruck.

»Meinst du?«, fragt sie hoffnungsvoll. »Und ich muss nicht erst zehn Kilo abnehmen?« Sie schaut betroffen auf ihren leeren Kuchenteller.

»Im Gegenteil, meine Süße! Ich finde, wir sollten noch ein Stück …« Der Rest des Satzes wird schlagartig unwichtig.

»Hanna?«

Ich beuge mich zu Svenja vor und zische: »Da hinten, drei Tische weiter, sitzt der Typ aus dem Bus!«

»Welcher Typ aus dem Bus?«, fragt sie laut.

»Pssscht!«, zische ich sie an. »Der Typ, der neben mir saß, als ich die peinliche Fahrt mit dem Dildo hatte!«

»Wo?«, will sie wissen und reckt den Hals.

»Nicht so auffällig hingucken! Der Dunkelhaarige in der Jeansjacke.«

Svenja kratzt sich am Hals und verdreht dabei die Augen zur Seite, um ihn zu sehen. »Hammer! Der sieht ja gut aus!«

Sie hat absolut recht. Mir bricht der Schweiß aus. »Können wir schnell zahlen und gehen, bevor er mich sieht? Mach dich mal größer, bitte, damit du mich verdeckst!«

»Spinnst du, er soll dich doch sehen! Wir gehen jetzt ganz sicher nicht! Das ist doch kein Zufall, dass der hier sitzt, gerade wenn du über die große Liebe redest! Hanna!«

O nein, jetzt hat Svenja Blut geleckt. Gleich wird sie vorschlagen, ich soll rübergehen und mich an seinen Tisch setzen.

»Los, geh hin und sag hallo!«

Ich wusste es. »Ich soll hallo sagen, ja? Und was, wenn er sich nicht an mich erinnert? Dann sage ich: ›Weißt du nicht mehr, ich bin die Dildofrau – mit dem fetten Grünen, erinnerst du dich?‹«

»Natürlich erinnert der sich an dich!«

»Ja, an mich und den Dildo!«, zische ich. »Das ist megapeinlich! Er sieht super aus, und er war auch echt nett, aber ich kann ihn leider nie wieder treffen, Svenja!«, sage ich so eindringlich, wie ich kann.

Sie denkt nach. »Okay, das verstehe ich. Dann musst du ihn neu kennenlernen. Du tarnst dich, und dann stolperst du vor seinem Tisch, und er fängt dich auf. Du setzt dich zu ihm, und ihr kommt ins Gespräch ...«

»Jaja, und nächstes Jahr bin ich von ihm schwanger mit Zwillingen. Klar.«

»Oh, das wäre süß! Wie nennt ihr sie?« Svenja ist total entzückt und merkt gar nicht, dass ich das ironisch gemeint habe.

»Ach du Scheiße!«, sage ich. »Er kommt hier rüber!«

»Was?« Svenja will sich schwungvoll umdrehen, aber ich kann sie gerade noch stoppen, und so hampelt sie ziemlich unkontrolliert auf ihrem Stuhl rum, während ich versuche, mich mit der winzigen Getränkekarte abzuschirmen. Man sollte einfach niemals in Cafés gehen, bei denen die Karte keine ordentliche Größe hat. Ich meine hinter DIN-A5-Karten kann sich niemand wirklich verstecken, und es sieht auch dämlich aus, wenn man sich die so vor das Gesicht hält.

»Entschuldige, bist du nicht die schöne Frau aus dem Bus?«, sagt eine männliche Stimme plötzlich links neben mir. Ich lasse die Karte sinken und schau ihn an. Er sieht so gut aus, dass ich sofort rot werde. Die schöne Frau aus dem Bus. Das klingt so romantisch. Ich bekomme keinen Satz raus, darum nicke ich nur. Er ruft nach hinten zu seinem Tisch: *»Estelle, viens vite, c'est la femme dont je viens de te parler!«* Ich verstehe so viel Französisch, dass ich mitkriege, dass eine Estelle schnell kommen soll. Estelle kommt auch tatsächlich *très vite.* Sie ist eine zierliche, wunderschöne Frau mit glänzenden dunklen Haaren, die perfekt geschnitten sind. Kurz, frech, außerdem ist sie perfekt geschminkt. Sie trägt lässige weibliche Klamotten und High Heels, in denen sie vermutlich trotzdem noch kleiner ist als ich, und sie ist so dünn, dass sie dreimal in meine Hose passen würde. Was soll das jetzt, warum steht sie an unserem Tisch?

»Chérie, c'est elle!«, sagt meine Busbekanntschaft und zeigt auf mich.

»Mon dieu, je rêve! La fille du sextoy!«, piepst sie. Hat sie gerade gesagt »das Mädchen mit dem Sexspielzeug«? Ich muss sterben.

»Sie hat mir die Geschichte nicht geglaubt!«

»Bonjour, Estelle«, stellt sie sich fröhlich vor, beugt sich zu mir herunter und küsst mich links und rechts auf die Wange.

Völlig überfordert bringe ich nur ein »Hanna« heraus und füge viel zu spät noch ein genuscheltes *»Bonjour«* an.

»Estelle ist Französin«, sagt er überflüssigerweise. Sie begrüßt jetzt auch Svenja, und die schafft es, auf Französisch zu antworten. Estelle entschuldigt sich, dass sie einfach so zu uns an den Tisch gekommen sind.

»Wollt ihr euch setzen?«, fragt Svenja auf Deutsch. Beide winken ab.

»Kannst du ihr bestätigen, dass du echt mit einem großen grünen … Ding auf dem Schoß Bus gefahren bist? Sie hat es mir einfach nicht geglaubt.« Er sagt zwar Ding, aber trotzdem hat allein der Auftritt der schönen Französin die Aufmerksamkeit der Nebentische geweckt. Sie schaut mich gespannt an. Alle schauen mich gespannt an. Ich überlege, ob es hilft, wenn ich jetzt von Hermine Noppel erzähle, entscheide mich dann aber dagegen und nicke einfach. Estelle lacht sich kaputt, klatscht in die Hände und fasst mich dann an der Schulter an, als hätte ich Großartiges geleistet.

Dann entschuldigt sie sich noch viermal, küsst mich und Svenja zum Abschied und entschwindet am Arm meiner gutaussehenden Busbekanntschaft lachend die Straße runter.

Svenja schaut mich an und sagt: »Siehst du, so einfach findet man die große Liebe nämlich nicht!«

Regenbogen aus dem Gartenschlauch

Es hat die ganze Woche nicht geregnet, und so können Liz und Sophie noch das Bild von dem Fluss und den Bären vor meinem Haus bewundern. Jule und ich bleiben bei ihnen, während sie die Bären mit Blättern füttern und von Felsen zu Felsen hüpfen.

»Und es hat sich nie jemand gemeldet, der es gemalt hat?«, fragt Jule.

»Nein.«

»Dann ist das ein weiterer seltsamer Zufall?«

»Vermutlich.« Ich schaue meine Schwägerin von der Seite an. Wir sitzen auf den Treppenstufen vor meinem Haus und schauen den spielenden Mädchen zu. Sebastian ist vor einer Weile ins Haus gegangen. Mit etwas Glück kocht er schon Kaffee. »Was hältst du denn von Majas Brief? Sebastian hat es dir doch erzählt, oder?«

Jule nickt, dann sagt sie vorsichtig: »Ich weiß es nicht. Mir kommt das ziemlich unwahrscheinlich vor. Aber wer weiß, würde ich so einen Brief von meiner Mutter bekommen, würde ich es vielleicht auch glauben.« Sie sieht mich unsicher an.

»Ich weiß auch nicht, ob ich es glaube, aber ich habe fast das Gefühl, je weniger ich glaube, desto mehr passiert. Als würden mich die Zufälle vom Gegenteil überzeugen wollen.«

»Es ist schon auffällig, das stimmt«, gibt Jule zu. Ich würde ihr gern von Sebastian erzählen. Dass er traurig war, weil es für ihn keinen Brief gibt, und wie er sich gefühlt hat, als wir noch klein waren, aber ich weiß nicht, wie viel Sebastian ihr erzählt hat, und es kommt mir falsch vor, Jule davon zu berichten, wenn er es nicht getan hat.

»Du weißt, dass du eine ganz tolle Tante bist?«, sagt sie ohne Vorwarnung. Ich schaue sie fragend an. »Du bist, gerade weil du keine eigenen Kinder hast, so eine tolle Tante. Ich meine, du kannst super mit Kindern umgehen, kein Wunder als Grundschullehrerin. Aber wenn du eigene Kinder hättest, wärst du nicht mehr so wild drauf, mit den beiden zu spielen.« Ich weiß immer noch nicht, worauf sie hinauswill. Jule merkt das und redet deshalb weiter. »Ich mag dich genau so, wie du bist, Hanna. Du bist gut so. Genau so. Du musst dein Leben nicht ändern.« Ich bin total überrascht von ihren Sätzen. Bevor ich antworten kann, schreit mein Bruder aus dem Küchenfenster: »Kaffee! Kakao! Alle großen und kleinen Mädchen reinkommen!«

Es wie immer schön, mit den Vieren zu frühstücken, auch wenn eigentlich nur zwei von ihnen am Tisch sitzen. Die Mädchen flitzen durch den Garten, Jule und ich reden, Sebastian stapelt hingebungsvoll Schinken. Ich habe ihm heute einen eigenen Schinkenteller gemacht, und er nimmt ihn wortlos an. Sein Dank ist ein besonders kunstvoll gestapeltes Schinkenbrötchen, das er mir präsentiert, bevor er reinbeißt. Allerdings reden wir kaum miteinander. Die Offenbarung seiner Gefühle über unsere kleine Familie, als wir Kinder waren, liegt jetzt zwischen uns wie ein tiefer, schwarzer Wald. Wir haben beide weder Karte noch Kompass, um ihn zu durchqueren, also irrt jeder so vor sich hin.

»Warum ist der Baum da angezogen?«, fragt Liz. Ich ziehe sie sofort zu mir auf den Schoß. Die süße kleine Schnute muss ich einfach immer knuddeln. Sophie kommt auch angelaufen. Sie will nicht kuscheln, sie will eine Antwort auf die Baumfrage.

»Ich zeig ihn dir, der steht da drüben!« Sie zieht energisch an mir. Ich setze Liz ab, und wir folgen Sophie zum Pflaumenbaum. Der hat inzwischen nicht nur einen Astwärmer. Sein ganzer Stamm ist in einen bunten Häkelschal eingewickelt. Es sieht lustig aus. Ich hatte das noch gar nicht bemerkt.

»Das war Gerda, die Frau, die in meinem Wohnwagen wohnt.«

»Der Strickjackengeist?«, fragt Sophie.

»Eine Frau kann kein Geist sein!«, sagt Liz aus voller Überzeugung.

»Wohl geht das!«, antwortet Sophie wütend.

»Sie ist aber kein Geist«, unterbreche ich die beiden, bevor es Streit gibt. »Sie ist eine ganz normale, liebe Frau. Ihren Wohnwagen habt ihr doch das letzte Mal schon gesehen. Ihr habt euch aus den schönen Kissen ein Nest gebaut, wisst ihr noch?«

Die Mädchen nicken. »Können wir rübergehen und in dem Wohnwagen spielen?«, fragt Liz.

»Ja! Wir besuchen Gerda!«, ruft Sophie begeistert.

Ich weiß nicht, ob ich das für eine gute Idee halte. Irgendwie ist Gerda für mich immer noch eher eine Märchenfigur als eine echte Person, zu der man seine Nichten gehen lässt.

»Wir fragen Mama und Papa, und wenn sie ja sagen, gehe ich mit!«, wälze ich die Entscheidung ab.

Das ist das Herrliche daran, Tante zu sein, man kann jederzeit auf die Eltern zurückgreifen. Die Eltern sind dann auch einverstanden, obwohl ich Sebastian ansehe, dass es ihm nicht so hundertprozentig recht ist. Er hat aber genau wie ich keine echten Argumente dagegen. Es fühlt sich einfach ein bisschen wie Verrat an, dass Gerda diesen Deal mit Maja hatte, von dem wir beide nichts wussten. Mir zumindest geht es so. Wir gehen alle zusammen rüber.

»Vielleicht ist sie ja gar nicht da«, sage ich. Fast hoffe ich, dass es so ist. Wir passieren die Mauer und hören schon Musik. Heute sind offensichtlich wieder Schlager dran. »Der Junge mit der Mundharmonika« schallt uns entgegen. Ich ahne schon, dass ich hier nicht ohne einen Ohrwurm wieder rauskomme. Gerda sitzt in ihrem Gartenstuhl und, wie sollte es anders sein, häkelt.

»Ach, das ist ja eine nette Überraschung!«, sagt sie, als sie uns alle sieht. Sie steht so schnell auf, wie es ihre Wolle zulässt. Ich stelle meine Familie vor, und sie schüttelt allen die Hand und stellt sich selbst als Gerda vor. »Und du bist Sebastian! Von dir hat Maja viel erzählt!«

»Ja?«, fragt mein Bruder und wird ein kleines bisschen rot vor Freude.

»Und ob! Sie hat gar nicht mehr aufgehört, von dir

zu schwärmen! Und zwei Kinder hast du, wie schön! Sie ahnte, dass du und deine liebe Frau welche bekommen!«

Wieder fragt Sebastian: »Ja?« Er freut sich, das alles zu hören.

»Warum hast du keine Strickjacke an?«, unterbricht Liz und baut sich, die Hände in die Seiten gestemmt, vor Gerda auf.

»Weil es heute ganz warm ist, kleine Maus!« Sie stupst Liz auf ihre kleine Nase, und die kichert. »Wollt ihr mal meinen Wohnwagen anschauen?«, fragt sie die Mädchen.

»Da waren wir schon beim letzten Mal drin!«, erzählt Sophie freimütig. Jule und ich werfen uns Blicke zu. Wir hätten die Kinder vielleicht briefen sollen.

»Ja, wir haben Häschen gespielt mit deinen Kissen. Du hast ganz viele Kissen, und Mama und Papa und Hanna haben eine Flasche Wein getrunken aus deinem Kühlschrank, und es hat geregnet, sehr doll!«, ergänzt Liz aufgeregt.

»Du hast die Kekse vergessen, Liz«, sagt Sebastian. »Wir haben nicht nur Ihren Wein leer getrunken, sondern auch noch Ihre Kekse gegessen. Jetzt wissen Sie alles!«

Gerda schaut erst ihn an, dann die Mädchen und dann mich. Schließlich lacht sie schallend. »Ihr seid ja eine herrliche Bande! Ich habe neue Kekse und auch neuen Wein, wenn einer möchte. Rein mit euch!« Sie öffnet den Kindern die Tür.

»Die ist ja nett!«, raunt mir Jule zu. Wir lehnen freundlich den Wein ab, den sie uns anbietet. Wir einigen uns auf Wasser. Die Kinder spielen im Wohnwagen, und wir nehmen Platz um den Campingtisch.

»Ach, entschuldigt diese Musik.« Gerda steht noch einmal auf und wechselt den Sender in ihrem Radio, das am hochgeklappten Fenster des Wohnwagens hängt. »Ich habe eine Schwäche für Schlager!« Sie findet einen Sender, der klassische Musik spielt. Heute kann ich den Komponisten nicht ausmachen. »Die Papageien kommen nur bei klassischer Musik, sie mögen keine Schlager!« Kluge Tiere, denke ich.

»Kluge Tiere«, sagt Sebastian.

Jule knufft ihn in die Rippen. »Das ist unhöflich!«, zischt sie.

»Aber wahr«, sagt Sebastian.

Gerda lächelt ihn an. »Und Sie sind Architekt? Erinnere ich mich richtig?«

Sebastian bejaht das und sagt: »Sie dürfen mich ruhig weiter duzen.«

»Architekten duzt man nicht«, scherzt Gerda. »Wenn, dann aber gegenseitig!« Sebastian erzählt von seinem Architekturbüro und von Jule, die sich, sooft sie kann, einbringt. Gerda hört gut zu und lobt an jeder Ecke. Ich merke, wie ich mich nach und nach entspanne. Es tut mir gut, mit meinen Liebsten hier bei Gerda zu sitzen. Nach einer Weile stellt Sebastian die Fragen, die ich mich noch nicht zu fragen getraut hatte.

»Wie hat Maja dich damals kontaktiert?«

»Übers Internet. Sie hatte meine E-Mail-Adresse aus einem alten Verteiler von unserem letzten Klassentreffen ausgegraben. Das war aber schon eine ganze Weile her.«

»Habt ihr euch damals dort getroffen?«, will ich wissen.

»Ja, haben wir. Und wir haben fast den ganzen Abend geredet. Sie zeigte mir Fotos von euch. Ich war sehr beeindruckt, wie sie das alles hinbekommen hat. So erfolgreich im Beruf und alleinerziehend mit zwei Kindern.«

»Wie ging es danach weiter?«, fragt Jule. »Seid ihr in Kontakt geblieben?«

»Zuerst noch, aber das schlief dann relativ schnell wieder ein. Wir hatten beide viel zu tun, waren voll berufstätig. Irgendwann war jede wieder so von ihrem Leben in Beschlag genommen, dass der Kontakt wieder einschlief.«

»Und wann hat Maja dich dann wieder kontaktiert?«

»Das war vor zehn Jahren, relativ kurz vor ihrem Tod.«

Wir schweigen alle. Das Wort Tod schnürt uns die Kehle zu. Man hört Liz' und Sophies fröhliche Stimmen aus dem Wohnwagen, die klassische Musik und Vogelgezwitscher. Das alles passt nicht zu Gerdas Bericht.

»Es ging ihr schon sehr schlecht, als ich kam. Wir wussten, wir haben nicht viel Zeit. Ich versprach ihr, dir den Brief zu übergeben, in zehn Jahren, wenn du vierzig bist.«

Ich bin nicht sicher, ob meine Stimme hält, aber ich frage trotzdem noch einmal nach: »Warum erst mit vierzig?«

Gerda zuckt mit den Achseln. »Das habe ich sie nicht gefragt.«

»Warum warst du nicht auf ihrer Beerdigung?«, will Sebastian wissen.

»Ich war da«, sagt sie leise. »Ganz hinten. Ihr konntet

mich nicht bemerken. Ich habe es nicht geschafft, euch die Hände zu schütteln und euch in die Augen zu sehen. Ich durfte ja von dem Brief nichts verraten. Maja hatte mir ganz genaue Anweisungen gegeben, und ich hielt mich daran. Es war ihr letzter Wunsch. Ich hatte es ihr versprochen. Es hat mich so schockiert. Das letzte Mal, als ich sie gesehen hatte, war sie mitten im Leben und dann …«

Ich muss aufstehen und gehen. Jule will mir folgen, aber Sebastian hält sie glücklicherweise zurück. Er weiß, dass ich jetzt kurz allein sein muss. Ich laufe blind durch den Garten bis zu meiner Schaukel. Ich schaukle, ohne auf eine optimale Schaukelhöhe zu achten. Ich schaukle, ohne die Gedanken zu ordnen und ohne irgendetwas von meiner Umgebung wahrzunehmen. So lange, bis keine neuen Tränen mehr kommen. Ganz langsam lasse ich die Schaukel ausschwingen.

Heute springe ich nicht ab, sondern bleibe kraftlos auf dem Schaukelbrett sitzen. Jemand fasst von hinten ganz vorsichtig in meine Haare. Ich drehe mich nicht um. Erst werde ich eine Weile sanft gestreichelt. Dann teilt jemand meine Haare in drei Teile und fängt an, einen Zopf zu flechten.

»Ich mach dich ganz schön«, sagt Sophie. Der Klang der Kinderstimme zusammen mit der zarten Berührung lässt neue Tränen fließen. »Hat deine Mama dir früher auch einen Zopf geflochten?«, fragt sie hinter mir. Ich kann nur nicken. »Meine auch«, sagt sie. Ich halte still, bis Sophie fertig ist mit meinem geflochtenen Zopf. Weil sie keinen Haargummi hat, um ihn zuzubinden, hält sie das Ende fest und kommt um die Schaukel herumgelaufen. »Ich kann das jetzt für dich machen, wenn du willst«, schlägt sie leise vor.

»Das wäre wunderbar«, flüstere ich und gebe ihr einen Haargummi, den ich immer um mein Handgelenk trage. Sie nimmt ihn und bindet ihn geschickt um mein Zopfende. Dann drapiert sie den Zopf über meine Schulter. Ich wische mir die Tränen von den Wangen. Sie zupft mir vorn noch eine Haarsträhne heraus.

»Jetzt siehst du ganz doll schön aus! Wie eine Fee.«

»Wie eine verheulte Fee«, schniefe ich. Dann schaffe ich ein Lächeln. »Danke!«, sage ich zu meiner Nichte und nehme sie kurz fest in den Arm. »Weißt du, was ich jetzt brauche?«, frage ich sie. Sie schüttelt den Kopf. »Einen Regenbogen!«

Sophie strahlt. »Einen zum Anfassen? Aus dem Gartenschlauch?«

»Ganz genau so einen, komm!« Hand in Hand gehen wir meinen Gartenschlauch holen.

Sophie rollt ihn ab, und als sie weit genug von der Terrasse entfernt ist, brüllt sie: »Wasser marsch!« Ich drehe den Hahn auf und bin fast enttäuscht, als ganz normales Wasser aus dem Schlauch spritzt. Ich hatte heimlich mit Kakao oder Limonade gerechnet, aber ich habe keine Zeit, weiter über ungewöhnliche Zufälle nachzudenken. Sophie dreht und schwenkt den Schlauch wild hin und her bei dem Versuch, einen Regenbogen zu sehen. Ich nehme ihr den Schlauch aus der Hand.

»Stell du dich da drüben hin, und sag mir Bescheid, wenn du ihn siehst.« Sie ist einverstanden. Ich stelle die Düse so ein, dass das Wasser nicht in einem Strahl herauskommt, sondern fein versprüht wird, wie ein Wassernebel. Dann halte ich den Wassernebel gegen die Sonne.

»Da! Ich sehe ihn, aber nur halb!«, ruft Sophie.

Ich halte den Schlauch vorsichtig höher und tiefer. »So besser?«, frage ich.

»Nein! Dreh dich mal!«, fordert Sophie. Ich tue, was sie sagt, und verändere damit den Winkel zur Sonne. »Stopp, ein Stück zurück!«, ruft Sophie viel lauter, als notwendig wäre. Ich bewege mich langsam zurück, bis sie wieder »Stopp« sagt. »Jetzt ist er perfekt!« Ich wünschte, ich hätte einen Giraffenhals, dann könnte ich den Regenbogen auch aus meiner stehenden Position gut sehen. So sehe ich ihn zwar auch, aber nicht so gut. »Ich fasse ihn jetzt an!«, beschließt Sophie und nähert sich dem Wassernebel.

»Siehst du ihn noch?«, frage ich, als sie direkt davorsteht.

»Ja, nicht mehr ganz, aber die Farben Blau und Lila«. Sie streckt ihre Hand aus und taucht ihre Finger in den Wassernebel. »Es funktioniert!«, flüstert sie andächtig. Auch ich strecke meine Hand aus und versuche, die bunten Farben zu berühren, während ich weiterhin den Schlauch im richtigen Winkel halte. Es gelingt mir mit etwas Mühe. Wir werden ziemlich nass vom Regenbogenanfassen. Sophie hält den Schlauch für mich, damit ich ihn einmal richtig sehen kann. Es ist faszinierend. Ein selbstgemachter Regenbogen. Das muss ich unbedingt mal mit den Kindern aus meiner Klasse machen. Liz kommt angelaufen und will natürlich auch den Regenbogen anfassen.

Bald begnügen sich die Mädchen nicht mehr damit,

die Farben in den Wassertropfen mit den Händen zu berühren, sie rennen komplett durch den Wassernebel und sind in kürzester Zeit klitschnass. Sebastian übernimmt für mich das Schlauchhalten, und ich gehe ins Haus, um mich umzuziehen und trockene T-Shirts für meine Nichten zu holen. Als ich umgezogen bin, höre ich lautes Lachen und Geschrei aus dem Garten. Ich laufe in Majas Zimmer, weil man von dort den besten Blick hat. Jule hält den Gartenschlauch, und mein Bruder trägt beide Mädchen durch den Regenbogen. Alle vier kreischen und lachen, und ich muss oben am Fenster mitlachen.

Ich wünschte, du wärst jetzt dabei, sage ich zu Maja in Gedanken. Bin ich doch, kommt sofort ihre Antwort. Jaja, seufze ich innerlich. Aber das ist nicht das Gleiche und manchmal eben einfach nicht genug. Fast fluchtartig verlasse ich ihr Zimmer.

Unten verteile ich T-Shirts an die Mädchen, die für sie schöne große Kleider sind. Sebastian halte ich im Scherz eine Bluse von mir mit kleinen, pinkfarbenen Blumen hin. Er hat plötzlich unglaublich gute Laune, zieht seine nassen Klamotten aus und tatsächlich meine Bluse an. Er lässt sie offen und trippelt dann wie ein Balletttänzer hin und her. Er pflückt sogar eine Blume und steckt sie sich hinters Ohr. »Was ist denn mit ihm los?«, frage ich Jule überrascht.

»Gerda hat ihm irgendwie gutgetan. Sie hat noch ganz viel von Maja erzählt, was sie über Sebastian gesagt hat damals. Das macht ihn glücklich.« Wir gucken beide auf meinen geblümten Bruder, der jetzt so etwas wie einen Elfentanz aufführt.

»Ihr macht ihn glücklich«, sage ich zu Jule. Und weil ich gerade schon dabei bin, schöne Dinge zu sagen, solche Dinge, die man sich in der Familie viel zu selten sagt, füge ich noch hinzu: »Ihr habt eine ganz besondere Tochter!« Ich weiß, dass sie jetzt automatisch an Liz denkt – Liz, die kleine zuckersüße Person, die für ihre fünf Jahre viel zu clever ist. »Ich meine Sophie.«

Jule schaut mich überrascht an. Ihre Überraschung tut fast weh. Ist das eigentlich immer so unter Geschwistern? Wird man immer aufgeteilt in bestimmte Gruppen? Der eine ist der Strahlende und der andere nicht? Der eine ist der Kluge, der andere der Empfindsame? Kleben unsere Geschwister ein Leben lang an uns wie ein Fluch, den man mitbekommt, sobald man auf der Welt ist? Und geht das immer so weiter, sogar wenn unsere Eltern längst tot sind? Muss Sebastian jetzt sein Leben lang der vernünftige große Bruder sein, bei dem es läuft? Und ich, ich bin ein Leben lang die kleine Schwester, die eben nicht alles so schnell auf die Reihe kriegt und bei der man aufpassen muss, dass man ihr ja den richtigen Kuchen zum Geburtstag backt?

»Sophie ist ein sehr empathisches, tolles Mädchen«, sage ich. Es klingt seltsam, weil ich es so wütend betone.

»Das weiß ich«, sagt Jule schnell, weil ich es wie eine Anschuldigung herausgebracht habe. Ich habe das Gefühl, es erklären zu müssen: »Ich denke, sie verschwindet manchmal zu sehr hinter der süßen kleinen Schwester.«

Sebastian ist fertig mit seinem Elfentanz und verbeugt sich. Artig applaudieren wir. »Ich war so gut, dass du weinst?«, fragt er beschwingt, als er sieht, wie sich Jule verstohlen an den Augen herumtupft.

»Bilde dir mal nix ein. Ich habe gerade nur eure tolle Tochter gelobt!«, hole ich ihn auf den Teppich.

»He, ich hab zwei tolle Töchter!«, erwidert er empört. Für diese Antwort möchte ich ihn küssen. »Und jetzt füttern wir alle Püttje!«, verkündet er. Liz und Sophie pflücken eifrig Gänseblümchen, weil ihr Papa das so vormacht. Dann wollen sie wissen, wer Püttje ist. Ich überlasse es Sebastian, seine Version vom Troll zu beschreiben. Die Kinder sind begeistert und stürmen voraus in die Küche. Wir folgen.

»Halt, so geht das nicht«, ruft Sebastian, als er sieht, dass der Boden der Speisekammer schon komplett mit Gänseblümchen bedeckt ist.

»Püttje isst nur ordentlich von einem Teller«, erkläre ich und hole einen aus dem Schrank.

Sebastian begutachtet ihn und gibt ihn mir zurück mit den Worten: »Der ist nicht gut.«

Ich stelle ihn wortlos zurück und gebe ihm einen anderen. »Ist der gut, Papa?«, fragt Sophie gespannt. Mein Bruder betrachtet ihn prüfend und fährt dann über die Oberfläche. Schließlich nickt er und lässt die Kinder die Gänseblümchen schön auf dem Teller anrichten. Liz darf den Teller in die Speisekammer stellen. Wir treten alle ein paar Schritte zurück, und Sophie darf den Teller dann noch einmal neu justieren. Dann schließen wir die Tür der Speisekammer bis auf einen Spalt.

»Und wann frisst er die?«, fragt Liz.

»Heute Nacht«, sagen Sebastian und ich gleichzeitig. Wir schauen uns an und lächeln.

»Und morgen früh ist der Teller leer?«, vergewissert sich Sophie, die mit ihren acht Jahren nicht mehr unbedingt an Trolle glaubt.

»Das letzte Mal, als Sebastian und ich ihn gefüttert haben letzte Woche, war der Teller am nächsten Morgen tatsächlich leer«, erkläre ich. Sebastian schaut mich seltsam an. »Das war so!«, verteidige ich mich. Jule, die glaubt, wir inszenieren das Ganze hier nur für die Kinder, stimmt mir zu. Wir setzen uns wieder in den Garten und trinken noch etwas Kaffee. Die Mädchen flitzen immer wieder in die Küche, um zu schauen, ob Püttje die Gänseblümchen schon gefressen hat.

»Gerda ist wirklich nett«, sagt Sebastian zu mir. »Besuchst du sie manchmal?«, will er wissen. Ich weiß nicht, was ich darauf antworten soll.

»Wir hatten neulich einen seltsamen Abend zusammen«, gebe ich zu. »Mir fiel es schwer, mit ihr zu reden. Ich wollte gern so viel über Mama fragen, aber irgendwie habe ich das nicht geschafft.«

Er nickt verständnisvoll und wechselt abrupt das Thema. »Was ist denn jetzt eigentlich mit einer Gartenparty? Die wolltest du doch letztes Jahr schon machen!«

Er hat recht. Ich habe in den letzten Wochen gar nicht mehr darüber nachgedacht. »Man müsste vorher mal die Wiese mähen«, antworte ich zögernd.

»Das machst du!« Jule klopft Sebastian aufmunternd auf die Schulter.

»Das könnte wirklich ich übernehmen. Ich hau ein paar Leute von meinem Ruderverein an. Alles Typen mit Armmuskeln, die schaffen das bestimmt. Und wir könnten sie als Dankeschön zur Party einladen!« Er schaut mich erwartungsvoll an. Mich stört etwas an seinem Satz, aber ich komme erst, nachdem sie gegangen sind, darauf, was es ist. Wir bestimmen das nächste Wochenende, um den Garten auf Vordermann zu bringen. Die Party könnte dann in zwei Wochen starten.

»Man muss den Sommer nutzen!«, sagt Jule. Das finde ich auch. Wobei ich schon ein bisschen Angst habe vor dem, was auf der Party alles passieren könnte. Von Hagelkörnern bis Glühwürmchen habe ich ja alles im Repertoire mit meinen ungewöhnlichen Zufällen. Und dass Sebastian hier ausgerechnet mit Typen mit Armmuskeln auftauchen will, das ist ganz bestimmt kein Zufall. Genau das war es, was mich an seinem Satz gestört hat. So redet er nämlich normalerweise nicht.

»Mein Bruder will mich verkuppeln«, erzähle ich Püttje, bevor ich ins Bett gehe. Die fast geschlossene Tür der Speisekammer schweigt mich an. Ich stelle mir vor, wie Püttje hinter der Tür herumschleicht, Gänseblümchen knabbert und mir zuhört. »Ich soll mit einem Typ aus dem Ruderverein anbandeln. Mit einem mit Armmuskeln!«

Püttje schüttelt sich hinter der Tür. Ich habe nix gegen Armmuskeln, eigentlich.

Aber warum sollte ein Typ aus dem Ruderverein Armmuskeln haben? Sebastian hat auch keine.

»Vielleicht, wenn er sehr viel rudert?«, frage ich Püttje.

Der Troll nickt.

»Haben Trolle eigentlich Partner?« Püttje schüttelt hinter der Tür den Kopf.

»Vielleicht bin ich ja ein Troll«, sage ich grinsend. Mit diesem Gedanken lösche ich das Licht und gehe ins Bett.

Amor

Am nächsten Morgen werde ich wach, weil sich direkt neben mir einer rasiert. Jedenfalls hört sich das so an. Im Halbschlaf versuche ich, das Geräusch in einen sinnvollen Zusammenhang zu bringen. Jemand rasiert sich in meinem Bett, und seinen Pelzmantel hat er dazu eben auf mir abgelegt. So muss es sein, genau so fühlt und hört es sich an. Ich werde noch ein bisschen wacher und stelle fest, dass tatsächlich etwas Warmes, Schweres auf meiner Brust liegt. Ich blinzele vorsichtig in den Morgen und blicke direkt in ein paar bernsteinfarbene Augen, die nur einige Zentimeter von mir entfernt sind. Panik breitet sich in mir aus, und das Geräusch des Rasierapparates verstummt. Bevor ich schreien kann, springt etwas von meinem Bett. Ich bin auf einen Schlag hellwach und setze mich auf. Eine große graue Katze sitzt neben meinem Bett und schaut mich mit ihren Bernsteinaugen nachdenklich an.

Wie kommt die hier rein? Und warum legt sie sich auf meine Brust, während ich schlafe? Mein Wecker klingelt laut, die Katze erschreckt sich und saust aus meinem Schlafzimmer.

Ich schlafe oft mit geöffneter Schlafzimmertür, aber niemals mit offener Tür zum Garten. Die Katze muss sich nachmittags schon unbemerkt ins Haus geschlichen haben.

Ich mache mich schnell im Bad fertig und ziehe mich an. Als ich in die Küche runterkomme, ist die Katze nirgends zu sehen. Ich möchte sie ungern im Haus lassen, wenn ich zur Arbeit fahre. Ich beschließe, die Terrassentür ganz weit offen stehen zu lassen, während ich draußen schaukle. Ich habe das Schaukelkissen drinnen vergessen. Das Holz ist leicht feucht. Jetzt bekomme ich einen feuchten Hosenboden. Ich versuche, Ordnung in meinen Tag zu bringen, als ich die optimale Schaukelhöhe erreicht habe, aber ich muss ständig gucken, ob die Katze aus dem Haus läuft.

Muss ich die Katze jetzt auf die Liste meiner Zufälle schreiben? Mit einem Fell auf der Brust aufzuwachen gehört sicher nicht zum normalen Alltag. Ich würde zu gern wissen, ob die Zufälle tatsächlich aufhören, sobald die große Liebe in meinem Leben auftaucht. Wenn ich einfach mal annehme, dass es so ist, wann genau hört das auf? Sobald der richtige Mann in meinem Leben auftaucht? Und was, wenn es, sagen wir mal, der Briefträger ist, den ich ja schon ewig kenne? Hören die Zufälle dann erst auf, wenn ich kapiere – er ist es? Bei unserem ersten Kuss oder erst, wenn er mir einen Heiratsantrag macht? Und könnte ich die Zufälle überlisten, indem ich einfach einen Mann präsentiere, den ich angeblich liebe und er mich? Das ist alles total bescheuert.

Vielleicht habe ich mir die Katze auch nur eingebildet. Als müsste sie mich vom Gegenteil überzeugen, stolziert sie genau in diesem Moment auf die Terrasse. Es ist ein hübsches Tier. Sein Fell ist grau und dicht. Die Katze streckt sich auf der Terrasse und beginnt sich dann zu putzen. Sie fühlt sich offenbar wohl hier. Ich muss mal Iris fragen, ob einer der Nachbarn so eine Katze hat. Vielleicht ist es ja auch ein Kater? Schaukelnd betrachte ich das Tier. Je länger ich hingucke, desto mehr sieht es wie ein Kater aus. Er braucht einen Namen. Wenn er wirklich ein Vorbote für meinen Zukünftigen ist, dann muss er Amor heißen. Ich teste den Namen, indem ich den Kater rufe: »Amor!«

Er hört auf, sich zu putzen, und schaut in meine Richtung. Mit seinen Augen verfolgt er das Hin und Her meiner Schaukel. Ich springe präzise ab und setze mich mit etwas Abstand zu ihm auf die oberste der drei Stufen, die von der Terrasse in den Garten führt.

»Amor«, locke ich ihn leise. Er überlegt kurz und kommt dann schnell angelaufen. Er sieht gut gepflegt aus. Sicher wird er schon irgendwo vermisst. Ich müsste ihn vielleicht zu einem Tierarzt fahren und gucken lassen, ob er einen Chip trägt. Stattdessen streichle ich ihn einfach eine Weile, stehe dann auf und gehe zurück ins Haus. Vermutlich wohnt er hier in der Nähe und wird allein nach Hause finden. Viel zu spät starte ich mit meinem Rad Richtung Schule. Mutig fahre ich über das Loch im Boden. Amor sitzt in meinem Vorgarten und schaut mir nach.

Es sind nur noch ein paar Schultage bis zu den Sommerferien. Wir Lehrer sehnen die Ferien genauso herbei wie unsere Schüler. Das dürfen wir vor anderen Berufsgruppen natürlich nie laut sagen, weil wir dann sofort verbale Prügel bekommen und eine Predigt darüber, dass der Rest der Welt mit dreißig Urlaubstagen im Jahr über die Runden kommen muss und ausgerechnet wir faulen Lehrer, die wir ja sowieso nur halbtags arbeiten (das glauben zumindest die meisten), unendlich viel Ferien haben.

In Wahrheit fühlt sich das leider gar nicht so an. Ich freue mich sehr auf die Sommerferien. Ich habe zwar dieses Jahr noch keine Reise geplant, aber ich werde sicher spontan ein paar Tage wegfahren. Im Lehrerzimmer ist das heute in der Mittagspause großes Thema. Die olle Liebermann plant eine Rucksackreise durch Thailand. Die dünne Angelika will nach Norwegen. Ich würde ihr bei ihrem geringen Fettanteil am Körper ja eher zum Süden raten, aber das kann ich schlecht sagen. Es geht das Gerücht um, dass Frau van Raden eine Kreuzfahrt nach Rio oder so macht. Man weiß es nicht genau, beneidet sie aber sicherheitshalber. Ulli will mit dem Fahrrad durch Italien strampeln. Die Liebermann findet das ganz großartig. Offenbar hat sie Ulli bereits verziehen, dass er mir mit dem Kochbuch für dicke Menschen aus der Peinlichkeit geholfen hat, die sie extra für mich vorbereitet hatte.

Ich verlasse das Lehrerzimmer, weil ich mir nicht angucken will, wie sie um Ulli herumgurrt, und weil ich selbst nicht gefragt werden möchte, wohin ich denn fahre. Keine Reise geplant zu haben während der Sommerferien ist ganz und gar untypisch für eine Lehrerin und wird gesellschaftlich nicht akzeptiert. Man muss die kostbaren Wochen doch effektiv gestalten. Einfach in den Tag hineinzuleben und alles auf sich zukommen zu lassen, so etwas ist befremdlich für meine Kollegen.

Ich setze mich auf die Schultreppe und seufze ein bisschen vor mich hin. Leise wie ein Troll hat sich Herr Schibalski angeschlichen. Ich habe ihn nicht kommen hören, er sitzt einfach plötzlich neben mir und seufzt ebenfalls. Ich lächle ihn an, und er reicht mir wortlos eine Dose mit gesalzenen Erdnüssen. Dankbar nehme ich ein paar auf die Hand. Erdnüsse knabbernd sitzen wir nebeneinander und sehen zu, wie der Himmel sich nach und nach verdunkelt. Wind kommt auf und zerzaust unsere Haare. Plötzlich habe ich das Bedürfnis, Herrn Schibalski zu sagen, wie froh ich bin, ihn hier an der Schule zu haben. Er ist eine Art guter Geist, ein stiller Freund, auf den ich immer zählen kann. Ich weiß, solche Sätze würden ihn völlig überfordern, darum sage ich nur: »Sie sind ein Guter!«

Er macht ein knurrendes Geräusch. »Weil ich Sie mit ungesunden Erdnüssen füttere? Zu viel Salz, gar nicht gut für den Cholesterinspiegel!«

»Sie sind einfach ein Guter«, wiederhole ich und nehme mir noch mehr Nüsse. Mein Cholesterinspiegel kann mich mal.

»Sie sind auch nicht gerade schlecht«, brummt er.

»Dann werden Sie mich vermissen in den Ferien!«, sage ich und grinse ihn an.

»Das werde ich«, sagt er feierlich und schiebt sich eine große Ladung Erdnüsse in den Mund.

»Ich werde Sie auch vermissen, Herr Schibalski.«

Er denkt eine Weile nach, dann sagt er: »Sie werden sicher einen alten Mann finden, den Sie in der Zeit mit einem Nudelholz quälen können.«

Das Lächeln formt erst meine Mundwinkel nach

oben und dann seine. »Niemals. Das hebe ich mir für Sie auf!« Es donnert, und ich zucke zusammen.

Automatisch legt mir der Hausmeister schützend seinen Arm um die Schulter. »Sie sollten lieber reingehen, das geht hier gleich los mit dem Unwetter!«

Wir stehen auf, und bevor er weiß, wie ihm geschieht, umarme ich ihn schnell und laufe dann ins Schulgebäude zurück.

Warum kann mein Vater nicht ein bisschen was von Herrn Schibalski haben? Wieso fühle ich mich bei unserem Hausmeister geborgener als bei ihm?

Solche Gedanken verbiete ich mir normalerweise. Sie führen genauso ins Leere wie die Frage, warum Maja sterben musste. Anfangs hatte ich sogar den Gedanken, wieso Maja, wieso nicht Klaus? Man kann nicht verhindern, dass solche Gedanken kommen, aber man kann dafür sorgen, dass sie wieder gehen. Maja hat dazu immer Martin Luther zitiert: »Wie man nicht wehren kann, dass einem die Vögel über den Kopf herfliegen, aber wohl, dass sie auf dem Kopfe nisten, so kann man auch bösen Gedanken nicht wehren, aber wohl, dass sie in uns einwurzeln.«

Das Wort »einwurzeln« hat mich immer beeindruckt. Ich stellte mir lange, kräftige Wurzeln vor, die von meinem Kopf durch meinen ganzen Körper wachsen. Gruselig oder spooky, wie Svenja sagen würde. Ich lasse also keine bösen Gedanken in mich einwurzeln. Klaus ist eben Klaus, und solange es Menschen wie Herrn Schibalski in meinem Leben gibt, ist doch alles in Ordnung.

Ich bringe ein letztes Mal in diesem Schuljahr die Hausaufgabenbetreuung hinter mich. Von draußen peitscht der Regen gegen die Scheiben. Ich denke an meine Bären vor der Haustür. Hoffentlich springen sie weg, den Fluss runter in Sicherheit, bevor der Regen sie wegwäscht.

Nach der Hausaufgabenbetreuung stehe ich Seite an Seite mit Ulli vor der Schultür und starre hinaus. Die ganze Straße ist zugeparkt von besorgten Eltern, die ihre Kinder abholen und vor dem Unwetter retten. Nur Ulli und mich holt keiner ab. Unsere Fahrräder sehen wir von hier aus undeutlich hinter einer Regenwand. Die Liebermann schiebt sich neben uns. Ich weiß, sie wird Ulli jetzt anbieten, ihn mit dem Auto mitzunehmen, und dann eine Ausrede erfinden, warum ich keinen Platz mehr in ihrem Wagen habe. Bevor sie den Mund aufmachen kann, höre ich mich plötzlich sagen: »Komm Ulli, lass uns hier um die Ecke einen Kaffee trinken gehen, bis es besser wird.«

Aus den Augenwinkeln sehe ich, wie die Liebermann einen verkniffenen Gesichtsausdruck bekommt. Aber Ulli strahlt mich an.

»Gerne!«, sagt er und spannt für mich einen kleinen Knirps auf.

»Ich kann dich auch schnell heimfahren … also euch«, setzt die Liebermann verzweifelt an.

»Nicht nötig, vielen Dank, Sandra, das hört sicher gleich auf«, sagt Ulli und setzt sich in Bewegung. Ich hake mich bei ihm ein und halte den kleinen Schirm so, dass Ulli auch etwas trocken bleibt. Über die Schulter rufe ich ihr noch ein fröhliches »Tschüüüühüs« zu und erwarte fast, dass sie mir die Zunge herausstreckt.

Das Café um die Ecke ist eigentlich gar kein richtiges

Café, sondern eine Bäckerei, die in einem Nebenraum einige Tische hat. Ich rutsche auf die Bank und überlasse Ulli den Stuhl gegenüber. »Was möchtest du trinken?«, fragt er mich im Stehen. Jetzt erst bemerke ich, dass man sich die Getränke an einer Theke holen muss. Ich werde rot und versuche, mich wieder aus der Bank zu wühlen.

»Bleib sitzen, ich hole uns schnell was«, stoppt er mich.

»Äh, ja, dann hätte ich gerne einen Latte.« Er nickt und läuft leichtfüßig los. Seine linke Schulter ist ganz nass. Die hat wohl nicht genug vom Schirm abbekommen. Es ist ganz angenehm, dass ich kurz allein ankommen kann. Ich mache mein Vogelnest auf und lasse meine langen, etwas feuchten Haare über die Schultern fallen. Sie wellen sich und geben mir ein gutes Gefühl, wie sie mich umhüllen. Hoffentlich habe ich keine verschmierte Wimperntusche vom Regen. Ulli und ich gehen einen Kaffee zusammen trinken. Ich habe ihn gefragt. Eigentlich ja nur, um der Liebermann eins auszuwischen, oder? Ob das jetzt ein Date ist? Was hält Ulli davon? Wartet er einfach mit einer Kollegin zusammen auf besseres Wetter, oder ist das für ihn mehr?

Er kommt mit einem Tablett, auf dem viel mehr steht als nur zwei Kaffeetassen. Er stapelt uns Muffins, Amerikaner, Berliner, Kirschtaschen, Quarkplunder, die halbe Kuchentheke auf den Tisch. Mir ist das unangenehm. Denkt er, dass ich so viel Kuchen esse? Mein Blick sagt wohl alles.

»Ich wusste nicht, was du magst«, entschuldigt er sich. »Und ich esse gerne mehr als ein Stück, und da dachte ich …« Er wird unsicher. »Also, nicht dass ich dachte, dass du mehr als ein Stück isst, ich meine, das kannst du natürlich, du kannst es dir ja leisten, du …« Er redet sich um Kopf und Kragen, merkt das selbst und bricht ab. »Ich bin nicht besonders gut in so was«, murmelt er.

»Ich auch nicht!«, sage ich tröstend. »Und ich freue mich über Kuchen und esse auch gern mehr als ein Stück, auch wenn ich mir das nicht leisten kann.« Ich lächle ihn an.

»Doch!«, sagt er aus tiefstem Herzen. »Ich meine, ich finde dich perfekt. Und das von Sandra mit dem Buch für Moppelige, das war gemein.«

Jetzt werde ich wieder rot. Ich lasse meine Haare etwas vor mein Gesicht fallen und wechsle das Thema. Ich frage ihn nach seiner Italienreise, und er erzählt, dankbar, dass wir jetzt ein unverfängliches Thema haben. Ich erzähle ihm, dass ich noch nicht weiß, wohin ich fahre, aber eine Gartenparty plane. »Wann fährst du denn nach Italien?«

»Erst in der Ferienmitte«, antwortet er.

»Super, dann kannst du ja kommen.«

»Bin ich denn eingeladen?«, fragt er und schaut mir in die Augen.

Ich will etwas Flapsiges antworten, merke dann aber, dass Ulli gerade versucht, mit mir zu flirten. Ein bisschen Training auf dem Gebiet kann nicht schaden, also antworte ich kokett: »Mal sehen, wenn du dich gut benimmst!« Im selben Moment würde ich meine Antwort am liebsten wieder zurücknehmen. »Wenn du dich gut benimmst«, was für ein Schwachsinn. Aber Ulli scheint die Antwort gut zu gefallen.

Er schaut zwischen mir und seinem Kuchen hin und her und antwortet: »Ich habe der Dame meinen Schirm angeboten und ihr Kuchen geholt, bis jetzt läuft es doch ganz gut, oder?« Jetzt bin ich plötzlich eine Dame. Das fühlt sich gar nicht schlecht an. Ich nicke und schiebe mir das letzte Stück von meinem Muffin in den Mund. »Wenn du möchtest, können wir ja in den Ferien mal …«

»Es hat aufgehört zu regnen! Guck!«, unterbreche ich ihn. Diese Wetterbemerkung hätte wirklich noch etwas warten können. Ulli wollte mich gerade zu einem weiteren Date einladen, aber ich bin mir nicht sicher, ob ich das möchte. Wenn er zu meiner Party kommt, ist das in Ordnung, da sind noch andere Leute dabei. So allein mit ihm, ein zweites Mal, ich weiß nicht, was er dann erwartet.

Wir lassen uns den Rest einpacken, und ich bedränge ihn, die ganze Tüte mitzunehmen. Er gibt nach, und als wir die Straße überqueren, um zurück zu unseren nassen Fahrrädern zu laufen, kommt sogar kurz die Sonne heraus.

Tapfer setzt sich jeder auf seinen nassen Sattel. »Es gibt so Überzieher, damit der Sattel trocken bleibt«, sage ich. »Warum haben wir die nicht?«, frage ich ihn.

»Weil wir auch keine Schonbezüge auf der Couch haben«, antwortet er.

»Also, ich schon …«, versuche ich, ihn zu veralbern, aber das nimmt er mir nicht ab. Wir fahren beide nebeneinanderher, kichernd bei der Vorstellung, dass auf meinem Sofa Schonbezüge liegen könnten. »Nur ein nasser Arsch ist ein wahrer Arsch«, sage ich übermütig. Auch diesen Satz bereue ich sofort, muss aber glücklicherweise sowieso an der nächsten Ecke abbiegen.

»Du hast nicht wirklich gesagt ›Nur ein nasser Arsch ist ein wahrer Arsch‹«, kreischt Svenja entsetzt durch das Telefon, als ich ihr abends auf meiner Couch ohne Schonbezüge von meinem Kaffeedate mit Ulli erzähle.

»Ich fürchte doch!«, sage ich und streichle dabei über das weiche Fell von Amor. Die Katze saß vor der Haustür, als ich wiederkam, als hätte sie den ganzen Tag auf meine Rückkehr gewartet. Es hat mich getröstet, dass sie da ist, denn das schöne Bild mit den Bären ist weg. Der Regen hat es einfach ausgelöscht, und es fehlt mir. Dort, wo heute Morgen noch eine geheimnisvolle Landschaft unter dem Asphalt zu sehen war, ist jetzt nur langweilige Straße.

»Was brummt da so laut bei dir?«, will Svenja wissen.

»Das ist Amor, eine Katze, die mir zugelaufen ist.«

»Das ist bestimmt meine Diabeteskatze, die ich erfunden habe!«, albert Svenja rum. »Hast du ihr schon eine Spritze gegeben?«

»Das musst du machen, du bist die Krankenschwester. Nein, ich glaube, Amor hat kein Diabetes. Er sieht ganz gesund aus. Ich habe ihm Katzenfutter gekauft, und das hat er ganz fein gefressen.«

»Woher weißt du, dass er Amor heißt?«

»Ich hab ihn so genannt.«

»Hanna, du kannst nicht einfach eine Katze behalten, ihr einen Namen geben und sie füttern. Vielleicht sucht sie schon jemand!«

»Ich glaube nicht. Amor kam unter etwas seltsamen Umständen zu mir. Als ich heute Morgen aufwachte, lag er auf mir drauf. Er hat mich quasi wachgeschnurrt. Ich habe keine Ahnung, wie er nachts reingekommen sein soll. Alle Fenster und Türen waren geschlossen.«

»Du meinst, er ist ein Punkt auf deiner Liste der ungewöhnlichen Zufälle?«

»Ja, glaubst du nicht?« Es wundert mich etwas, dass Svenja nicht sofort darauf anspringt wie sonst immer.

»Vielleicht, aber selbst wenn, kannst du das Tier nicht einfach behalten!«, beharrt sie auf ihrem Standpunkt.

Ich seufze. Ich weiß, dass sie recht hat. Aber Amor ist so weich und so pflegeleicht. »Es war einfach so schön, dass jemand auf mich gewartet hat, als ich nach Hause kam. Und jetzt kuschelt er mit mir. Er ist so süß!«

Svenja stöhnt. »Hanna, schnapp dir Ulli zum Kuscheln! Was läuft denn jetzt eigentlich bei euch?«

»Nichts läuft bei uns. Ich will auch gar nicht, dass was läuft, glaube ich. Ulli ist einfach Ulli. Nicht besonders sexy, aber ziemlich nett.«

»Ziemlich nett, das klingt ja furchtbar! Zum Glück habe ich vorgesorgt!«

O Gott, was will sie damit sagen? »Svenja, was hast du gemacht?«

»Irgendjemand muss die Sache mit der großen Liebe ja mal vorwärtsbringen!«

»Und dieser Jemand bist natürlich du, wieso wundert mich das nicht? Was hat du gemacht?«, frage ich noch einmal nachdrücklich.

»Ich habe das ganz elegant im alten Stil gemacht, *old school* sozusagen. Du musst nicht speeddaten, ich hab dir kein Onlineprofil bei einer Partnervermittlung angelegt …«

»Svenja, was hast du gemacht!« Ich schreie in mein Telefon, und Amor springt erschrocken von meinem Schoß runter.

»Beruhig dich, ich hab einfach eine Kontaktanzeige für dich aufgegeben. In der Zeitung, nicht online, deshalb *old school*«, sagt sie stolz.

Ich vergrabe mein Gesicht unter einem Sofakissen. »Was hast du geschrieben?«

»Du klingst plötzlich so dumpf, liegt die Katze auf deinem Gesicht?«

»Sag mir einfach, was du geschrieben hast!«, verlange ich.

Sie kramt eine Weile die Zeitung hervor und liest dann vor: »Attraktive, kurvige 40-Jährige …«

»Nein!«

»Doch, sei leise und hör dir das zu Ende an. Es ist sowieso schon gedruckt, du brauchst dich gar nicht aufzuregen!« Ich schnaufe wütend in den Hörer, will aber wissen, was sie noch Furchtbares geschrieben hat, und lasse sie deshalb weiter vorlesen. »Attraktive, kurvige 40-Jährige sucht die große Liebe. Du solltest zwischen 35 und 45 sein, humorvoll, gutaussehend, genussvoll und charmant. Bitte nur ernstgemeinte Zuschriften. Möge das Schicksal uns zusammenführen.« Sie macht eine bedeutungsvolle Pause, in der ich vermutlich ihren schwachsinnigen Text loben soll. Mir fehlen die Worte. »Findest du es so schlimm?«, fragt sie vorsichtig.

»Ja. Ehrlich gesagt …«

»Aber was hätte ich denn sonst schreiben sollen? Ich hab mir so viel Mühe gegeben mit dem Text. Ich wollte ja erst noch vermögend schreiben, hatte aber Angst, dass sich dann nur alte Säcke melden. Ich dachte humorvoll, charmant und genussvoll, das passt doch zu dir!« Sie klingt enttäuscht.

»Svenja, es ist mehr die Idee, eine Kontaktanzeige aufzugeben. Das ist so …«

»Ich weiß, es ist nicht so, wie wir uns das vorgestellt haben. Aber so wie es aussieht, läuft uns die große Liebe nicht an der nächsten Ecke über den Weg.«

Mir fällt auf, dass sie »uns« sagt. »Der Text der Anzeige passt auch auf dich!«, sage ich.

Sie stutzt. »Das stimmt. Aber nur weil ich so wenig Angaben gemacht habe. War ganz schön teuer, das Ganze, da muss man sich jedes Wort überlegen.«

»Wie wäre es, wenn wir uns die Zuschriften teilen? Jede schaut, ob der Richtige für sie dabei ist!« Ich finde meine Idee richtig gut. Wenn Svenja sich mit einem der Bewerber verabredet, muss ich es vielleicht nicht tun, und das Ganze war nicht ganz umsonst. Ich kann förmlich hören, wie Svenja am anderen Ende über meinen Vorschlag nachdenkt.

»Einverstanden!«, sagt sie schließlich. »Aber glaube bloß nicht, dass du so aus der Nummer wieder rauskommst. Deine Familientradition ist, dass seltsame Ereignisse die Ankunft einer großen Liebe ankündigen. Und ich werde dafür sorgen, dass diese große Liebe auch in dein Leben treten wird. Von nichts kommt nichts!«, sagt sie nachdrücklich.

Über diesen Satz denke ich, nachdem ich aufgelegt habe, noch eine ganze Weile nach. Ist das so? Ich würde unterschreiben bei dem Prinzip *Jeder ist seines Glückes Schmied.* Sicher muss man selbst dafür sorgen, dass man glücklich ist. Aber ich bin ja glücklich, so wie alles ist. Und wenn ich Majas Brief und die seltsamen Zufälle als »magische Prophezeiung« ernst nehme, müsste sie sich dann nicht von selbst, ganz ohne mein Zutun erfüllen? Andrerseits kann ich mir noch weniger vorstellen, dass mein Traummann plötzlich bei mir klingelt und meine Bäume beschneiden möchte. Mir fällt ein, dass ich ja nächstes Wochenende noch die Armmuskelkandidaten, mit denen mein Bruder mich verkuppeln möchte, am Hals habe. Es ist alles nicht einfach. Stöhnend rapple ich mich vom Sofa hoch. Amor ist nirgends zu entdecken. Ich gehe suchend und rufend durchs Haus, kann ihn aber nicht finden. Katzen können sich ja überall verstecken. Es ist spät, und ich will ins Bett. Die Tür der Speisekammer steht immer noch einen kleinen Spaltbreit offen. Vielleicht ist Amor da drin? Ich öffne die Tür und mache das Licht an. Keine Katze. Püttjes Gänseblümchenteller steht noch auf dem Boden. Er ist leer.

Samstag

Es ist der Beginn der Ferien, Mittwoch war der letzte Schultag, und ich erwartete alles, aber nicht das.

Es beginnt alles ganz harmlos. Sebastian kommt gegen zehn und hat wie versprochen drei Kumpels aus seinem Ruderverein dabei. Lauter nette Männer, ohne erkennbare Armmuskeln. Ich habe ein kleines »Arbeitsbüfett« aufgebaut, bestehend aus belegten Brötchen, Cola- und Limoflaschen, Wasser und Obst. Die Männer tragen erst mal Arbeitshandschuhe, Sägen und Baumscheren in den Garten. Am lauten Geklapper vor meinem Gartentor kann ich erkennen, dass das nicht das Einzige ist, was sie dabeihaben. Neugierig betrete ich die Straße. Sofort winken mir Iris und Friedhelm von der anderen Seite zu und setzen sich in Bewegung. Sie haben genau wie ich das Geklapper gehört und sind ja immer die Ersten, die auf der Straße stehen, wenn es irgendetwas zu sehen gibt. Zu ihrem großen Glück gibt es ja seit ein paar Wochen regelmäßig etwas zu sehen. Heute ist es ein riesiger Pick-up. Schwarz und glänzend steht er da, und auf seiner Ladefläche wuselt mein Bruder begeistert zwischen zwei großen Geräten rum. Eins davon kann ich als Aufsitzrasenmäher identifizieren. Das andere sieht aus wie ein übergroßer Spielzeuglaster.

»Oh, ein Gator von John Deere, Baujahr 2012, das waren die Ersten mit Allradantrieb!«

Ich drehe mich um, um zu sehen, von wem dieses Fachwissen kommt, und stelle erstaunt fest, dass es Friedhelm ist, der mit glänzenden Augen die Ladefläche des Pick-ups betrachtet. Sebastian und der Kumpel mit der grünen Jacke sind gerade dabei, eine Rampe am Pick-up zu befestigen, um den Spielzeuglaster Baujahr 2012 und den fetten Rasenmäher abzuladen.

»Wo hat er das denn alles her? Macht ihr eine Gartenaktion? Mensch, Friedhelm, da hätten wir doch auch den Hubert fragen können, hat der nicht auch so ein Ding?«

»Hubert hat einen Minibagger von 1998, das ist was ganz anderes, Iris«, antwortet Friedhelm, wieder in einem für ihn ungewöhnlich langen Satz.

»Sebastian! Wo hast du das alles her?«, rufe ich meinem Bruder zu, der gerade unter Mühen die Rampe befestigt hat und sich jetzt stolz auf den Gator schwingt.

»Gemietet«, sagt er lässig und versucht, das Teil zu starten, was er nicht schafft. Die grüne Jacke, Mark, hilft ihm und zeigt auf einen Hebel oder einen Knopf.

»Um Himmels willen, soll er denn jetzt einfach die Rampe runterfahren! Das kann ja nicht gutgehen, da seh ich schwarz!«, jammert Iris vor sich hin.

»Steigung von siebzig Prozent, gar kein Problem für einen Gator«, murmelt Friedhelm und schaut gebannt wie wir alle zu, wie Sebastian jetzt etwas ruckelig auf die Rampe zufährt.

»Vielleicht sollte das lieber jemand machen, der das auch kann«, sage ich zweifelnd.

»Wollte ich ja, aber dein Bruder will das unbedingt selbst machen.« Neben mir steht noch einer ohne Armmuskeln, in einer blauen Jacke. »Hi, ich bin Lars.«

»Hanna«, sage ich und ergreife die Hand, die er mir reicht. Sie ist schön warm. Es rumpelt ganz fürchterlich, als Sebastian auf die Rampe auffährt. Ich muss sagen, er bietet dem Publikum einiges, vor allem, als der Gator plötzlich einen Satz die Rampe runter macht.

»Gas weg«, murmelt Friedhelm beschwörend, und endlich schafft es Sebastian tatsächlich, den Spielzeuglaster die Rampe heil hinunterzufahren. Mit Hilfe von Lars und der grünen Jacke ist zehn Minuten später auch der Aufsitzrasenmäher sicher im Garten angekommen. Bevor wir mit der Gartenarbeit loslegen können, möchte, wie bei einem Kindergeburtstag, jeder der Männer mal fahren. Irgendwie sind Iris und Friedhelm auch mit durch das Gartentor gekommen. Iris labert mich in einer Tour voll, während sich Friedhelm dauernd begeistert über seine Glatze fährt und hin und wieder Bruchstücke von technischem Fachwissen ausspuckt. Ich sorge dafür, dass er den Gator fahren darf, und er rumpelt los, begeistert wie ein kleiner Junge. Ich selbst suche mir den Aufsitzrasenmäher aus, um eine Runde zu fahren. Nur um es mal auszuprobieren, ohne zu mähen. Lars zeigt mir, wo man ihn startet, und dabei berühren sich unsere Hände kurz. Als hätten wir beide einen elektrischen Schlag bekommen, sehen wir uns an. Er hat blaue Augen. Ich schaue schnell wieder weg und konzentriere mich jetzt auf das Gas. Bevor ich losfahren kann, kommt Sebastian angesaust und stoppt mich.

»Halt, du fährst uns das ganze Gras platt mit dem

Ding. Es wird sowieso schon schwer, da durchzukommen.«

Lars drückt einen Schalter, und etwas ruckelt. »So, jetzt mähst du direkt«, sagt er.

Sebastian guckt zweifelnd. »Lass mich lieber. Du hast das noch nie gemacht.«

»Aber du, oder was?«, kontere ich. Wir streiten uns kurz, wer fahren darf, aber ich bleibe unnachgiebig oben sitzen, und als Sebastian merkt, dass er keine Chance hat, gibt er schließlich auf.

»Aber wenn du was kaputtmachst, zahlst du das!«, sagt er noch und macht dazu eine witzige Armbewegung, die ich nachahme.

Jetzt muss auch er lachen. Ich starte und fahre los. Es geht mir viel zu schnell die ersten Meter. Ich habe noch keine Route im Kopf, wo ich langfahre, und so kurve ich erst einmal kreuz und quer durch den Garten und bin froh, wenn ich dabei keinen Busch oder Baum mitnehme. Hinter mir spuckt der Mäher das Gras aus. Es riecht herrlich, und es macht mir einen Riesenspaß, das Teil zu fahren.

Jetzt verstehe ich, warum ein Aufsitzrasenmäher der Traum aller Männer ist. Du fühlst dich herrlich auf so einem Ding. Es ist eine Mischung aus Freiheit und Effizienz. Ich hinterlasse überall frisch gemähte Wege. Nach und nach werde ich geschickter und traue mich jetzt auch, den Mäher durch eng stehende Büsche hindurchzufahren. Er schafft die hohe Wiese mühelos.

Lars springt zu mir hoch. Ich halte an, und er zeigt mir, wie ich vorn noch so ein Ding ausklappen kann, mit dem ich dann Büsche und Gestrüpp beschneiden kann. In den Geruch des frisch gemähten Grases mischt sich sein Aftershave. Er muss mir ganz nah ins Ohr brüllen, um den Lärm des Mähers zu übertönen. Ich spüre seinen Atem an meinem Ohr. Er springt wieder ab, und ich versuche jetzt, mit dem hochgeklappten Ding zu beschneiden. Es ist eher eine Art Roden, denn von dem Busch, den ich mir vorgenommen habe, bleibt nicht mehr viel übrig. Ich versuche es mit dem nächsten. Brechende Zweige, fliegende Blätter, zack wieder ist die Hälfte vom Busch weg! Lars, der sich das angeschaut hat, springt wieder zu mir hoch. Er bedeutet mir mit Handzeichen zu rutschen und quetscht sich zu mir auf den Sitz.

Jetzt ist er ganz schön nah. So nah, dass er lenken und beschneiden kann. Er zeigt mir, wie man gefühlvoll an den Strauch heranfährt, dann etwas schneidet und sofort wieder den Hebel zurückzieht. Er lässt es mich machen, aber der arme Strauch wird wieder unsanft gerodet. Lars legt seine Hand auf meine und bedient jetzt mit mir zusammen den Hebel.

Ich spüre seine Wärme auf meiner Haut, und es passiert etwas mit mir. Mein Körper reagiert auf ihn ganz unabhängig vom Rest von mir. Mein Verstand ist in diese Geschichte überhaupt nicht involviert. Erstaunt bemerke ich, dass ich mehr von ihm berühren möchte. Ich hab Angst, dass er merkt, was in mir vorgeht.

»Mach du mal weiter, du kannst das viel besser!«, sage ich und mache Anstalten, vom Mäher hinunterzuklettern.

Er schaltet den Motor aus. Springt ab und hilft mir herunter, indem er mit beiden Armen nach mir greift. Er hat so überhaupt keine Berührungsängste. Im Gegenteil. Fast ist es so, als würde er meine körperliche Nähe suchen. Ich springe mit seiner Unterstützung von der Maschine. Einen kurzen, intensiven Moment lang hält er mich im Arm.

Mit Watte im Kopf laufe ich zurück zur Terrasse und schenke mir am Büfett erst mal eine Cola ein. Iris, die da immer noch rumsteht, redet sofort wieder wild auf mich ein. Ich höre sie kaum. Was ist bitte mit mir los? Seit Lars zu mir auf den Mäher gesprungen ist, kann ich nur noch an eine Sache denken. Das ist mir noch nie so gegangen. Jedenfalls nicht so schnell.

Während Iris redet wie ein Wasserfall, trinke ich meine Cola und beobachte Lars, der unheimlich geschickt mit dem Mäher hin- und herfährt und dabei nicht ganze Büsche vernichtet, wie ich das getan habe.

»Hanna?«

Iris hat mir offensichtlich eine Frage gestellt und wartet jetzt auf die Antwort. »Du, ich hab gar keine Zeit zum Quatschen und du auch nicht. Hier, hark mal das Gras zusammen!« Kurz entschlossen drücke ich ihr einen Rechen in die Hand und bewege mich weg von ihr. In den nächsten Stunden klotzen wir richtig ran. Die Männer beschneiden die Bäume. Rein technisch bekommen sie das gut hin, aber da kein Gärtner dabei ist, weiß niemand, ob es so richtig ist.

»Was ab ist, ist ab!«, sagt Sebastian nur auf meine Zweifel hin, ob das denn den Pflanzen nicht schade, wenn man einfach überall mal wild herumkürze. Lars sucht definitiv meine Nähe, und obwohl wir uns kaum in die Augen schauen, bringt er mich immer wieder völlig aus dem Konzept. Jede zufällige Berührung löst eine Kettenreaktion in mir aus. Ich bin so damit beschäftigt, meine Empfindungen unter Kontrolle zu bringen, dass ich nur wenig von dem mitbekomme, was im Garten alles passiert.

»Essen ist alle!«, ruft Mark plötzlich.

»Wir bestellen Pizza!«, ruft mir Sebastian zu und verschwindet im Haus. Der Rest der Mannschaft sieht das als Aufforderung zur Mittagspause. Werkzeuge werden ins Gras geworfen und Handschuhe ausgezogen. Lars lehnt sich erschöpft gegen den Baum, der ein Häkelkleid anhat. Wir sind damit beschäftigt, die abgeschnittenen Äste zusammenzusuchen und zu bündeln.

»Was ist das hier? Kunst?«, fragt er mich und zeigt auf die bunte Wolle.

»Das war Gerda, meine Untermieterin. Sie wohnt da hinten in meinem Wohnwagen.« Es ist seltsam, das laut auszusprechen. Lars ist ganz interessiert.

»Zeigst du ihn mir?«, bittet er. Ich nicke automatisch, und wir setzen uns in Bewegung. Mir ist klar, dass es hier nicht um Gerda geht oder darum, ihm tatsächlich einen Wohnwagen zu zeigen. Wir brauchen nur einen Grund, um uns von den anderen zu entfernen. Vielleicht spinne ich auch völlig, und er hat gar nicht dieselben Gedanken wie ich. Woher soll ich wissen, was in ihm vorgeht, ich kenne ihn ja kaum. Wir laufen schweigend nebeneinanderher. Ab und zu berühren sich unsere Arme. Das allein reicht schon, um meinen ganzen Körper wieder in Aufruhr zu versetzen. Ich hoffe sehr, dass Gerda nicht da ist. Wir passieren die Mauer. Die Energie ändert sich, und schlagartig kostet es mich richtig Kraft, ihn nicht zu berühren. Lars bleibt stehen. »Was ist das?«, fragt er und geht auf die Steine zu.

»Das sind die Reste von einem ... Tor«, sage ich. Die Wörter wollen mir nicht so richtig einfallen. Ich folge ihm, wie magisch angezogen. Er fährt mit den Fingern sacht über die Steine. Ich wünschte, ich könnte die Mauer sein.

»Perfekte Höhe«, murmelt er. Wir stehen jetzt sehr nah nebeneinander.

»Perfekte Höhe, wofür?«, frage ich.

»Für das hier«, flüstert er ganz nah an meinem Ohr. Er küsst mich seitlich auf den Hals. Seine Bartstoppeln pieksen. Ich bin erschrocken und erregt zur gleichen Zeit und weiß nicht, wohin mit mir. Er schaut mir einen Moment lang tief in die Augen, dann packt er mich und setzt mich oben auf die Mauer. Irgendwo muss er tatsächlich ein paar Armmuskeln versteckt haben, denn so leicht bin ich nun nicht. Wir sind fast auf Augenhöhe. Er kommt einen kleinen Schritt näher, ich muss meine Knie öffnen, damit er mir so nah kommen kann, wie wir beide uns das wünschen. Ich habe das Gefühl, es ist eigentlich völlig egal, wo er mich jetzt berührt, sobald er es tut, explodiere ich. Und genauso ist es. Ohne genau zu wissen, was ich mache, ziehe ich ihn zu mir heran. Wir küssen uns. Es ist kein sanfter Kuss, kein vorsichtiges Herantasten. Wir stürzen uns aufeinander. Kurze Zeit genießen wir beide, uns endlich berühren zu dürfen. Es ist zu viel Stoff im Weg. Ich wünschte, er wäre nackt. Ich wünschte, ich wäre nackt. Ich will ihn, hier und jetzt und unbedingt.

Unangenehm, wie der Ton des Weckers morgens, sickert in unsere ungezügelte Leidenschaft plötzlich ein Rufen. »Hanna!«, schreit da einer immer wieder. Mit etwas Mühe lösen Lars und ich uns voneinander. Es ist schier unmöglich genau jetzt aufzuhören. Mein BH ist geöffnet und labbert um mich herum. Seine Hände, die gerade noch meine Brüste liebkost haben, fahren jetzt durch seine Haare.

»Lass uns lieber hingehen, sonst kommt er noch hierher«, sagt Lars außer Atem und stopft sich sein Hemd in die Hose, das ich ihm wohl da herausgezogen habe. Erinnern kann ich mich nicht. Es ging alles so schnell, und mein ganzer Körper möchte nur eins, unbedingt weitermachen. Aber mein bescheuerter Bruder brüllt sich da hinten die Lunge aus dem Leib. Kann er denn keine zwei Minuten ohne mich sein? Kann man nicht mal im eigenen Garten in der Mittagspause eben ... eben was? Ungeplanten Sex mit einem Fremden mit versteckten Armmuskeln haben? Ich habe keine Zeit, über dieses Absurdum nachzudenken. Ich muss mich in Fassung bringen und Sebastian entgegenlaufen. »Geh allein vor, ich komme nach!«, flüstert Lars. Ich ziehe ihn noch einmal zu mir heran. Wir küssen uns, es wird sofort wieder leidenschaftlich und wild, bis er zum Glück die Kurve kriegt und mich von sich wegschiebt. »Geh!«, sagt er eindringlich. Ich stolpere durch das Gebüsch Sebastian entgegen.

»Was ist denn mit dir los?«, fragt er zur Begrüßung, als er mich sieht.

Ich weiß, ich habe eigentlich überhaupt keine Chance, vor ihm zu verheimlichen, was hier gerade passiert ist. Fast passiert ist. Leider nicht ganz passiert ist. Er ist mein Bruder, er kennt mich. Mit heißen Wangen und zerzausten Haaren sage ich: »Mann, Sebastian, ich wollte hier gerade in Ruhe einen Quickie im Unterholz genießen, was brüllst du denn hier rum? Findest du die Teller nicht, oder was?«

Er stutzt kurz und lacht dann. »Wo ist denn dein Unterholzprinz?«, neckt er mich, weil er glaubt, ich habe einen Scherz gemacht. »Wo wir gerade dabei sind, du könntest dich etwas mehr um Chris kümmern. Ich hab ihn extra für dich mitgebracht.« Chris, wer zur Hölle ist jetzt Chris? Es befindet sich viel zu wenig Blut in meinem Gehirn, um schnell denken zu können. Chris muss der unauffällige dritte Mann sein, den Sebastian mitgebracht hat. Ich habe keine Antwort parat und frage deshalb: »Was wolltest du denn so dringend von mir?«

»Der Pizzatyp kommt gleich, und ich hab kein Bargeld. Ich kann ja schlecht die Jungs fragen, wenn sie sich hier schon umsonst ihr Wochenende um die Ohren schlagen.«

Ich seufze innerlich. Wenn Sebastian wüsste, wobei er mich gerade wegen ein paar Euro unterbrochen hat.

Wir essen die Pizza auf der Terrasse. Es tut gut zu sitzen. Ich vermeide jeden Blickkontakt mit Lars und konzentriere mich völlig darauf, dass mir kein Ananasstück von meiner Pizza Hawaii herunterfällt. Seit Sebastian mir von Chris erzählt hat, bemerke ich, dass er ungeschickt versucht, mit mir ins Gespräch zu kommen. Ich gebe mir große Mühe, freundlich zu sein, komme mir aber vor wie ein Schwein, weil ich die ganze Zeit nur an Sex mit Lars denken kann.

Nach dem Essen geht es weiter. Obwohl Iris und Friedhelm voll und ganz in unseren Arbeitstrupp mit eingestiegen sind, müssen wir feststellen, dass wir unmöglich den ganzen Garten schaffen können.

»Lass uns die Mauer als Grenze nehmen«, schlage ich meinem Bruder vor. »Dahinter darf es ruhig wild wachsen.«

Ich hoffe, das ist für Gerda okay. Vielleicht kann sie sonst mal ihren Wilfried fragen, der kann doch alles. Lars und ich bemühen uns jetzt, möglichst weit weg voneinander zu arbeiten. Aber wenn wir uns dann doch mal über den Weg laufen, sprühen sofort die Funken zwischen uns. Ich bin froh, dass hier außer Iris nur Männer sind. Frauen wäre die Chemie zwischen uns sicher sofort aufgefallen.

Iris erstaunt uns alle. Sie kann nämlich fast genauso gut arbeiten, wie sie reden kann. Mit energischen Bewegungen harkt sie unermüdlich das Gras zusammen und lädt es dann mit Marks Hilfe auf den Gator, den dann der glückliche Friedhelm zum Pick-up fährt, wo er das Ganze auf die Ladefläche schaufelt.

Irgendwann wird Friedhelm aber hinten bei den Bäumen gebraucht, und ich übernehme den Spielzeuglaster. Er fährt sich super. Mir ist der Weg zum Pick-up viel zu kurz. Es ist ganz schön harte Arbeit, das Gras auf die Ladefläche zu schaufeln. Meine Arme tun mir sowieso schon weh von so viel ungewohnter körperlicher Arbeit. Als ich fertig bin, gehe ich einmal um den Pick-up herum, um einen Ast geradezuschieben, der zu weit herausragt. Ich habe ihn nicht kommen hören. Als ich mich umdrehe, ist er plötzlich da. Er drängt mich mit seinem

Körper rückwärts an den Wagen. Seine Lippen finden meine. Sein Kuss ist fordernd und gleichzeitig anzüglich, weil er genau weiß, was er damit anrichtet, und es klar ist, dass wir hier hinter dem Pick-up keine Nummer schieben können. Er lässt mir keine Möglichkeit, ihn nicht zu küssen. Er taucht einfach aus dem Nichts auf und knutscht mich in tausend Einzelteile.

Mir gefällt das. Noch nie war ein Mann so klar in dem, was er möchte. Ich kenne nur das ewige Rumgeeiere, bei dem man die Kerle quasi verbal dazu auffordern muss, mal aktiv zu werden. Lars ist anders. Vielleicht weiß er um seine Wirkung auf Frauen. Diesmal stoppe ich uns. Ich will nicht von Iris beim Rummachen erwischt werden. Dann weiß es nämlich morgen die ganze Straße. Ich lasse Lars allein am Wagen zurück und fahre den Gator vor lauter Erregung beinahe gegen das Gartentor. Glücklicherweise passt ein roter Kopf gut zur Gartenarbeit.

Irgendwann sind wir alle fertig. Der Garten zwar längst noch nicht, aber die fleißigen Helfer, Sebastian und ich sind einfach alle.

»Ich fahr das Zeug jetzt noch weg, und morgen hole ich dann die zwei Geräte. Vielleicht schaffen wir dann zu zweit noch etwas.« Ich nicke müde, obwohl ich nicht glaube, dass ich morgen auch nur einen Finger heben kann. Ich bedanke mich bei allen, die schlapp in ihre Autos steigen, und bei Friedhelm und Iris, die winkend die Straßenseite wechseln.

»Ich hab noch meine Handschuhe vergessen«, sagt Lars und geht noch mal in den Garten. Ich winke den anderen und schließe dann das Tor hinter uns. Wir sind allein.

Lars ist nirgends zu sehen. Ich lasse mich rückwärts auf den frisch gemähten Rasen sinken. Kurze Zeit später liegt er neben mir. Die Vögel zwitschern über uns in den Bäumen. Die Luft ist warm. Die Sonne ist schon hinter den Zweigen versunken. Mir tut alles weh.

»Viel kannst du nicht mehr von mir erwarten«, warne ich Lars, der sich jetzt in Zeitlupe nähert. »Ich kann mich nämlich leider nicht mehr bewegen«, füge ich hinzu, als er anfängt, ganz sanft mein Kinn zu streicheln.

»Das macht nichts«, flüstert er mir ins Ohr. »Bleib einfach so liegen und mach die Augen zu.«

Ich tue, was er sagt. Er berührt mich sanft. Erst im Gesicht, dann am Hals, dann streicht er vom Hals herunter bis kurz vor meine Brüste. Ich will, dass er mich dort berührt. Ich kann nicht mehr einfach nur liegen bleiben. Ich setze mich abrupt auf und ziehe meinen Kapuzenpulli, mein Shirt und meinen BH aus. Lars macht auch seinen Oberkörper frei. Einen kurzen Moment bin ich froh, dass auch er keinen perfekten, von Sport geformten Body hat. Das Denken hört aber kurze Zeit später ganz auf. Lars zieht sich jetzt auch die Hose und seine Unterhose aus. Ich zögere kurz. Hier ganz nackt mit einem Fremden im Gras zu liegen ist … genau das, was ich will. Ich mache mich ganz nackt.

Einige Sekunden liegen wir uns auf der Seite nur gegenüber und schauen uns an. Sein Blick gibt mir das Gefühl, wunderschön zu sein. Ich stelle mir vor, was wir gleich alles tun werden. Ich werde ganz zittrig bei dem Gedanken, ihn endlich überall zu spüren. Ich lege meine Hand auf seine Brust. Sein Herz klopft, als wäre er gerade einen Halbmarathon gerannt. Es kostet ihn ziemliche Mühe, sich nicht auf mich zu stürzen. Wir sehen zu, wie unsere Beherrschung schmilzt. Er dreht sich noch mal weg und kramt in seiner Hose. Ich hatte so lange keinen Sex mehr, dass ich überhaupt nicht an Verhütung gedacht habe. Fast killt das dünne Plastikding über seinem erigierten Schwanz die Stimmung. Aber dann findet seine Hand all meine Stellen, die so gern von ihm berührt werden möchten. Er stöhnt, als ich ihn berühre. Ganz langsam klettere ich auf ihn drauf. Wir fließen ineinander wie Wasser. Über uns wird der Himmel dunkel, und nur drei kleine Glühwürmchen sehen uns dabei zu, wie wir uns auflösen, Himmel und Erde gleichzeitig sind.

Sonntag

Sebastian platzt in mein Schaukelritual. Ich schaukle nicht jeden Sonntag, aber heute habe ich das Gefühl, es ist nötig, etwas Ordnung in meine Gedanken zu bringen. Amor ist heute Morgen wieder aufgetaucht und beobachtet mich jetzt. Sein Blick folgt mir, wie ich hin- und herschaukle.

Ich überdenke, was gestern passiert ist. Noch nie in meinem Leben hatte ich so spontan Sex. Noch dazu mit jemandem, den ich kaum kenne. Eigentlich ist alles, was ich von ihm weiß, sein Vorname. Ich weiß nicht, wie ich mich fühlen soll.

Zusammen mit Sebastian kommt der Regen. Irgendwie ist uns das ganz recht. Statt noch weiter im Garten zu arbeiten, setzen wir uns auf die Terrasse unter die Markise und trinken Kaffee. Das prasselnde Geräusch über uns ist beruhigend.

Sebastian schaut zufrieden auf die gemähte Wiese. »Wir haben doch eine Menge geschafft gestern«, sagt er zufrieden. Ich nicke zustimmend. »Wie fandest du Chris denn?«, fragt er ohne Einleitung. Ich habe keine Lust, meinem Bruder etwas vorzumachen, also sage ich geradeheraus: »Ich habe gestern mit Lars geschlafen.« Er verschluckt sich an seinem Kaffee und muss heftig husten. »Vielen Dank, dass dich das dermaßen überrascht«, sage ich und versuche, ein bisschen beleidigt zu klingen. Ich kann seine Reaktion sehr gut verstehen. Ich bin ja selbst völlig überrascht, wie sich die Dinge entwickelt haben.

»Mit dem Lars, der gestern da war? Lars Binder?«

»Ja, mit dem Lars, der gestern da war. Warum bist du so entsetzt? So schlecht sieht er gar nicht aus, und du wolltest mich doch unbedingt verkuppeln. Ist es da nicht egal, ob es nun ein Chris oder ein Lars ist?« Der Regen wird stärker, und ich schaue besorgt zur Markise hoch, ob sie der Feuchtigkeit standhalten kann.

»Hanna, Lars ist verheiratet. Er hat zwei Kinder, die so alt sind wie meine!«

Die Wassermassen über uns suchen sich einen Weg nach unten. Die Dichtigkeit der Markise lässt nach, und ein kleines Rinnsal tropft mir auf die Haare. Ich rücke nicht zur Seite, lasse mich von oben betropfen, während ich versuche, die Information von Sebastian zu verarbeiten.

»O Mann«, sage ich. »Das habe ich nicht gewusst.«

»Wie ist es denn überhaupt dazu gekommen? Hat er …? Oder hast du …?«

»Wir beide«, antworte ich. Die Markise bekommt immer mehr undichte Stellen. Sebastians Knie wird nass. Um uns herum bilden sich viele kleine Wassersäulen. Keiner trinkt mehr von seinem Kaffee. Auf den Tisch tropft es inzwischen auch. Ich stelle meine Tasse darunter und sehe zu, wie sie immer voller wird und dann überläuft. Verwässerter Milchkaffee breitet sich auf dem Tisch aus.

»Ich kenne seine Frau. Sie ist sehr nett«, sagt Sebastian leise.

»Hör auf. Ich fühle mich schon schlecht genug. Hätte ich das gewusst, hätte ich nicht …«, verteidige ich mich. Ich weiß aber gar nicht, ob das wirklich stimmt. Die körperliche Anziehung gestern war so stark, ich hätte vielleicht doch, ganz egal, wie viele Frauen und Kinder er hat.

»Das muss er selber wissen«, sagt mein Bruder und fängt jetzt auch mit seiner Kaffeetasse den Regen von oben auf. »Aber du triffst ihn doch nicht wieder?«

Ich bin mir nicht sicher, ob das überhaupt eine Frage ist. »Da schlafe ich nach Jahren endlich mal wieder mit einem Typen, und der Sex ist auch noch richtig gut, und dann ist er natürlich verheiratet und dazu noch Papa!« Der Regen rinnt mir jetzt über mein Gesicht. Das Wasser läuft über meine Wangen wie Tränen, als würde jemand anders für mich weinen. Sebastian rückt seinen Stuhl umständlich neben meinen und legt dann einen Arm um mich. Schweigend lassen wir uns nass regnen und schauen in den aufgeräumten Garten. Es tut gut, einen Bruder zu haben, der einen nicht allein im Regen sitzen lässt.

Wir verladen gemeinsam den Aufsitzrasenmäher und den Gator. Ich lasse Sebastian beide Fahrzeuge die nasse Rampe hochfahren. Zum Abschied umarmt er mich kurz und wortlos.

Ich sehe ihm nach, wie er mit dem Pick-up unsere Straße entlangfährt, bis er abbiegt.

Bevor ich mich unter die heiße Dusche rette, verabrede ich mich mit Svenja im Schmittis. Ich wünschte,

Amor wäre hier und würde ein bisschen um meine kalten Beine streichen, aber die Katze ist vor dem Regen irgendwohin geflüchtet.

Vor uns steht seit zwanzig Minuten der beste Käsekuchen der Stadt. Keine von uns hat ihn bisher angerührt. Wir sitzen drinnen, weil es draußen immer noch schüttet. Ich habe Svenja meine ganze Geschichte mit Lars ins Ohr geraunt, damit uns die am Nebentisch nicht hören. Jetzt tut mir der Rücken weh vom ständigen Nachvornbeugen. Svenja ist sprachlos. Sie schaut mich nur ungläubig an. Ich bin fertig mit Erzählen. Jetzt weiß sie, dass ich großartigen Sex mit einem verheirateten Mann hatte. »Wahnsinn!«, bringt Svenja heraus. »Dir passiert aber wirklich ein krasses Ding nach dem anderen! Wobei das jetzt, das ist …«

»Sag jetzt nicht spooky!«, unterbreche ich sie.

»Nein, das ist … krass.« Sie schüttelt abwesend ihren Kopf und schaut durch ihr Stück Kuchen hindurch, als wäre es gar nicht da. »Ihr hattet einfach Sex? Ganz nackt? Ohne ein Gespräch vorher?«

»Na ja, wir haben schon kurz gesprochen. Eigentlich nicht wirklich. Aber es war auch nicht nötig.«

»Weil was ganz anderes nötig war!«, ergänzt Svenja. Ich werde rot. »So kenne ich dich gar nicht, Hanna!«

»Ich mich auch nicht«, gebe ich zu.

»Dann ist er vielleicht der Mr Right!« Ihre Augen blitzen, und sie zieht mich am Arm.

»Svenja, er hat eine Familie!«

»Na und? Aber wenn du doch die Richtige für ihn bist, dann …«

»Hör auf! Wir sind ja nicht einmal verliebt. Wir kennen uns ja überhaupt nicht. Wir hatten einfach nur Sex. Und ja, das ist ungewöhnlich für mich. Aber es war toll. Wenn er nicht verheiratet wäre, würde ich das glatt wiederholen.« Ich grinse sie an und piekse endlich mit meiner Gabel in den Käsekuchen.

»Er könnte trotzdem der Richtige sein. Oder einer von diesen hier ...« Sie holt aus ihrer Tasche einen Stapel Briefe heraus. O Gott, die Kontaktanzeige, die hatte ich ja total vergessen. Es sind so viele Briefe, dass zwei davon vom Tisch rutschen. Eine Frau, die gerade an uns vorbeigeht, bückt sich und hebt sie auf.

»Das ist ja eine Menge Post, hat da jemand einen Verehrer?«, sagt sie anzüglich zu Svenja. Das ist Sandra Liebermann! Was macht die denn hier? »Ach, hi Hanna, na, tust du mit deiner Diätfreundin was für deine Figur?«, lästert sie von oben herab auf uns und unseren Käsekuchen herunter.

»Hallo, Sandra, ich dachte du wärst schon längst in Thailand? War dein Rucksack zu schwer für dein zartes Figürchen?«

»Mein Rucksack wird erst mal warten müssen. Ich treffe heute den neuen Lover meiner Mutter! Er soll wirklich süß sein und noch dazu reif und sexy. Aber du stehst ja eher auf so Normalos in Ringel-T-Shirts, stimmt's?«

Svenja hat inzwischen mitbekommen, wer sich hier bei uns in einem lächerlich weiten Ausschnitt einen Schlagabtausch mit mir liefert.

»Wenigstens hat deine Mutter einen echten Kerl. Was man so hört, musst du dich ja mit Dildos über Wasser halten«, sagt Svenja fröhlich. Sandra Liebermann dreht sich abrupt um und stöckelt weg. Svenja und ich lachen.

»Der war gut!«, sage ich. Mein Blick folgt Sandra Liebermann. Ich möchte gern wissen, wie ihre Mutter aussieht. Eine gertenschlanke ältere Dame steht auf, um sie zu umarmen. Sie trägt die exakt gleiche Frisur wie Sandra, nur in Grau. Ich finde das albern, trotzdem strahlen die beiden zusammen eine große Harmonie aus. Ich wünschte, ich könnte meine Mutter hier treffen und ihren neuen Freund kennenlernen. Der Mann, der eben noch mit dem Rücken zu uns an dem Tisch saß, steht jetzt auch auf. Es ist tatsächlich ein sehr gutaussehender Herr. Die Art und Weise, wie er Sandra die Hand schüttelt, kommt mir unheimlich bekannt vor.

Das kann nicht sein. »Ist das nicht?« Svenja hat ihn auch gesehen und starrt mich mit aufgerissenen Augen an.

»Das ist Klaus«, bestätige ich. »Mein Vater!«

»Der Klaus!«, flüstert Svenja.

»Mit der Mutter von der Liebermann!«, stöhne ich. »Ausgerechnet mit der!«

»Ob die Liebermann weiß, dass der Klaus dein Vater ist?«, fragt Svenja und schielt vorsichtig zur Seite, um die beiden zu beobachten.

»Das glaube ich nicht. Sonst hätte sie mir das sicher schon aufs Brot geschmiert.«

»Hat Klaus nicht eine andere Familie?«, fragt Svenja und stapelt die Briefe auf dem Tisch nach einem nur für sie erkennbaren System.

»Eigentlich ja, aber keine Ahnung, wie da gerade der Stand der Dinge ist. Was mache ich denn jetzt?« Ich schaue meine Freundin fragend an. Sie hält mit dem Stapeln inne und dreht sich zu der Liebermann und dem Klaus um. Auch ich riskiere einen Blick. Die beiden Alten halten Händchen und turteln ganz ungeniert hier im Schmittis herum. Sandra Liebermann sitzt ihnen lächelnd gegenüber. Eine glückliche Familie.

»Du hast mehrere Möglichkeiten«, erklärt mir Svenja. »Variante eins: Wir hauen unauffällig ab. Variante zwei: Du gehst da jetzt rüber und stellst ihn zur Rede.«

»Aber es geht mich doch gar nichts an, mit wem er rumturtelt. Wie soll ich ihn denn zur Rede stellen?«

Svenja antwortet nicht, sondern fährt unbeirrt fort mit Variante drei: »Du gehst da rüber, grüßt ihn und bist dabei die coolste Sau überhaupt.«

»Und wie stelle ich das an? Die coolste Sau überhaupt zu sein?«, frage ich nach.

»Na, du lässt dir nicht anmerken, wie sehr dich das schockt. Du informierst Klaus, dass Sandra übrigens eine ganz liebe Kollegin von dir ist, und dann wünschst du den dreien noch viel Spaß und gibst deinem Vater einen Kuss auf den Mund zum Abschied.«

»Nachdem der damit die Mutter von der Liebermann abgeknutscht hat?! Igitt! Außerdem küssen Klaus und ich uns nie.«

»Egal, das dient doch nur zur Lieberfraueneinschüchterung. Was glaubst du, wie schräg das für sie sein muss, dass der heiße Typ ihrer Mutter dein Vater ist! Ihr seid dann praktisch Schwestern!«

»Ich glaub, mir wird schlecht!«, jammere ich. Ich schiebe meinen Kuchen von mir weg. Svenja gibt mir etwas Zeit zum Nachdenken und sortiert weiter die Briefe nach ihrem geheimen System. »Okay«, seufze ich. »Ich möchte gerne die Coole-Sau-Variante. Was sage ich?«

Svenja schlägt mir ein paar Sätze vor. Leider kann ich mich, als ich bei der neuen glücklichen Familie am Tisch stehe, an keinen einzigen erinnern. Zum Glück entdeckt mich mein Vater als Erster.

»Hanna!«, sagt er und wird ganz aufgeregt. »Was machst du denn hier?« Bevor ich antworten kann, springt er auf, legt ungeschickt einen Arm um mich und verkündet: »Das hier ist meine wunderschöne Tochter Hanna!« Es ist mir ganz neu, dass er mich wunderschön findet, aber so eine pompöse Vorstellung ist genau das, was ich gerade brauche. Sandra Liebermann guckt entsetzt, ihre Mutter freut sich.

»Ach, wie nett, ich bin Monika. Und das ist meine Tochter Sandra.«

»Wir kennen uns.« Ich versuche, ganz lässig zu klingen. »Sandra ist eine meiner Lieblingskolleginnen.« Bevor jemand darauf reagieren kann, taucht Svenja auf.

»Hi, und ich bin Svenja, die ›Diätfreundin‹, so hat Sandra mich gerade genannt.« Sie lacht gewinnend, als sei das der sympathischste Titel, den sie jemals bekommen hat. Monika schaut ihre Tochter strafend an.

»War nur Spaß!«, verteidigt sich Sandra, die jetzt tatsächlich etwas rot wird.

»Setzt euch doch!«, beeilt sich Monika zu sagen.

Svenja schleppt strahlend einen Stuhl zum Tisch und schubst mich neben Klaus auf die Bank.

»Ich hole noch schnell unseren Kuchen!«, sagt Svenja und flitzt los. Klaus und mir ist die plötzliche Nähe unangenehm. Ich kann sein Aftershave riechen. Es wirft mich zurück in meine Kindheit. Plötzlich habe ich Sehnsucht nach ihm oder nach Maja oder einfach auch nur nach Eltern, die in meinem Leben anwesend sind.

»Das ist ja so ein schöner Zufall, dass du auch heute hier bist. Klaus hat mir schon so viel von dir und Sebastian erzählt!«

»Hat er?«, rutscht es mir erstaunt heraus. Klaus wirft mir einen unsicheren Blick zu. Seine Augen flehen mich an, dass ich ihn nicht als Vater, der gar keine Beziehung zu seiner Tochter hat, oute. Svenja kommt mit dem Kuchen zurück. Es ist eine Wohltat, dass sie wieder da ist. Sie übernimmt sofort den Smalltalk mit Monika, während mein Vater, Sandra und ich relativ betäubt danebensitzen.

Der Mann neben mir ist mir fremd. Es tut mir weh, dass ich mich plötzlich an so viele Details erinnere. Wie er das Glas zwischen seinen Händen dreht, wie er den Kopf schief hält, wenn er lacht. All das kenne ich, und doch ist er mir so fremd. Ich weiß gar nicht, wann ich ihn das letzte Mal gesehen habe. Es muss ein paar Jahre her sein. Er ruft mich brav jedes Jahr zum Geburtstag an und überweist mir zweimal im Jahr hundert Euro. Einmal zum Geburtstag und einmal zu Weihnachten. Mich ärgert das Geld jedes Mal aufs Neue. Ich rufe ihn konsequent nie zu seinem Geburtstag an, und auch zu Weihnachten bekommt er keine Karte von mir. Es geht mir gut ohne einen Vater im Leben, genau so lange, bis er zehn Zentimeter von mir entfernt auf einer Bank sitzt. Ich sehe ein paar Schweißperlen auf seiner Oberlippe.

Mir wird das alles zu viel. Ich entschuldige mich und gehe auf die Toilette. Der Waschraum ist im Schmittis überdimensional glamourös. Wie in einem Luxushotel stehen hier zwei Sessel umgeben von Plüsch und Leselampen. Ich lasse mich in einen von ihnen fallen. Durchatmen, Augen schließen. Amor wäre jetzt hilfreich. Ob ich mir die Katze herbeiwünschen kann? Kommt schon, ihr ungewöhnlichen Zufälle, lasst Amor hier auftauchen.

Die Tür geht auf. Erwartungsvoll schaue ich auf den Boden. Schwarze Lackstiefel betreten den Raum. Sandra Liebermann kommt herein. Als sie mich sieht, bleibt sie unschlüssig an der Tür stehen. Ich hätte zwar viel lieber jemanden mit Fell gehabt, aber ich sehe, dass auch sie nicht hier ist, um sich die Nase zu pudern. Ich klopfe einladend auf den freien Sessel neben mich. Sie lässt sich seufzend neben mir nieder. »Schöner Schlamassel«, sagt sie.

»Da stimme ich dir zu.«

Sie massiert sich die Schläfen. Ich arrangiere mein Vogelnest auf dem Kopf neu.

»Dein Vater scheint ein netter Kerl zu sein«, sagt sie. Ich zucke mit den Achseln. »Meine Mutter hätte einen netten Kerl wirklich verdient. Sie hatte nicht so viel Glück mit Männern.«

Ihre Ehrlichkeit überrascht mich. Ich weiß nicht, was ich antworten soll.

»Meine Mutter ist tot«, höre ich mich sagen. Das passiert mir manchmal. Ich habe nie eine gute Möglichkeit gefunden, den Tod von Maja elegant mitzuteilen. Wie formuliert man das geschickt? Ich weiß es nicht, und deshalb rutscht mir manchmal dieser Satz raus, der wie ein Holzhammer wirkt. Die meisten Menschen können mit so einer direkten Ansage nicht gut umgehen. Vermutlich wird sie jetzt sagen, dass es ihr leidtut, und sich dann schnell verkrümeln.

»Das wusste ich gar nicht«, sagt sie mit einer weichen Stimme, in der sehr viel mehr Mitgefühl liegt, als ich ihr zugetraut hätte.

»Ich habe keinen Vater«, vertraut sie mir an.

»Ich eigentlich auch nicht mehr«, sage ich. Wir schauen uns an, und etwas passiert zwischen uns. Wir lächeln ein kleines, gemeinsames Lächeln.

Amor wartet zu Hause auf mich. Er streicht um meine Beine und bettelt um Streicheleinheiten. Wir kuscheln eine Weile auf der Terrasse. Der Regen hat aufgehört, und eine feuchte Wärme schlägt mir jetzt entgegen. Spontan hole ich meine blauen Gummistiefel und gehe durch den ordentlichen Garten bis zur Mauer. Hier endet der ordentliche Garten. Hier haben wir uns geküsst. Ich male wie ein kleines Mädchen mit meinem Finger ein Herz auf die Steine. Er ist verheiratet. Er hat Kinder. Die ganze Welt ist verheiratet und hat Kinder. Ich dachte, ich hätte meinen Platz in der Welt gefunden, auf meiner Schaukel in Majas Garten. Aber seit die Bäume hier bunte Häkelsachen tragen, ist nichts, wie es vorher war.

»Du siehst aus, als ob du jetzt einen Butterkringel brauchst!« Gerda steht plötzlich im Gestrüpp ein paar Meter von mir entfernt. Sie trägt wie ich Gummistiefel, ihre sind gelb. Ich nicke und folge ihr zum Wohnwagen. Sie reicht mir zwei Klappstühle aus dem Wagen und einen Lappen, um den nassen Tisch abzuwischen. Kurze Zeit später sitzen wir uns mit Tee und Butterkringelkeksen gegenüber. Meinen Kuchen habe ich im Schmittis stehen lassen, aber die Kringel kann ich jetzt gut essen. Ich sage nichts, und Gerda hält das aus. Sie füllt diesmal die Stille nicht mit Worten. Es läuft keine Musik, das Zwitschern der Vögel ist das einzige Geräusch.

»Ich habe mit einem verheirateten Mann geschlafen«, breche ich mein Schweigen. Gerda hält mir als Antwort noch einen Keks hin. Ich nehme ihn und beiße ab. »Ich wusste es nicht, aber es hätte vielleicht auch keinen Unterschied gemacht.«

»Bist du verliebt in ihn?«, fragt sie.

Ich denke nach. »Nein«, sage ich.

»Könntest du dich in ihn verlieben?«, will sie wissen.

»Mit etwas Übung vielleicht«, antworte ich.

Gerda lächelt. »Mir fiel verlieben immer leicht. Dafür alles andere nicht, was danach kommt.«

»Dein Mann und du, ihr wart aber doch glücklich, oder?«, frage ich nach.

»Mal ja und mal nein. Ich hätte gerne eines Tages mit einem verheirateten Mann geschlafen, der nicht mein eigener ist.«

»Warum mit einem verheirateten Mann? Hätte es nicht auch ein unverheirateter sein können?«

Gerda schüttelt den Kopf und stellt ihre Tasse ab. »Bei einem verheirateten Mann hätte ich mir keine Gedanken um das Danach machen müssen. Es wäre einfach ein freudiges, aufregendes Erlebnis gewesen. Einen Mann hatte ich ja schon.«

Was Gerda sagt, ergibt Sinn. Auch für mich. Ich muss mir bei Lars keine Sorgen um das Danach machen. Er wird sich nicht in mein Leben drängen, und das ist eigentlich genau das, was ich will. »Was ist mit Wilfried?«, frage ich neugierig.

»Wilfried ist Wilfried. Einfach ein guter Freund. Ich könnte mir nicht vorstellen, mit ihm ...« Sie schüttelt wieder den Kopf und lacht dabei. »Nein!«

Ich muss an Ulli denken. »In Majas Brief steht, dass ungewöhnliche Zufälle die Ankunft meiner großen Liebe ankündigen.« Ich warte eine Reaktion von Gerda ab, und als keine kommt, fahre ich fort. »Die ungewöhnlichen Zufälle sind bereits überall. Aber glaubst du, ich muss aktiv werden, oder klingelt die große Liebe sowieso an meiner Tür?«

Gerda schenkt mir aus der niedlichen weißen Teekanne noch etwas nach. Ich verstehe jetzt den Sinn von kleinen Tassen, man kann ganz viele davon trinken und sich jedes Mal am Geräusch des Einschüttens erfreuen. »Das ist eine prinzipielle Frage. Ist unser Leben vorbestimmt, passiert sowieso, was passieren soll, oder liegt alles in unserer Hand?«

»Was glaubst du denn?«, frage ich sie.

»Ich glaube weder das eine noch das andere. Das Beste aus allem zu machen, das ist die Kunst.«

»Das hätte Maja sagen können.« Ein kleiner grüner

Papagei landet frech auf unserem Tisch. Er hüpft ein bisschen näher, schielt auf die Krümel von den Keksen und fliegt dann aber ganz plötzlich fort.

»Ihm hat die klassische Musik gefehlt«, sagt Gerda. Wir lachen. Es ist schön, hier mit Gerda zu sitzen und Butterkringel zu essen. Sie verurteilt mich nicht. Manchmal tut es gut, sich den Rat einer älteren Person anzuhören – von jemandem, der schon länger auf dieser Welt ist als man selbst, der mehr gesehen und erlebt hat.

»Meinst du, Wilfried wünscht sich mehr von dir?«

»Ich glaube nicht«, antwortet Gerda.

»Aber du bist dir nicht hundert Prozent sicher, oder?«

»Man kann sich nie hundert Prozent sicher sein.«

Ich denke wieder an Ulli. »Was, wenn er sich heimlich mehr wünscht?«

Sie zuckt mit den Achseln. »Dann wünscht er sich eben heimlich mehr.«

»Ja, aber müsstest du das nicht einkalkulieren? Könntest du weiter mit ihm befreundet sein, wenn du wüsstest, dass er mehr wollen würde?«, hake ich nach.

»Du galoppierst gerade auf einem Pferd namens Konjunktiv davon«, neckt sie mich. Ich halte den Blickkontakt, weil ich wirklich eine Antwort möchte. Und ich bekomme sie: »Wilfried ist ein erwachsener Mann. Ich traue ihm durchaus zu, dass er sich artikulieren kann, wenn ihm etwas fehlt. Solange er mir nicht sehr deutlich zu verstehen gibt, dass ihm seine Freundschaft mit mir nicht reicht, habe ich überhaupt keinen Handlungsbedarf.«

»Du meinst, du würdest dir auch Küchenzeilen von

ihm einbauen lassen, wenn du wüsstest, dass er in dich verliebt wäre. Heimlich.«

»Es wäre sein gutes Recht, heimlich in mich verliebt zu sein. Wenn er wirklich heimlich in mich verliebt wäre, hätte er gewählt, mich nicht davon in Kenntnis zu setzen. Dann ist er auch freiwillig weiter einfach nur ein Freund von mir. Ein heimlich verliebter Freund eben. Das ist seine Wahl.« Ich denke über ihre Sätze nach. So habe ich das noch nie gesehen. »Gibt es denn einen Wilfried in deinem Leben?«, will Gerda wissen. Die Kekse sind alle weggegessen. Ich fange an, die Krümel mit den Händen zusammenzufegen, und Gerda macht es mir nach.

»Nein, ich habe keinen echten Wilfried, aber es gibt einen, der es werden könnte. Ich will ihm aber keine falschen Hoffnungen machen oder ihn verletzen.«

»Das wirst du nicht, Hanna.« So wie sie das sagt, klingt es wie eine Prophezeiung.

Später spaziere ich ganz langsam zurück zu meinem Haus. Ich gehe einige Umwege und genieße den aufgeräumten Garten. Im Kopf beginne ich, die Gartenparty zu planen. Ich möchte Lampions in die Zweige der Bäume hängen, und eine Feuerstelle wäre auch schön. Lars könnte sicher eine bauen. Ob das Wilfried-Prinzip auch für verheiratete Männer gilt? Muss ich jetzt aufpassen, ihn nicht mehr zu treffen, damit er seine Familie nicht betrügt, oder ist das nicht auch seine Aufgabe? Es gelingt mir nicht, die Verantwortung dafür ganz abzuschütteln. Trotzdem wäre es toll, wenn er eine Feuerstelle bauen könnte. Ich kann mir ja vielleicht einen

Skianzug anziehen, den man nur sehr, sehr schwer ausziehen kann, und einen Helm. Das Visier lasse ich unten, dann fällt schon mal automatisch das Küssen weg. Und ich lade ihn mit seiner ganzen Familie zum Sommerfest ein. Das ist sicher schräg, aber warum soll das Leben nicht auch ab und zu ein bisschen schräg sein dürfen?

Der Klaus

Ich finde, Krankenschwestern sollten auch Sommerferien bekommen. Sie müssen ja noch weitaus mehr leisten als wir Lehrer, und das Ganze dann noch im Schichtdienst. Es wäre nur gerecht, wenn man diese Idee mal irgendwo einreichen würde. »Mach das, und schreib bitte auch dazu, dass wir das gleiche Gehalt wie Lehrer wollen!« Svenja und ich liegen im Bikini auf Gartenliegen nebeneinander. Wir haben so viel zu besprechen und zu planen, dass es wirklich hilfreich wäre, wenn Svenja etwas Sommerferien hätte. Stattdessen kommt sie von der Frühschicht und ist eigentlich viel zu müde, um mit mir gleichzeitig eine Sommerparty zu planen und auch noch zu überlegen, welche Männer sie von der Kontaktanzeige treffen möchte, und welche ich treffen muss. Svenja findet nämlich, dass sich die Anzeige nur dann lohnt, wenn man möglichst viele Kandidaten trifft.

»Jochen ist aus dem Rennen, oder?«, frage ich sie.

»Ja, ich gucke ihm auch nicht mehr beim Training zu.« Ich klopfe ihr lobend auf die Schulter. »Wen willst du denn jetzt treffen von denen hier?« Sie hält schwach eine Liste hoch, auf der sie mögliche Kandidaten, die sich nicht anhörten wie Massenmörder oder Psychopathen, aufgelistet hat.

Ich seufze, richte mich etwas auf, um einen Schluck aus meiner Coladose zu nehmen, und sage: »Keinen. Ich weiß es nicht. Such du mir einfach einen aus.«

»Oookay.« Das gefällt ihr. Sofort wirkt sie etwas wacher und studiert durch die übergroße Sonnenbrille ihre Liste. Es ist schade, dass sie in diesem Outfit zu keinem Date gehen kann, außer sie trifft sich am Baggersee mit einem Kerl. Svenja trägt einen roten Bikini mit kleinen weißen Schleifen dran. Ihre Haare hat sie mit rotweiß geringelten Haargummis zu zwei Minizöpfen gebunden. Die müden Augen hat sie hinter der riesigen Sonnenbrille versteckt. Fehlt nur der Lippenstift mit der Farbe »scharfes Flittchen«, und ihr Look wäre perfekt.

»Du triffst Karl«, entscheidet sie.

»Karl der Käfer wurde nicht gefragt, man hatte ihn einfach fortgejagt«, singe ich den Text eines dämlichen Achtzigerjahre-Songs. Jetzt werde ich diesen bescheuerten Text den ganzen Tag im Kopf haben. »Hat der was mit Insekten zu tun, der Karl?«, frage ich albern.

»Das weiß ich nicht, er schreibt nur ganz wenig über sich. Kein Nachname, kein Foto, kein Beruf, aber er drückt sich sehr gut und gewählt aus. Ich schätze mal, er ist gebildet, schlank und romantisch.«

»Was will man mehr!«, sage ich ironisch und kneife in meinen Bauchspeck. Svenja macht das Gleiche, und wir vergleichen unsere Speckröllchen und streiten uns kurz, wer die dickere Rolle hat. »Okay, ich treffe den Käfer, und wen triffst du?«, frage ich, als wir damit fertig sind.

»Ich glaube, als Erstes nehme ich mir den Grafen vor.«

»Da ist ein Graf dabei?«, frage ich interessiert und drehe mich zu ihr auf die Seite.

»Immerhin nennt er sich selbst so: Graf Leopold von Rosenau«.

»Hast du den gegoogelt?«

»Ja, na klar. Hab aber nichts Brauchbares gefunden.«

»Dann ist er nicht echt. Meinst du, da meldet sich ein Graf auf eine Kontaktanzeige?«

»Ja, warum denn nicht? Auch Grafen brauchen Liebe!« Svenja macht eine ausladende Handbewegung.

»Okay, du triffst den Grafen und ich den Käfer Karl, und weißt du, was?« Ich habe plötzlich eine tolle Idee und fasse Svenja aufgeregt am Arm: »Wir treffen die beiden am selben Tag zur selben Uhrzeit im Schmittis! Das wird lustig!«

»Woher kommt denn auf einmal deine Begeisterung? Du wolltest dich doch am liebsten gar nicht treffen.« Ich setze mich aufrecht hin. »Man muss das ja nicht so ernst nehmen. Mit dir zusammen macht mir das Spaß. Außerdem bin ich jetzt eine verruchte, gefährliche Frau, die mit verheirateten Männern schläft!« Bei diesem Satz löst sich mein Haargummi, und mir fallen meine langen Haare unordentlich ins Gesicht.

»Ja, das sehe ich. Wolltest du nicht schon vor einer Stunde etwas zu essen machen? Ich verhungere!« Den letzten Satz sagt sie mit einer piepsigen Stimme.

»Sehr wohl, Frau Gräfin Svenja von Rosenau. Ihr Sandwich wird sofort zubereitet.« Ich stehe auf, und Svenja entlässt mich mit einer gnädigen Handbewegung.

In der Küche ist es schön kühl. Ich brate mit nackten Füßen etwas Hühnchenfleisch an und toaste in der Zwischenzeit die Toastscheiben. Mayonnaise, Salat,

Käse, Tomaten und noch etwas Speck, warum nicht. Ich finde alles im Kühlschrank und bastle uns zwei leckere, hoch gestapelte Sandwiches. Ich kriege richtig Hunger, während ich die Toastscheiben mit all den Herrlichkeiten belege. Ich fülle noch zwei große Gläser mit Eiswürfeln und Wasser, lege zwei blaue Servietten dazu, damit es hübsch aussieht, dann balanciere ich das Essen auf einem Tablett in den Garten. Als ich bei den Liegestühlen ankomme, schläft Svenja tief und fest. Ratlos stehe ich eine Weile mit dem Tablett in der Hand herum. Ich will sie nicht wecken, aber das Sandwich mit dem warmen Hühnchen schmeckt einfach nur frisch. Es klingelt an der Tür. Ich mache mit dem Tablett kehrt, stelle es auf dem Terrassentisch ab und suche im Wohnzimmer schnell nach einem Kleidungsstück, das ich mir überwerfen kann. Ich finde nur eine Sweatshirtjacke. Hastig ziehe ich sie über und öffne mit nackten Beinen die Tür.

Vor mir steht der Klaus. In der Hand hält er einen kleinen Strauß Blumen.

»Stör ich?«, fragt er zur Begrüßung.

»Hallo, Klaus«, sage ich steif. »Ich hab gerade Besuch, aber der schläft.«

Er guckt verständnislos und bietet an, ein anderes Mal wieder zu kommen. »Ich hätte vorher anrufen sollen …«

»Magst du Hühnchensandwich?«, frage ich meinen Vater und finde es eigenartig, dass ich so eine Sache nicht von ihm weiß.

»Ich liebe Hühnchensandwich!«, antwortet er. Ich bitte ihn herein. Er überreicht mir ungeschickt den kleinen Strauß Blumen, der aussieht, als hätte jemand ihn für eine hundertjährige Frau gekauft. Ich stelle die Blumen schnell ins Wasser. Klaus steht neben mir, und alles ist ganz schrecklich unangenehm, bis wir auf der Terrasse sitzen. Hier in der warmen Luft, dem Sonnenschein und mit den leckeren Sandwiches auf den Tellern geht es uns beiden besser. Schnell wird mir so warm, dass ich meine Kapuzenjacke öffnen muss. Es ist mir unangenehm, im Bikini vor meinem Vater zu sitzen. »Du siehst gut aus«, sagt er und verschlimmert damit noch mein Gefühl. »Und das Sandwich schmeckt hervorragend!«, lobt er überschwänglich.

Wir können nicht viel reden, während wir essen. »Was verschafft mir denn die Ehre?«, frage ich etwas provozierend, als wir schließlich fertig sind, und uns die Mayonnaisefinger an den Servietten abwischen. Der Klaus beginnt zu schwitzen. Es ist mir unangenehm, dass es ihm so unangenehm ist.

»Ich dachte, ich besuche dich einfach mal.«

»Warum?«, frage ich, angriffslustig wie ein Teenager.

»Ich wollte dich sehen«, sagt er lahm und versucht dann halbherzig einen Witz: »Und habe gehofft, du machst vielleicht gerade Hühnchensandwich!«

»Wieso bist du plötzlich mit der Liebermann zusammen? Was ist denn mit Anke?« Hieß seine letzte Partnerin Anke? Ich weiß es nicht mehr genau.

»Antje ist tot.« Der Holzhammersatz.

»Was? Seit wann?«

»Vor zwei Jahren.« Das ist heftig. Seine Partnerin ist gestorben, und weder Sebastian noch ich wussten etwas davon.

»Ach, Papa«, sage ich voller Mitgefühl. Es tut mir leid.

Nicht nur, dass sie tot ist, sondern auch, dass er keine Familie hat, mit der er das teilen konnte. Er tupft sich die Augen mit seiner Serviette ab. Er fängt sich schnell wieder.

»Es ist nur …«, setzt er zu einer Erklärung an, »du hast mich gerade Papa genannt.«

»Habe ich? Das ist mir gar nicht aufgefallen.«

»Als wir uns da neulich zufällig getroffen haben …« Er macht eine kleine Pause und sortiert sich. »Monika denkt, ich hätte eine tolle Tochter. Es war so schön, dass du plötzlich aufgetaucht bist, was für ein Zufall! Ich habe mich gefühlt, als …«

»Als …?«, frage ich nach, weil er mitten im Satz abbricht.

»Als hätte ich auch wirklich eine Tochter.«

Ich muss an den Satz denken, den ich Sandra auf der Toilette anvertraut habe, als sie mir sagte, sie hätte keinen Vater. »Ich auch nicht mehr«, hatte ich gesagt. Ich kann nichts sagen zu dem Mann, der schwitzend vor mir sitzt. Er wünscht sich ein Zeichen von mir. Ein kleines Lächeln würde genügen oder die Frage, ob er noch etwas trinken will. Stattdessen starre ich an ihm vorbei in den Garten.

»Ich sollte gehen.« Er steht umständlich auf. Ich begleite ihn schweigend zur Tür. Klaus der Käfer wurde nicht gefragt, bastelt mein Gehirn sinnlos den Liedtext um. »Vielen Dank für das Sandwich, und entschuldige, dass ich hier so einfach reingeplatzt bin.« Er öffnet die Haustür, tritt hindurch.

»Klaus«, sage ich. Er dreht sich zu mir um. »Du gibst immer zu schnell auf.«

Er schaut mir einen Moment in die Augen. Der Blickkontakt fällt uns beiden schwer. So viel steht zwischen uns. Wir sind uns fremd. Er ringt mit sich. »Machst du nächste Woche wieder Sandwiches? Gleiche Zeit, gleicher Ort?«

Spontan sage ich: »Nein.«

Er nickt, will schon gehen, dann hält er inne und sagt: »Dann darf ich dich vielleicht zum Essen einladen?«

»Vielleicht«, antworte ich.

»Ich ruf dich an«, sagt er. Ich zucke mit den Achseln. Er dreht sich endgültig um und geht. Bevor er alle Stufen hinuntergestiegen ist, habe ich die Tür schon geschlossen. Man hatte ihn einfach fortgejagt, singt mir mein Gehirn vor. Ich klatsche mir mit der flachen Hand vor die Stirn und hoffe, das hilft. »Du hättest etwas netter zu ihm sein können«, sagt Majas Stimme in meinem Kopf.

»Warum? Warum nett zu jemandem sein, dem nach vierzig Jahren einfällt, dass es nett wäre, eine Tochter zu haben?« Das war jetzt Püttjes Stimme. Der Troll stemmt hinter der geschlossenen Speisekammertür die Hände in die Hüften und wackelt mit seiner Schlafmütze.

»Recht hast du«, flüstere ich in Richtung Speisekammer. Svenja schläft immer noch tief und fest, als ich wieder aus dem Haus in den Garten komme. Ich verspüre plötzlich den Drang, mich zu bewegen. Kurz entschlossen schreibe ich Svenja einen Zettel und verlasse ein paar Minuten später das Haus mit meinen Schwimmsachen.

Im Freibad ist es so voll, dass sich vor dem Eingang

eine lange Schlange gebildet hat. Der Sommer hat bisher noch nicht viele Gelegenheiten geboten, um baden zu gehen, und die Sommerferien haben begonnen. Die ganze Stadt ist heute hier. »O nein«, seufze ich, als ich mich ganz hinten anstelle.

»Du sagst es. Und wenn man erst mal drin ist, kann man keine drei Meter weit schwimmen, ohne dass einem nicht einer unserer Schüler auf den Kopf springt. Und das in den Ferien!«

»Ulli! Schön, dich zu sehen!« Er trägt heute kein geringeltes Oberteil, sondern ein T-Shirt mit einer Rakete drauf und der Aufschrift NASA.

»Komm, wir fahren woandershin, ich hab da eine Idee …« Ich folge ihm neugierig zu seinem Fahrrad. »Ist aber 'ne kleine Strecke bis dahin«, warnt er mich, als ich meine Schwimmsachen wieder in meinem Fahrradkorb verstaue.

»Wie klein?«, frage ich.

»Dreiviertelstunde. Hast du Zeit?«

»Ich bin Lehrerin«, antworte ich grinsend. Svenja wird sicher noch ein paar Stunden schlafen. Sie hat ja die halbe Nacht nachzuholen.

Ulli und ich fahren nebeneinanderher, als wir aus der Stadt raus sind. Er hat zielsicher einen Feldweg gewählt und fährt ein gemäßigtes Tempo, bei dem ich gut mithalten kann. Es ist herrlich, so durch den Sommer zu fahren. Der Fahrtwind streichelt uns. Es riecht nach Wiesenblumen. »Das tut gut«, sage ich, was ich denke. Ulli lächelt mich an.

»Deshalb fahre ich so gerne Fahrrad. Man spürt, wie das Leben um einen herumsaust.« Was für ein schöner

Satz. Den werde ich mir merken. Wir lassen das Leben um uns herumsausen. Damit sind wir so beschäftigt, dass wir bis zur Ankunft kaum miteinander sprechen. Ulli biegt in einen Schotterweg ein. Nach ein paar Metern hält er an. Ich folge seinem Beispiel, und er schließt ganz selbstverständlich sein Fahrrad mit meinem zusammen an ein Schild an, auf dem steht: *Baden und Lagern verboten.*

»Ja, schwimmen ist hier nicht erlaubt, aber alle tun es«, sagt Ulli und schlägt sich rechts in die Büsche.

»Sehr gutes Argument, hast du das auf unserem Schulhof aufgeschnappt?« Ich folge ihm, weil mir gar nichts anderes übrigbleibt. Wir nehmen einen zugewachsenen Pfad.

»Es lohnt sich«, motiviert er mich, als ich über ein paar Brennnesseln steigen muss. Immer wieder hält er mir stachelige Zweige aus dem Weg. Der Pfad verschwindet, und wir müssen uns steil bergab von Strauch zu Strauch hangeln. Es ist angenehm kühl hier im Unterholz. Ulli bietet mir ein paarmal seine Hand an, aber ich will es allein schaffen. Der Pfad ist wieder da und führt uns jetzt mitten durch das Schilf. Er endet an einer kleinen Bucht mit Blick auf den See. Als Ulli das Wasser sieht, knallt bei ihm eine Sicherung durch. Er reißt sich seine Klamotten vom Leib und stürzt sich in der Badehose, die er glücklicherweise darunterträgt, in den See. Er kommt mir vor wie diese wasserverrückten Golden Retriever. Prustend und seufzend schwimmt er los und ruft mir zu: »Nur ein nasser Arsch ist ein wahrer Arsch!« Das war klar, dass er sich diesen dämlichen Satz von mir gemerkt hat. Ich muss lachen. Meinen Bikini habe ich noch unter meinem Kleid. So muss ich es mir nur über den Kopf ziehen und kann ihm folgen. Das Wasser ist viel kälter, als ich dachte. Der See hatte noch nicht genug Zeit, sich aufzuwärmen. Ich brauche etwas, bis ich mich ins Wasser traue. Ulli lässt mich machen und schwimmt inzwischen auf den See raus.

Als er sieht, dass ich es auch ganz ins Wasser geschafft habe, kommt er zurück. Ich tauche unter. Öffne die Augen unter Wasser, sehe erstaunlich klar den Grund unter uns. Ich verwandle mich in einen pfeilschnellen, eleganten Pinguin. Ich tauche auf und wechsle mühelos von Brust- zu Kraulschwimmen. Ulli muss sich anstrengen, um mit mir mitzuhalten. Als ich meinen Rhythmus gefunden habe, stelle ich fest, dass wir jetzt mitten auf dem kleinen See sind. Ulli schwimmt außer Atem neben mir her.

»Hast du eine Ausbildung bei den Kampfschwimmern der Marine gemacht? Dich kann man ja nicht einholen«, japst er.

Ich bin auch außer Atem. »Viel zu lange nicht geschwommen. Ich bin aus der Übung!«, gebe ich zurück.

»Was für ein Glück für mich!«, sagt er. Wir schwimmen jetzt langsam nebeneinanderher. Ich habe gerade einen Sportlehrer im Schwimmen besiegt. Es ist herrlich, kein Chlorwasser auf der Haut zu spüren. Das weiche, kalte Seewasser ist viel schöner.

Von der Mitte des Sees kann man sehen, dass sich fast in jeder kleinen Bucht Menschen befinden. Es gibt auch einen »Hauptstrand«, an dem ganz viel los ist.

»War das eine gute Idee von mir?«, fragt Ulli und will etwas Applaus.

»Eine super Idee!«, lobe ich ihn. »Es ist herrlich, in einem See zu schwimmen, aber ich muss immer aufpassen, dass ich mir nicht vorstelle, was da unter Wasser alles herumschwimmen könnte«, sage ich. Wir sind jetzt sehr weit vom Ufer entfernt, und ein Seeungeheuer hätte jetzt leichtes Spiel mit uns.

»Dann stell es dir einfach nicht vor. Denk nicht an die vier Meter langen Welse und die Raubfische, so dick wie Oberschenkel, die hier leben.«

»Ulli! Halt die Klappe!«

»Ja, und vergiss die Quallen und die kleinen Seepiranhas, die sich in deine Haut bohren, sobald sie dich erwischen …«

»Iiiiiiiihhhh«, schreie ich und schwimme zurück Richtung Ufer. Ulli kommt hinterher und hört nicht auf, von Mörderfischen zu erzählen, denen er jetzt auch noch Namen gibt. Unterwassermeuchelrochen und Gigantomuräne. Ich gebe Gas und kraule davon. An der kleinen Bucht angekommen, ist das Wasser warm. Ich kann wieder bis auf den Grund sehen, und meine Unterwasserängste verflüchtigen sich.

Sobald Ulli ankommt, werfe ich mich auf ihn und tunke ihn unter Wasser. Er geht brav unter, hält aber meine Arme fest, als er wieder auftaucht. Wir stehen uns außer Atem gegenüber. Die Füße im sandigen Seeboden, kleine Wassertropfen hängen in seinen Wimpern. Das wäre der perfekte Moment, um sich zu küssen, aber ich fühle nichts in dieser Richtung. Kein Prickeln, weil mir sein männlicher Körper so nah ist, kein Herzklopfen. Wir schauen uns an und müssen lachen. Vielleicht geht es ihm genauso, vielleicht auch nicht.

Ulli steigt aus dem Wasser und trocknet sich ab. Ich dümple noch ein bisschen am Ufer herum und muss an Lars denken. Seltsam, dass bei ihm ein Blick genügte, um mich in Erregung zu versetzen. Allein die Erinnerung an ihn lässt mich schmelzen. Sexuell waren wir verdammt kompatibel. Aber er ist verheiratet, und ich weiß nicht, ob wir auch zusammen lachen können, und ob er sich gruselige Fischnamen ausdenken würde, um mir mitten auf dem See etwas Angst einzujagen.

Ich gehe auch aus dem Wasser, trockne mich ab und setze mich dann neben Ulli. Spontan erzähle ich ihm von der zufälligen Begegnung mit Sandra Liebermann, ihrer Mutter und meinem Vater. Es redet sich leicht mit Blick auf das blaue Wasser und der wärmenden Sonne auf der Haut. Ulli hört gut zu. An der Stelle mit dem Hühnchensandwich zieht er eine Packung salzige Kräcker aus der Tasche. Wir futtern sie gemeinsam komplett auf und sind heilfroh, dass ich in meinem Rucksack noch eine Dose Cola finde. Wir trinken abwechselnd aus dem kleinen Loch die lauwarme Cola.

»Und jetzt möchte er plötzlich wieder Kontakt zu mir. Ich weiß nicht, was ich davon halten soll«, schließe ich meine Geschichte ab.

»Hm.« Ulli schaut nachdenklich über das Wasser. »Probier es doch aus«, schlägt er vor. »Triff dich mit ihm, und schau, was daraus wird, was hast du zu verlieren?«

»Meine Haltung«, antworte ich leise.

»Deine Haltung?«, fragt er nach.

»Ja, meine abweisende Haltung ihm gegenüber. Ich kenne gar keine andere. Er hat uns verlassen, und es war klar, dass wir ihn dafür hassen, mein Bruder und ich. Klaus hat nie versucht, unsere Gunst zurückzugewinnen. Und jetzt plötzlich soll ich meine Haltung aufgeben? Was passiert, wenn ich das mache?« Ich ziehe die Beine eng an meinen Körper und schlinge meine Arme um sie herum.

»Dann wärst du frei für eine neue Haltung. Und die kannst du ja ganz frei wählen. Wenn du möchtest, kannst du ihn dann immer noch hassen.« Er grinst mich an.

»Ich hasse ihn ja gar nicht.«

»Aber du lehnst ihn ab.« Ich nicke. »Lehn ihn doch weiter ab und triff ihn trotzdem. Guck mal, was dann passiert.«

»Das werden aber sehr schwierige Treffen für ihn«, gebe ich zu bedenken.

»Die hat er ja vielleicht verdient«, meint Ulli.

»Aber ich nicht. Ich hätte mal ein paar nette Treffen mit meinem Vater verdient«, sage ich und strecke meine Beine wieder aus.

»Dann musst du ihm eine Chance geben.« Ulli steht auf und reicht mir die Hand.

»Ich denk drüber nach«, sage ich feierlich und lasse mich von ihm nach oben ziehen.

Als ich nach Hause komme, ist Svenja wach. Sie hat meinen Brief gefunden und sich selbst ein Sandwich gemacht. Pfeifend spült sie im Bikini die Pfanne, als ich hereinkomme. Zuerst erzähle ich ihr von Klaus, dazu hat sie kaum eine Meinung. Nur, dass er ihr Sandwich gegessen hat, das findet sie ungeheuerlich. »Du hättest ihm ein neues machen müssen!« Energisch schrubbt sie meine arme Pfanne, die nichts dafür kann.

»Warum, du konntest es doch sowieso nicht essen. Du hast geschlafen.«

»Trotzdem. Es war ja für mich gemacht. Beim Käsedrauflegen hast du nicht gedacht: für den Klaus. Du hast gedacht: für Svenja! Das ist dann falsch, wenn es ein anderer isst!«

Maja hat mir mal gesagt, wenn jemand so großen Schwachsinn redet, dann steckt immer etwas ganz anderes dahinter. Ich glaube, für Svenja ist es etwas Besonderes, wenn jemand ihr ein Sandwich macht. Seit sie klein war, musste sie sich selbst Brote schmieren. Klaus hat sie um das kleine bisschen Sandwichliebe gebracht, das heute ihr zugedacht war.

»Du hast recht. Er ist ein Schwein!« Sie steigt nicht auf meine Einladung, gemeinsam zu lachen, ein. »Wie wäre es, wenn ich dir stattdessen einen Schokoladenpudding koche?«

»Das«, sie trocknet bedächtig die Pfanne ab, »könnte helfen.«

Während ich das Puddingpulver mit wenig Zucker vermische, erzähle ich von meinem Treffen mit Ulli. Darauf springt Svenja sofort an: »Oh, du hast ihn in Badehose gesehen? Wie sieht er aus?«

»Normal.«

»Er ist Sportlehrer, hat er nicht überall Muskeln?«

»Da habe ich nicht drauf geachtet.«

Sie stöhnt und setzt sich auf meinen Küchentisch. »Hanna, du gehst mit einem Typen baden und achtest nicht auf seinen Körper?«

»Genau, ich gehe mit Ulli baden und achte nicht auf seinen Körper. Und das Schöne ist, er auch nicht auf meinen. Wir hatten Spaß, sind geschwommen, und das war es.«

Svenja ist nicht zufrieden. »Aber gab es denn gar keine Gelegenheit zum …«

»Doch, die hätte es gegeben.« Ich gieße die Puddingmischung in die kochende Milch. »Wenn wir gewollt hätten.«

»Du wolltest nicht!«, sagt sie vorwurfsvoll.

»Mein Gott, Svenja! Man verliebt sich nicht auf Knopfdruck!« Ich rühre den Pudding so schnell, dass mir fast der Arm abfällt.

»Aber Sex haben auf Knopfdruck, das geht?«, fragt sie und holt zwei Schalen aus meinem Schrank.

»Ja, das ging. Aber eben nicht mit Ulli, sondern mit Lars. Und der ist vergeben.«

»Ich weiß«, seufzt Svenja. »Alle Guten sind immer verheiratet.«

»Ich weiß gar nicht, ob Lars ein Guter ist.«

»Wirst du es herausfinden?« Sie schiebt mir die Schalen hin, und ich gieße den dampfenden Pudding hinein.

»Eher nicht«, antworte ich.

»Du triffst den Käfertyp! Hab ich alles schon arrangiert.«

Das war klar. Svenja macht keine halbe Sachen. »Wann?«, frage ich schwach.

»Morgen, 17 Uhr im Schmittis. Und ich treffe zur selben Zeit den Grafen! Wenn alles glattgeht, feiern wir nächstes Jahr eine Doppelhochzeit bei dir im Garten!« Sie sieht mein entsetztes Gesicht und sagt: »Ja, das muss man so weit im Voraus planen, was glaubst du denn? Eine Hochzeit muss perfekt vorbereitet sein. Kennst du einen guten Caterer?« Sie stupst mich in die Seite. »Ist doch nur Spaß, das wird lustig!«

Ich nehme einen Löffel von dem viel zu heißen Pudding und verbrenne mir den Mund. Hoffentlich, denke ich, hoffentlich.

Rivalinnen

Eigentlich schlafe ich in den Ferien immer so richtig schön lang, nachdem ich den Abend vorher ewig auf der Couch versumpfe. Das Versumpfen lief ganz gut, nur das Ausschlafen klappt überhaupt nicht, wenn um acht Uhr morgens jemand wild an meiner Tür klingelt. Ich habe versucht, es zu ignorieren. Ich dachte, wenn ich mich totstelle, geht der Wahnsinnige vielleicht wieder weg. Aber keine Chance. Schimpfend steige ich aus dem Bett. Ich mache mir nicht die Mühe, mir irgendetwas über mein Schlafshirt zu ziehen, der soll ruhig sehen, dass er mich aus dem Bett geholt hat, der Idiot, wer immer es ist. Falls das Iris ist, um mir mitzuteilen, dass vor meinem Haus eine Herde Büffel grast, bringe ich sie um. Ich reiße die Haustür auf und sehe rot. Im wahrsten Sinne des Wortes. Vor mir ist eine dicke rote Masse, die sich unaufgefordert, nach dem Öffnen der Tür, sofort in meinen Flur schiebt. Vielleicht bin ich gar nicht wach? Das ist ein ganz typischer Traum. Man öffnet im Schlafshirt die Tür und wird von einer dicken roten Masse angegriffen, die wie ein Sofa aussieht. »Weißt du, wie schwer das Ding ist?«, motzt mich jemand an, der hinten an der Sofamasse dranhängt. Der Kopf von Sebastian hat dieselbe Farbe wie die Masse. Witzig, wie hat er das nur hinbekommen, genau den gleichen Farbton zu treffen?

»Jetzt steh hier nicht so blöd im Weg rum, Mann! Wo soll das hin?«, schnauzt er mich mit seinem Ton-in-Ton-Gesicht an. Spinnt der eigentlich?

»Was soll das? Wieso schleppst du mir um acht Uhr morgens dieses rote Ungetüm hier rein?«

»Hast du meine SMS nicht gelesen?« Er stöhnt. Ich kann nicht sagen, ob das wegen meiner übergroßen Unfähigkeit ist, seine SMS zu lesen, in denen er mich informiert, mir zu unchristlichen Zeiten ungefragt unförmige Möbel zu liefern, oder deswegen, weil das Teil so schwer ist. Beides könnte zutreffen. »Stell ab, stell erst mal ab!«, sagt er gepresst. Erst jetzt bemerke ich, dass hinter der roten Masse noch ein Mann steht. Es ist Lars. Meine Gesichtsfarbe passt sich chamäleonartig ebenfalls dem Sofa an.

»Ich hab keine SMS gelesen, mein Handy ist nicht wie bei dir mit meiner Hand verwachsen. Ab und zu liegt es tatsächlich stundenlang irgendwo allein rum. Ganz ohne Betreuung. Also, erklär es mir.«

»Was?«, fragt Sebastian dümmlich.

»Na, das hier!« Ich zeige auf das Sofa, das den Flur komplett verstopft, und mit einer heimlichen Geste, die nur die eigenen Geschwister verstehen können, auf Lars.

»Das Sofa ist für Jule. Sie hat nächste Woche Geburtstag, und er«, er zeigt mit einer unmissverständlichen Geste, die jeder verstehen kann, auf Lars, »hatte Zeit. Also, wohin?«

»Du willst das Ding eine Woche bei mir zwischenlagern, ohne mich zu fragen?«

Sebastian beugt sich schwitzend und theatralisch über das Sofa. »Ich hab dir eine SMS geschickt!«

»Wann? Wann hast du mir eine SMS geschickt?«

»Na, gestern!«

»Ja, wann gestern? Morgens, mittags, abends, nachts?!«

Er zieht knurrend sein Handy aus der Tasche und schaut nach. »Gestern um 23.12 Uhr. Zufrieden?«

»Nein. Du schickst mir um 23.12 Uhr eine SMS und erwartest dann, dass ich sie sofort lese und mein ganzes Leben auf acht Uhr ausrichte, damit du mir ein hässliches Sofa in den Flur schleppen kannst?« Ich weiß gar nicht, warum ich mich mit ihm streite. Wach bin ich jetzt sowieso, und es ist ja wirklich keine große Sache, ein Geburtstagsgeschenk für Jule unterzustellen. Aber in diesem Fall ist es eben doch eine große Sache, die meinen Flur verstopft, und Sebastian ist mein Bruder. Manchmal habe ich das Gefühl, mit ihm zu streiten ist wie ein Reflex.

»Du willst mir also erzählen, dass es dir hier in dem riesigen Haus nicht möglich ist, spontan ein Sofa unterzubringen? Und acht Uhr findest du früh? Hast du eine Ahnung, wie früh andere Leute aufstehen, die nicht Lehrer sind? Zum Beispiel Leute, die Kinder haben ...«

O Gott, jetzt kommt die Leier. Das kann eine Weile dauern. Lars, der bisher nur von einem zum anderen geguckt hat, hebt jetzt mit einem Ruck das Sofa, das auf dem Rücken stand, in seine richtige Position. Er klopft einladend auf die Sitzfläche. »Setzt euch doch, ich mach eben mal Kaffee!« Er verschwindet in Richtung Küche. Ich würde ihm zu gern folgen, aber das Sofa versperrt mir den Weg. Seufzend lasse ich mich auf das Teil fallen, und Sebastian, der nicht aufhört zu reden, setzt sich neben mich, weil er mich so noch besser volllabern kann.

Als er kurz Luft holt, versuche ich dazwischenzugehen.

»Was, Hanna, was willst du mir vorwerfen?«

»Das ist verdammt bequem, dein Geschenk!«, nehme ich ihm den Wind aus den Segeln. »Gute Wahl, woher hast du das?« Ich erfahre die ganze Geschichte von der kleinen alten Frau in diesem Laden, und dass Jule es so schön fand, und wie er heimlich ...

Lars serviert uns Kaffee. Schwarzen Kaffee ohne Zucker und Milch. Offensichtlich trinkt er ihn so, und deshalb kommt er gar nicht auf die Idee, dass wir ihn gern anders hätten. Ich klettere über das Sofa, hole Milch aus der Küche und schenke Sebastian und mir davon so viel ein, wie es die vollen Tassen zulassen.

»Klecker ja nix auf das neue Sofa«, warnt mich mein Bruder. Lars setzt sich in die Mitte und damit ziemlich nah neben mich. Meine nackten Beine berühren seine. Es knistert gewaltig zwischen uns. Er hat seinen Arm lässig auf der Sofalehne platziert. Ich müsste mich nur ein bisschen weiter nach hinten lehnen und läge in seinem Arm. Der warme Kaffee tut weh an meinem verbrannten Mund. Ich trinke trotzdem ein paar Schlucke, um etwas zu tun zu haben. Sebastian merkt, wie nah Lars neben mir sitzt, und wird nervös. Er fängt an, mir ein paar wilde Zeichen zu machen. Sobald Lars guckt, tut er so, als hätte er sich nur am Ohr gekratzt. Was Sebastian von seiner Position aus nicht sehen kann ist, dass Lars jetzt anfängt, mit seinen Fingerspitzen meinen Nacken zu berühren. Ich hoffe, man sieht die Gänsehaut nicht, die sich jetzt großflächig auf meinem ganzen Körper ausbreitet. Das gibt es doch gar nicht. Kaum bin ich mit Lars in einem Raum, verwandle ich mich in eine Sexsüchtige. Ich möchte jetzt eigentlich am liebsten meinen Bruder ganz schnell loswerden und es dann mit Lars auf diesem Sofa tun. Es wäre perfekt dafür. Nicht zu weich, groß genug, um sich übereinander hinzulegen. Übereinander, genau. Ich oben, er unten. Als könnte Sebastian meine Gedanken lesen, springt er auf und zieht Lars plötzlich in den Stand. »Wir müssen!«, sagt er aufgeregt. »Wohin jetzt mit dem Ding?«, herrscht er mich an.

»Ins Gästezimmer«, sage ich schnell, bevor er Lars noch in den Schwitzkasten nimmt. Ich trete zur Seite und lasse die beiden das Sofa aus dem Flur schleppen. Ich muss mich an die Wand pressen, damit sie vorbeikommen, und Lars streift mich beim Rausgehen absichtlich. Ich atme einmal tief ein und aus, als ich im Flur allein bin.

Ich höre etwas Gestöhne und Geächze, dann kommt Sebastian im Stechschritt mit seinem sofaroten Kopf wieder in den Flur geschossen. »Kein Wort zu Jule!«

Ich verdrehe die Augen. »Bin ja nicht mehr sechs Jahre alt!« Ich habe damals mit sechs tatsächlich mal ein Geburtstagsgeschenk für Maja verraten, das Sebastian ihr besorgt hatte. Das hat er mir nie verziehen, nachtragend wie große Geschwister nun mal sind.

»Jaja, hab ich alles schon erlebt«, grummelt er und versucht, mit seinem Körper Lars abzuschirmen, was ziemlich auffällig und peinlich ist. Als beide in der Tür stehen und sich verabschieden, hebt Lars heimlich seine ausgestreckte Hand mit fünf Fingern. Seine Lippen formen das Wort »Minuten«. Fünf Minuten. Ich schließe die Tür und renne nach oben ins Bad. Ich putze meine Zähne, und alles an mir, was ich in dieser knappen Zeit erwischen kann. Es klingelt unten. Mir wird schwindelig. Ich sollte das nicht tun. Ich sollte nicht öffnen. Er hat eine Familie. Ich nehme zwei Stufen auf einmal, reiße atemlos die Tür auf. Noch bevor er überhaupt im Haus ist, küsst er mich. Wir schaffen es gar nicht bis zu irgendeinem Sofa. Da es jetzt nicht mehr unser erstes Mal zusammen ist, sind wir viel hemmungsloser. Wir tun es im Flur. An der Wand, auf dem Boden, an der Zimmerdecke. Die Wellen schlagen über uns zusammen. Er ist gut. Ich bin gut. Wir sind unschlagbar und kommen gemeinsam ins Ziel.

»Was ist mit dir?«, fragt Svenja direkt, als ich sie anrufe. »Du klingst so ...«

»Durchgevögelt?«, frage ich fröhlich.

»Nein! Wer war heute Nacht bei dir?«

»Niemand, Sebastian hat mir heute Morgen um acht ein Sofa geliefert.«

»Sehr spannend, wie du jetzt von deinem Bruder auf ordentliches Durchvögeln kommen willst«, unterbricht sie mich.

»Lars war dabei!«

»Oh! O Gott! Und dann? Habt ihr gesagt, ihr müsst mal eben beide auf Toilette, und habt es dort schnell getan?«

»Nein, keine Chance, Sebastian stand wie eine Anstandsdame die ganze Zeit zwischen uns, das war schon richtig peinlich, weil es so offensichtlich war!«

»Und dann?«

»Sind beide gegangen.«

»Und?«

»Und Lars hat sich an der Bushaltestelle absetzen lassen und ist zurückgejoggt.«

»Wahnsinn. Und dann?«

»Dann kam das Durchvögeln.«

»Mehr Details bitte!« Svenja kriecht fast in die Leitung hinein.

»Flur, wild, gut. Ich finde mein Nachthemd nicht mehr.«

»Krass«, haucht sie in mein Ohr. »Und jetzt?«

»Jetzt ist er weg, und ich mache mir Frühstück.«

»Ja, und wie geht es dir?«

Ich denke kurz nach. »Wenn das Dopamin nachlässt, vermutlich nicht so gut. Einmal ist keinmal. Zweimal ist schon eine Affäre.«

»Du hast eine Affäre mit einem verheirateten Mann!«, quietscht meine Freundin, als wäre das eine irre tolle Leistung.

»Dass er verheiratet ist, finde ich gar nicht so schlimm. Heftig ist, dass er zwei kleine Kinder hat.«

»Wieso macht das für dich einen Unterschied?«, fragt sie sanft. Jetzt ist sie nicht mehr die sensationslüsterne Freundin, sondern die mitfühlende. Ich setze mich in Unterhose und der Sweatshirtjacke an den Küchentisch.

»Wenn er keine Kinder hätte oder solche, die schon groß sind, dann betrügt er nur seine Frau. Und das kann ich leichter von mir weisen, als wenn er die Mutter seiner Kinder betrügt. Ich sehe ja bei Jule, was eine Frau alles tut für die Kinder und die Familie. Und sich dann woanders schnellen Sex zu holen ist irgendwie mies.«

»Mies von ihm.«

»Ja, und von mir, weil ich es ja jetzt weiß, dass zu Hause Frau und Kinder auf ihn warten. Ich mache da mit. Ich betrüge seine Familie.«

»Moment mal, Hase, das stimmt doch so nicht. Ich darf dich mal eben daran erinnern, dass du keine Kinder hast und auch keinen Mann. Du betrügst hier niemanden.«

»Aber wenn ich nicht so notgeil die Tür geöffnet hätte, dann hätte Lars heute nur ein Sofa geliefert und nicht seine Frau betrogen.«

»Ab wann ist es denn Betrug? Wenn er ihn reinsteckt? Wenn er dich küsst? Wenn er dich anschaut und an Sex denkt? Wann, Hanna?«

Ich schweige, weil ich das nicht so genau sagen kann.

»Und wäre es weniger Betrug, wenn er so wie Ulli einfach gern Zeit mit dir verbringen würde? Ohne Sex? Aber er wäre lieber mit dir am See als mit seiner anstrengenden Frau, das wäre dann kein Betrug?«

»Wenn du es so formulierst, ist ja alles Betrug!«

»Ja, eben. Das glaube ich auch. Ehe ist immer Betrug!«

»Das aus deinem Mund!«

»Ich finde heiraten toll! Ich werde unbedingt heiraten! Schon allein wegen der Party und dem Kleid und der Torte und …«

»Komm zum Punkt!«

»Ehe funktioniert, glaube ich, nur mit Betrug. Und den muss jeder selbst für sich definieren. Jetzt mal ganz überspitzt gesagt – wenn es Lars guttut, dich zu vögeln, dann hat seine Frau auch etwas davon, nämlich einen entspannten Ehemann.«.

»So kann man sich ja alles schönreden. Möchtest du, dass dein Mann mit einer anderen vögelt, um sich zu entspannen?« Svenja zögert. Diese Frage kann sie nicht bejahen. »Siehst du«.

»Aber du bist nicht die Ehefrau. Du bist Single. Das ist doch schwer genug, da kann man doch wenigstens ein paar Früchte naschen!«

Früchte naschen, jetzt wird sie auch noch blumig. »Ich weiß nicht. Maja hätte ich das nicht erzählen können. Die wäre mir an die Gurgel gesprungen.«

»Wer weiß«, sagt Svenja leise.

»Wie meinst du das?«

»Ja, Hase, glaubst du denn, dass deine Mama, nachdem der Klaus weg war, nie wieder mit einem anderen Mann geschlafen hat? In all den Jahren nicht?«

Ich starre auf den Küchentisch vor mir und komme mir vor wie ein Teenager, der feststellt, dass die eigenen Eltern durchaus noch Sex haben. Svenja hat sicher recht. Maja war eine sehr attraktive Frau. Es wäre ziemlich unrealistisch zu glauben, sie hätte nie wieder …

»Was mache ich jetzt?«, frage ich.

»Du genießt das einfach. Besser kann ein Sommertag doch gar nicht beginnen. Ich muss jetzt los zur Schicht. Wir sehen uns heute um 17 Uhr im Schmittis. Zieh dich schön an, und sei, wie du bist!«

Ich nicke, und obwohl Svenja das nicht sehen kann, versteht sie mich.

Amor ist wieder aufgetaucht. Er hat sich etwas Futter abgeholt, und jetzt liegt er schnurrend auf Jules Sofa und haart es voll. Ich sitze fertig angezogen für mein Date daneben, streichle ihn und haare das Sofa ebenfalls voll. Ich habe heute mal auf mein Vogelnest verzichtet und gehe mit offenen Haaren. Warm und weich fallen sie mir den Rücken herunter. Sie hüllen mich ein wie eine schützende Wolke. Mit der rechten Hand im Fell des Katers, freue ich mich tatsächlich ein bisschen auf das Treffen mit Karl. Svenja wird ja in der Nähe sein. Ich hoffe, ihr Graf taugt auch etwas. Für Svenja ist dieses Date viel wichtiger als für mich.

»Wünsch ihr Glück«, sage ich zu dem schnurrenden, auf dem Rücken liegenden Bündel. Als Antwort legt sich der Kater eine Pfote über sein Gesicht. Ich stehe auf und gehe mein Handy suchen. Als ich es endlich hinter dem Katzenfutter finde, stelle ich fest, dass Svenja mir vierzehn verschiedene Outfitbilder geschickt hat und fragt, welches sie denn nun anziehen soll. Für eine Antwort ist es jetzt wohl zu spät. Ich verstaue mein Handy in der Tasche, sage Amor auf Wiedersehen und fahre zuversichtlich mit meinem Fahrrad los. Der Himmel ist blau, meine Haare fliegen hinter mir her.

Im Schmittis ist es, wie immer an schönen Tagen, draußen brechend voll. Hier werden wir niemals zwei Tische gleichzeitig bekommen. Bei dem tollen Wetter drinnen zu sitzen ist aber auch doof. Svenja kommt gerade an. Hastig stöckelt sie auf mich zu. »Gut siehst du aus!«, sage ich anerkennend. Svenja trägt einen Rock und ziemlich hohe Stiefel, mit denen sie nicht wirklich gut laufen kann.

»Du auch!«, gibt sie das Kompliment schnell zurück, obwohl ich nur Jeans und T-Shirt trage. »Sind sie schon da? Hast du das Erkennungszeichen?«

Ich halte meine Banane hoch. Das war natürlich Svenjas Idee. Karls und mein Erkennungszeichen ist eine Banane, das von ihr und dem Grafen ein Apfel. Sie fand Früchte passender als Blumen. »Früchte der Liebe, das ist romantisch!«, meinte sie.

Ich finde es überhaupt nicht romantisch, hier verschämt mit einer Banane in der Hand in der Sonne zu stehen. »Ich geh rein und setze mich an einen Tisch.«

»Warte, ich komm mit!« Svenja läuft mir wie ein Hündchen mit ihrem Apfel in der Hand hinterher. Im Schmittis ist es leer, ruhig und angenehm kühl. Wir wählen zwei Tische, die weit genug auseinander stehen, damit nicht auffällt, dass jetzt an jedem Tisch drinnen eine einsame Dame mit einem Stück Obst als Begleitung sitzt. Aber wir haben Sichtkontakt, und das ist gut. Ich winke Svenja aufmunternd zu, die blass und nervös mit ihrem Apfel spielt. Mir ist es zu peinlich, meine Banane auf den Tisch zu legen. Ich halte sie auf dem Schoß. Eine blaue Hortensie als Erkennungszeichen wäre mir sehr viel lieber gewesen. Warum bin ich überhaupt hier? Ich kann mir einfach nicht vorstellen, dass man auf diese Art Männer kennenlernen kann, die ernsthaft für eine Beziehung in Frage kommen. Außerdem bin ich mir ja nicht mal sicher, ob ich denn überhaupt eine Beziehung möchte. Irgendwie zwingen mich die seltsamen Zufälle zu alldem hier. Die und Svenja. Die Bedienung kommt, und ich bestelle eine Rhabarberschorle. »Keinen Käsekuchen?«, fragt sie erstaunt.

»Später vielleicht«, sage ich. Sie nickt freundlich und geht rüber zu Svenja. In diesem Moment betritt ein Mann den Raum. Er sieht aus wie Elvis. Seine Haare hat er zu einer Tolle gestylt, er trägt eine schwarze Lederjacke und einen Apfel. Ich bin ganz kurz erleichtert, aber es tut mir sofort leid für Svenja. Vor allem, weil der Elvis jetzt vor ihrem Tisch rumspringt, singt und einen kleinen Tanz für sie aufführt. Sie schaut hilflos zu mir herüber. Ich überlege, ob und wie ich sie jetzt retten könnte. Vielleicht sollte ich hinübergehen und sagen: »Danke, dass Sie auf meinen Apfel aufgepasst haben!« Wie schwachsinnig ist das denn? Wer passt schon auf Äpfel auf? Während ich noch überlege, setzt Elvis sich hin, und ein anderer Mann betritt den Laden. Der sieht ganz normal aus, bis auf die Tatsache, dass er eine Banane wie ein Schwert in der Hand mit sich herumträgt. Das ist dann wohl Karl. Svenja schaut ihm sehnsüchtig nach, als er an ihrem Tisch vorbeigeht. Ich winke ihm mit meiner Banane zu, als er sich suchend umsieht. Mit großen Schritten kommt er zu meinem Tisch. »Karl.« Er gibt mir die Hand.

Ich weiß nicht, ob ich jetzt aufstehen sollte, entscheide mich dagegen. »Hanna.«

Er setzt sich. Jemand sollte etwas sagen, ganz unbedingt. Wir legen unsere Bananen nebeneinander auf den Tisch. Sie berühren sich und haben kein Kommunikationsproblem wie wir. Die Bedienung ist ein Engel und rettet uns, indem sie sofort auftaucht und seine Bestellung aufnimmt. Er bestellt einen Kaffee und fragt dann, ob ich einen Käsekuchen möchte. »Der ist sensationell hier!«, fügt er hinzu. Seine Stimme. Ich kenne ihn. Woher kenne ich Karl? Ich bestelle grübelnd auch ein Stück Käsekuchen.

»Karl, erzähl mal, was machst du so?«, eröffne ich das Gespräch, um ein paar Hinweise zu erhalten.

»Vor der Frage habe ich mich schon gefürchtet. Jetzt muss ich von meinen Hobbys erzählen und mich dabei möglichst gut verkaufen, stimmt's?« Ich lächle ihn an. »Ist Lesen ein langweiliges Hobby? Also ich lese gerne und … sonst …« Er fährt nervös mit den Fingern über den Tisch. Woher kommt er mir bekannt vor? Er war auf alle Fälle nicht so unsicher, das passt nicht in meine dunkle Erinnerung. Irgendwie war er auch kleiner? Verwechsle ich ihn?

»Was machen Sie denn so?«, fragt er, weil ihm nichts Gutes mehr einfällt. Unser Date läuft bisher gar nicht gut. Er ist viel zu nervös, und ich bin überhaupt nicht bei der Sache, weil mir einfach nicht einfällt, ob und wenn ja, woher ich ihn kenne. Sicher ist er der Vater von einem meiner Schüler.

»Hast du Kinder?«, frage ich und merke erst, als ich die Frage ausgesprochen habe, dass das ziemlich forsch ist für die ersten drei Minuten des Kennenlernens.

»Nein, Sie?« Es irritiert mich, dass er mich siezt.

»Du, sag du.« Er nickt. »Ich habe auch keine Kinder.« Er wirkt erleichtert. Wir haben eine Gesprächslücke. Ich glaube, ich bin dran, mir etwas auszudenken, darum sage ich: »Ich habe eine Katze. Sie ist mir zugelaufen. Ich glaube, es ist ein Kater, so genau weiß ich das aber nicht.«

»Wenn er auf dem Rücken liegt und sich streicheln lässt, dann drück ihm mal leicht unten in die Leistengegend. Wenn es ein Kater ist, siehst du dann etwas, wenn es eine Katze ist, nicht.«

»Du kennst dich aus mit Katzen?«

»Ich kenne mich aus mit Tieren.«

Na klar kennt er sich aus mit Tieren! »Du bist Tierarzt! Du bist Dr. Horse!«, sage ich lauter als beabsichtigt.

»House«, verbessert er mich. »Und du bist die Giraffenfrau! Du hattest unsere Bibby im Vorgarten!« Wir strahlen uns an. »Ich habe gleich gedacht, dass du mir bekannt vorkommst!«, sagt er. Unser Käsekuchen kommt. Das Eis ist gebrochen. Wir reden über Bibby und meine Hortensien. Versichern uns, dass es beiden gutgeht. Jetzt ist er nicht mehr nervös. Ich finde es witzig, dass wir uns hier treffen. Ist das wieder einer der Zufälle, vielleicht der Zufall überhaupt? Mit Bibby hat das Ganze schließlich angefangen. Es würde Sinn ergeben. Dr. House hat eine langweilige Frisur, aber schöne blaue Augen. Ob ich mich in ihn verlieben könnte, wenn ich mich bemühe?

Ich werfe einen Blick hinüber zu Svenja, die so gar nicht glücklich aussieht. Der Graf hängt über dem Tisch, und sie versucht, sich so weit wie möglich nach hinten zu lehnen, um den größtmöglichen Abstand zwischen ihnen zu erreichen. Warum muss sie so ein Pech haben?

»Kennst du die beiden?« Karl folgt meinem Blick.

»Svenja ist meine Freundin. Sie hatte auch die Idee mit der Kontaktanzeige. Der Text ist von ihr.«

»Der Text war gut«, lächelt Karl. »Er war ehrlich und herzlich. Das hat mir gefallen. Und sie trifft sich auch gerade …?« Ich nicke. »Ihr seid ja ein witziges Team!«, findet er. Ich bin ganz erleichtert, dass ich ihm die Wahrheit sagen konnte. Jetzt fühlt es sich viel besser an, ihm hier gegenüberzusitzen. »Und verrätst du mir auch, was du beruflich machst?«

»Ich bin Lehrerin.«

»Tiere und Kinder! Das passt doch!«, sagt er zufrieden. Flirtet er mit mir? Und wenn ja, warum kann ich das nicht so locker erwidern? Ich muss mir einfach etwas mehr Mühe geben!

»Du hast ein sehr schönes T-Shirt an«, sage ich. Er lächelt. Na also. Ich kriege das schon hin.

»Wenn du Lehrerin bist, hast du ja gerade Ferien, oder?« Ich nicke. »Was fängst du mit all der Zeit an?«, will er wissen.

»Das ist jetzt eine Frage nach meinen Hobbys, bei der ich mich möglichst gut verkaufen muss?«

»Exakt.«

»Okay, hm, ich bin so etwas wie eine Schaukelexpertin, ich schwimme gerne …«, und momentan schlafe ich hobbymäßig mit einem verheirateten Mann, füge ich in Gedanken hinzu.

»Entschuldigt, dass ich euch störe, aber …« Svenja steht plötzlich an unserem Tisch.

»Wo ist Elvis – ich meine, der Graf?«, frage ich mit einem Blick auf ihren leeren Tisch.

»Der ist auf Toilette, und ich brauche dringend einen Plan, um ihn loszuwerden!«, zischt sie. »Er singt die ganze Zeit Elvis-Songs und ist überhaupt ziemlich durchgeknallt. Er will mir seinen Liebesprügel zeigen und was weiß ich nicht noch alles.« Svenja wirkt echt verzweifelt, dabei ist sie als Krankenschwester ja einiges gewohnt.

»Na dann, *return to sender*! Mach doch die Nummer mit der Diabetes-Katze!«

»Diabetes-Katze?«, fragt Karl amüsiert.

»Zu spät, er kommt!«, sage ich. Elvis tanzt auf uns zu, singt Svenja an und macht schlimme Bewegungen. »Das ist ja furchtbar mit deiner Katze, los, beeil dich, damit du sie noch retten kannst!«, sage ich laut, um den Gesang zu übertönen.

Elvis bricht ab. »Aber, Darling, Baby, du willst mir doch jetzt nicht weglaufen?«

»Ich muss. Leider. Meine Katze hat Diabetes, und ich habe vergessen, sie pünktlich zu füttern, das ist aber ganz wichtig bei Diabetes!«

»Dann komme ich mit. Ich kann doch mein Sweetypie jetzt nicht einfach gehen lassen. Wir haben uns doch so gut verstanden, und ich kann noch viel mehr schöne Songs!« Gott, der Typ hat wirklich einen an der Waffel.

»Das geht nicht!«, sage ich schnell.

»Warum nicht?«, fragt Elvis hartnäckig. Ratlos schauen Svenja und ich uns an.

»Das geht nicht, weil ich sie fahre! Ich bin Tierarzt. Ich nehme dich auf meinem Motorrad mit. Das Tier hat sicher schon Hypoglykämie! Wir dürfen keine Zeit verlieren!« Ich muss mir auf die Lippe beißen, um nicht zu lachen. Karl ist großartig! Hoffentlich fällt Elvis nicht auf, dass er keinen Helm hat.

»Hypowas?«, fragt er nach, sichtlich beeindruckt von dem Fachjargon.

»Unterzuckerung. Kann ganz schnell zum Tod führen, mein armes Tier!« Svenja fasst sich theatralisch an den Hals.

»Ihr müsst sofort los, der Graf lädt dich sicher ein!«

Ehe Elvis etwas sagen kann, sind die beiden schon nach draußen gerannt. Das ist eine ziemliche Leistung in Svenjas hohen Stiefeln. Verzweifelt schaut Elvis mich an. »Du musst mir ihre Adresse geben, Baby, sie ist die Frau meiner schlaflosen Tagträume. Sie ist so prall. Wie gerne hätte ich ihre Äpfel gekostet.« Pantomimisch liebkost er jetzt Svenjas Äpfel. Als er auch noch anfängt, die Luft zu lecken, stehe ich abrupt auf und flüchte auf die Toilette. Ich setze mich seufzend in den Plüschsessel. In letzter Zeit ende ich ziemlich häufig im Waschraum im Schmittis.

Ich hab doch gleich gewusst, dass diese Anzeige bescheuert war. Jetzt habe ich den durchgeknallten Grafen am Hals. Andererseits war es witzig, Dr. House zu treffen. Wer hätte gedacht, dass ausgerechnet er auch auf der Suche ist? Vielleicht ergibt tatsächlich alles einen Sinn?

Allerdings muss ich jetzt erst einmal den Grafen loswerden. Ich könnte die Kellnerin fragen, ob es hier einen Hinterausgang gibt. Ich könnte auch einfach zahlen und gehen. Aber was mache ich, wenn er mir folgt?

Ich atme tief durch und denke an Frau van Raden, unseren Vorzimmerdrachen. Sie würde sich nicht von einem Idioten in den Waschraum treiben lassen. Ich werde da jetzt rausgehen und die beste Schulsekretärin geben, die der Elvisgraf je gesehen hat! So!

Entschieden knülle ich mir die Haare oben auf dem Kopf zu einem Dutt zusammen. Leider habe ich heute keinen Haargummi dabei, aber ich finde auf dem Bestelltischchen einen Bleistift. Den webe ich mir so ins

Haar, dass das Ganze hält. Zumindest für kurze Zeit. Entschieden reiße ich die Tür auf und kehre zu meinem Tisch zurück. Als der Graf mich sieht, springt er auf und nimmt eine Sängerpose ein.

»Svenja, you're breaking my heart …« Ich erkenne mit Mühe das Lied »Cecilia«.

»Das ist kein Elvis-Song«, sage ich streng. »Ich würde gerne zahlen«, rufe ich der Bedienung zu, die sofort herbeieilt. Der Graf lässt sich leider nicht beirren und fällt vor mir auf die Knie. Ich zahle mit einem singenden Mann an meinen Beinen. Sie wirft mir einen mitfühlenden Blick zu.

»Erstens ist der Song von Simon und Garfunkel. Zweitens ist der Text plump und bescheuert, und drittens bist du garantiert nicht der Richtige für meine Freundin!«

»Aber ich liebe sie doch!«, jammert er und setzt zur nächsten Zeile an.

»Geh nach Hause!«, sage ich laut, um seinen Gesang zu übertönen. Ich sammle meine Banane ein und verlasse das Café. Die Sonne draußen blendet mich. Ich bin gerade drei Schritte gegangen, da spüre ich, wie jemand den Arm um mich legt. Elvis singt ganz nah an meinem Ohr. Jetzt reicht es aber! Ich wirbele herum und schüttle ihn dabei ab. »Du lässt mich jetzt in Ruhe, mich und Svenja – und wenn du noch ein einziges Mal im Schmittis auftauchst oder auch nur diese Straße entlanggehst, verklage ich dich. Hast du das verstanden?« Ich halte Blickkontakt mit dem Grafen, bis er wegsieht.

»Ich wohne sowieso nicht hier in der Stadt«, sagt er leise.

»Mach einfach das nächste Mal von allem weniger. Weniger Graf, weniger Elvis und vor allem weniger singen«, gebe ich ihm noch einen Rat, weil er mir jetzt ein bisschen leidtut. Er nickt und trottet dann auf die andere Straßenseite. Ich atme tief durch und gucke auf mein Handy. Zu meinem Erstaunen habe ich keine Nachricht von Svenja. Na, die sind ja gut! Wo können die sein? Ich schiebe mein Rad durch die Straßen und spähe in jedes Straßencafé.

Schließlich finde ich die beiden im Schatten der großen Bäume neben der Kirche. Sie teilen sich ein Stück Schokoladenkuchen und sind ganz in ein Gespräch vertieft.

Ich schließe mein Fahrrad an und setze mich ohne Vorwarnung zu ihnen an den Tisch. »Guten Tag«, sage ich. »Na, habt ihr es nett?«

»Wusstest du, dass Karl auch für die Elefanten im Zoo zuständig ist? Eine Elefantenkuh ist trächtig! Das passiert nur ganz selten!«

»Nein, das wusste ich nicht. Wir kamen nämlich nicht sehr weit in unserem Kennenlerngespräch, denn dann bist du aufgetaucht!«, erinnere ich sie.

»Was darf ich dir bestellen, Hanna?«, fragt Karl, der an meinem Unterton sofort erkennt, dass ich sauer bin. »Der Schokokuchen ist hier noch besser als der Käsekuchen. Ich weiß ja nicht, ob du dazu kamst, deinen noch aufzuessen?«

»Nein, das war etwas schwierig mit dem Elvis an der Backe«, sage ich an Svenja gewandt, die keine Anstalten macht, sich zu entschuldigen oder irgendetwas Nettes zu sagen.

Karl steht auf und geht in das Café, um mir einen Schokokuchen zu bestellen. »Du hättest mir mal eine Nachricht schreiben können«, zische ich meine Freundin an.

»Ja. Das ging aber nicht. Ich habe mich verliebt!«, flüstert sie.

»So schnell? In Karl?«, frage ich, obwohl das ja klar ist. Svenja nickt.

»Karl ist mein Date!«, sage ich.

»Ja, aber ich habe ihn ausgesucht. Und ohne mich hätte es die ganze Anzeige nicht gegeben!«, sagt sie zickig. Das glaube ich ja wohl nicht! Bevor ich etwas sagen kann, ist Dr. House zurück mit meinem Kuchen und einem Latte macchiato.

»Ich hoffe, das ist richtig. Ich dachte, du magst vielleicht einen Kaffee zum Kuchen, weil du ja vorhin schon etwas Kaltes zu trinken hattest?« Er ist so bemüht, alles richtig zu machen. Ich muss ihn einfach anlächeln.

»Das ist super, vielen Dank!«

»Wie bist du den furchtbaren Grafen losgeworden?« Ich erzähle ihm die Geschichte. Ihm allein, nicht Svenja. Er lacht, und ich übertreibe alles noch ein bisschen, damit er nicht damit aufhört.

»War es nicht großartig, wie er mich gerettet hat vor dem furchtbaren Elvis?«, fragt Svenja rhetorisch und fasst Karl an den Oberarm. Mit einem gekonnten Augenaufschlag schaut sie ihn an. Ganz das Frauchen, das man retten muss. Also, die Nummer habe ich definitiv nicht drauf. Ich kontere, indem ich meinerseits nun erzähle, wie geschickt Karl damals den Betäubungspfeil in Bibbys Hinterteil geschossen hat und die beduselte Giraffe in den Wagen verfrachtet hat. Karl gibt sich große Mühe, uns beiden gleich viel Aufmerksamkeit zu schenken. Keine schlechte Position für ihn, zwei Damen, die links und rechts um ihn buhlen. Ich lasse mir jedenfalls nicht von Svenja mein Date ausspannen! Sie ist verliebt, wie lächerlich! Was, wenn ich auch in ihn verliebt bin?

Ich mag seine Stimme. Sie ist mir schon damals am Telefon positiv aufgefallen. Er hat schöne Hände. Lange schlanke Finger, die sicher nicht nur mit Tieren geschickt umgehen können.

Als der Kuchen längst gegessen ist, sagt Karl, er müsse langsam los. Ob wir einen Stift hätten, er würde sich gern unsere Telefonnummern notieren. Ich ziehe den Bleistift aus meinem Dutt, und meine langen Haare fallen mir in großen Wellen über die Schultern. Karls Blick bleibt an ihnen hängen, und Svenja bemüht sich, schnell einen Witz zu machen, damit er wieder sie anschaut. »Bist du schon so alt, dass du Nummern nicht direkt im Handy speicherst?«, fragt sie frech.

»So ist es romantischer«, antwortet er mit einer tiefen Stimme. Svenja kichert. Wir schreiben beide unsere Handynummer auf eine Serviette. Svenja malt neben ihren Namen ein Herzchen, natürlich. Karl schreibt seine Handynummer zweimal auf eine Serviette und reißt sie dann in der Mitte durch. Jede von uns bekommt eine Hälfte.

»Und wer ruft jetzt wen an?«, frage ich.

»Das sehen wir dann ja!«, sagt Svenja schnippisch und für meinen Geschmack ein bisschen zu siegessicher. Karl bedankt sich bei uns beiden für den schönen Nachmittag, Svenja bedankt sich tausendmal bei ihm für ihre »Rettung«, und ich verabschiede mich ohne große Dankesworte.

Als er weg ist, stehen wir zwei Frauen wortlos nebeneinander. Eine von uns sollte lachen und etwas Versöhnliches sagen. »Du kannst ihn haben, wenn du unbedingt willst« oder »Wir werden uns doch nicht wegen eines Mannes streiten!« Aber meine Lippen bleiben eisern verschlossen und ihre auch.

Die Wurst

»Ich dachte, Katzen halten immer zu einem!«, sage ich und staube schwungvoll das nächste Regal ab. Heute Morgen bin ich mit dem dringenden Bedürfnis aufgewacht, mal ordentlich sauberzumachen. Ich habe mir das Regalzimmer vorgenommen. Mühsam räume ich von jedem Regal den ganzen Kram runter und staube es dann ordentlich ab. Das ist der Teil, der Spaß macht. Amor leistet mir vorwurfsvoll Gesellschaft. Er findet, ich muss Svenja Karl überlassen. Seine ganze Körperhaltung strahlt diese Meinung aus. Er hat sein Fell ganz plüschig aufgeplustert und sitzt neben der Tür. Seine bernsteinfarbenen Augen verfolgen mich. »Weißt du, wenn sie fair gewesen wäre …«, sage ich zu dem Kater, »dann würde ich das vielleicht sogar. Aber ich halte meinen Kopf hin, damit sie Elvis loswird, dann sagt sie mir nicht mal, wo sie mit meinem Tierarzt ist …« Der Kater hypnotisiert mich. »Machst du das ganze Theater eigentlich nur, weil er Tierarzt ist? Gib es zu, du hast Angst, dass er hier ins Haus kommt und dich untersucht!«

Das Regal ist sauber. Ich stelle den ganzen Kram wieder drauf und staube einzelne Teile halbherzig ab. Mein Bedürfnis, ordentlich sauberzumachen, bröckelt bereits.

»Ich verstehe das nicht. Mir werden Giraffen und Katzen geschickt, Hagelkörner und Glühwürmchen, Mineralwasser fließt aus den Leitungen, Gerda wohnt in meinem Wohnwagen, und meine Mutter möchte unbedingt, dass ich die Liebe fürs Leben finde. Alle wollen das! Und keiner lässt mich damit in Ruhe. Aber wenn ich mich dann Männern mal nähere, ist es auch wieder falsch!«

Ich schimpfe mich in Rage. Dazu kann man unheimlich gut Regale abräumen. Ich glaube, das mache ich jetzt jedes Mal, wenn ich mich über etwas ärgere. Perfekte Energieumwandlung. »Es ist falsch, Ulli zu treffen und ihn nicht zu küssen, obwohl ich ihn einfach nur mag. Es ist falsch, Lars zu treffen und mit ihm zu schlafen, obwohl ich das einfach gern möchte. Und jetzt kommt endlich ein Mann daher, in den ich mich mit etwas Mühe verlieben könnte – und das ist jetzt auch wieder falsch. Den soll ich jetzt großzügig an Svenja abgeben! An die Person, die mich am allermeisten damit genervt hat, dass ich dringend einen Kerl brauche!«

»Was?«, frage ich den Kater wütend, der jetzt seine Position gewechselt hat, um mich aus einer anderen Zimmerecke anzustarren.

»Meinst du, ich weiß das nicht? Ich würde mich auch lieber einfach so verlieben – ohne Mühe! Aber wenn das eben nicht drin ist! Liebe ist … bescheuert!« Ich schnappe mir das Staubtuch und staube wortlos das Regal ab. Amor hört auf, mich anzustarren, und putzt sich stattdessen. Ich wünschte, Lars würde vor der Tür stehen. Ich wünschte, Ulli würde anrufen, oder Karl. Ich weiß nicht, was ich mir wünschen soll. Amor blinzelt mir zu, und kurz darauf klingelt das Telefon. Er ist garantiert ein magisches Tier. Das müsste ich Svenja eigentlich sofort erzählen, aber wir reden momentan nicht miteinander. Ich renne nach unten, finde das Telefon und gehe atemlos dran, in der Hoffnung, eine männliche Stimme zu hören.

»Hallo, Hanna, ich bin's.« Er lässt eine kurze Pause und sagt dann: »Klaus.« Na super.

»Hallo«, sage ich mürrisch, was ihn sofort ins Stottern bringt. Er bringt ein paar unzusammenhängende Satzbausteine, ich dachte, wir könnten, wenn es gerade nicht passt, und so was. Ich wimmle ihn ab und fühle mich danach mies. »Ich mache einfach alles falsch!«, sage ich und gehe seufzend in die Küche.

»Guck aus dem Fenster«, ruft Püttje aus der Speisekammer. Ich tue, was der Troll mir rät, und sehe, wie Klaus heimlich davonschleicht. Er war hier, vor meiner Tür! Spontan öffne ich das Fenster und rufe ihn. Er zuckt zusammen, als hätte man ihn bei einem Diebstahl erwischt.

»Du bist hier?« Hilflos hebt er die Hände und lässt sie wieder fallen. »Komm rein«, sage ich, schließe das Fenster und öffne die Tür.

»Was machst du gerade, wobei störe ich dich?«

»Nichts, ich … staube oben gerade Regale ab.«

»Ich bin zufällig ein sehr talentierter Regalabstauber!«, sagt er und legt seine Jacke ab. Er schaut mich erwartungsvoll an, daher gehe ich vor ihm her zum Regalzimmer. Es ist für mich sehr viel leichter, mich mit Katzen und Trollen zu unterhalten als mit meinem Vater. Aber das ist nicht schlimm, weil wir jetzt beide etwas zu tun haben. Nach einer Weile arbeiten wir Hand in Hand. Ich reiche ihm alles an, er sortiert es auf dem Boden und staubt es ab. Ich reinige das Regal, und anschließend gibt er mir die abgestaubten Teile wieder, damit ich sie einräumen kann. Wir funktionieren gut als Team. Eine ganz kleine Erinnerung regt sich in mir. »Haben wir früher mal so etwas gemeinsam gemacht?«, frage ich.

»Ja.« Er lächelt. »Erinnerst du dich?«

Ich schüttle den Kopf. »Nur ganz dunkel.«

»Du warst noch sehr klein. Ich hatte früher eine Bastelecke. Ein ganz alter Schreibtisch mit vielen Schubladen. Eine davon gehörte nur dir. Eigentlich war es nur eine graue, schmale Ablage, die man herausziehen konnte, aber du hattest in die Fächer, in die man normalerweise Stifte legt …«

»Schrauben!«, fällt es mir ein. »Ich habe Schrauben da reinsortiert!«

»Das konntest du stundenlang. Du hast sie geordnet nach deinem ganz eigenen System.«

»Die, die den gleichen Kopf hatten, waren eine Familie.«

»Einmal die Woche wolltest du alle Schrauben abstauben, und dabei habe ich dir geholfen.«

Es ist beinahe unheimlich, wie so eine verschüttete Kindheitserinnerung wieder auftauchen kann. Ich sehe die Schraubenfamilien vor mir und vermisse sie.

Wir arbeiten weiter. Ich bin ganz erstaunt, als wir plötzlich mit dem letzten Regal fertig sind.

»Klaus?«

»Ja?«

»Wo war deine Bastelecke?«

Er schaut auf den Boden, räuspert sich, um Stimme zu haben, und sagt: »Sie war genau hier.« Er zeigt auf eine Ecke des Zimmers, die, in der wir angefangen haben.

Wir starren beide auf die Ecke, sehen kein Regal dort, sondern einen alten Metallschreibtisch. Meine war die dritte Schublade von unten. »Wo hattest du denn dann deine Stifte?«, frage ich.

»Einfach woanders«, antwortet er. Irgendwann hatte er dann auch einfach woanders gewohnt, und der Schreibtisch flog wohl raus. Und mit ihm meine Schraubenfamilien. All das ohne meine Zustimmung. Es ist das erste Mal, dass ich etwas von dem Schmerz über die Trennung meiner Eltern Maja zuordne und nicht meinem Vater. Hätte sie mir die Schraubenfamilien nicht lassen können, wenn unsere schon auseinanderbrach?

Die Welt der Kinder ist für Erwachsene oft überhaupt nicht sichtbar. Ich nehme mir vor, das im nächsten Schuljahr zu meinem Leitsatz zu machen. »Darf ich dich auf ein Hühnchensandwich einladen?«, fragt Klaus, als wir genug davon haben, uns den alten Schreibtisch vorzustellen.

Ich nicke: »Gib mir fünf Minuten.«

Ich ziehe mir schnell ein Kleid über. Meine Haare befreie ich aus ihrem Vogelnest, weil meine Kopfhaut weh tut. Mein Gesicht wird jetzt links und rechts von Haaren geflutet und sieht klein und unbedeutend aus. Ich trage spontan etwas Lippenstift auf. Lippenstift, um mit Klaus wegzugehen? Ich schüttle den Kopf, will ihn wieder abwischen und lasse ihn dann doch genau da, wo er ist.

Klaus weiß nicht, wo es Hühnchensandwiches gibt, und ich auch nicht. »Wir könnten auch etwas anderes essen gehen«, schlage ich vor.

»Nein«, er lächelt scheu. »Das wäre eine kleine Tradition, die wir beide haben – Hühnchensandwich essen ...« Die letzten beiden Wörter sagt er leise. Ich muss jetzt auch lächeln. Irgendwie gefällt mir das. Unser erster Versuch scheitert. In dem bunten Straßencafé um die Ecke gibt es nur einen Käsetoast. Das ist nicht das Gleiche wie ein Hühnchensandwich. Wir stehen wieder auf und gehen weiter. Ich wusste nicht, dass Klaus so sein kann. Es gefällt mir, dass er für eine Sache kämpft, auch wenn es nur Toastbrot mit dem richtigen Belag ist. Wir schlendern an Handyläden und kleinen Boutiquen vorbei. Im nächsten Café gibt es ein New-York-Club-Sandwich. Die Bedienung versichert uns, dass da Hühnchen drauf ist, und wir bestellen es.

»Und du bist jetzt also mit Sandras Mutter zusammen?«, frage ich ihn. Wir haben die ganze Zeit kaum gesprochen. Während wir auf der Suche waren, hat das nicht gestört, aber jetzt sitzen wir uns gegenüber, und es fühlt sich komisch an, nicht zu reden.

»Mit Monika, ja. Wir haben uns beim Lauftreff kennengelernt.«

»Du gehst laufen?«

»Ja. Es ist ein großer Lauftreff, du kannst auch mal mitkommen, wenn du magst!« O Gott, nein danke. Die Blamage erspare ich mir. Das fehlt mir noch, von meinem Vater und der Lieberfrau überholt zu werden.

»Ich schwimme lieber«, sage ich ausweichend.

»Ist auch gesünder.«

Ich nicke. Unser Gespräch droht zu versanden. »Was findest du an ihr?«, frage ich, um den Faden wieder aufzunehmen. Die Frage klingt unbeabsichtigt feindselig. Fast so, als sei ich die eifersüchtige Tochter, die ihrem Vater keine neue Liebe gönnt.

»Sie ist nett.«

»O Gott, wie lahm!« Habe ich das laut gesagt? Ich beiße mir auf die Lippe.

»Stimmt, das klingt furchtbar lahm. Ich meine damit … Sie ist einfach eine wirklich freundliche Person. Boshaftigkeit, schlecht über andere reden, den eigenen Vorteil suchen, das ist ihr alles fremd.«

»Das ist bei ihrer Tochter ganz anders.« Ich weiß nicht, warum, aber mir rutscht gerade ein Hammer nach dem anderen heraus.

»Du magst Sandra nicht?«, fragt er nach.

»Nein, ehrlich gesagt, ist sie die Kollegin, die ich am allerwenigsten aus unserem Kollegium mag.«

»Oh. Das tut mir leid.«

»Klaus, das muss dir nicht leidtun. Wir sind ja keine Kinder mehr. Du kannst zusammen sein, mit wem du willst. Das ist mir so was von egal!«

Er schaut mich traurig an. Unsere Sandwiches kommen. Wir beißen ab. Er hätte sicher gesagt, dass meine besser waren, aber ich habe ihn gerade ziemlich vor den Kopf gestoßen. Ich schlucke meinen Bissen runter und sage: »Ich meine, so läuft das sowieso nicht. Selbst wenn die Liebermann, wenn Sandra und ich Freundinnen wären, würde uns das nicht zu einer großen glücklichen Familie machen. Dazu ist es einfach zu spät!« Der letzte Satz kommt heftiger aus mir heraus, als beabsichtigt war.

Ich beruhige mich mit einem weiteren Biss von meinem Sandwich. Er kaut auf seinem herum und schweigt. »Mein Gott, Papa!« Ich wähle das Wort absichtlich, um ihn aus seiner Lethargie zu reißen. »Du müsstest jetzt einfach mal etwas sagen! Hab eine Meinung! Sag was!«

Er wischt sich die Finger an einer Serviette sauber. »Bei keinem Menschen auf der Welt fühle ich mich so unfähig wie bei dir. Sebastian mal ausgenommen. Ich weiß, dass ich als Vater versagt habe. Und Maja ... Ich weiß genauso gut, dass ich über Maja nichts sagen darf. Sie war deine Mutter. Es ist nicht optimal gelaufen zwischen uns ...«

»Nicht optimal!«, wiederhole ich sarkastisch.

»Ich hätte sie gern geliebt wie am Anfang, aber Liebe lässt sich nun mal nicht erzwingen. Auch nicht mit Mühe.« Seine Worte fahren mir in den Bauch. Mir ist plötzlich zum Heulen zumute. »Und Maja war verletzt, ganz tief verletzt, verständlicherweise. Also habe ich nach ihren Regeln gespielt.«

»Was heißt das?«

»Sie hat gesagt, wie wir es machen, und dann haben wir es so gemacht.« Er fährt sich zitternd mit den Fingern über die unrasierten Wangen, dann wischt er sie ein zweites Mal an der Serviette ab. »Sie wollte, dass ich ausziehe, also bin ich ausgezogen.«

»Seltsam, Klaus, sehr seltsam. Sie wollte wirklich, dass du ausziehst, als sie gemerkt hat, dass du sie nicht mehr liebst?«

Er schaut auf seinen Teller. »Ich sollte gehen.«

»Ja, klar. Immer wenn es schwierig wird, gehst du einfach. Genauso kenne ich dich. Du gehst, und du kommst nicht wieder!« Ich will nicht weinen. Ich werde nicht weinen.

»Hanna!« Klaus hat Tränen in den Augen. »Ich durfte nicht wiederkommen. Sie hat mir ein Ultimatum gestellt. Sie sagte, entweder sie und ihr oder niemand.«

»Das verstehe ich nicht.« Mir wird heiß und kalt und alles auf einmal.

»Sie wollte nicht, dass ich Kontakt zu euch habe. Sie sagte, es sei schwer genug, mich zu verlieren, aber auch noch zuzusehen, wie ich euch abhole und mit euch Pizza essen gehe oder schwimmen … Sie sagte, das schafft sie nicht.«

»Das verstehe ich nicht«, wiederhole ich stumpf.

»Sie sagte, in dem Moment, in dem sie oben auf der Treppe steht und zusieht, wie ich mich mit euch entferne, die Straße runterfahre, in dem Moment würde sie zerbrechen. Das konnte sie sich nicht leisten als alleinerziehende Mutter.«

»Aber …« Ich suche nach Worten. »Sie hätte nicht so alleinerziehend sein müssen. Sie hätte … wir hätten dich in unserem Leben behalten können.«

»Das wollte sie nicht.« In mir regt sich langsam unbändige Wut. Klaus redet weiter: »Fairerweise muss ich sagen – sie hatte auch Angst, dass ich euch enttäuschen werde, so oder so. Sie wollte nicht, dass ihr auf mich wartet und ich dann nicht auftauche. Ich bin eher der Typ, der …« Er bricht ab, als er meine Augen sieht.

»Und dann hast du so eben mal deine Kinder aufgegeben. Weil Maja das so angeordnet hat?!« Er vergräbt seinen Kopf zwischen seinen Armen. Mir ist nach Wegrennen. Mir ist nach Schreien und Dingewerfen.

Ich bleibe einfach sitzen. Warum glaube ich ihm die Geschichte? Keine Faser in meinem Körper möchte ihm glauben. Und doch weiß ich tief in mir drin, dass es wahr ist. Maja war keine Supermutter. Niemand ist eine Supermutter. Sie konnte nicht über ihren Schatten springen. Nicht mal für uns. »Der Papa möchte nicht«, das war ihre Antwort auf alles. Der Papa durfte nicht und war zu sehr Wurst, um etwas zu ändern. Und Sebastian und ich, wir hatten einfach keine Wahl.

»Ich wusste nicht, wo ich hinsoll«, erkläre ich mein plötzliches Erscheinen bei strömendem Regen vor Gerdas Wohnwagen.

»Komm rein, Kind, komm rein!«

Ich steige die zwei Stufen hoch und hinterlasse überall Tropfen. Ich ziehe meine Gummistiefel und meine Regenjacke aus. Gerda nimmt sie mir ab und hängt sie auf. Erst jetzt bemerke ich den Mann, der hinten auf der Eckbank sitzt. »Oh, tut mir leid, ich wusste nicht, dass du Besuch hast!«

»Das ist Wilfried!«, stellt sie den kleinen, dicken Kerl vor, der keine Haare hat, aber wache hellblaue Augen.

»Hanna«, stelle ich mich vor. Er schüttelt mir die Hand. Seine ist so warm, und sein Blick ist so freundlich, dass ich schließlich auf Drängen von Gerda erzähle, was los ist.

Unterstützt von ihrem Nicken, einigen Butterkringeln und einer Tasse kräftigem Tee werde ich meine ganze Klaus-Geschichte los.

»Was hältst du davon?«, frage ich, als Gerda nichts dazu sagt.

Sie faltet ihre Finger ineinander. »Ich würde mir nicht anmaßen, Majas Entscheidung zu bewerten. Ich habe keine Kinder«, sagt sie.

Ich schnaube durch die Nase. »Ich habe auch keine Kinder! Und dank ihr habe ich jetzt auch keinen Vater. Keine Mutter, keinen Vater und keine Kinder!«, zähle ich auf. Diese Aufzählung gehört zu den Dingen, die man sich verbieten sollte. Manches darf man nicht so klar formulieren, weil man sonst Gefahr läuft, ins Bodenlose zu fallen.

Gerda schaut mich bestürzt an. »Nicht doch«, sagt sie und nimmt meine Hand. »So verloren, wie du das jetzt darstellst, bist du nicht! Das weiß ich! Und dass du keinen Vater hast, stimmt ja nicht. Du hast Klaus. Es ist vielleicht etwas spät, aber momentan bemüht er sich doch sehr um dich.«

»Warum jetzt? Maja ist seit zehn Jahren tot. Wenn es wirklich an ihr lag, hätte er danach doch eine Chance gehabt!«

»Männer sind nicht immer gut, was das Timing angeht«, sagt Gerda. Wilfried, der bisher stumm in seiner Ecke gesessen hat, macht ein zustimmendes Geräusch.

»Warum hast du nicht versucht, mehr Kontakt mit ihm zu haben, nach Majas Tod?«, fragt sie vorsichtig. Das ist eine ziemlich gute Frage.

»Weil … weil, er ist halt der Klaus! Er hat Maja nicht geliebt, und das hat allen weh getan. Kontakt zu ihm hätte mir nicht gutgetan.«

»Dann hat er doch alles richtig gemacht«, lächelt Gerda. Ich habe keine Worte als Antwort, darum schnaube ich durch die Nase. »Weißt du, als Kind hattest du keine

Wahl. Aber jetzt hast du eine. Du bestimmst, ob und wie viel Kontakt ihr habt.«

»Aber …« Ich hebe verzweifelt die Hände hoch. »Er ist einfach so eine Wurst! Mein Vater ist eine Wurst!«

Als sei das sein Stichwort gewesen, zaubert Wilfried aus dem Nichts drei kleine Schnapsgläser und eine Flasche. Er schenkt uns randvoll ein.

»Manchmal ist eine Wurst eben alles, was wir kriegen!«, sagt er. Wir stoßen an und kippen den Schnaps gleichzeitig herunter.

Den Abend verbringe ich mit Amor auf dem Sofa. Ich darf ihn streicheln, und er schnurrt mir zuverlässig alle blöden Gedanken weg. Über Klaus sind wir uns einig, aber er liegt mir immer noch in den Ohren mit Svenja. Ich hätte gern gewusst, was Gerda zu der Sache sagen würde, aber ich wollte nicht mit noch einem Problem ankommen. Zwei Frauen wollen denselben Mann. Das ist doch ein Klassiker. Vielleicht hat Gerda das auch schon einmal erlebt. »Du willst ihn doch gar nicht«, behauptet Amor.

»Du willst nicht, dass ich ihn will, weil er Tierarzt ist!« Amor legt sich vom Rücken auf den Bauch und entzieht mir so sein kuscheliges Brustfell.

»Du weißt gar nicht, was du willst!«, schnurrt er und macht die Augen zu. Ich fürchte, in dem Punkt hat er recht.

Ich stehe auf, um ein Glas Orangensaft zu trinken. Das Küchenfenster ist beschlagen. Ich öffne es, und warme feuchte Luft strömt mir entgegen. Es riecht so gut nach dem Regen. Eine Klingel ertönt plötzlich. Ich schaue aus dem Fenster, kann aber nichts entdecken. Vorsichtig öffne ich die Haustür. Das Klingeln wird lauter. Die Sonne wird bald untergehen. Es ist noch hell genug, um eindeutig zu sehen, dass da niemand ist, der klingeln könnte. Vielleicht ist es die Alarmanlage von einem Auto?

Es klingt mehr wie eine Fahrradklingel. Mein Fahrrad steht wie immer vor dem Haus. Ich husche auf nackten Füßen die Treppe hinunter. Das Klingeln kommt von meinem Rad! Das kann nicht sein. Ein weiterer ungewöhnlicher Zufall? Autohupen machen sich manchmal selbständig, aber doch keine Fahrradklingeln. Eine Fahrradklingel funktioniert mechanisch, nicht elektrisch. Jemand muss das Metalldings bewegen, damit der Klang erzeugt wird.

Vorsichtig nähere ich mich meinem klingelnden Rad. Ich nehme meinen ganzen Mut zusammen und berühre die vibrierende Fahrradklingel. Sie hört nicht auf zu klingeln, das kleine Metallteil bewegt sich allerdings nicht. Beherzt schraube ich den Deckel ab. Darunter finde ich einen kleinen Plastikkasten. Was, wenn das jetzt eine Bombe ist? Eine Zeitbombe, die erst klingelt und dann in die Luft geht!

Sicherheitshalber gehe ich wieder ein paar Stufen hoch. Das Geklingel hört nicht auf. Nichts explodiert.

»Das ist doch bescheuert!«, sage ich laut, um mir Mut zu machen. Ich baue den kleinen Kasten aus. Er hat einen kleinen Hebel. Wenn ich den bewege, fliege ich entweder in die Luft oder das Geklingel hört auf. Ich kneife die Augen zusammen. Hoffentlich tut in die Luft fliegen nicht so weh. Ich drücke den Hebel nach unten, und der Kasten verstummt.

»Willst du mir irgendetwas sagen?«, frage ich mein Fahrrad. Die Luft ist frisch und voller Sommergerüche. Eine kleine Radtour wäre jetzt genau das Richtige.

Ich gehe ins Haus zurück, lege den Klingelkasten ab, hole mir einen Pulli und schaue schnell nach, wo Ulli wohnt. Dann schwinge ich mich auf mein Rad und fahre zu seiner Adresse. Es ist schon nach zehn, als ich bei ihm ankomme.

Ich hatte mir auf der Fahrt hierher ein paar lustige Sprüche zurechtgelegt. »Ich war gerade überhaupt nicht in deiner Nähe« oder »Kommst du raus zum Spielen?«

Als er erstaunt auf der Türschwelle erscheint, kommt mir das alles albern vor. »Lust, eine Runde mit mir Rad zu fahren?«, frage ich unwitzig und direkt. Einen kurzen Moment stelle ich mir vor, wie sich ihm eine leichtbekleidete Frau von hinten nähert. Ulli könnte eine Freundin haben. Der Gedanke ist mir nie gekommen. Falls er eine hat, ist sie gerade nicht da, denn er stimmt erfreut zu, nimmt sich eine Jacke mit und kommt raus.

Wir fahren nebeneinander und behindern so den Verkehr.

»Haben wir ein Ziel?«, fragt Ulli.

»Den Fluss?«, schlage ich vor. Er nickt und biegt schnittig links ab. Ich folge ihm.

Die Sonne ist untergegangen, als wir am Ufer ankommen. Wir sind mitten in der Stadt, und die Promenade ist voll. Wir müssen Slalom durch die Leute fahren. Hinter der Kirche wird es besser. Es weht ein leichter Wind. Der Himmel ist noch blau. Die Wolken sind alle verschwunden, und die ersten Sterne sind zu sehen. Ein Straßenmusiker spielt einen Elvissong. Ich denke automatisch an Svenja. Ob Dr. House sie schon angerufen hat? Mir hat er jedenfalls keine Nachricht hinterlassen. Vielleicht ruft sie ihn auch an? Sollte ich ihn anrufen? Bin ich im Nachteil, wenn ich es nicht mache?

Ulli reißt mich aus meinen Gedanken. Er ist ein paar Meter vor mir abgestiegen, winkt und deutet auf einen Crêpestand. Ich halte an. »Magst du einen?«

Ich zögere. Hunger habe ich nicht wirklich. Aber bei einem Crêpe nein sagen? Denkt er dann, ich bin auf Diät? Und wenn schon. Plötzlich bin ich es leid, mir immer alles genau zu überlegen und abzuwägen. Warum soll ich nicht einfach mal spontan nein sagen, ohne Erklärung? Ich versuche es. »Nein, danke.«

»Ist es okay, wenn ich mir schnell einen hole?«

»Ja, klar!« Ich grinse ihn an, und er grinst zurück.

Ich warte auf einer Bank, bis er mit dem heißen Crêpe zurückkommt.

Es ist für ihn völlig okay, dass ich keinen esse. Zufrieden sieht er aus, wie er so über den Fluss schaut und in seinen Crêpe beißt. Neben ihm fühle ich mich richtig. Er scheint das Leben so leicht zu nehmen.

»Mit dir ist alles immer so leicht. Hast du eigentlich auch manchmal Probleme?«, frage ich ihn.

»Ich?«, fragt er, als sei das tatsächlich eine sehr absurde Vorstellung. Dachte ich mir's doch. Ulli lebt glücklich wie ein Fisch im Wasser. »Was denkst du denn, bitte?« Ja, was habe ich mir gedacht bei der Frage?

»Ich wollte einfach dein Geheimnis wissen.«

»Ich habe jede Menge Probleme, ich bin nur ganz gut darin, sie zu verbergen.«

Ich schaue ihn erstaunt an. Er scheint das ernst zu meinen. »Nenn mir eins«, fordere ich ihn auf.

Er beißt noch mal von seinem Crêpe ab, kaut und denkt nach. »Ich kann Dinge ganz schlecht ansprechen. Ich weiß nie, wie, und deshalb lasse ich es am Ende immer. Beruflich und privat. Ich würde sehr gern meine Arbeitszeit um fünf Stunden aufstocken, aber es ist nie der richtige Zeitpunkt, das mal anzusprechen. Ich weiß nicht, wie ich überhaupt mit Herrn Rosenbaum sprechen soll. Er gibt mir immer so ein ungutes Gefühl.«

»Das ist seine Direktorenmasche, da darfst du nicht drauf reinfallen!«

Er zuckt mit den Schultern: »Also, bei mir wirkt sie! Tja, und jetzt hat Angelika aufgestockt, sie hat es offensichtlich geschafft, mit ihm zu reden.« Wir denken beide an die viel zu dünne Angelika. Man traut ihr immer nichts zu, weil man glaubt, sie müsste jederzeit in der Mitte durchbrechen. Sie hat offensichtlich mehr drauf, als wir ahnen.

»Und privat?«, frage ich nach.

»Uh, privat …« Er reibt sich über die Oberschenkel. »Da bin ich auch nicht gut.«

»Ah ja, klar. Privat bist du auch nicht gut. Na, das ist mir schon aufgefallen!«, lache ich und knuffe ihn in die Seite.

Er lacht auch. »Ich kann eben Sachen nicht so ansprechen. Ich war schon Monate oder Jahre in Frauen verliebt und habe es nicht geschafft, mal den ersten Schritt zu machen.«

»Was wäre denn der erste Schritt?« Wir schauen uns jetzt nicht mehr an, sondern starren auf das Wasser.

»Ihr rüberzubringen, dass ich interessiert bin.«

Meine Härchen an den Armen stellen sich auf. Reden wir hier gerade von uns? Ist Ulli in mich verliebt und sagt mir gerade, dass er es mir nicht sagen kann, aber gern würde?

»Das ist immer etwas kompliziert mit Männern und Frauen«, sage ich schwammig, weil ich nicht weiß, was ich tun soll.

»Glaubst du an Freundschaft zwischen Mann und Frau?« Jetzt schaut er mir direkt in die Augen. Ist das eine Testfrage?

»Ist das die Harry-und-Sally-Frage?«

Er schmunzelt. »Nein, wenn das die Harry-und-Sally-Frage wäre, dann wäre die Antwort ja schon klar.« Ich muss unwillkürlich an den galoppierenden Konjunktiv denken. »Hanna, glaubst du dran?«, fragt er eindringlich. Ich beschließe, ehrlich zu sein.

»Du fragst mich, ob ich an Freundschaft zwischen Mann und Frau glaube? Ich bin der Kumpel in neunzig Prozent der Fälle! Wenn ich nicht an Freundschaft zwischen Mann und Frau glauben würde, müsste ich mit Männern gar nicht erst sprechen!« Er nickt und schaut zu Boden. Wir fahren zurück. Über uns die Sterne, neben uns der Fluss und zwischen uns ein ganzes Universum.

Schluss damit

Die Woche war furchtbar. Svenja und ich reden immer noch nicht miteinander. Dr. House hat mich nicht angerufen, ebenso wenig wie Lars oder Ulli. Nicht mal Klaus hat sich bei mir gemeldet. Ich hab es mir mit allen Männern, die ich überhaupt kenne, verscherzt. Wenigstens Friedhelm grüßt mich noch. Iris war auf einen Kaffee da, sie fahren bald für drei Wochen in die Toskana, und ich soll ihre Blumen gießen. Ich habe zugesagt, weil ich ja noch nichts anderes vorhabe. Die Gartenparty steht an, aber da Svenja und ich nicht weitergeplant haben, wurde niemand eingeladen, und so wie es aussieht, wird sie nicht stattfinden. Das einzig Schöne war Jules Geburtstag. Sie hat sich sehr über das rote Ungetüm gefreut. Es gab Zimtschnecken, die Kinder hatten ihr etwas gebastelt, und ich habe mich so herrlich zugehörig gefühlt. Sebastian war grummelig, sobald ich das Thema Maja anschnitt. Er hatte keine Lust, über Maja und Klaus zu sprechen. Brüder sind echt keine Hilfe bei solchen Sachen.

Mein Geschenk an Jule war ein Buch und Babysitten, und das hat sie heute eingelöst. Ich habe heute Abend auf Sophie und Liz aufgepasst, damit ihre Eltern schön essen gehen können. Wir drei hatten viel Spaß zusammen. Wir haben ein Zelt im Wohnzimmer gebaut und uns gegenseitig unanständige Witze erzählt. Unanständige Witze sind bei den beiden Witze, in denen einer pupst oder rülpst oder in denen ein Popo vorkommt, der vorzugsweise nackt ist.

Um halb elf waren Sebastian und Jule wieder da. Sie haben mir Sushi mitgebracht, und Jule hat mir noch einen Tee in der Küche angeboten. Aber ich habe den beiden angemerkt, dass sie jetzt eigentlich noch etwas anderes vorhatten, und bin gegangen. Jetzt fahre ich nach Hause und werde mich ein bisschen mit meiner Katze unterhalten oder mit meinem Troll in der Speisekammer. Was eben einsame, seltsame Leute über vierzig so machen.

Ich schließe die Tür auf und betrete mein dunkles Haus. Manchmal zünde ich, bevor ich gehe, eine Kerze draußen an. Die leuchtet mir dann entgegen, wenn ich nach Hause komme. Ab und zu lasse ich auch das Radio an, damit es nicht so still ist, wenn ich das Haus wieder betrete. Heute habe ich nicht vorgesorgt. Ich lasse das Licht aus, ziehe im Dunklen Schuhe und Jacke aus. Auf der Kommode liegt die kleine Klingelbox. Ich stelle das verpackte Sushi in den Kühlschrank und setze mich mit der Klingelbox in der Hand in den Wäschekorb mit den Flummis. Damit ich reinpasse, muss ich die Hälfte der Flummis rausschaufeln. Der Wäschekorb ist klein und eng, und es ist hart und unbequem, auf den Regenbogen-Eier-Flummis zu sitzen. Ich weiß nicht, was ich hier überhaupt mache. Ich betätige den Hebel, und ein lautes Fahrradklingeln ertönt. Seit der Flummilieferung lebe ich ohne die beiden Wäschekörbe. Das Klingeln schrillt durch das Haus. Vielleicht ist es falsch, so viele Dinge im Leben einfach hinzunehmen. Manche Sachen muss man hinnehmen, so wie Majas Tod. Aber andere Sachen muss man eben nicht einfach hinnehmen. Die Flummis bohren kleine Löcher in meinen Hintern und in den Rücken. Je länger ich hier sitze, umso unbequemer wird es. Ich habe das Gefühl, dass das Klingeln immer lauter wird. Ich stelle es nicht ab. Es schrillt und schrillt wie eine Alarmglocke in meinem Kopf. Ich warte absichtlich ab, bis das Ganze unerträglich wird. »Jetzt ist Schluss!«, sage ich laut in die Dunkelheit hinein. Keine Katze und kein Troll pflichten mir bei.

Ich stelle das Klingeln ab und wühle mich energisch aus den Flummis. Ich stürme die Treppe hoch und reiße die Tür zu Majas Zimmer auf. Abgestandene Luft. Ihr Schreibtisch im Mondschein. Ich rüttle an den Fenstern, damit sie aufgehen. Die Nachtluft strömt herein. »Jetzt ist Schluss«, sage ich zu dem Schreibtisch. Er schaut mich nur verständnislos an. Ich trete ans Fenster. Ganz hinten im Garten leuchtet ein kleines Licht. Gerdas Wohnwagen ist beleuchtet.

»Es ist Schluss jetzt, Mama!«, rufe ich in die Nacht hinein. »Ab jetzt entscheide ich, was für mich gut ist! Ich bin erwachsen! Ich bin glücklich!« Paradoxerweise fange ich bei diesem Satz an zu heulen. »Schluss mit ›Papa will das nicht‹! Schluss mit der verdammten großen Liebe! Schluss mit den Zufällen! Schluss damit, dass du einfach tot bist!«, schreie ich und muss, während ich weine, ein bisschen lachen.

Ich mache Licht an und zerre den Schreibtisch aus dem Zimmer heraus. Dann überlege ich es mir anders und schiebe ihn geräuschvoll wieder hinein. »Erst die Flummis!«, sage ich und flitze die Treppe hinunter. Licht, ich brauche überall Licht. Ich betätige sämtliche Schalter und sammle die Flummis zurück in den Wäschekorb. Als ich alle drinhabe, die ich finden konnte, schleppe ich den Korb samt Inhalt zu meiner Mülltonne. Ich kippe alle Flummis in den Müll. Jetzt ist die Tonne voll, und ich habe ja noch einen Wäschekorb voll. Ich gehe zurück ins Haus, hole den zweiten und schleppe ihn über die Straße. Ich kippe den Inhalt einfach in Iris' und Friedhelms Mülltonne. Sie sind sowieso bald im Urlaub. Zurück im Haus schalte ich die Klingelbox an und trete dann so lange darauf herum, bis nix mehr klingelt. Die Einzelteile fege ich sorgfältig zusammen und kippe sie auch draußen in die Tonne. Als Krönung oben auf die Flummis. Amor sucht schnell das Weite und rennt in den Garten hinein, bevor ich auch ihn in Stücke reiße und entsorge.

Oben in Majas Zimmer setze ich mich außer Atem auf ihren Schreibtisch. Ich werde dieses Zimmer neu möblieren und ab heute auch bewohnen. Dieser Entschluss fühlt sich gut an. Ich habe plötzlich das dringende Bedürfnis, alles mit Svenja zu besprechen. Dr. House kann nicht zwischen uns stehen. Wenn sie wirklich in ihn verliebt ist, was bei mir ja leider nicht, vielleicht noch nicht, der Fall ist, soll sie ihn haben. Das fällt mir zwar schwer, aber ich möchte wirklich gern meine beste Freundin zurückhaben. Kurz entschlossen rufe ich sie auf dem Handy an. Mailbox. Ich checke über die Nachrichtenapp, wann sie das letzte Mal online war – es ist ein paar Stunden her. Es ist richtig spät, schon kurz vor eins. Ihr Status verrät mir, dass sie gerade Nachtdienst im Krankenhaus hat. Ohne zu zögern, ziehe ich mir eine Jacke an und radel los.

Die Nacht ist kühl und klar. Ich wundere mich, wie viel doch noch auf den Straßen los ist, und fahre besonders vorsichtig. Die nächtlichen Autofahrer fahren alle viel zu schnell. Einer nimmt mich beim Rechtsabbiegen fast auf der Motorhaube mit. Ich möchte nicht in einem Krankenwagen bei Svenja ankommen, darum fahre ich, wo ich kann, auf dem Bürgersteig, was länger dauert.

Das Beste am Fahrradfahren ist, dass man überall direkt vor der Tür parken kann. Man spart sich stundenlanges Suchen. Ich schließe mein Fahrrad direkt vor dem Haupteingang an.

Als ich das Krankenhaus betrete, wird mir klar, dass ich gar nicht genau weiß, wo ich Svenja finde. Ich krame in meinem Gehirn nach Informationen. Sie arbeitet auf einer Station, die sie »die Innere« nennt. Ob der Pförtner damit etwas anfangen kann?

»Wie kann ich Ihnen helfen?«, fragt er fröhlich durch die Glasscheibe. Es scheint hier nicht ungewöhnlich zu sein, dass mitten in der Nacht jemand auftaucht. Ich nenne Svenjas vollständigen Namen, und sein freundliches Gesicht wird noch freundlicher. »Du willst zu Dobby! Die ist oben im vierten Stock auf der 4b.« Er zeigt auf den Fahrstuhl. Dobby? Ich hatte keine Ahnung, dass Svenja hier im Krankenhaus einen Spitznamen hat.

Ich drücke den Knopf im Fahrstuhl und hoffe, dass hier regelmäßig desinfiziert wird. Man hört ja die schlimmsten Geschichten von Krankenhäusern und

Keimen. Ich versuche, nicht die ganzen schlimmen Wörter zu lesen, die neben den Knöpfen stehen. Onkologie, Gynäkologie, lese ich unfreiwillig und starre dann schnell auf den Boden. Oben angekommen, strahlt mich helles Neonlicht an. Nacht scheint es hier nicht zu geben. Ein alter Mann kommt mir im Schlafanzug entgegen. Er schiebt einen Infusionsständer vor sich her und schaut mich grimmig an, als wäre es meine Schuld, dass er in dieser misslichen Lage ist. Links und rechts gehen zwei Türen mit Milchglasscheiben ab. 4a und 4b steht groß darüber, so dass sich hier jeder zurechtfinden kann. Ich wähle die richtige Tür und gehe zielstrebig auf den beleuchteten Glaskasten zu, in dem ich Svenja, pardon, Dobby, vermute.

Er ist leer. Es gibt zwar eine Klingel, aber die will ich nicht benutzen, um Svenja nicht von einem Patienten wegzuholen, der sie gerade braucht. Gerade als ich überlege, was ich mache, geht hinten im Flur eine Tür auf. Eine ältere Frau in Nachthemd, Pantoffeln, Hut und Mantel entfernt sich, so schnell es ihre alten Beine zulassen, von ihrem Zimmer. Das sieht mir verdächtig nach einer Flucht aus. Ich weiß nicht, wie und ob ich sie aufhalten kann, stelle mich aber mal etwas in den Weg, damit sie nicht ohne Weiteres an mir vorbeikommt. »Ich nehme den Bus!«, sagt die alte Dame entschieden und will an mir vorbei.

»Ich glaube, der fährt so spät gar nicht mehr«, versuche ich ein Gespräch mit ihr. Sie will etwas erwidern, da fliegt im Flur eine Tür auf. Eine Person in Weiß kommt herausgeschossen.

»Frau Sternanger!«, ruft Svenja mit lauter Stimme.

»Sie bleiben schön hier!« Frau Sternanger rollt mit den Augen. Bleibt aber immerhin stehen.

»Der Bus, ich muss zum Bus«, sagt sie trotzig, als Svenja bei ihr ist und sie am Arm wieder zu ihrem Zimmer führen will.

»Wissen Sie, wie schmutzig und unhygienisch Busse sind? Da haben Sie es hier bei uns aber viel netter, Frau Sternanger. Und was soll ich denn Ihrem Sohn sagen, wenn er Sie morgen besuchen kommt und Sie nicht mehr da sind?« Ich greife der alten Frau auf der anderen Seite unter den Arm, und so bugsieren wir sie zurück zu ihrem Zimmer. Svenja macht das großartig. Freundlich, aber sehr bestimmt redet sie auf die Dame ein. Es kommt mir ganz gelegen, dass ich nicht gleich mit Svenja allein bin. Mir fällt der andere Patient ein.

»Da rennt noch einer im Schlafanzug herum. Hinten bei den Aufzügen!«

Svenja guckt alarmiert. »So'n Alter mit Antibiose?«

Ich vermute mal, dass sie mit Antibiose die Infusion meint, und nicke.

»Der Paluttke! Den hol ich mir!« Sie stürzt aus dem Zimmer, und es bleibt mir gar nichts anderes übrig, als Frau Sternanger allein ins Bett zu verfrachten. Ich frage sie, ob sie noch einmal auf Toilette muss. Warum soll das, was bei Grundschülern funktioniert, nicht auch bei alten Leuten klappen. Sie nickt, und ich lasse sie allein ins Bad gehen, in der Hoffnung, dass sie das ohne meine Hilfe schafft. Ich verkneife mir zu fragen, ob sie sich auch die Hände gewaschen hat, als sie wieder herausschlurft. Ich packe sie ins Bett, lüfte und setze mich dann zu ihr auf die Bettkante.

»Jetzt schlafen Sie mal schön. Schlaf ist doch die beste Medizin. Und so schlecht haben Sie es hier doch nicht. Sie haben ja sogar ein Einzelzimmer! Niemand, der Sie vollschnarcht oder die ganze Nacht das Licht brennen lässt.« Sie schaut mich misstrauisch an, und ich habe ganz plötzlich den Steineessersong im Kopf. Ich wünschte, ich könnte irgendetwas sagen, damit sie sich besser fühlt. Ich treffe nicht den richtigen Ton so wie Svenja.

»Singen Sie mir was vor!«, fordert mich die Alte unvermittelt auf. Ich soll ihr etwas vorsingen?

»Ein Schlaflied?«, frage ich.

»Egal was. Singen Sie.« Sie kuschelt sich erwartungsvoll wie ein Kind in ihre Kissen. Ich gehe im Kopf mein Liederrepertoire durch, finde aber nur Sachen, die Frau Sternanger sicher nicht kennt. Ich schaue aus dem Fenster. Unter uns blinken die Lichter der Stadt. »Sing ihr das Cowboylied«, sagt Maja in meinem Kopf. Meine Mutter liebte diesen Song, in dem Gitte Hænning einen Cowboy als Mann möchte. Sie hat ihn oft lautstark in der Küche gesungen und dann meinen unwilligen Bruder zum Tanzen aufgefordert.

Leise und etwas schief fange ich an zu singen. Frau Sternangers Augen leuchten. Diesen Gassenhauer kennt sie offensichtlich, und es stört sie nicht, dass ich nicht alle Töne treffe. Ich werde mutiger und singe etwas kräftiger. Maja konnte den ganzen Text, nicht nur den Refrain. Jetzt kommt es mir mal zugute, dass sich mein Gehirn gern sinnlose Liedtexte merkt. Ich kann alle Strophen.

Mir fällt zum ersten Mal auf, dass es in diesem Lied

auch eine Mutter gibt, die glaubt, ihre Tochter müsste nun endlich den Mann fürs Leben finden. Sie schlägt den von nebenan vor, der bei der Bundesbahn ist. Aber Gitte will einen Cowboy, der küssen kann. Frau Sternanger singt inzwischen begeistert klatschend den Refrain mit. Ich singe ihr noch die Strophe vor, in der der Vater ihr einen Kerl vorschlägt, den Gitte natürlich auch nicht will. Und dann singen wir gemeinsam den Cowboyrefrain. Ich wette, Frau Sternanger wünscht sich auch einen Cowboy als Mann. So wie ich und Svenja und vermutlich nahezu alle Frauen auf der ganzen Welt.

Zufrieden verlasse ich das Zimmer. Svenja diskutiert lautstark auf dem Flur mit Herrn Paluttke, der sich wohl selbst seinen Zugang gezogen hat und vermutlich auch gern einen Bus nehmen wollte.

Ich finde die Tür zum Glaskasten und warte dort auf Svenja. Sie erscheint erstaunlich schnell, desinfiziert sich routiniert die Hände und fragt: »Kaffee?« Es ist zwei Uhr morgens. Ich stimme zu. Wir setzen uns mit den Tassen in der Hand an einen gemütlichen Tisch, der hinten im Stationszimmer steht.

»Ist das normal, dass dir alle Patienten wegrennen?«, frage ich scherzhaft, um das Eis zu brechen.

»Völlig normal«, antwortet sie, lächelt aber nicht dabei.

»Ich hab dich vermisst«, wage ich mich weiter vor auf das dünne Eis. Schritt für Schritt wie ein Pinguin. Sie pustet als Antwort ihren Pony nach oben. Die weißen Klamotten stehen ihr gut.

Noch ein Schritt. »Ich hab nachgedacht wegen Karl …«

»Du kannst ihn haben«, fällt sie mir ins Wort. Ich bin

total perplex. Das war doch mein Satz. »Ich hab ihm abgesagt. Er wollte mit mir essen gehen, und ich habe nein gesagt.«

»Er hat dich angerufen?«, frage ich erstaunt.

»Ja, aber wie gesagt. Er gehört dir.« Sie steht von ihrem Stuhl auf und beginnt, Medikamente in kleine Setzkästen zu sortieren, als sei ich gar nicht mehr da. Ich stehe auch auf und stelle mich neben sie. Ich würde gerne helfen, weiß aber nicht, wie. Svenjas flinke Finger sortieren blaue, weiße und rosafarbene Tabletten. Was wohl passiert, wenn man statt den blauen aus Versehen die rosafarbenen nimmt? Ich spreche die Frage laut aus. »Schlimmstenfalls stirbt jemand«, antwortet Svenja kühl und sortiert weiter.

»Und wenn du aus Versehen …«

»Es gibt hier kein aus Versehen. Das hier ist keine Grundschule. Hier darfst du keine Fehler machen.« Bissig legt sie weiter Tabletten in die mit Namen versehenen Fächer. Es versetzt mir, wie von ihr beabsichtigt, einen Stich, dass sie meinen Beruf mit ihrem vergleicht. Auch in meinem Job können Fehler fatal sein. Kinder sind sensible kleine Menschen. Ein falscher Satz zum falschen Zeitpunkt kann sehr viel Schaden anrichten. Ich schüttle den Anflug von Beleidigtsein ab.

»Dobby, die Herrscherin über Leben und Tod«, necke ich sie. Ich erahne ein winziges Lächeln um ihren Mundwinkel herum. »Wo kommt eigentlich der Spitzname her? Warum Dobby?«

»Aus Harry Potter, der Elf.« Ich erinnere mich an den Elfen, habe ihn aber eher als nervig abgespeichert. »Was hast du mit Dobby gemein?«, frage ich.

»Erstens bin ich einfach einen Kopf kleiner als die meisten, und dann war da die Geschichte mit dem Patienten, der mir Socken schenkte.«

»Socken?«

»Ja, der hat mir ein Paar Socken geschenkt. Rote mit weißen Punkten. Frag mich nicht, warum, man erlebt die verrücktesten Sachen hier. Jedenfalls bekommt Dobby auch eine Socke geschenkt und wird damit aus seiner Sklaverei befreit. Deshalb nennen mich alle Dobby.«

»Süßer Name.« Svenja schweigt. »Svenja, ich finde, du sollst Karl haben. Wenn du wirklich in ihn verliebt bist und er dich sogar angerufen hat, dann …«

Sie schüttelt vehement den Kopf. »Das sind deine ungewöhnlichen Zufälle, Hanna. Und mit Bibby hat es angefangen. Das ist gar kein gutes Karma, wenn ich dir den für dich vorgesehenen Mann wegschnappe.«

Hat sie recht? Ist Karl der für mich vorgesehene Mann? Ich seufze. »Aber er hat dich angerufen!«

»Weil ich mich dazwischengedrängt habe bei eurem Date. Das hätte alles nie passieren dürfen. Vielleicht habe ich die Magie versaut!« Sie schaut mich an mit ihrem Svenja-Blick.

Es ist absurd. Hier stehen zwei erwachsene Frauen im Stationszimmer der 4b, nachts um zwei, und diskutieren über Vorsehung und die Magie der Liebe. »Svenja, das ist total lieb von dir, aber bescheuert. Ohne dich hätte ich ihn doch nie wiedergetroffen! Du hast die Anzeige geschrieben, und es war dein Text, der ihn fasziniert hat. Was, wenn ich deine Magie versaue?!«

»Dann wären wir quitt!«, sagt Svenja und klingt schon viel besser.

»Ich will das nicht mehr. Maja kann sich nicht mehr so in mein Leben einmischen. Ich entscheide selbst, ob und welchen Cowboy ich möchte!«

Ich erzähle ihr alles, von dem seltsamen Schlaflied für Frau Sternanger und von meiner klingelnden Fahrradklingel und wie ich beschlossen habe, dass jetzt Schluss ist damit, und alles im Mülleimer entsorgt habe. Bevor ich zu Majas unbewohntem Zimmer kommen kann, klingelt jemand in Zimmer elf, und Svenja muss dorthinrennen. Ich würde inzwischen gern weiter die Medikamente einordnen, will aber ungern jemanden töten.

Kaum ist Svenja zurück, klingelt ein anderer Patient. Ich hatte keine Ahnung, was für eine Arbeit es ist, Krankenschwester zu sein. Zumindest die Nächte hatte ich mir ruhiger vorgestellt.

Svenja kommt wieder und fährt mit dem Sortieren fort. »Dein Fahrrad hat geklingelt, damit du mit Ulli eine Radtour machst, verstehe ich das richtig?«

»Vielleicht. Keine Ahnung. Jedenfalls kam mir durch das Klingeln die Idee dazu.«

»Dann war es so!«, sagt sie überzeugt. »Dann ist dein für dich vorgesehener Mann ganz klar Ulli!«

Ich reibe mir über mein müdes Gesicht. »Ich bin aber nicht in Ulli verliebt.«

Svenja dreht sich zu mir um. »Bist du denn in Karl verliebt?« Ich zucke erst die Achseln und schüttle dann wahrheitsgemäß den Kopf. »Und in Lars?«

»Auch nicht«, sage ich genervt.

Jetzt seufzt Svenja. »Du bist echt ein schwieriger Fall.«

»Ich weiß!«, stimme ich zu. »Aber du bist in Karl verliebt! Ruf ihn an! Geh mit ihm essen!« Sofort stiehlt sich ein Grinsen in ihr Gesicht. Das Telefon klingelt, und sie muss drangehen.

»Wir müssen herausfinden, ob Karl jetzt für dich oder für mich bestimmt ist!«, sagt sie, als sie aufgelegt hat.

»Und wie finden wir das heraus?«

»Durch ein Zeichen!«

Ich vergrabe mein Gesicht in beide Hände. »Nein, kein Zeichen, das ist doch wieder Auslegungssache!«

»Ein klares Zeichen – von ihm!«, beharrt sie.

»Das gab es schon, er hat dich angerufen!«

»Das gilt ja eben nicht, weil ich die Magie …«

»… du es versaut hast – natürlich. Und wie soll jetzt das neue Zeichen von ihm aussehen? Wie stellst du dir das vor?«

Svenja ist mit dem Einsortieren der Medikamente fertig und widmet mir jetzt ihre volle Aufmerksamkeit. »Er muss sich ganz neutral entscheiden können. In einer Mondscheinnacht bei dir im Garten. Da wirkt die Magie am meisten – also deine Zufälle wirken da.«

»Aha. Und dann laden wir ihn ein und setzen uns auf zwei Stühle, und er kommt mit einem Schuh an, und wem der passt, der ist es, oder wie?« Ich kann das Ganze einfach nicht ernst nehmen.

»Die Gartenparty!« Svenjas Augen leuchten. »Es wird sich auf der Gartenparty entscheiden!«

»Okay, und wir kommen beide barfuß!«, witzle ich.

Die nächsten Stunden laufe ich mit einem Klemmbrett neben Svenja her, und während sie unendlich viele »Antibiosen« zusammenmischt und fertig macht, planen wir unsere Gartenparty.

Die Gästeliste ist abenteuerlich. Es werden alle Männer eingeladen, die in Frage kommen, die »für uns bestimmten« zu sein. Das heißt, außer Karl auch Jochen, Ulli und Lars. Svenja will noch mal nachdenken, ob ihr noch andere einfallen, die für sie in Frage kommen, damit für das Schicksal mehr Auswahl zur Verfügung ist. Ich finde, das ist ein lustiger Gedanke. Warum bin ich Grundschullehrerin geworden und sie Krankenschwester? Das Schicksal hatte nicht genug Auswahl! Klare Sache.

Warum bin ich plötzlich so unendlich müde? Ein Blick auf die Uhr verrät es mir: Es ist halb sechs Uhr morgens. Genau die Zeit, in der ich am besten schlafe und am wenigsten aufstehen kann.

»Ich muss jetzt noch die Übergabe vorbereiten – um sechs ist Schichtwechsel. Wenn wir schnell sind, kann ich in fünfundvierzig Minuten mit dir frühstücken gehen.«

Fünfundvierzig Minuten sind eine Schulstunde. Das kann ein sehr langer Zeitraum sein. Ich will Svenja helfen, aber sie parkt mich energisch auf einem Stuhl im Flur und behauptet, es ginge viel schneller ohne mich.

Sie weckt mich und ist nicht mehr weiß angezogen. Frisch und voller Tatendrang steht sie vor mir, als hätte sie die ganze Nacht geschlafen und nicht gearbeitet wie ein Pferd. Mir ist schwindelig und schlecht. Fünfundvierzig Minuten Schlaf sind keine echte Option in meinem Alter. »Wo wollen wir frühstücken?«, fragt Svenja, als wir das Krankenhaus verlassen.

»Ich kann nicht Fahrrad fahren. Ich glaub, ich fall runter«, jammere ich. Alles fühlt sich schwer an. Allein meine Haare wiegen achtzig Kilo.

»Fahr mir einfach hinterher!«, weist Svenja mich an. Stöhnend steige ich auf mein Rad. Die ersten Meter habe ich wirklich das Gefühl, gleich runterzukippen, aber es wird besser. Die frische Morgenluft macht mich wach. Ich kenne kein einziges Café in der Stadt, in dem man so früh schon ein Frühstück bekommt. Glücklicherweise kennt sich meine Nachtschwester besser aus. Wir landen in einem kleinen Hotel mit Minibüfett, aber dafür einem Tisch in der Morgensonne. Um uns herum sitzen lauter Geschäftsleute. Man schweigt und liest Zeitung. Die Nacht durchzumachen macht hungrig. Dankbar beiße ich in mein Brötchen. Wir reden noch ein bisschen über die Party, dann sehe ich ihn plötzlich. Er nähert sich einer Blondine, die sich am Büfett gerade einen Obstsalat in eine Schale schaufelt, und beißt ihr in den Hals. Meine Nackenhaare stellen sich auf. Mein Körper erinnert sich sofort und reagiert plump mit Erregung und immerhin auch Empörung, denn es ist ja leider nicht mein Hals, den Lars da beknabbert.

Entsetzt informiere ich Svenja, was ich da gerade beobachte. Sie kippt beinahe mit dem Stuhl um bei dem Versuch, die beiden zu sehen. »Der sieht aber gut aus, dein Lars.«

»Ist aber wohl nicht nur mein Lars. Das ist doch wohl nicht seine Frau, oder?«

»Blond, schlank, Anfang dreißig. Das ist nie im Leben seine Frau!«, analysiert Svenja blitzschnell.

»Wer ist sie dann?«

»Eine weitere Frau, die er vögelt«, sagt sie schmerzhaft direkt. Die beiden haben sich drinnen einen Tisch gesucht und können die Finger gar nicht voneinander lassen. Der Geschlechtsverkehr sitzt praktisch mit ihnen zusammen am Tisch. »Das ist krass«, stellt Svenja fest. Ich bin sprachlos. Ich weiß nicht, was ich fühlen soll. Kann man überhaupt Ansprüche an eine Affäre haben? Gibt es da auch so eine Art Ehrenkodex, der besagt, du bist dann aber die Einzige, die ich neben meiner Frau noch küsse? Muss man so etwas festlegen? Gilt bei Affären freie Fahrt für alles andere, denn wir sind ja nicht zusammen?

Mir fehlt da die Erfahrung. Es fühlt sich jedenfalls nicht schön an, ein Hals von vielen zu sein. Ich dachte, unsere körperliche Anziehung wäre etwas Exklusives. In meiner Phantasie raunte er mir zu: »So wie dich habe ich nie zuvor eine Frau begehrt.« Traurigerweise habe nämlich ich nie zuvor einen Mann so begehrt.

»Wie fühlst du dich?«, fragt Svenja besorgt.

»Betrogen«, antworte ich spontan.

Sie nickt und streichelt meine Hand. »Sollen wir gehen?«

Ich will nicht gehen. Eigentlich möchte ich ihn am liebsten zur Rede stellen. Entschlossen stehe ich auf.

»Was wird das?«, fragt Svenja alarmiert.

»Ich geh da jetzt rüber. Die blonde Schlampe soll ruhig wissen, dass sie nicht sein einziger Hals ist!«

»O Gott!« Svenja steht mit auf und folgt mir in einigem Abstand.

Ich setze mich schwungvoll zu dem turtelnden Paar an den Tisch. »Morgen!«, sage ich gespielt freundlich.

»Hanna! Wie schön, dich zu sehen!« Lars ist kein bisschen verlegen und hält sogar weiter die Hand der Halsschlampe. »Was machst du denn hier? Mandy, das ist Hanna, auch eine Bekanntschaft von mir.« Die Art und Weise, wie er das Wort »Bekanntschaft« ausspricht, macht mir klar, dass Mandy genau weiß, worauf sie sich hier eingelassen hat. Er stellt uns gegenseitig ganz selbstverständlich vor, als würde er sagen, hier das ist Hanna, mit der habe ich letzte Woche, und das ist Mandy, mit der habe ich die ganze Nacht und gleich vielleicht noch mal, wenn es zeitlich noch passt.

»Du bist nicht seine Frau, stimmt's?«, frage ich dümmlich.

Mandy lacht, als hätte ich einen super Witz gemacht, und steht dann auf, um sich einen Saft zu holen und mir und Lars kurz Gelegenheit zu geben zu sprechen. Sehr rücksichtsvoll.

»Du wusstest nicht, dass ich …«

»… mit jeder vögel, die nicht bei drei auf dem Baum ist? Nein, das wusste ich nicht.«

»Hanna, das tut mir leid, ich dachte, du handhabst das ähnlich.«

Ich weiß nicht, ob ich jetzt geschmeichelt oder beleidigt sein sollte. »Was sagt denn deine Frau dazu?«, will ich wissen. Es tut gut, sie mit ins Boot zu holen. Dann bin ich nicht die Einzige, die betrogen wird.

»Susanne weiß davon. Wir führen eine offene Beziehung.« Er rührt in seiner Kaffeetasse.

»Und Mandy?«

»Ist bei Tinder.«

»Aha.« Tinder sagt mir ganz grob etwas. Ist das nicht die App, über die man immer witzelt, weil man die Leute nach links und rechts wegwischt, und irgendwie geht es da um Sex?

»Und was bin ich für dich?«

»Der Sex mit dir ist schon außergewöhnlich gut. Normalerweise schlafe ich nicht zweimal mit derselben Frau.«

Ach so, na, dann sieht das für Mandy schlecht aus mit einem Nach-dem-Frühstück-Quickie. Svenja hat sich nützlich gemacht und die Halsschlampe am Büfett in ein Gespräch verwickelt.

»Ich weiß nicht, was ich sagen soll«, sage ich ehrlich zu Lars. »Ich habe nicht erwartet, dass du deine Familie für mich verlässt, aber ich wollte auch keins deiner vielen Betthäschen sein.«

»Sieh es doch anders herum. Ich bin einer von deinen Betthasen. Du hast mich benutzt, und das war richtig geil, Hanna. Wir können das gern wiederholen.« Seine Stimme wird rau und leise. Den letzten Satz flüstert er mir ins Ohr und nähert sich dann meinem Hals.

Mein Körper, die Lusche ohne Ehre, reagiert zuverlässig mit plötzlicher Erregung. Ich schiebe ihn weg. »Das ist ein sehr verlockendes Angebot. Aber das bin ich einfach nicht.«

Auf dem Weg nach Hause überschüttet Svenja mich mit Lob, bevor wir uns an der Kreuzung voneinander verabschieden und jede zu sich nach Hause fährt, um endlich zu schlafen.

Erleichtert lasse ich mich in Klamotten auf mein Bett fallen, während draußen gerade der Sommertag so richtig in die Gänge kommt.

Krankenschwester wäre echt kein Job für mich, denke ich noch, bevor meine Zimmerdecke unscharf wird, und Betthäschen Nummer vierundzwanzig auch nicht. Manchmal ist es sehr viel wert zu wissen, was man nicht möchte.

Neuanfang

Als Kind hatte ich oft ganz realistische Träume. Wenn ich ein Pony geschenkt bekam, auf dem ich zur Schule ritt, war das toll, weil ich das Gefühl hatte, es richtig zu erleben. Ich spürte sein warmes Fell unter mir und die Blicke der anderen Kinder, wenn ich angeritten kam und mein Pony vor der Schule an einem Holzzaun auf einer erträumten Weide festmachte. Wenn ich aber von einem Schattenmann träumte, der mich verfolgte und, egal, wo ich mich versteckte, aufspürte, dann waren diese realistischen Träume nicht so toll. Ich frage mich, ob man als Kind den Traum einfach weniger gut von der Wirklichkeit unterscheiden kann und man deshalb das Gefühl hat, realistischer zu träumen? Oder ist es die kindliche Phantasie, die der erwachsenen einfach um ein Vielfaches überlegen ist?

Sind unsere Köpfe vielleicht so voll mit Dingen, dass wir darin einfach keinen Platz mehr finden zu träumen? Schlafen wir zu wenig, oder erinnern wir uns einfach nicht mehr so gut an unsere Träume, wenn wir aufwachen?

Ich habe meine optimale Schaukelhöhe erreicht. Der Garten fliegt an mir vorbei.

Gestern fühlte ich mich den ganzen Tag gerädert nach

den paar Stunden Schlaf am Vormittag. Ich habe keine Ahnung, wie Svenja das regelmäßig schafft. Ich spüre heute, nach einer »normalen« Nacht, wie gut sich das anfühlt, wenn man genug geschlafen hat. Die Gedanken über Träume kommen mir, weil ich heute Nacht einen ungewöhnlichen Traum hatte, der sich so realistisch anfühlte, als hätte ich es echt erlebt.

Ich saß bei Gerda an der Kaffeetafel vor dem Wohnwagen. Alles war genauso wie beim ersten Mal, als ich mit Svenja eingeladen war. Das perfekte weiße Tischtuch, die Serviettenringe aus Silber, blaue Hortensien in einer Vase. Es gab Blaubeerkuchen und die niedliche Zuckerdose, gefüllt mit Zuckerwürfeln, die sich Püttje, der ganz selbstverständlich mit am Tisch saß, mit der Zuckerwürfelzange in seinen Tee tat.

Es lief klassische Musik, ein paar Papageien tippelten über das Tischtuch, und auf meinem Teller war ein Stapel Butterkringel.

»Und du bist dir ganz sicher?«, fragte mich Gerda, die ihre bunte Strickjacke trug. »Du willst wirklich, dass jetzt Schluss ist mit den ungewöhnlichen Zufällen und du selbst entscheidest, was für dich gut ist?«

Ich schaute Püttje an, der mir mit seiner Schlafmütze auf dem Kopf aufmunternd zunickte. »Ja«, sagte ich feierlich mit fester Stimme wie bei einer Hochzeit. »Ja, das will ich.«

»Aber was wird dann aus deiner großen Liebe, mein Herz?« Ich schaute in die Augen meiner Mutter, die plötzlich mit am Tisch saß und Blaubeerkuchen aß, so vertraut, so nah, als würden keine zehn Jahre zwischen uns fehlen.

»Die Liebe wird sie schon finden«, sinnierte Amor, der neben meinem Teller auftauchte und mit seinen Pfoten ein paar Butterkringel kleinmachte, um damit die Papageien zu füttern.

»Hör auf, dich in mein Leben einzumischen, Mama. Ich krieg das schon alles gut hin.«

»Das weiß ich doch, meine Hübsche!« Sie zwinkerte mir zu und aß weiter ihren Kuchen.

»Noch jemand Tee?«, fragte Gerda und hielt die Kanne hoch. Ich ließ mir noch eine Tasse von ihr einschenken.

»Wollen wir es ihr denn jetzt verraten?«, will Püttje wissen.

»Was wollt ihr mir verraten?«

»Na, das mit den seltsamen Zufällen«, sagt Püttje schmunzelnd, als müsste ich das eigentlich schon selbst gemerkt haben.

»Ihr wart das?«, frage ich erstaunt.

»Es war eine Gemeinschaftsarbeit. Püttje hat geholfen und Wilfried auch ein bisschen. Er hat das mit dem Mineralwasser hinbekommen, und auch die Fahrradklingel war sein Werk. Er ist wirklich begabt!« Gerda klingt ganz stolz.

»Und du hattest die Idee!« Ich zeige mit dem Finger auf Maja, die spitzbübisch grinst.

»Bei mir hat es damals funktioniert. Ich erlebte wirklich ein paar ungewöhnliche Zufälle und habe mir dann selbst überlegt, dass sie die Ankunft meiner großen Liebe ankündigen werden. Eine Woche später habe ich deinen Vater kennengelernt! Ich habe mir gewünscht, dass dir diese Zufälle auch den Glauben an den Richtigen wiederschenken. Wir können nur das erreichen, an das wir auch glauben.«

Ich schaue von Maja zu Gerda und dann zu Püttje. »Und wie habt ihr das mit der Giraffe gemacht?«

»Es ist nie falsch, einen Troll im Boot zu haben, wenn es um Liiiiiiiiebe geht«, sagt er, breitet dabei dramatisch seine kleinen Arme aus und wirft die Zuckerdose um.

Dann bin ich aufgewacht. Seitdem sind die Bilder glasklar in meinem Kopf. Wenn ich jetzt rübergehen würde zum Wohnwagen, könnte ich Gerda sicher noch dabei beobachten, wie sie die Kaffeetafel abräumt und die Zuckerwürfel wieder in die kleine Dose füllt.

Amor schaut mir aufmerksam beim Schaukeln zu. Seine Bernsteinaugen verfolgen die Schaukel wie eine Beute. »Als ob ich Papageien füttern würde!«, sagt sein Blick. Schade, dass ich im Traum keinen nach Dr. House gefragt habe. Solche wichtigen Sachen fallen einem immer erst ein, wenn es zu spät ist. Ich beende mein Schaukelritual mit einem präzisen Absprung und pralle dabei fast mit Gerda zusammen, die genau in diesem Augenblick wie aus dem Nichts auftaucht.

Ich erschrecke mich zu Tode, vor allem weil sie die Strickjacke trägt, genau wie in meinem Traum. »Spinnst du denn?«, herrsche ich sie an.

»Ich kann doch nicht ahnen, dass du plötzlich abspringst. Und dann auch noch so weit! Übst du das regelmäßig?« Ja, aber das muss sie nicht wissen.

»Gut, dass du kommst, ich wollte dich heute auch noch besuchen und einladen, Svenja und ich machen eine Gartenparty!«

Sie nickt und scheint sich zu freuen. Irgendetwas ist aber seltsam. Es ist fast so, als wüsste sie von meinem Traum. Sie weiß, dass ich es weiß, denke ich. Was für ein Blödsinn. Gerda kann keine gemeinsame Sache mit Püttje machen, weil es Püttje gar nicht gibt. Ich atme einmal tief ein. »Ich habe auch Neuigkeiten«, verkündet Gerda. »Ich werde aus deinem Wohnwagen ausziehen. Mein Job ist hier ja erledigt.« Hat sie gerade gesagt, ihr Job hier wäre erledigt? Ach, sie meint den Brief, den sie mir überbracht hat? Das ist ja schon lange erledigt. Ich schaue sie durchdringend an. »Ist was nicht in Ordnung, Hanna? Ist es dir nicht recht, wenn ich gehe? Dann hast du den Wohnwagen wieder für dich. Deine entzückenden Nichten könnten mal dort übernachten, es ist wunderschön, morgens von den Vögeln geweckt zu werden. Die kleinen grünen Papageien werden immer zutraulicher. Vielleicht können die Kinder ja einen zahm kriegen. Sie müssen ihnen nur klassische Musik vorspielen, Vivaldi mögen sie besonders. Und zur Party komme ich natürlich. Was soll ich machen? Kartoffelsalat? Ich habe da ein Rezept von meiner ukrainischen Freundin Alina. Mit Fleischwurst, Erbsen und Ei, der ist unheimlich lecker ...« Ich werde das Gefühl nicht los, dass sie jetzt absichtlich so viel redet, um von ihrem *Job*, den sie erledigt hat, abzulenken.

»Komm mal mit, ich will dir etwas zeigen«, unterbreche ich ihr Schwelgen von der Herrlichkeit des ukrainischen Kartoffelsalates. Sie folgt mir ins Haus. Vor Majas Zimmer bleibe ich stehen. »Das war Mamas Zimmer«, sage ich und fühle mich dabei wie ein Kind. Gerda ist die Erste, mit der ich dieses Geheimnis teile.

Ich öffne die Tür, und wir treten in den leeren Raum. Ich stelle erstaunt fest, dass die Energie hier drin anders ist als sonst. Für mich wirkt der Raum jetzt irgendwie aufgewühlt. Vermutlich bin ich das nur selbst. Gerda setzt bedächtig einen Fuß vor den anderen, so als würde sie sich eine alte Kirche anschauen.

»Du hast es nie benutzt?« Ich schüttle den Kopf. »Ist das ihr Schreibtisch?«, fragt Gerda und zeigt auf das einzige Möbelstück im Raum. Die Frage bedarf keiner Antwort.

Wir stellen uns nebeneinander ans Fenster und schauen in den Garten. Ich entdecke einen kleinen grünen Vogel auf einem Ast und Amor, der sich von unten an ihn heranschleicht. Mir ist nie der Gedanke gekommen, dass meine Zufallskatze die Vögel jagen könnte. Aber mein Garten ist nicht das Paradies. Katzen jagen Vögel. Auch hier.

»Als mein Mann starb, habe ich mich am Anfang an alles von ihm geklammert. Sein Hemd roch noch nach ihm. Sein Rasierwasser im Bad, der Stift, mit dem er als Letztes geschrieben hatte …« Sie macht eine hilflose Geste. »Einfach alles! Es war anstrengend, all die Sachen zu hüten, ständig die Erinnerung zu bewahren. Ich wollte mich nicht von ihm entfernen.« Ich kann sehr gut nachvollziehen, was Gerda da erzählt, auch wenn es bei mir etwas anders war mit Maja. »Mit den Jahren habe ich begriffen, dass er unantastbar und unverwundbar ist.«

»Wie meinst du das?«

»Herbert ist es völlig egal, was mit seinem Rasierwasser passiert. Und ich bin ihm nicht näher mit seinen Sachen. Ich habe verstanden, dass es nicht um ihn, sondern um mich allein geht. Wie kann ich mich gut fühlen? Wie kann ich weiterleben? So weiterleben, dass es ein gutes, ein erfülltes Leben ist. Mit der Gewissheit, dass ich ihn niemals verlieren werde.« Wir schauen uns an. Beide mit feuchten Augen. »Hanna, Liebe vergeht niemals. Sie steckt nicht in Hemden und Schreibtischen, sondern hier drin.« Sie berührt die Stelle, unter der mein Herz klopft. Ich fange an zu weinen, und sie zieht mich in ihren Arm und hält mich lange fest.

Sie reicht mir ein Taschentuch.

»Was mache ich jetzt mit diesem Raum?«, frage ich. »Ich würde ihn gerne bewohnen, aber ich habe so viele Räume. Ein Schlafzimmer, ein Regalzimmer, ein Gästezimmer mit Büro …«

»Ein echtes Luxusproblem«, stellt Gerda fest.

Sie hat recht!

»Das hier wäre ein sehr schönes Gästezimmer.«

Ich schaue mich um und sehe es sofort vor mir. Den Schreibtisch könnte ich als Büroecke nutzen und den hässlichen unten endlich mal rauswerfen. Es kommt mir etwas verwegen vor, Majas Sekretär für mich selbst zu nutzen. Ich setze mich probeweise auf ihren Stuhl. Ihre Schubladen müsste ich dann ausräumen. Ihre Stifte durch meine ersetzen. Ich atme tief ein. »Ruf Svenja an, wir fahren zum Baumarkt«, entscheidet Gerda. Ihr Tatendrang tut gut.

Svenja hat heute frei und ist wie immer sehr leicht zu begeistern. Als sie da ist, setzen wir uns zu dritt auf die Terrasse und machen eine Liste. Gerda schreibt in einer für uns schwierig zu lesenden Handschrift alles auf, was Svenja und mir einfällt. Das sei eben ihre »Schlamperschrift«, meint sie und schreibt gleich noch etwas unleserlicher.

Da das Zimmer von sich aus schon so schön hell ist, kann ich jede Farbe für die Wände wählen, die ich mir wünsche. Ich entscheide mich für ein rauchiges Grünblau. »Was ist denn ein rauchiges Grünblau?«, will Gerda wissen. Ich zeige ihr auf dem Handy das Beispiel einer Zimmerwand in dieser Farbe.

»Wir besorgen die Sachen, und du räumst schon mal den Sekretär deiner Mama aus«, ordnet Svenja an. Das gefällt mir nicht. Ich argumentiere schwach, dass ich mein rauchiges Grünblau doch selbst aussuchen müsse, aber Svenja lässt das nicht gelten. »Hanna, das ist ein Prozess, und der beginnt mit Abschied. Ohne Abschied kein Neuanfang. Also, bring es hinter dich!« Bring es hinter dich klingt, als müsste ich das Bad aufräumen oder laufen gehen.

Viel zu schnell kommt Wilfried in einem alten VW Polo angefahren und holt die beiden ab. Ich winke ihnen und ignoriere Svenjas Handbewegungen, die mich ins Haus zurückscheuchen. Statt an den Schreibtisch zu gehen, setze ich mich im Vorgarten zwischen die Hortensien auf den erdigen Boden. Dieses Jahr sind sie so schön blau. Wie kann sich so eine Flüssigkeit zehn Jahre lang im Boden halten? Oder zählt das Blau jetzt auch zu den seltsamen Zufällen, die ich nicht mehr möchte. »Ihr könnt ruhig blau bleiben«, sage ich zu den Blüten. »Und nächstes Jahr kaufe ich für euch diese Flüssigkeit. Versprochen.« Amor streicht plötzlich um meine Beine, froh, mich hier gefunden zu haben. »Ist das okay für dich, Mama?«, frage ich tief in mich hinein. Es kommt keine Antwort. Panik kommt in mir auf. Was, wenn ich nur an ihrem Schreibtisch mit ihr reden kann? Was, wenn es nur in diesem leeren Zimmer richtig klappt? Svenja und Gerda sind jetzt gerade auf dem Weg, um tausend Dinge zu holen, die Veränderungen bewirken werden. Veränderungen, die dazu führen könnten, dass ich sie für immer verliere. Amor stupst mich mit seinem Kopf an. Er findet, das ist Quatsch. »Was weißt du vom Tod?«, frage ich ihn.

»Was wissen Katzen nicht vom Tod?«, fragt er zurück. Mit sieben Leben müsste man doch ganz weit entfernt sein vom Sterben, denke ich.

»Eben nicht«, schnurrt er. »Los jetzt!« Er läuft voraus auf die Haustür zu. Ich folge ihm, und er geht tatsächlich bis zu Majas Zimmer vor mir her. Ich öffne die Tür, und er macht einen Satz auf den Schreibtisch. Da oben bleibt er reglos sitzen, nur sein Schwanz bewegt sich leicht von rechts nach links.

»Ja, schon gut, Mama, ich brauche keine weiteren Zeichen, ich habe schon verstanden«, sage ich laut.

»Dann los, Hanna. Und nicht alles aufheben. Eine große Tüte für Müll und einen winzigen Karton für ein paar Sachen, die du aufheben willst«, sagt Majas Stimme in mir. Genau so mache ich es. Ich wappne mich. Ziehe mir eine Schutzhülle an, bevor ich ihre Schubladen leere. Grob weiß ich sowieso, was drin ist. Ich werde heute keine verborgenen Schätze heben. Ich werfe ganz viele Aktenordner, ohne sie groß anzugucken, weg. Maja applaudiert, und auch Amor schaut sehr zufrieden. Besonders ordentlich waren ihre Schubladen nicht. Ich finde ganz viele kleine Andenken.

Schneller als gedacht bin ich fertig. Das war viel leichter, als ich vermutet hätte. In meiner kleinen Erinnerungskiste sind Majas Füller gelandet und ein billiges Armband mit einer türkisfarbenen Feder, das sie eine ganze Weile getragen hat. Mehr nicht. Ich bin so stolz auf mich. Und das Ganze völlig ohne Tränen. Übermütig ziehe ich etwas zu fest an einer der kleinen Schubladen. Plötzlich halte ich sie in der Hand und stelle erstaunt fest, dass sich unter dieser Schublade ein Geheimfach befindet. Sofort beginnt mein Herz zu klopfen. Was werde ich in diesem Fach finden? Einen Brief an mich? Einen Liebesbrief von Klaus oder sogar von einem anderen Mann? Schmuck? Ein Foto? Ich angle mit meinen Fingern im Fach und ertaste harte, kleine Gegenstände. Enttäuscht befördere ich ein paar Schrauben ans Licht. Die hat sie sicher für den Fall aufgehoben, dass man irgendwann feststellt, wo sie denn fehlen. So wie man ewig Ersatzknöpfe aufhebt von Kleidungsstücken, die man längst nicht mehr besitzt. Vier Schrauben, sonst ist nichts in dem Fach. Enttäuscht lege ich sie auf die leere Schreibtischoberfläche. Eine große Schraube, eine mittelgroße und zwei kleine. Vater, Mutter, Kinder, denke ich automatisch. Moment mal. Ich nehme die Schrauben in die Hand und schließe die Augen. Anders als mein Sehsinn erinnert sich mein Tastsinn sofort. Die Köpfe mit dem Schlitz, die Rillen, die weh tun, wenn man sie lange zwischen zwei Fingern rollt. Die kleinen Schrauben. Eine davon bin ich. Das ist meine Schraubenfamilie! Maja hat eine von ihnen aufgehoben. All die Jahre hat sie sie verwahrt. Ob sie mir die Familie eines Tages geben wollte? Wurden die vier von ihr vergessen? Ein Geheimfach ist schon ein ganz besonderer Ort. Dort bewahrt man Dinge auf, die niemand finden soll. Oder erst zum richtigen Zeitpunkt.

Als Svenja und Gerda zurückkommen, finden sie mich also doch mit nassen Augen vor. Beide umarmen mich, und Svenja bietet sofort an, die Mülltüte rauszubringen. »Bei mir ist gar kein Platz mehr in der Tonne«, sage ich. »Die Flummis werden erst Freitag abgeholt.« Gerda nickt verständnisvoll, obwohl ich nie von den Flummis erzählt hatte. Sie weiß weder von meiner Lieferung noch von meiner Flummi-Entsorgung. Wieso kommt ihr mein Satz nicht seltsam vor?

Svenja meint, sie würde schon eine leere Tonne finden, und schleppt den Müllsack schnell aus dem Zimmer. Gerda zeigt mir stolz die Farbe und die Kleberollen und die Folie und die vielen Rollen und Pinsel, die sie aus dem Baumarkt mitgebracht haben. Wilfried wankt gerade das zweite Mal herein und bringt noch einen Arm voll Baumarktartikeln, die er mitten im Zimmer ablädt. »Der sollte raus«, sagt er und zeigt auf den leergeräumten Sekretär. Ich nicke und schleppe ihn mit seiner Hilfe auf den Flur.

Anfangs habe ich noch ein schlechtes Gewissen, dass ich die beiden alten Leute hier mit uns streichen lasse. Das ist eigentlich kein Job für Menschen über siebzig. Allerdings ist Wilfried einfach ein Handwerksgenie, und das kleine Radio, das Gerda aus dem Wohnwagen geholt hat, ist ebenso hilfreich wie ihre kleinen Schnittchen, die sie zwischendurch zaubert. Die zwei sind Gold wert. Gemeinsam verwandeln wir Majas Zimmer in mein Zimmer. Das rauchige Grünblau sieht nass erst zu dunkel aus, aber als es trocknet, ist es perfekt. »Man denkt an Wald und Sterne«, findet Svenja. Warum, kann sie nicht wirklich erklären. Ich finde aber, sie hat recht. »Der, der den Papierhut trägt, hat immer recht«, sagt sie und rollt wie wild die Farbe an ihre Wand.

»Blödsinn, der im Blaumann hat immer recht«, brummt Wilfried, der die gegenüberliegende Wand bearbeitet. Der Papierhut und der Blaumann streiten kurz, bis Gerda von unten »Mittagessen« ruft.

Kurze Zeit später sind wir uns alle einig: Nur wer so perfekt Alinas ukrainischen Kartoffelsalat machen kann – der hat recht!

Nach dem Essen verpflichten wir Wilfried und Gerda zu einer kleinen Pause im Garten, während wir nach oben gehen und die letzte Wand schnell fertigstreichen, bevor uns alle Pinsel antrocknen.

»Ich hab Jochen getroffen«, verrät mir Svenja, als wir allein sind.

»Ja? Wo denn? Habt ihr geredet?« Ich will alles auf einmal wissen.

»Im Supermarkt um die Ecke. Wir haben uns an der Kasse getroffen und sind zusammen zurückgegangen.«

»Hat er deine Tüte getragen?«

»Nein, aber er hat gesagt, dass er mich vermisst.« Sie schaut mich strahlend an.

»Pass auf, sonst hast du gleich wieder einen langweiligen Vortrag über sein Training am Ohr«, warne ich sie. Manchmal weiß ich gar nicht, wie Svenja überleben kann. Sie ist so leicht zu begeistern wie ein fünfjähriges Kind. Immer ist sie bemüht, das Gute in den Menschen zu sehen. »Ich dachte, Jochen wäre abgehakt?«

»Na ja«, Svenja streicht etwas langsamer, »ich hab ihn zufällig getroffen. Vielleicht heißt das ja was!«

»Apropos Zufall …« Ich erzähle Svenja von meinem Traum von Gerda und meiner Mutter. Wie beide zugegeben haben, dass Gerda hinter all den ungewöhnlichen Zufällen steckte. »Der war so realistisch der Traum, als hätte ich das wirklich erlebt!«

Svenja schüttelt den Kopf. »Es ist definitiv kein realistischer Traum, wenn man mit einem Troll am Tisch sitzt. Und wie soll Gerda es denn bitte hageln lassen?«

Ich tunke seufzend meine Rolle in neue Farbe ein. »In meinem Traum war das Püttje.«

»Klingt logisch«, sagt Svenja sarkastisch.

Ich senke meine Stimme zu einem Flüstern: »Aber Gerda benimmt sich auch genauso, als wenn sie es gewesen ist! Kann doch sein. Sie hat mit Maja damals das Ganze geplant!«

»Dein Unterbewusstsein sträubt sich einfach gegen diese Sache. Deshalb träumst du solche Sachen!«, sagt Svenja in normaler Lautstärke.

»Du möchtest unbedingt, dass es die seltsamen Zufälle und die große Liebe dazu gibt. Du bist nicht neutral und schon gar nicht realistisch!«, antworte ich ihr.

Svenja stemmt die Hände in die Hüften und baut sich vor mir auf. »Du bist auch nicht neutral und noch viel weniger realistisch. In deiner Version hilft ein Troll einer alten Dame, damit in deinem Vorgarten eine Giraffe auftaucht!« Sie malt mir, wie als Ausrufezeichen zu ihrem Satz, mit dem Pinsel einen Punkt auf die Nase.

Ich versuche, mir den Fleck ohne Spiegel von der Nase zu wischen. »Jetzt hast du ihn überallhin verteilt!«, tadelt mich Svenja. »Jedenfalls hängt Dr. House mit drin. Und ich sage dir, er ist für dich bestimmt.«

»Oder für dich!«

»Das würde ich mir wünschen.« Sie schaut mich ehrlich an. »Aber wie passe ich da rein? Es sind deine Zufälle.« Sie sieht, dass ich den Satz echt nicht mehr hören kann, und wechselt deshalb schnell das Thema. »Und das ist dein neues Zimmer.« Sie legt den Arm um mich, und wir betrachten gemeinsam unser fertiges Werk.

Es sieht gut aus. Sogar jetzt schon, wo noch überall Tesakrepp klebt und der Boden mit Folie und Farbe bedeckt ist.

Ein grüner Papagei landet auf dem Fensterbrett. Das Fenster ist auf, und ich stelle mich schnell davor, damit er hier nicht reinfliegt und nicht mehr hinausfindet. Er legt sein kleines Köpfchen schief und versucht, an mir vorbei ins Zimmer zu linsen, als gäbe es da etwas Spannendes für ihn zu sehen. Vor einigen Jahren hätte ich geglaubt, dass das Maja ist, die sich das neue Zimmer anschauen möchte. Heute weiß ich, sie war bei jedem Pinselstrich dabei.

Der Vogel pickt mit seinem leuchtendroten Schnabel am Fensterbrett herum und fliegt dann weg.

Svenja und ich können es gar nicht abwarten, das Zimmer endlich einzurichten, aber Wilfried meint, die Farbe müsste mindestens bis morgen trocknen, bevor man die Klebestreifen entfernen kann.

Mit hundert Danksagungen verabschieden wir ihn. Gerda zieht sich in ihren Wohnwagen zurück, und Svenja und ich bleiben übrig. Es juckt uns in den Fingern, jetzt doch schon alles oben abzuziehen. Aber nachher zerstören wir damit die ganze Arbeit.

Um uns abzulenken, entwerfen wir an meinem Computer eine Einladung für die Gartenparty. Wir sind beide nicht gerade spitze darin, und so wird es einfach ein lustiger Text mit einem Bild von Lampions, die in den Bäumen hängen. Einen Teil verschicken wir per Mail, und ein paar wollen wir persönlich austragen, weil das einfach schöner und verbindlicher ist, als eine E-Mail zu bekommen.

Ich bekomme die schöne Aufgabe, Ulli zu beliefern, und die absolut doofe Aufgabe, die Liebermann persönlich einzuladen. »Sonst kommt sie nicht«, meint Svenja.

»Sie soll ja auch gar nicht kommen«, nörgle ich und werfe mich aufs Gästebett.

»Sie muss aber kommen, weil sie deine gute Tat ist. Und gute Taten werden belohnt. Also lad sie ein.« Das ist so eine typische Svenja-Logik, gegen die ich rein gar nichts machen kann.

»Druck noch eine aus«, sage ich zu Svenja, die noch am Computer sitzt.

»Hast du Angst, sie zerreißt sie in kleine Fetzen?« Svenja macht mir vor, wie ich dann strahlend eine zweite Einladung aus der Tasche ziehe. Ich muss lachen.

»Nein, ich bringe Herrn Schibalski auch eine vorbei. Ich bin mir nicht sicher, ob er im Urlaub Mails liest.«

Svenja drückt auf Drucken und kommt zu mir rüber. »Rutsch mal«, fordert sie mich auf. Ich tue, was sie sagt, und sie legt sich neben mich. Das ist gut für das Bett, wenn da mal zwei Leute drauf liegen. Bald wird es oben im neuen Zimmer stehen. Ich weiß noch gar nicht, wie ich es die Treppe hochkriegen soll. Vermutlich muss man es auseinanderbauen. Dann muss ich noch mal Wilfried um Hilfe bitten. Oder Herrn Schibalski, der kann das sicher auch. Ob Klaus Betten auseinanderbauen kann? Selbst wenn, Klaus würde ich nicht fragen. Aber immerhin bekommt er eine Einladung zu unserer Party.

»Wir sollten gleich losfahren. Ist sowieso schon ziemlich knapp mit der Einladung«, meint Svenja und macht es sich kontraproduktiv in meinem Arm gemütlich. Ich kuschle mich an sie. Sie riecht nach Farbe und nach Svenja. Sie ist mir so nah wie eine Schwester. Es ist ein großes Glück, so eine Freundin zu haben.

»Svenja«, sage ich leise, denn sie liegt ja nur wenige Zentimeter von mir entfernt. »Egal, wie das mit Dr. Horse ausgeht. Er ist es mir nicht wert, dich zu verlieren. Kein Mann ist das wert.«

Sie macht ein vergnügtes Geräusch. »Wenn jetzt der totale Traumprinz kommt, dann kann ich dir aber nicht versprechen, dass ich dann noch bei dir im Arm herumliege!«, sagt sie trocken.

»Warte es ab. Nachher ist das so ein knochiger Typ ohne Polsterung, und dann kommst du freiwillig zurück und bettelst, dass du in meinem weichen Arm liegen kannst.« Wir stellen uns den knochigen Prinzen vor und kichern wie die Teenager. Ich sehe ihre Sommersprossen und ihre kleinen Fältchen um die Augen. Ich nehme sie ganz fest in den Arm und wünsche mir mit aller Kraft, dass Svenja ihre große Liebe bald finden wird.

Verschränkung von Elementarteilchen

Sandra Liebermanns Wohnung passt von außen perfekt zu ihr. Sie hat ein schickes und stylisches Apartment mit Balkon und Blick auf den Park. Innen sieht es allerdings unerwartet unordentlich und ungestylt aus. Statt Designermöbeln Obstkisten. Keine teuren modernen Lampen und Sessel, sondern eher gebrauchte aus den Kleinanzeigen. Sandra hat mir, perfekt geschminkt wie immer, die Tür geöffnet und mich zu meiner Überraschung auch gleich hereingebeten und mir ein Glas Orangensaft in die Hand gedrückt. »Den magst du doch?« Ich nicke und wundere mich, woher sie das weiß.

Wir sitzen im chaotischen, gemütlichen Wohnzimmer. Auf dem kleinen Couchtisch stapeln sich Frauenzeitschriften. Eine dünne Staubschicht verrät mir, dass sie schon eine Weile da liegen. Sandra sitzt mir gegenüber auf einem quietschorangen Sessel, der so aussieht, als hätte ihn jemand aus den siebziger Jahren entführt.

Unser Gespräch verläuft etwas schleppend. Wir sind beide überfordert mit der plötzlichen Zweisamkeit. Ihre kurzen Haare sind wie kleine Messer auf mich gerichtet. Wir reden kurz über Klaus und Monika, wie glücklich sie zusammen sind und dass das ja schön ist. Wunderschön, denke ich sarkastisch. Was mache ich hier?

»Du wolltest mir etwas geben?«, erinnert sie mich an den Grund meines Kommens.

»Ja.« Ich wühle hektisch die Einladung aus meiner Handtasche. »Svenja und ich machen eine Gartenparty. Klaus und Monika sind auch eingeladen, und wenn du Zeit hast, kannst du ja vorbeikommen.« Ich weiß nicht, ob das einladend genug klang. Ein Teil von mir hofft immer noch, dass sie gar nicht kann. »Wolltest du nicht nach Italien?«, frage ich hoffnungsvoll, als sie den Text zu Ende gelesen hat.

Sie wird etwas rot und stellt langsam ihr Glas ab, um Zeit zu gewinnen. Sie ringt sich zur Wahrheit durch und sagt: »Ich fahre gar nicht. Ich hab das nur gesagt, um nicht die Einzige zu sein, die die Ferien langweilig zu Hause verbringt.«

»Du bist nicht die Einzige.« Ich lächele sie an.

»Na ja, die Wohnung ist sehr teuer, eigentlich sogar zu teuer für mich. Ich bekomme es nicht so richtig auf die Reihe, mal etwas Neues zu suchen. Mit Geld hab ich es nicht so.«

Ich schäme mich plötzlich mit meinem großen Haus mit den vielen Zimmern. »Nutze doch jetzt die Sommerferien dafür«, schlage ich vor. »Es macht sicher Spaß, eine neue Wohnung zu suchen.«

»Vielleicht«, sagt sie unbestimmt, als wäre es ihr unangenehm, so viel von sich verraten zu haben. Ich möchte gerne etwas Nettes sagen.

»Gemütlich hast du es hier.«

»Du meinst unordentlich.« Sie lächelt. Ich widerspreche und trinke mein Glas aus. An der Tür sagt sie: »Ich komme gern, wenn ich darf.«

»Ja, klar, du bist doch eingeladen. Sogar persönlich!«, sage ich und zeige auf mich.

»Danke«, sagt sie. Das ist mir alles zu viel. Ich drehe mich zur Treppe um und gehe.

»Bring einen Salat mit!«, rufe ich ihr noch zu.

»Mache ich!«, ruft sie zurück und winkt, als seien wir Freundinnen.

Zumindest sind wir wohl keine Feindinnen mehr. Das ist doch schon was.

Meine nächste Station ist die Schule. Ulli hebe ich mir als Highlight zum Schluss auf.

Herr Schibalski wohnt hinten am Schulgelände in der Hausmeisterwohnung. Es kursieren sehr schräge Gerüchte über seine Wohnung. Ganz einfach, weil niemand sie je von innen gesehen hat. Die Kinder erzählen sich auf dem Schulhof, dass er Vogelspinnen hält oder eine Hackebeil-Sammlung im Keller hat. Ich stelle mir Schibalskis Wohnung ziemlich unspektakulär vor. Wenige Möbel, wenig Wandschmuck. Vielleicht ein Ledersessel, in dem er abends Fernsehen schaut, und ein Bett mit einer angeblich superrückenfreundlichen Matratze mit acht Zonen und Stützfunktion, die in Wahrheit ihren viel zu hohen Preis nicht wert war, weil er doch jeden Morgen wieder mit Rückenschmerzen aufwacht. In seiner Küche hat er einen fast schon antiken, riesigen Kühlschrank, in dem sich ein sehr, sehr altes Glas Gurken befindet und ein wenig Aufschnitt. Und irgendwo steht diese Kommode, auf der die ganzen Familienbilder stehen. Seine Tochter, als sie klein war. Seine Frau und er, als sie noch jung waren. Relikte aus einem anderen

Leben. Von seiner Frau ist er längst getrennt, seine Tochter ist lange ausgezogen.

Ich werde es nicht erfahren, wie seine Wohnung wirklich aussieht. Niemand öffnet auf mein Klingeln. Einer Eingebung folgend laufe ich einmal um das Schulgelände herum. Es fühlt sich falsch an, in den Ferien hier zu sein. Tausend Erinnerungen stürzen auf mich ein. Sofort habe ich das Gefühl, etwas tun zu müssen. Arbeiten korrigieren, Drachen basteln, Eltern beruhigen.

Hinter dem Schulgelände befindet sich eine Wiese, auf der die Kinder manchmal Fußball spielen, obwohl sie nicht mehr offiziell zum Schulhof gehört. Auf dieser Wiese stehen zwei Liegestühle, besetzt mit turtelnden Teenagern. Herr Schibalski ist vielleicht doch weggefahren. Niemand würde sich in seiner Anwesenheit hier flirtend auf der Wiese aufhalten. Das muss ich mir näher ansehen. Ich sehe die beiden Liegestühle nur von hinten, und so wird mir erst, als ich direkt davor stehe, klar, wer die beiden Teenager sind, die sich darin fläzen.

»Herr Schibalski?«

»Frau Lambert?!« Er verschluckt sich fast an seinem Strohhalm. Obwohl ich mit Gesten versuche, ihn davon abzuhalten, wühlt er sich mühevoll aus seinem Liegestuhl. »Hanna Lambert, die netteste Lehrerin an unserer Schule«, stellt er mich der Frau in seinem Alter vor. Ich schüttle ihre ausgestreckte Hand und schaue in ein Paar vergnügte grüne Augen. »Das ist Petra Lyst. Eine … meine Freundin.« Sie strahlt, als er das sagt.

»Wie schön, freut mich, Sie kennenzulernen«, sage ich ehrlich. Ich weiß nicht, ob es sehr frech ist, so etwas zu fragen, aber es rutscht mir einfach heraus: »Seit wann haben Sie denn eine Freundin, Herr Schibalski? Das haben Sie mir aber geschickt verschwiegen!«

Er lacht und erzählt dann, wie sie sich vor zwei Wochen bei einem Trödelmarkt kennengelernt haben.

»Er hat eine Lampe bei mir gekauft …«

»Ich wollte das olle Ding gar nicht«, fällt er ihr ins Wort, »aber ich hab sie dann gekauft für einen viel zu hohen Preis.«

»Ja, selber schuld, du hast sie hochgehandelt statt runter.«

»Ich war so aufgeregt. Ich bin ja etwas aus der Übung. Wann sprech ich mal schöne Frauen an? Aber sie war so bezaubernd.«

»Viermal ist er noch an meinen Stand gekommen. Hat noch einen alten Toaster gekauft und beinahe auch noch eine riesige Giraffenstatue.«

»Aber da hast sie mich dann erlöst und gesagt: ›Wollen Sie mich nicht endlich zu einem Kaffee einladen!‹« Er nimmt zärtlich ihre Hand.

»Bei den Männern muss man oft ein bisschen nachhelfen, aber das wissen Sie ja sicher auch!«, sagt sie mit ihrer sympathischen Stimme.

Ich nicke wissend, obwohl ich das gar nicht weiß. Es ist so schön, die zwei zu beobachten, wie sie ihre Geschichte erzählen. Beide sind total aufgekratzt. Ob das jetzt an ihrem Cocktail liegt oder an der Verliebtheit, kann ich nicht sagen.

»Ich hole Ihnen schnell ein Glas. Sie trinken doch einen mit?« Ohne meine Antwort abzuwarten, geht sie Richtung Haus.

Herr Schibalski geht mir einen Stuhl besorgen, und

als ich kurz allein bin, höre ich Majas Stimme in mir: »Siehst du, Schatz, die Liebe ist überall zu finden.«

Ich antworte ihr in Gedanken: »Ja, und in jedem Alter! Das muss nicht unbedingt mit vierzig passieren!«

Ich gebe zu, das hätte ich Herrn Schibalski nie im Leben zugetraut. Aber vermutlich hat seine lebenslustige Petra das alles in die Hand genommen. Ich erkenne unseren grummeligen Hausmeister gar nicht wieder. Leichtfüßig baut er den dritten Liegestuhl auf, und als Petra mit meinem »Hugo« zurückkommt, kann er die Augen nicht von ihr abwenden.

Verliebt sein muss toll sein, denke ich, als ich wieder auf mein Fahrrad steige. Ich selbst bin tatsächlich meilenweit davon entfernt. Verliebt sein ist so viel mehr als jemanden gut zu finden oder gerne mit ihm zu schlafen. Ob ich mich in Lars hätte verlieben können? Er fehlt mir nicht. Nur der Sex mit ihm, der fehlt mir.

Vielleicht kann ich mich ja jetzt in Ulli verlieben. Die Affäre mit Lars hat eventuell dazu geführt, dass ich gar keine Kapazität hatte, Ulli attraktiv zu finden.

Ich schüttle den Kopf. Ich denke zu viel nach.

Ich habe Petra natürlich auch zu unserer Party eingeladen. Ich bin schon auf Sandra Liebermanns Gesicht gespannt, wenn sie den alten Schibalski mit seiner Freundin sieht! Ich freue mich für ihn.

Ulli freut sich mit. Auch er mag den grummeligen Hausmeister, und ihm fallen fast die Augen raus, als ich ihm die Neuigkeiten berichte.

Bei Ulli gibt es mein Lieblingsgetränk, eiskalte Cola. Wir sitzen auf seinem kleinen Balkon und schauen hinunter auf die Straße. Ullis Balkon ist äußerst pragmatisch eingerichtet. Es gibt zwei Stühle und einen winzigen Tisch. Das alles hätte sehr gut Platz auf dem Balkon, wenn da nicht ein überdimensionaler Grill und Leergut in einer Ecke stehen würden.

»Du grillst gerne?«, frage ich rhetorisch mit einem Blick auf das Ungetüm. Ulli ist in Gedanken noch beim verliebten Herrn Schibalski, kommt aber sehr schnell in die Wirklichkeit zurück, als er merkt, dass es um sein Hobby geht. Er erklärt mir, warum die Vorteile des indirekten Grillens nur mit einem Kugelgrill mit Lüftungsklappen möglich sind. Als ich genug davon habe, unterbreche ich ihn geschickt mit meiner Einladung.

»Oh, da wollte ich eigentlich schon in Italien sein.« Ich bin enttäuscht. Er merkt es und sagt schnell: »Ich könnte später fahren. Immerhin bin ich Lehrer und habe sechs Wochen Ferien!«

»Fünf«, verbessere ich ihn, weil wir ja die letzte Ferienwoche schon vorbereiten und eigentlich auch anwesend sein müssen.

»Das passt trotzdem noch. Ich komme!«, entscheidet er. »Und ich könnte meinen Grill mitbringen!«

Warum nicht? Svenja und ich haben noch gar nicht ans Grillen gedacht.

»Ich freue mich, wenn du kommst!«

»Ja?« Wir schauen uns in die Augen. Der Moment wird plötzlich seltsam, und ich gucke weg.

Ulli. Du bist so nett. Ich mag dich wirklich sehr, sehr gern. Aber ich kann mich einfach nicht in dich verlieben. Verlieben sollte doch keine Mühe machen, aber selbst mit Mühe bleibt der Mann neben mir einfach harmlos unsexy. Es ist vielleicht nur die falsche Uhrzeit. Sich nachmittags auf einem unaufgeräumten Balkon neben einer leeren Kiste Bier zu verlieben ist etwas für Fortgeschrittene, und das bin ich sicher nicht. Die Magie fehlt. Ich brauche einen Sternenhimmel über uns und Lampions in den Bäumen, dann könnte es klappen.

Ulli sieht aus, als wollte er etwas sagen. Er sagt aber nichts und trinkt nur schweigend seine Cola. Wir schauen hinunter auf die Straße. Ein verliebtes Pärchen geht Hand in Hand vorbei. Sie bleiben stehen, um sich zu küssen. Ulli betrachtet seinen Grill, und ich starre in die leeren Blumenkästen.

Zu Hause wartet eine Überraschung auf mich. Sie ist ganz rot im Gesicht und zappelt auf meiner Treppe herum, als ich mein Fahrrad abstelle. »Du glaubst nicht, was passiert ist!«

»Du hast megagutaussehende Zwillinge getroffen, einer davon will dich heiraten, und der andere will mich?«

Svenja schüttelt den Kopf, als hätte ich ernsthaft geraten.

»Was ist es dann? Dir ist Brad Pitt begegnet, und du hast ihn zu unserer Party eingeladen?«

»Lass uns reingehen, ich erzähle es dir drinnen!«, flüstert Svenja verschwörerisch. Ich schließe, so schnell ich kann, die Tür auf und ziehe sie in den Flur.

»Rede!«, fordere ich sie auf.

Sie grinst und genießt es, mich zappeln zu lassen. »Rate weiter, du hast so schön absurde Ideen.«

Ich stöhne und kicke mir die Schuhe von den Füßen. »Jetzt sag schon!«, bitte ich mich Nachdruck.

»Ich hab mit Jochen geschlafen!« Sie presst den Satz heraus und hält sich dann die Hände vor den Mund.

»Oh! Wow. Wann?«

»Gerade eben!«

Ich schaue sie an, als könnte ich noch Spuren davon an ihr entdecken. »Wie?«

»Einfach so!« Sie geht an den Kühlschrank und nimmt sich eine Dose Cola. »Ich habe ihm die Einladung vorbeigebracht. Er bittet mich herein. Wir stehen da so im Flur rum. Er liest sie, er sagt, er kommt, und dann ...« Sie öffnet mit einem zischenden Geräusch die Dose und schaut mich mit großen Augen an.

»Dann was?« Sie macht als Antwort das Zischen der Dose nach. »Dann habt ihr gezischt? Dann hattet ihr Sex?« Sie nickt. »Und ... wie?«, frage ich ungeschickt. Ich brauche einfach etwas mehr Details. »Hat er dich geküsst, hat er dir an den Busen gefasst, hat er wortlos deine Jeans geöffnet?« Ich schlage ihr ein paar Anfänge vor, damit sie mit ihrem rausrückt.

»Ich hab ihn geküsst«, sagt sie mich erhobenem Kopf.

»Ahhhh! Okay, und dann?«

»Mein Gott, Hanna, du weißt doch, wie so was läuft, man fasst sich hier und da an, und dann tut man es!« Sie klingt ein kleines bisschen genervt, was seltsam ist, so direkt nach einem Orgasmus. Außer ... es gab keinen.

»War es denn gut?« Ich muss daran denken, was sie mir über Jochens Kusskünste erzählt hat.

»Es war okay«, sagt sie leise. Ich atme tief ein und aus und ziehe sie dann zu mir in den Arm.

»Was soll's«, sage ich. »Weiß man ja vorher nicht.«

»Na ja. Ich hab es schon geahnt. Ich wollte einfach … nachhelfen.«

»Dem Schicksal?« Sie nickt. Hach, Svenja. »Warte mal unsere Party ab. Die Liebe wird dich schon finden.« Ich setze mich neben sie auf den Küchentisch. Amor schleicht sich dazu und setzt sich neben uns, als wäre er auch eine Frau mit Männerproblemen.

Ich erzähle von meinen Erlebnissen beim Abliefern der Einladungen.

»Mit Ulli ist es seltsam. Ich fühle mich so wohl bei ihm. Aber jedes Mal kommen wir an den Punkt, an dem eigentlich etwas laufen müsste.«

»Warum läuft denn nichts? Fang du doch an«, rät sie mir.

»Ich will ja gar nicht, dass was läuft. Ulli ist einfach nicht sexy für mich.«

»Dann ist doch alles gut.« Wir baumeln mit den Beinen.

»Ich hab eben auch das Gefühl, ich müsste nachhelfen«, gestehe ich.

Svenja schubst mich leicht zur Seite mit ihrer Schulter. Ich schubse zurück. Amor springt vom Tisch, bevor er geschubst wird.

»Es wird einfach langsam knapp mit dem Familiegründen«, sagt Svenja und seufzt.

Ich lege einen Arm um sie und sage nicht, dass ich damit abgeschlossen habe. Vielleicht ist das leicht, wenn man zwei süße Nichten hat und eine ganze Schulklasse voller Kinder. Ich habe das Gefühl, beteiligt zu sein an ihrem Wachstum. Vielleicht kann ich ihnen ab und zu sogar noch mehr beibringen als Rechnen und

Schreiben. Das ist eine sehr wertvolle und sinnvolle Arbeit und sicher auch ein Grund, warum sich manche Leute Kinder wünschen. Kleine Menschen zu »düngen« macht uns rund.

»Hast du dir mal überlegt, Kinderkrankenschwester zu werden?«, frage ich Svenja.

»Klar, in meiner Ausbildung war ich auch mal auf der Kinderstation. Aber dafür muss man vermutlich geboren werden. Das ist nicht ohne. Wenn ein Erwachsener stirbt, ist das schlimm, aber wenn ein Kind stirbt, dann ist das ein Loch in deinem Glauben an die Welt. Das muss man abkönnen. Und ich glaube, da würde ich dran scheitern.«

Das verstehe ich sehr gut. »Ich könnte das auch nicht! Aber ich wäre sowieso nicht halb so gut als Krankenschwester wie du!«, sage ich.

»Ich könnte dafür nicht jeden Tag dreißig fremde Rotzgören unterrichten. Da hätte ich nie im Leben die Nerven zu!«

Lustig, ich finde in Svenjas Beruf braucht man viel mehr Nerven als in meinem. Sie springt vom Tisch. »Lass uns dein Zimmer oben einrichten!«

Wir flitzen die Treppe hoch und reißen das ganze Klebeband ab. Die Folie auf dem Boden wird entfernt, und wir werfen alles erst mal in den Flur. Der Raum ist ein anderer. Nicht mehr Majas Zimmer, aber auch noch nicht meins.

Svenja schlägt mir ein paar Orte vor, an denen das Bett stehen könnte. »Ich kann das so nicht entscheiden. Ich muss das sehen«, sage ich.

»Dabei mache ich das Bett so plastisch vor!«, beschwert sie sich. Tatsächlich breitet sie jedes Mal majestätisch ihre Arme aus, wenn sie sich an den Platz stellt, an dem das Bett stehen soll.

»Das Bett muss hier hoch«, stelle ich fest.

»Aber das schaffen wir nicht zu zweit.«

Da hat sie recht. »Wen rufen wir also an?«

Ich weiß es nicht. Sebastian wäre meine erste Wahl, aber der wird mich um ein paar Tage vertrösten. Er wird sicher nicht verstehen, dass das Bett heute, also am besten sofort, nach oben muss. Friedhelm würde sicher auch helfen, aber der kommt bestimmt erst heute Abend nach Hause. »Was ist mit Ulli?«, schlägt Svenja vor. Ich mache ein unwilliges Geräusch. »Lars?« Ich mache dasselbe Geräusch.

»Klaus?« Mein Geräusch wird nur lauter. »Gut, dann eben kein Bett«, sagt Svenja pragmatisch. Das gefällt mir aber auch nicht.

»Also, wen rufen wir an?«, fragt Svenja, die genau weiß, dass ich es nicht aushalten kann, wenn keiner das Bett heute nach oben schleppt.

Ich versuche das kleinste Übel zu wählen. Ulli habe ich gerade erst gesehen und diesen komischen Moment gehabt. Es wäre irgendwie schräg, ihn jetzt anzurufen. Lars geht auch nicht. Er ist zwar auf der Party eingeladen, aber ich möchte ihn vorher nicht allein, ohne seine Frau, sehen. Bleibt also Klaus. Seufzend wähle ich seine Nummer. Er freut sich, dass ich mich melde, und verspricht übereifrig, sofort zu kommen.

»Sag jetzt nichts!«, warne ich Svenja, die zufrieden zugehört hat.

Bis Klaus da ist, suchen wir schon einmal etwas Werkzeug zusammen. Meine Schraubenfamilie fällt mir wieder ein. Ich habe niemandem von meinem Fund erzählt. Die vier gehören mir ganz allein.

Ich bin so froh, dass Svenja dabei ist, als wir unter Klaus' Anleitung das Bett abbauen. Das letzte Treffen mit ihm endete so unangenehm, als er mir erzählte, dass Maja ihm den Kontakt zu uns quasi verboten hatte. Ich habe Svenja nichts davon gesagt. Jetzt ist sie herrlich unvoreingenommen. Sie lacht über seine Scherze und albert mit Klaus herum. Sie sorgt dafür, dass wir keine peinlichen Momente haben. Beide reden über unsere bevorstehende Gartenparty. Ich entspanne mich nach und nach. Als wir das Bett in seinen Einzelteilen nach oben getragen haben, kann ich ihm sogar in die Augen schauen.

»Danke«, sage ich, während ich das Kopfteil festhalte und er eine Schraube reindreht. Er schaut mich kurz an und sagt mit warmer Stimme: »Jederzeit.«

Dieses »Jederzeit« ist vermutlich der Grund, warum ich ihm, als das Bett endlich an der richtigen Stelle steht und Svenja nach unten gegangen ist, um uns Hühnchensandwiches zu machen, meine Schraubenfamilie zeige.

»Mach mal deine Hand auf«, sage ich, und er tut es. Ich lege die vier Schrauben hinein.

»Oh, haben wir die vergessen?« Er erinnert sich nicht. Enttäuschung überflutet mich, dabei habe ich selbst beim Finden erst an ganz normale ordinäre Schrauben gedacht.

»Die gehören nicht zum Bett. Es sind ganz besondere

Schrauben. Maja hatte sie in einem Geheimfach in ihrem Sekretär.«

»Ist das eine von deinen Schraubenfamilie?«, fragt er.

Ich nicke. Er fährt mit den Fingern über die Rillen der Gewinde, so wie ich das getan habe. Seine Finger sind groß. Es ist erstaunlich, wie geschickt er damit kleine Dinge berühren kann. Er nimmt meine Hand und legt eine kleine und eine große Schraube hinein. »Du und ich«, sagt er. Vielleicht sollten wir uns jetzt umarmen. Der Moment verstreicht ungenutzt. Ich hole mir die anderen beiden Schrauben aus seiner Hand zurück. »Sie gehören alle vier zusammen, weißt du«, sage ich leise.

»Ja«, sagt er. »Das ist schön.« In seiner Stimme liegt Sehnsucht. Nicht nur ich habe damals meine Familie verloren. Er auch.

»Willst du sie im Geheimfach aufbewahren?«, fragt er und geht auf den Flur, wo noch der Sekretär steht.

»Ja, warum nicht.« Ich stecke die Schraubenfamilie aber erst mal zurück in meine Hosentasche, weil wir jetzt den Sekretär ins Zimmer schleppen. Svenja ruft irgendetwas aus der Küche hoch. Wir sollen ja nicht ohne sie einrichten, oder so etwas in der Art.

»Wo soll er hin?«, fragt Klaus. Ich muss nicht lange überlegen. Der Sekretär kommt an seinen alten Platz ans Fenster. Da steht er einfach am besten. Das Bett steht rechts daneben, das gibt dem Raum eine neue Energie, und obwohl der Sekretär an derselben Stelle steht wie früher, sieht es jetzt ganz anders aus.

Klaus trägt mir noch meinen Schreibtischstuhl von unten hoch und rückt ihn mir mit einer einladenden Geste zurecht. Ich setze mich, und er öffnet mit großer

Selbstverständlichkeit die Schublade, die zu dem Geheimfach führt.

»Du kennst das Geheimfach?«

»Ja, klar. Ich war ihr Mann.«

Behutsam setze ich die Schraubenfamilie in ihr Versteck. »Wart ihr sehr verliebt am Anfang?«, will ich wissen.

Klaus lächelt und schaut aus dem Fenster in eine Zeit vor meiner Geburt. »Ja, das waren wir. Es hat mich direkt erwischt. Gleich beim allerersten Mal, als ich sie gesehen habe. Sie trug ein blaues Kleid und hatte eine blaue Schleife im Haar.«

Er schaut in den Garten, und ich weiß, dass er sie vor sich sieht. »Weißt du etwas von den ungewöhnlichen Zufällen, die sie erlebte, bevor du sie kennengelernt hast?«

»Ja. Das war irgendwie ganz wichtig für sie. Ich weiß nicht mehr, was ihr damals alles passiert ist, aber sie meinte, wegen der Zufälle hätte sie mich kennengelernt.«

»Hast du das verstanden?«, frage ich nach.

»Nun ja, lernt man sich nicht immer durch Zufall kennen?«, fragt er zurück.

»Du meinst nicht, dass sich das wiederholen könnte?«, wage ich mich vorsichtig vor. »Wenn ich jetzt eine Reihe von ungewöhnlichen Zufällen erlebe …« Ich beende den Satz absichtlich nicht.

»Erlebst du die gerade?«

Ich nicke. Er fragt nicht, welche, aber ich kann spüren, dass er gern mehr wissen möchte, also erzähle ich von den Flummis, den Glühwürmchen und dem Hagel. Er hört aufmerksam zu.

»Was denkst du?«, frage ich ihn.

»Welche Antwort wünschst du dir jetzt von mir?«

»Vielleicht eine echte, ehrliche?«

»Ich will nichts kaputtmachen, weißt du.« Er schaut wieder aus dem Fenster, als könnte er dort die einzig korrekte Antwort auf meine Frage von den Baumwipfeln ablesen.

Ich warte eine ganze Weile gespannt ab, bis er endlich redet.

»Damals mit Maja fand ich die Geschichte von den Zufällen albern. Ich glaube nicht an Vorsehung. Ich glaube vielmehr an den Moment. Seltsame Zufälle kann man sich ja immer irgendwie zusammendenken. Allerdings … wenn sich das jetzt wiederholt«, er schaut mich an, »es könnte schon etwas dran sein.«

»Du glaubst, es könnte, wie bei Mama, meine große Liebe ankündigen?«

»Sagen wir mal so, ich würde das nicht ausschließen. In der Quantenphysik spricht man vom Feld der unendlichen Möglichkeiten. Alles ist möglich, allerdings gibt es keine Bestimmung. Es ist eher eine Wechselwirkung, wie bei der Verschränkung von Elementarteilchen. Kennst du den Versuch von den Elementarteilchen?«

Ich schaue ihn nur ratlos an.

»Soll ich ihn erklären?« Er merkt, dass er mich hier gerade überfordert.

»Versuch es mal.«

»Elementarteilchen sind die kleinsten Bausteine der Materie.«

»Waren das nicht die Atome?«, krame ich mühsam mein verschüttetes Abiturwissen hervor.

»Das hat man irgendwann früher mal geglaubt. Heute weiß man, dass auch Atome und Moleküle aus noch kleineren Teilen bestehen. Nimmst du jetzt zwei Elementarteilchen, zum Beispiel zwei Protonen ...«

»Halt, was sind Protonen?«, frage ich nach, bemüht, alles zu verstehen.

»Es gibt Elektronen, Protonen, Neutronen und noch über zweihundert andere Elementarteilchen.«

»Das ist dann einfach ein Name, die heißen so, sie könnten auch Fritz und Otto oder Joseph heißen.«

»Ganz genau. Jetzt nimmst du zwei zusammenhängende Ottos und trennst sie. Wenn du einen Otto in einem Versuch in eine bestimmte Position bringst, nimmt der andere Otto unverzüglich dieselbe Position ein. Ganz egal, wie weit die beiden voneinander getrennt sind.«

»Warum?«

»Das weiß man nicht genau. Aber es lässt darauf schließen, dass alles durch ein Feld verbunden ist.«

»Und was heißt das dann?«

Er lächelt. »Dass alles möglich ist. Es ist möglich, dass es ungewöhnliche Zufälle gibt, wobei sie in der Quantenphysik niemals Zufälle heißen würden. Es ist möglich, dass diese Ottos, die dir passieren, eine Wirkung auf einen anderen Otto haben, der in dein Leben treten könnte.«

»Ein Pferd namens Konjunktiv«, murmele ich. Mir schwirrt der Kopf. Ich habe immer noch nicht verstanden, was Klaus denn jetzt glaubt. Also frage ich ihn noch einmal.

»Ich glaube, die Zufälle sind eine Chance für dich.

Du kannst aber im Prinzip selbst bestimmen, was sie ankündigen.«

»Wieso kann ich das?«

»Na, genau das hat Maja doch auch getan. Sie hat einfach bestimmt, dass sie ihre große Liebe ankündigen. Und so war es dann ja auch.«

»Na ja. So lange hat die große Liebe ja nicht gehalten.« Das klingt vorwurfsvoller, als ich beabsichtigt hatte. »Hatte nicht meine Oma auch schon das Phänomen mit den Zufällen?«

»Davon habe ich nie gehört. Es ist auch nicht wichtig. Wichtig ist, was du daraus machst.«

Ich ordne mein Vogelnest auf dem Kopf neu. »Es ist, als hätte ich einen Wunsch frei?«

»Wenn du das so sehen willst.« Er lächelt und wuschelt mir spontan über den Kopf, als wäre ich fünf Jahre alt, was gut klappt, weil er steht und ich sitze. Mein Nest verabschiedet sich, und meine Haare fallen mir wirr ins Gesicht. »Entschuldige«, murmelt Klaus und versucht halbherzig, sie zurückzuordnen.

»Ja, geht es bei euch noch?« Svenja steht mit den Händen in den Hüften im Türrahmen. »Die Hühnchensandwiches sind schon ewig fertig und welken da unten vor sich hin! Hab mir die Lunge aus dem Leib geschrien, hört ihr nix?!«

Klaus entschuldigt sich, bietet ihr dann galant den Arm an und geleitet sie würdevoll die Treppe hinunter. Ich bin ein kleines bisschen eifersüchtig, weil ich allein hinterhertrotten muss.

Irgendwie fast ein schönes Gefühl.

Wenn der Himmel leuchtet

Wieso kann man nie schlafen, wenn man am nächsten Tag unbedingt ausgeschlafen sein möchte? Ob das auch mit den verschränkten Elementarteilchen zusammenhängt? Ich hatte jedenfalls heute Nacht einen unfassbar wachen Teil in mir, der nur grübelte und nachdachte und einfach nicht zur Ruhe kam. Selbst aufzustehen und unter dem Sternenhimmel zu schaukeln hat nicht wirklich geholfen. Ich war einfach wach, musste an Maja denken, an die seltsamen Zufälle, an das Feld der unbegrenzten Möglichkeiten, an Klaus, an Ulli, an Lars, an Dr. House und an Svenja. Auch Gerda wirbelte in meinem Kopf herum. Hat sie nun mit den Zufällen zu tun oder nicht? Ich verbat mir dann einfach, weiter darüber nachzudenken. Sofort kamen andere Gedanken, die mich am Schlafen hinderten: Was ziehe ich auf der Party bloß an? Haben wir genug Bier eingekauft? Soll ich lieber noch mehr Baguette bestellen? Hätte man den Rasen noch mal mähen müssen?

Ich schlief erst ein, als es schon ganz hell war, und jetzt ist es nicht mal acht, und ich bin schon wach.

Ich wühle mich seufzend aus dem Bett und gehe erst mal duschen. Vielleicht kann ich so die Müdigkeit besiegen.

Mein Ocean-Duschgel hilft tatsächlich. Ich bekomme, wie immer wenn ich damit dusche, Lust, ans Meer zu fahren. Langsam müsste ich auch mal konkrete Reisepläne machen, sonst sind die Sommerferien schwuppdiwupp um, noch bevor ich zu Ende geduscht habe. Am Anfang kommen sie einem ewig vor, und man geht so verschwenderisch damit um. Dann rasen sie an einem vorbei, und am Ende fragt man sich, was man bitte in den sechs Wochen gemacht hat? Warum liegen all die Bücher, die man lesen wollte, immer noch ungenutzt herum, und warum hat man es wieder nicht geschafft, den Keller zu streichen? Ich habe immerhin jetzt ein schönes neues Zimmer. Ich wickle mich in ein Handtuch und steige über die Klamotten auf dem Boden. Ich muss unbedingt heute aufräumen. Ich muss ganz viel heute, und darum gehe ich als Erstes rüber in mein neues Zimmer und setze mich da auf das Bett. Aus dieser Perspektive habe ich das Zimmer noch nie gesehen. Es sieht gut aus. Das rauchige Grünblau ist toll. Es macht den Raum erwachsener, finde ich. Svenja wollte gern mit mir losgehen und Bilder und Möbel und jede Menge Dekotüdelü einkaufen, aber das geht mir alles zu schnell. Der Raum war so lange leer, dass er jetzt ganz langsam wachsen soll. Wenn mir etwas begegnet, das passt, dann nehme ich es mit, aber ich kann nicht losgehen und danach suchen, habe ich Svenja erklärt.

Mein Blick schweift aus dem Fenster. Der Himmel ist klar. Es verspricht, ein schöner Sommertag zu werden, genauso wie man sich das für eine Gartenparty wünscht. Ich traue dem Frieden nicht ganz. Seit einer Woche schaue ich stündlich ängstlich auf meine Wetter-

App, die ganz nach Laune mal Sonne und Wolken oder auch Regen für heute vorhersagt.

Ich beschließe, einfach mal das Beste zu hoffen.

Beim Frühstück telefoniere ich mit Svenja und erfahre, dass sie heute Nacht auch kaum geschlafen hat. Sie behauptet, sie hätte überhaupt nur eine halbe Stunde geschlafen. Höchstens.

»Svenja, du spinnst, du bist im Schichtdienst, du kannst doch immer schlafen!«

»Genau das Gegenteil ist der Fall!«, empört sie sich. »Ich bin im Schichtdienst und kann deshalb nie schlafen. Nie!«

»Also, wenn ich dabei bin, pennst du eins A überall weg.«

»Vor Erschöpfung! Weil ich nie schlafen kann, wenn ich mal darf.«

»Was ziehst du heute an?«, beende ich die Diskussion über ihren Schlaf.

Das Thema bewegt sie tatsächlich noch mehr als ihr gestörter Biorhythmus. Sie schlägt mir allen Ernstes vor, dass wir beide ein schwarzes Kleid tragen sollen.

»Warum?«, frage ich verständnislos.

»Dann kann die Magie besser wirken, und Dr. House, also Karl, kann uns besser miteinander vergleichen. Dieselbe Verpackung, aber unterschiedliche Inhalte!«

Ich seufze. »Svenja, verpack du dich einfach so, wie du dich hübsch fühlst, und ich mache dasselbe. Ich denke nicht, dass sich Dr. House in eine von uns verliebt, weil ihm ›die Verpackung‹ von einer von uns besser gefällt!«

»Doch, na klar, so was nennt man Marketing! Und es soll doch ganz fair sein!«

»Ich finde es superfair, wenn du anziehst, was du willst.«

Sie denkt kurz nach und sagt dann: »Okay, aber jammere hinterher nicht rum, wenn ich mich aufbrezle und du nur in Jeans dastehst!«

»Versprochen«, sage ich.

»Was jetzt, das Jammern oder das Jeansanziehen?«, neckt sie mich. Wir legen bald auf, denn wir haben beide noch eine lange Liste mit Dingen, die zu tun sind, bevor die Party losgehen kann.

Mitten im Hackfleischbällchenbraten klingelt Iris. Ich öffne mit wirrem Haar in Küchenschürze und mit einem Pfannenwender in der Hand die Tür.

»Ich störe doch nicht!«, sagt sie und meint das nicht als Frage. Ich schüttle ergeben den Kopf, und sie kommt ungefragt herein und setzt sich zu mir in die Küche. Ich erfahre, dass ihr Flug überbucht war und Friedhelm und sie jetzt erst morgen nach Mallorca fliegen können. »Da fehlt uns eine ganze Nacht, kannst du dir das vorstellen?«, empört sie sich. »Aber mit uns kann man es ja machen, weißt du. Wir hätten das im Internet irgendwo bestätigen müssen, dass wir fliegen! Als ob man sich ein teures Ticket kauft und dann nicht fliegt. Da kommen wir am Flughafen an, und die sagen, die Maschine sei überbucht. Also wirklich! Jetzt haben wir jeder achtzig Euro bekommen, als Entschädigung oder als Bußgeld oder so.« Ich nicke und brate weiter meine Hackfleischbällchen an. »Ich meine, für hundertsechzig Euro kommen wir dann doch gern zu deiner Party!« Sie lacht schallend und kriegt sich gar nicht mehr ein. »Sag mal, hast du vielleicht einen Kaffee für mich?«

Ich bin gerade mit beiden Händen im rohen Hack, um die zweite Fuhre Bällchen zu rollen, und deute deshalb nur mit dem Kopf auf die Kaffeemaschine. Iris versteht mich und macht uns beiden einen Kaffee, während sie unentwegt weiterquatscht. Ich erfahre, wie lange sie wo, an welchem Schalter, mit wem sprechen mussten und dass das Schlimmste an allem ist, dass sie jetzt ihr Kulturtäschchen noch einmal aus dem Koffer packen muss.

»Das war so gut verstaut. So perfekt gestützt von meinen Badelatschen und den Handtüchern. Ich hab so durchsichtige Badelatschen, es sind mehr Badesandalen, weißt du, die kann man während des Schwimmens anlassen, und dann hast du keine Probleme mit den Steinen im Meer. Es ist ja manchmal sehr steinig an den Buchten, und man muss ja kein Risiko eingehen. Apropos Risiko, meinst du, vier Flaschen Sonnenmilch reichen für uns?« Sie wartet meine Antwort nicht ab, sondern schwadroniert über Friedhelms ungewöhnlich breiten Rücken, der an sich schon eine halbe Flasche Sonnencreme verbraucht.

»Und dann noch seine Glatze! Wie oft habe ich ihm gesagt, ›Friedhelm‹, hab ich gesagt, ›setz dir eine Kappe auf.‹ Aber glaubst du, er setzt sich eine Kappe auf?«

Das glaube ich natürlich nicht, aber auch hier braucht sie keine echte Antwort von mir. Iris ist wie ein Radio, das beruhigend auf mich einredet. Ich vergesse für eine Weile meine ganzen Gedanken, rolle und brate Hackfleisch und tauche ab in ihre Welt, in der ein passender Sommerhut für Friedhelms Glatze das Nonplusultra der Ferien wäre.

Ich fange gerade an, die Kartoffeln zu pellen, Iris ist inzwischen beim Thema, wie reserviere ich mir morgens im Hotel beim Frühstück den besten Tisch, wenn man da doch kein Handtuch hinlegen kann wie auf den Liegen, als es laut an die Terrassentür klopft.

Gerda steht vor mir. Auch sie hat eine Küchenschürze umgebunden. »Kann ich dir helfen, Hanna? Du hast doch sicher viel zu tun heute. Ich hab Alinas Salat schon fertig und dachte, ich husche schnell rüber und frage, solange wir noch Nachbarn sind!« Sie strahlt mich an.

Zehn Minuten später haben die beiden Damen meine komplette Küche übernommen. Iris hat jetzt meine Schürze um, und die beiden pellen fröhlich quatschend Kartoffeln, schneiden Gürkchen klein und trinken Kaffee. Perfekt, denke ich und setze mich mit dem Rest in meiner Tasse ganz kurz auf die Terrasse.

Auch der vollste Tag braucht ab und zu eine Minipause. Vielleicht habe ich mir das angewöhnt, weil ich Lehrerin bin. Unser Tag ist ja strukturiert durch Pausen. Aber es gibt genug Kollegen, die sie nicht ein einziges Mal für sich nutzen, sondern nur weiterrödeln oder quatschen. Mir tut es immer gut, wenigstens einmal im Schulalltag ein paar Minuten einfach durchzuatmen. Ich versuche dann, an nichts zu denken und mich nur auf mein Brot oder mein Getränk zu konzentrieren.

Ich schlürfe den Rest von meinem Kaffee und lasse den Blick durch den Garten schweifen. Sofort kommen tausend Gedanken, was noch überall zu tun ist. Ich puste sie weg und streichle stattdessen Amors weiches Fell. Katzen sind wunderbare Pausentiere.

»Schön, dass du mich gefunden hast!«, sage ich zu dem grauen anmutigen Tiger, der seinen Schwanz ordentlich um sich herum ringelt und leise schnurrt.

Ich stelle meine Tasse in die Spülmaschine. Gerda und Iris verstehen sich prächtig. Ein Blick auf die Uhr verrät mir, dass Svenja bald hier sein wird. Ich renne nach oben und räume in Rekordzeit das Badezimmer auf.

Von unten höre ich plötzlich Lärm und aufgeregte Stimmen. Weint da jemand?

Ich sause nach unten. Svenja steht im Flur vor dem Spiegel, eng umringt von Iris und Gerda, die sich besorgt um sie kümmern. »Was ist passiert?«, frage ich noch auf den letzten Stufen der Treppe.

»Guck doch!«, sagt Svenja und zeigt auf ihr Dekolleté. Ich schaue verständnislos auf ihre drei prallen Busen. Langsam dämmert mir, was da nicht stimmt.

»Was hast du denn da?« Ich zeige auf den dicken, geröteten Hubbel in der Mitte, der da definitiv nicht hingehört.

»Mich hat eine Biene gestochen. Heute Morgen, nachdem wir telefoniert haben. Hat sauweh getan. Ich hab dann gekühlt und es dann auch fast vergessen. Musste ja ganz viel vorbereiten …« Sie deutet auf ihren Fahrradanhänger, in dem Schüsseln und in durchsichtigen Boxen verpackte Girlanden stehen. »Dann hab ich mich in Schale geworfen und mich noch gewundert, warum mein BH so eng ist, aber richtig gemerkt hab ich es erst hier!« Sie zeigt entsetzt auf den Spiegel im Flur, der ihren Dreifachbusen widerspiegelt.

»Armes Kind, da muss Retterspitz drauf!«, sagt Gerda.

»Ja, oder ein Essigumschlag!«, meint Iris. Wir alle starren auf die dicke rote Beule.

»So kann ich doch nicht auf die Party!«, sagt Svenja mit piepsiger Stimme zu mir. »Wie sieht das denn aus?«

»Musst du auch nicht, Hase!«, sage ich tröstend. »Ist Friedhelm da?«, frage ich Iris. Sie nickt.

»Aber der kennt sich mit Bienenstichen nicht aus.« Svenja starrt weiter in den Spiegel und jammert in einer Tour.

»Ich seh aus wie ein Monster. Die Dreifaltigkeit der Mörderbusen! Ausgerechnet heute! Warum denn heute?«

»Friedhelm muss Dobby, äh, Svenja nur ins Krankenhaus fahren. Die sollen dir da was Wirksames geben. Antibiotika, Cortison, das weißt du besser als ich!« Ich schaue sie aufmunternd an.

»Okay. Das ist gut. 50 Milligramm Cortison oder besser 70. Kannst du nicht mitkommen? Ich hasse Spritzen!« Ihre blauen Augen schauen mich treuherzig an. Ich muss lachen.

»Du hasst Spritzen? Ausgerechnet du? Als Krankenschwester?«

»Ja, vor allem als Krankenschwester, weil ich genau weiß, wie schlecht da einige spritzen. Wenn der Dömel heute Dienst hat, von dem lasse ich mich auf gar keinen Fall spritzen, eher mach ich das selbst!!!« Ich schiebe die zeternde Svenja in ihrem hübschen Sommerkleid sanft Richtung Tür. Ich nicke Iris zu, und die versteht, hakt sich bei ihr ein und führt sie über die Straße. Friedhelm ist sofort bereit, die aufgelöste Svenja zu fahren. Ich umarme sie vorsichtig zum Abschied. »Alles wird gut!«, sage ich ihr ins Ohr. »Und du siehst sogar als Dreifaltigkeit der Mörderbusen super aus!«

Sie nickt tapfer und hält sich die Hände vor ihren dritten Busen. »Schaffst du das denn, allein zu dekorieren?«, fragt sie aus dem Autofenster heraus.

»Ich bin ja nicht allein«, schmunzle ich und zeige auf die aufgeregten Damen in Küchenschürzen einen Meter neben uns.

»Pass auf, dass es nicht zu kitschig wird. Stilvoll, Hanna! Sonst kann die Magie nicht wirken!«, flüstert Svenja. Ich gebe Friedhelm ein Zeichen loszufahren. Wir winken ihnen nach und laufen dann alle schnell ins Haus, um weiterzumachen.

Kaum sind wir drinnen, klingelt es wieder an der Tür.

Liz und Sophie springen mir entgegen.

»Ihr seid schon da?«, sage ich erstaunt zu Sebastian und Jule, die sich vollbepackt an uns vorbeiquetschen.

»Wir hätten durch das Gartentor gehen sollen!«, grummelt Sebastian zur Begrüßung. »Wo sollen die Salate hin?«

Er schleppt schnaufend drei riesige Schüsseln an mir vorbei. Ich nehme ihm eine ab. »In die Küche, nein, halt, die ist voll – stell einfach auf der Terrasse ab.«

»Terrasse«, wiederholt mein Bruder, als müsste er sich schwerfällig den Ort merken. Manchmal frage ich mich, wie er als Architekt eigentlich durchs Leben kommt, wenn ihn so kleine Alltagsdinge immer gleich überfordern.

»Können wir Püttje füttern, Mama?«

»Ich will einen Regenbogen, Hanna!« Die Kinder springen um Jule und mich herum, so dass wir es kaum in den Garten schaffen. Wir stellen die Schüsseln und Tüten auf dem Tisch ab.

»Wir dachten, wir kommen etwas früher und helfen dir!«, sagt Jule und schaut mich fragend an, ob das okay ist. Die Kinder haben sich jetzt beide an mich gehängt, und ich sehe aus wie ein Affenbrotbaum mit Früchten.

»Schluss mit Toben«, ruft sie die Mädchen zur Ordnung. »Jetzt wird gearbeitet, wo soll was hin? Ach, und ich hab noch Deko mitgebracht, Kerzen und …« Es klingelt an der Tür. Liz und Sophie liefern sich ein Wettrennen. Die ältere Schwester gewinnt natürlich, und als ich dazukomme, heult die kleine Sophie lautstark dem Besucher entgegen, weil sie verloren hat.

»Komm rein«, sage ich zu Ulli.

»Ich wollte früher kommen und …«

»… mir helfen«, ergänze ich den Satz, den ich heute schon so oft gehört habe. »Das ist ganz lieb von dir.« Ich nehme ihm sein Grillbesteck ab.

»Ich hab im Auto einen ganz schweren Grill, und ich brauche dringend zwei ganz starke Mädchen, die mir helfen, ihn in den Garten zu schleppen«, sagt Ulli zu der weinenden Sophie und ihrer Schwester.

»Hast du Hundebabys im Auto oder Süßigkeiten?«, fragt Liz.

»Nein.«

»Dann bist du kein böser Mann, der uns entführen will? Man darf nicht mit Fremden zu ihrem Auto gehen!«, sagt meine Nichte klug.

Ich streiche ihr über den Kopf. »Das hast du sehr klug überlegt, mein Schatz! Ich kenne Ulli, er ist ein Freund von mir, und er klaut keine kleinen Mädchen. Versprochen!«

»Man kann nicht vorsichtig genug sein. Manchmal sind auch Bekannte böse und locken dich in ihr Auto«, sagt Sophie altklug.

»Ja, man muss aufpassen! Bei Freunden auch und bei Sportlehrern oder Reitlehrern und anderen!«, pflichtet ihr die kleine Schwester bei, die aufgehört hat zu weinen. Ulli und ich schauen uns an und lachen.

»Ihr zwei geht zurück in den Garten und macht uns das Tor auf. Ich gehe mit Ulli zum Auto und hole den Grill raus«, schlage ich meinen gut gebrieften Nichten vor.

»Aber nicht einsteigen!«, zischt mir Sophie noch zu.

»Die sind ja klasse«, sagt Ulli zu mir, als wir das Monstrum von Grill aus dem Auto hieven.

»Meine Nichten«, sage ich nicht ohne Stolz.

»Lass mich das tragen«, sagt eine Stimme neben mir. Klaus nimmt mir den schweren Grill aus der Hand. Ich laufe den beiden Männern hinterher durch das geöffnete Gartentor.

»Ich dachte, ich komme früher und helfe ein bisschen«, sagt Klaus beim Schleppen den Satz, der offensichtlich so etwas wie ein Zugangscode zu meiner Party ist.

»Du darfst nicht reinkommen, du bist ein Fremder.« Liz verstellt Klaus den Weg.

»Der Fremde ist dein Opa, Maus.« Der Satz klingt furchtbar absurd. So absurd, dass es weh tut. Klaus lässt den Grill los, und Ulli gerät mit dem schweren Teil ins Schwanken.

»Bist du Sophie?«, fragt Klaus die kleine Person mit

hellblonden Zöpfen, die sich mit verschränkten Armen vor ihm aufgebaut hat. Sie schüttelt den Kopf.

»Ich bin Liz, und unser Opa sieht ganz anders aus!«

»Klaus?« Sebastian kommt aus dem Garten auf uns zu. Ulli gibt auf und stellt stöhnend den Grill ab.

»Was macht der denn hier?«, fragt mein Bruder sauer an mich gewandt.

»Er hat gelogen und behauptet, er wäre unser Opa!«, sagt Liz anklagend.

»Ich gehe besser. Tut mir leid.« Klaus wendet sich mit hängenden Schultern ab. Ich verstelle ihm den Weg.

»Nichts da. Das hältst du jetzt aus, Papa!«, sage ich eindringlich und verwende absichtlich das letzte Wort in meinem Satz. Er schaut mir in die Augen und nickt dann kaum merklich. Ich drehe mich zu den anderen um. »Das ist Klaus, Sebastians und mein Vater und euer Opa«, sage ich zu den Mädchen. Ulli ist es sichtlich peinlich, dass er mitten im Familiendrama mit seinem Grill steht. Er weiß gar nicht, wo er hingucken soll, und entscheidet sich dann für seine Schuhe.

»Warum bist du unser Opa, und wir kennen dich gar nicht?«, fragt Sophie.

Ich schiebe Sebastian zum Grill und scheuche die beiden Männer los. Gehorsam schleppen sie das Ungetüm unter den behäkelten Pflaumenbaum. Sebastian will danach zurück zu seinen Kindern, aber ich halte ihn am Arm fest. »Lass ihn mal die ganzen unangenehmen Fragen selbst beantworten. Die zwei werden ihn ordentlich in die Mangel nehmen, und das hat er verdient, meinst du nicht?«

Sebastian schaut zweifelnd zu Klaus und den Kindern

hinüber, die sich unterhalten. »Ich will aber nicht, dass er ...«

»Sie kennenlernt?«

Er nickt verlegen.

»Meinst du nicht, das sollten sie selbst entscheiden?«

»Sie sind fünf und acht!«

»Ja, so alt wie wir damals. Und uns hat auch keiner gefragt! Und das war falsch!« Meine Stimme bröckelt.

Wir starren beide zu den Mädchen hinüber, die zum ersten Mal im Leben mit ihrem Opa sprechen. Klaus hat sich ins Gras gekniet, und Liz hat keine verschränkten Arme mehr.

Sebastian legt den Arm um mich und führt mich den ganzen Weg bis zur Terrasse. Wir halten uns aneinander fest, während überall Menschen herumwuseln, Bierbänke und Tische aufstellen und kreuz und quer Girlanden in die Bäume hängen.

Die Hälfte aller Partygäste ist praktisch jetzt schon anwesend. Mir entgleitet mehr und mehr die Kontrolle. Während des kleinen Familiendramas haben Jule, Gerda und Iris selbständig beschlossen, wo das Büfett hinsoll. Es klingelt schon wieder an der Tür. Vielleicht sollte ich sie einfach offen stehen lassen.

»Hallo, Wilfried! Schön, dass du früher kommst, um zu helfen!«, sage ich zu dem Mann, der mit einer langen Leiter auf der Schulter vor mir steht.

Er nickt nur und fragt dann, ob er gleich durch das Tor in den Garten kann. »Sicher«, sage ich, schließe die Tür und schreibe schnell ein Schild:

ZUR GARTENPARTY DURCH DAS TOR

Mit einem dicken Pfeil darunter. Das klebe ich über die Klingel. Jetzt muss ich wenigstens nicht mehr dauernd zur Tür rennen.

Ich räume Svenjas Fahrradanhänger aus. Ihre Salatschüsseln kommen auf den Büfetttisch, der nun praktisch voll ist. Wir haben jetzt schon so viele Salate, die würden für ein ganzes Schulfest reichen.

»Die müsste man eigentlich noch kühlen«, sagt Iris besorgt. »Dauert ja noch, bis es losgeht.«

»O nein!« Mir fällt ein, was die ganze Zeit noch auf meiner To-do-Liste stand. Ich kam nur einfach nicht dazu, bei dem ganzen Trubel hier.

»Ich hab vergessen, das Eis abzuholen!«

Iris schaut mich verständnislos an. »Eiswürfel, um die Getränke zu kühlen! Ich habe extra ein paar Tüten bestellt bei Böllmanns.«

Sie schaut auf die Uhr. »Kurz vor sechs«, informiert sie mich. »Schließen die nicht samstags um sechs?«

Noch bevor sie ihren Satz beendet hat, schreie ich quer durch den Garten: »Ulli! Eiskrise! Schnell!«

Ulli versteht kein Wort, ist aber sofort zur Stelle. Glücklicherweise tragen Männer ihre Autoschlüssel in ihren Hosentaschen, so können wir sofort los.

»Ich wusste gar nicht, dass du ein Auto hast«, sage ich zu Ulli, als wir in dem kleinen Fiesta sitzen und mit überhöhter Geschwindigkeit unsere Straße entlangbrettern.

»Du weißt so einiges nicht von mir«, sagt er lächelnd. Flirtet er mit mir? Ich habe keine Zeit, darüber nachzudenken.

»Da vorn ist es!« Ich zeige aufgeregt auf den Parkplatz vor dem Getränkemarkt Böllmanns. Er ist leer. Es ist eine Minute vor sechs.

»Das schaffen wir noch!« Ulli spurtet vor und will die Ladentür aufreißen. Vergeblich, sie ist verschlossen. Ich klopfe hilflos gegen die Scheibe.

»Die müssen doch noch da sein! Das gibt es doch nicht!«

Ulli zeigt auf ein gelbes Schild.

Geänderte Öffnungszeiten!
Mo–Fr 8 Uhr bis 19 Uhr
Sa 9 Uhr bis 17 Uhr

Ich starre auf die 17. »Das können die doch nicht machen! Da drin ist mein Eis!« Ich zeige auf die Kühltruhe, die man durch die Scheibe sehen kann. »Das hätte mir doch einer sagen müssen!« Ich lehne mich ratlos gegen die Ladentür. Ohne Eis keine kalten Getränke. All die Kisten Bier, Wasser und Limonade, die ungekühlt auf meiner Terrasse stehen. Ich dachte, ich lege die einfach alle in Eis ein. In der alten Zinkbadewanne, die noch im Keller steht. Der Plan war so gut! »Und jetzt?«

»Wir könnten es woanders versuchen«, schlägt Ulli vor.

»Ich habe fünfzehn Tüten bestellt. Extra, weil die kaum jemand auf Lager hat.«

»Fünfzehn Tüten Eis«, murmelt Ulli und geht ein paar Schritte rückwärts. Sein Blick gleitet an dem Gebäude entlang.

»Was denkst du?«, frage ich. Er antwortet nicht und springt stattdessen aus dem Stand eine etwa ein Meter fünfzig hohe Mauer hoch, die an den Laden angrenzt. »Hab ich es mir doch gedacht!«, sagt er triumphierend von oben.

»Was denn?!«, frage ich ungeduldig.

»Es gibt eine zweite Kühltruhe, und die steht hier im Hof. Mit etwas Glück ist dein Eis hier drin gelagert!«

Ich gehe ganz nah an die Mauer ran, um leiser sprechen zu können.

»Meinst du denn, die ist offen?«

»Ich sehe zumindest kein Schloss.«

»Aber ist das nicht Diebstahl?«

»Wir könnten ja das Geld danebenlegen«, schlägt er vor. Er sieht aus wie ein kleiner Junge, wie er so abenteuerlustig da oben auf der Mauer sitzt, bereit, fünfzehn Tüten Eis aus einem Hinterhof zu klauen.

»Ulli, wir sind verbeamtet. Wenn uns jemand anzeigt, bedeutet das ein Disziplinarverfahren.« Er springt von der Mauer runter.

»Gut, dann nicht. Ich dachte, es ist eine schnelle, einfache Sache.«

Wir steigen zurück ins Auto. Es ist zehn nach sechs. Um sieben kommen die Gäste. Jetzt noch fünfzehn Tüten Eis auf die Schnelle aufzutreiben wird keine leichte Übung. Und ich bin noch überhaupt nicht umgezogen und zurechtgemacht für die Party. Ich wollte neben der strahlenden Dreifaltigkeit des Mörderbusens auch gut aussehen, um eine echte Chance bei Dr. House zu haben. Obwohl ich den ganzen Tag viel zu tun hatte, schweiften meine Gedanken immer wieder zu ihm ab. Je näher die Party rückt, desto mehr glaube ich an die Magie, die wirken wird.

»Wohin jetzt?«, fragt Ulli und startet den Motor.

»No risk, no ice«, entscheide ich. »Ich hol das Eis, du fährst nur das Fluchtauto. Hast du einen Zettel?«

Er grinst, kramt in seinem überfüllten Handschuhfach und findet tatsächlich einen Zettel und einen Stift, der mit etwas Anlaufschwierigkeiten sogar schreibt. Ich kritzle eine Entschuldigung auf den Zettel und krame einen Zwanzigeuroschein aus meinem Portemonnaie. »So, jetzt müssen wir nur noch die Dicke auf die Mauer kriegen«, sage ich zu Ulli.

»Ich kann auch …«

Ich schüttle den Kopf. Ich will Ulli da so weit wie möglich heraushalten. Also steige ich allein aus und versuche, mit Anlauf auf die Mauer zu springen. Ich weiß überhaupt nicht, wo ich mich da festhalten soll, und so klatsche ich wie eine plumpe Fliege ein paarmal dagegen. Ich hätte nicht gedacht, dass es so schwer ist, eine Mauer hochzukommen. Ulli schaut sich das an und steigt nach meinem dritten erfolglosen Versuch aus.

»Du sollst doch nur das Fluchtauto fahren«, zische ich ihn an.

Er macht wortlos eine Räuberleiter. »Das ist Beihilfe zum Diebstahl«, flüstere ich und halte mich an seiner Schulter fest. Ich steige mit einem Bein in seine zusammengefalteten Hände, und er liftet mich mit etwas Mühe nach oben auf die Mauer. So leise, wie es mir möglich ist, springe ich auf der anderen Seite auf den Boden. Der Hinterhof ist klein, Unkraut wächst in den Fugen der Platten. Eine Katze schleicht schnell um die Ecke. Ich schaue mich nach einer Überwachungskamera um. Es ist keine zu sehen. Hoffentlich ist die Kühltruhe nicht mit einem Alarm gesichert. Und hoffentlich ist das Eis da überhaupt drin.

Ich haste zur Truhe. Sie lässt sich leicht öffnen. Ich juble innerlich, als ich sehe, dass sie voller Eiswürfeltüten ist. Ich mache Ulli, der über die Mauer späht, ein Okay-Zeichen und schleppe dann Tüte für Tüte an die Mauer. Ulli nimmt sie mir ab und verstaut sie im Auto. Das Ganze machen wir fünfzehn Mal. Ich lege den Zettel mit den zwanzig Euro in die Truhe auf die restlichen Tüten. So wird er hoffentlich sofort gesehen, wenn am Montag jemand die Truhe öffnet.

Als ich mich umdrehe, fällt mir ein, dass ich ja jetzt allein auf die Mauer kommen muss. Diesen Teil hatte ich nicht bedacht. Ich schaue mich nach Gegenständen um, die ich als Leiter verwenden könnte. Mein Blick fällt auf einen klapprigen Campingtisch. Ich baue ihn an der Mauer auf und klettere vorsichtig drauf. Ullis Hand kommt mir entgegen und hält meine fest. In dem Moment, in dem ich mich auf die Mauer schwinge, klappt der Campingtisch mit lautem Getöse in sich zusammen. Ulli und ich bleiben erstarrt auf der Mauer sitzen. Zu unserem Entsetzen öffnet sich im Haus gegenüber ein Fenster.

»Was ist denn das für ein Lärm?«, brüllt eine Frau mit Lockenwicklern auf uns herunter.

Ehe ich eine Antwort stammeln kann, legt Ulli den Arm um mich und küsst mich. Ein genialer Einfall, denn so sind wir nur ein unschuldiges Pärchen, dass auf der Mauer von dem Lärm kurz beim Knutschen gestört wurde. Seine Lippen sind weich und warm. Er legt sie sanft auf meine und verharrt dann eine Weile so. Mein

Herz klopft, was aber mehr an der Angst, entdeckt zu werden, liegt als an dem Kuss. Seine Lippen auf meinen, und ich fühle nichts. Absolut gar nichts. Er macht auch keine Anstalten, mich wirklich zu küssen. Seine Lippen bleiben glücklicherweise geschlossen, und als er sich nach einer Weile von mir löst, ist die Lockenwicklerfrau verschwunden.

Wir springen von der Mauer, setzen uns in den Fiat, und Ulli fährt leise und so unauffällig wie möglich weg. Als wir um die Ecke gebogen sind, müssen wir kichern. Den kurzen Weg zurück haben wir jede Menge Spaß, indem wir unser Eisabenteuer noch mal Revue passieren lassen.

Wir kommen gleichzeitig mit Friedhelm und Svenja zu Hause an.

Ich laufe meiner Freundin entgegen. »Wie geht es dir, wie lief es?«

Sie verdreht die Augen. »Krankenhaus halt. Natürlich hatte der Dömel Dienst und wollte mir gar keine Spritze geben. Der sagt, das sei keine echte allergische Reaktion, höchstens Schweregrad eins mit der Schwellung, das ginge ganz von allein wieder weg.«

»Na super. Hast du ihm gesagt, dass du heute Abend eine wichtige Party hast?«

»Pffff«, Svenja tippt sich an die Stirn »Das interessiert den Dömel doch nicht. Aber ich hab dann meine Lieblingsärztin noch erwischt, Frau Blümchen – die kommt nachher übrigens auch –, und die hat mich schnell gespritzt. Dauert aber ein paar Stunden, bis die Schwellung ganz weg ist. Hast du ein schönes Tuch, das ich drüberlegen kann? Und wie hat das mit der Deko geklappt? Ich habe extra alles in Weiß besorgt. Ein Traum in Weiß, wie bei einer Hochzeit, wegen der Magie!«, flüstert sie mir aufgeregt zu.

Friedhelm und Ulli haben schon die ersten Tüten Eis ausgeladen und tragen sie vor uns durch das Gartentor.

»Ich kam nicht wirklich zum Dekorieren. Ich musste mit Ulli fünfzehn Tüten Eiswürfel aus einem Hinterhof klauen.«

»Aber …« Svenja verstummt. Wir stehen im Garten, der unfassbar bunt dekoriert ist. »Achtung, Generalprobe! Strom an!«, schreit Wilfried von der Leiter in einem Baum. Kurze Zeit später leuchten uns tausend bunte Lichterketten entgegen.

»Ist es nicht toll?« Gerda kommt uns aufgeregt entgegen.

»Ich hatte noch ganz viele bunte Girlanden und diese langen Wirbel in allen Farben. Sehen die nicht super aus zwischen den Bäumen?« Jule steht strahlend neben mir.

Svenja und ich gucken uns an. Es ist so ganz anders, als wir uns das gedacht hatten. Die zarten weißen Lampions und die weißen Bänder gehen völlig unter zwischen all den bunten Sachen. Aber keine Frage, der Garten sieht wirklich toll aus so.

»Es ist …«, beginnt Svenja. Ich schaue sie ängstlich an. Sie kann manchmal erschreckend ehrlich sein, und ich will meine fleißigen Helfer nicht vor den Kopf stoßen. Ohne sie hätten wir jetzt, um zwanzig vor sieben, nämlich gar keine Deko.

»Es ist wunderschön!«, sagt Svenja. Alle freuen sich.

»Und du gehst dich jetzt schnell umziehen! Hopp,

hopp!« Jule schiebt mich von hinten Richtung Terrassentür.

Ich flitze die Treppe hoch. Warum habe ich mir bloß noch keine Klamotten rausgesucht. Ich hab jetzt keine Zeit für Experimente. Ich wähle ein schlichtes blaues Kleid, in dem ich mich wohl fühle. Im Bad kämme ich mir vor dem Spiegel die Haare.

Klaus' Worte kommen mir in den Sinn: »Als ich sie das erste Mal gesehen habe, trug sie ein blaues Kleid und eine blaue Schleife im Haar.«

Ich starre mein Spiegelbild an. Eine Frau in einem blauen Kleid. Ist das nun ein Zufall?

Ich hätte sogar eine blaue Schleife. Ich halte sie probeweise an mein Haar, finde mich dann aber ganz ohne Haarschmuck mit offenen Haaren am schönsten. Ich schminke mir die Augen und lege das Armband mit der türkisfarbenen Feder um, das ich beim Aufräumen in Majas Sekretär gefunden und behalten habe.

»Bist du fertig?« Svenja kommt atemlos ins Bad gestürmt. »Ich muss meine Frisur noch mal richten, und ich brauche noch ein Tuch!« Sie zeigt auf ihre rote Stelle, die immer noch etwas dick ist.

Sie schaut mich im Spiegel an. »Wow, du siehst ja richtig gut aus! Tolles Kleid!«

Ich laufe los und bringe Svenja eine Auswahl von meinen Tüchern. Wir wählen eins aus, das ihre blauen Augen unterstreicht. Ihre kurzen Haare hat sie kunstvoll zur Seite geflochten. Sie sieht wirklich gut aus. Noch etwas »Freches Flittchen« auf unsere Lippen, und die Party kann losgehen. Wir nicken unseren Spiegelbildern zufrieden zu.

Oben an der Treppe fassen wir uns bei den Händen. »Möge die Magie wirken!«, sagt Svenja feierlich.

»Möge die Magie wirken«, wiederhole ich.

Wie ein Hochzeitspaar schreiten wir majestätisch die Treppe hinunter und ernten spontanen Applaus von Gerda und Iris, die aus der Küche kommen.

»Ich muss noch schnell die Zinkbadewanne für das Eis aus dem Keller holen, schau du mal nach dem Büfett draußen!«, weise ich Svenja an.

»Die Wanne kann ich tragen.« Wilfried steht schon an der Kellertür. Er ist wirklich ein Engel. »Finde ich die in dem Keller mit den Wasserleitungen?«

»Ich bin mir nicht hundertprozentig sicher, aber ich glaube, im Raum gegenüber müsste sie stehen.« Er nickt und geht in den Keller, ich eile nach draußen und habe auf der Terrasse schon vergessen, dass ich mich gerade noch gewundert habe, wieso Wilfried den Raum mit den Wasserleitungen kennt.

Lars und seine Familie kommen gerade an. Ich streiche mein Kleid glatt und gehe auf sie zu.

Lars umarmt mich zur Begrüßung, und mein Körper reagiert sofort mit Herzrythmusstörungen und Erröten. Ich ignoriere das einfach und reiche seiner Frau Susanne die Hand. Zu meiner Überraschung ist sie genauso moppelig wie ich. Eine hübsche, sympathische Frau.

»Schön, dass ihr da seid!«, sage ich herzlich. Die beiden Mädchen bleiben nah bei ihrer Mama. Ich rufe Liz, die ich in der Nähe entdecke, und stelle sie den Kindern vor. Sophie kommt auch zu uns herüber. »Kommt mit, mein Opa bläst da hinten Ballons auf!«

Ich folge den davonlaufenden Kindern mit meinem

Blick. Klaus sitzt weiter hinten auf dem Rasen und bläst mit hochrotem Kopf Luftballons auf. Er macht das wohl schon eine ganze Weile, denn um ihn herum hat sich ein ganzes Ballonmeer gebildet, das die Kinder jetzt durcheinanderwerfen.

»Ich hab einen Nachtisch mitgebracht. Ich dachte, Salate machen eh alle!« Susanne reicht mir eine große Schüssel mit einer Quarkcreme.

»Das ist super, genauso ist es. Ihr müsst mal suchen, wo die Getränke sind. Ich glaube, sie werden gerade erst ins Eis gelegt. Vielleicht fangt ihr mit einem warmen Wasser an?«

Susanne und Lars lachen und gehen Hand in Hand los, die warmen Getränke suchen.

Ich finde den Büfetttisch, der sich durchbiegt unter all den Köstlichkeiten.

Svenja schiebt die Schüsseln hin und her, um noch eine Lücke für die Quarkcreme zu basteln.

»Wahnsinn, wer hat denn diese orientalischen Fleischbällchen mitgebracht?«

»Das war ich!«, sagt Monika stolz. Ich begrüße sie mit Küsschen links und rechts auf die Wange und komme mir komisch dabei vor. Sie lobt mein Kleid, und dann wissen wir beide nicht mehr, was wir noch reden sollen. Glücklicherweise taucht Klaus schwankend neben ihr auf. »Mir ist schwindelig«, stöhnt er.

»Ja, Opasein erfordert eine Menge Puste«, sage ich mitleidslos und nutze die Gelegenheit, um mich zu entfernen.

Nach und nach kommen alle Gäste an. Svenja und ich begrüßen, nehmen Essen entgegen, bauen einen zweiten Büfetttisch an und verweisen auf lauwarme Getränke in der Zinkbadewanne, die jetzt mit Eis und Flaschen gefüllt ist.

Es bildet sich eine kleine Männertruppe um Ulli und seinen Grill.

Herr Schibalski ist ganz vorn dabei und punktet mit Grillwissen. Wir haben nur Würstchen besorgt, aber die werden jetzt von echtem Fachpersonal gegrillt. »Alle da«, murmelt mir Svenja zu.

»Alle bis auf einen«, sagen wir gleichzeitig.

»Was, wenn er nicht kommt?« Svenja schaut mich aus angstvollen Augen an.

»Ich kann mir nicht vorstellen, dass er nicht kommt. Vielleicht kalbt gerade eine Giraffenkuh, oder so. Der kommt noch!«, muntere ich sie auf. »Guck mal, Sandra Liebermann steht da ziemlich allein rum«, sage ich.

Bevor Svenja antworten kann, taucht Jochen neben ihr auf. Leider interessiert er sich überhaupt nicht fürs Grillen, hängt an Svenja und labert ihr ein Ohr ab. Mir kommt eine Idee. »Jochen, komm doch mal eben mit, ich brauche kurz Hilfe!« Er löst sich nur ungern von meiner Freundin, kann mir meine Bitte aber auch nicht abschlagen. Ich führe ihn an Sandra vorbei und sage: »Ach, Sandra, komm du doch auch eben mit, ich brauche dich mal hier.« Sandra freut sich, etwas zu tun zu haben. Ich überlege fieberhaft, wobei ich Hilfe brauchen könnte, und sehe mich im Garten um. Mein Blick fällt auf eine einsame Girlande, die auf der Terrasse vergessen wurde. Perfekt!

»Könntet ihr die hier noch aufhängen? Da hinten am Baum lehnt die Leiter, einfach irgendwo, wo Platz ist!

Danke!« Ich husche geschäftig ins Haus, als hätte ich dort etwas zu tun.

Aus der Speisekammer höre ich eine Kinderstimme.

»Ich hab dir ganz frische gepflückt. Komm sie doch essen, Püttje.«

Ich öffne vorsichtig die Tür. Liz sitzt in ihrem Blümchenkleid auf dem Boden, neben sich ein Teller mit Gänseblümchen.

»Ich möchte ihn so gern mal sehen«, sagt sie und hält die Gänseblümchen in alle Richtungen, als würde sie ein Kaninchen anlocken. Ich hocke mich neben sie. »Hast du ihn mal gesehen? Früher, als du klein warst?«

Ich überlege. »Ich weiß, wie er aussieht. Aber richtig gesehen habe ich ihn nie. Nur so in meiner Phantasie, weißt du.«

Liz nickt wissend. »Erzähl ihn mir«, fordert sie.

Ich setze mich richtig hin und »erzähle« ihn ihr: »Püttje ist so groß.« Ich zeige ihr mit der Hand, wie groß. »Um deine Nase zu küssen, müsste er auf deinen Arm klettern. Wenn er das tut, spürst du, wie schwer der Kerl ist.« Liz kichert, schaut auf ihren Arm und nickt. »Und siehst du auch seinen dicken Bauch? Der guckt immer unter seinem Schlafanzug hervor. Er kann sein Oberteil noch so oft herunterziehen, es ist zu kurz, weil sein Bauch zu dick ist. Ich glaube nämlich, dass Püttje nicht nur Gänseblümchen frisst.«

»Was frisst er noch?«, flüstert Liz.

»Alles, was es so in der Speisekammer gibt. Er nascht mal ein paar Erbsen, mal Schokolade, mal Honig. Er liebt ungekochten Reis und Nudeln. Ich glaube, er hat mir schon sehr viele Nudelpackungen weggefressen.«

»Aber er macht das alles heimig!«

Ich muss lächeln über das niedliche falsche Wort. »Heimlich, genau, Liz. Wenn wir schlafen, dann holt er sich das alles.«

»Aber Gänseblümchen mag er am liebsten!«, sagt sie und streicht zärtlich über die Blumen. Ich drücke die kleine Maus kurz an mich. Dann stellen wir den Teller in die korrekte Position und lassen die Tür der Speisekammer einen Spalt auf.

Als ich wieder in den Garten komme, sehe ich Jochen und Sandra mit Getränken in der Hand, wie sie sich angeregt unterhalten. Na, das hat ja schon mal geklappt.

Svenja winkt mir aufgeregt, und mein Herz kommt aus dem Takt, als ich Karl neben ihr entdecke.

Er umarmt mich. Er riecht gut. »Schön, dass ihr mich eingeladen habt«, sagt er und ist wieder bemüht, uns beide gleich zu behandeln. »Das ist ja ein wunderschöner Garten, Hanna, ist das alles dein Grundstück? Das ist doch sicher viel Arbeit!« Ich erzähle von unserer Gartenaktion und dass eigentlich noch lange nicht alles fertig ist.

»Eigentlich ist man nie fertig«, sage ich. »Das ist wie bei Svenja mit den Patienten, wenn man einen im Bett hat, will schon der nächste den Bus nehmen!« Svenja schaut mich dankbar an und übernimmt jetzt das Reden. Sie erzählt eine lustige Geschichte von ihrer Station nach der anderen.

»Oh, da hinten ist Frau Dr. Blümchen, die müsst ihr kennenlernen!« Svenja macht uns mit ihrer Krankenhaustruppe bekannt.

Es ist alles herrlich unverkrampft und gar nicht so,

als würden wir zwei um einen Mann buhlen, der sich heute Nacht für eine von uns entscheiden soll. Karl der Käfer wird jetzt doch gefragt … singt mir mein blödes Textgehirn vor.

Ich hole mir etwas zu essen und stelle mich mit meinem Teller voller Salaten am Grill an. »Oh, meine Lieblingskollegin«, sagt Ulli, als ich an der Reihe bin.

»Ach, so ist das!«, beschwert sich die dünne Angelika, die unbemerkt von uns daneben steht. Ulli wird rot und hantiert schnell mit den Würstchen auf dem Grill herum. Ich bekomme eine perfekt gegarte Wurst und setze mich zu Jule an einen Tisch.

»Gute Idee, die Party«, sagt sie.

»Und das Wetter hält!« Ich zeige auf den Abendhimmel über uns, der fast wolkenlos ist.

»Was macht Sebastian da?«, frage ich. Mein Bruder fummelt jetzt schon seit gefühlten Stunden an seinem Handy herum und schaut immer auf eine Stelle im Garten.

»Ach, der hat so ein neues Soundsystem, siehst du die Boxen da hinten? Die hat er mitgebracht. Eigentlich kann er die über sein Handy steuern, aber irgendwie funktioniert es nicht.«

Wie auf Kommando schallt plötzlich laute Musik zu uns herüber. Sebastian macht einen kleinen Luftsprung und vertieft sich dann sofort wieder in sein Handy, um die richtige Playlist zu starten. Wir bekommen drei verschiedene Liedanfänge zu hören, bis er das Richtige hat.

Mit der Musik kommt die Party in Gang. Die Sonne geht unter. Ein paar Sterne leuchten am Himmel. Zeit für die Magie.

Ich mache mich auf die Suche nach Karl. Er und Svenja sind nirgends zu entdecken. Ich wühle mich durch ein paar tanzende Leute. Gerda tanzt mit Friedhelm und Wilfried gleichzeitig. Jule tanzt mit Sebastian, der Rest tanzt mit sich selbst.

»Hanna?« Ulli steht plötzlich neben mir. »Kann ich mal kurz mit dir sprechen?«

»Ja, sicher«, sage ich.

»Lass uns etwas gehen«, schlägt er vor. Er ist nervös. Langsam entfernen wir uns von den bunten Lichterketten und gehen in den dunkleren Teil des Gartens. »Ich wollte dir etwas sagen, was mir schon seit Tagen auf der Seele liegt. Ich weiß nicht genau, wie ich es sagen soll, aber ich möchte es gern ansprechen, weil es einfach wichtig ist.« O Mann, macht er mir jetzt eine Liebeserklärung? Ich schaue ihn an in seinem geringelten Ulli-T-Shirt. Ich mag ihn so gern. Ich kann ihn doch nicht vor den Kopf stoßen. Ich schicke ein kleines Gebet hoch zum Sternenhimmel. Wenn ich mich hier verlieben soll, dann bitte jetzt ganz schnell, Magie!

»Hanna.« Ulli bleibt stehen. »Ich mag dich richtig gern. Du bist eine Frau, für die ich fünfzehn Tüten Eiswürfel stehlen würde.«

O nein! Er ist auch noch gut! Das wird so eine Liebeserklärung wie aus einem Hollywoodfilm. Gleich wird er mir sagen, wie sehr er es liebt, wenn ich bei den Sitzungen vor Langeweile kleine Männchen zeichne, und all so Sachen. Und er ist immer noch nur Ulli, kein Prinz. Es macht nicht puff, und ich will ihn nicht küssen, also warte ich einfach weiter ab, was passiert.

»Du bist toll, ich bin sehr gern mit dir zusammen,

aber ich bin nicht in dich verliebt, was wirklich, wirklich schade ist!«

Ich schaue ihn entgeistert an, dann muss ich lachen. Es ist ein überschäumendes, erleichtertes Lachen. »Du bist nicht verletzt?«, fragt er unnötigerweise.

»Ach, Ulli!« Ich umarme ihn, dann halte ich ihn an beiden Armen fest und sage: »Mir geht es ganz genauso! Ich bin echt froh, dass wir uns da einig sind!«

Seine Augen glitzern. »Freunde?«, fragt er und hält mir seine Hand hin.

»Freunde!«, antworte ich und schüttle sie ganz offiziell. Dann nehmen wir uns noch einmal in den Arm.

»Schade ist es doch«, murmelt er in mein Ohr. »Ich verliebe mich immer in die Falschen.«

Ich löse mich von ihm, um ihn anzuschauen. »Mit mir als bester Freundin nicht mehr. Ich prüfe das!«

Arm in Arm schlendern wir zurück zum Fest. Ich bin leichter als sonst und kann nicht aufhören zu grinsen.

Ulli und ich stoßen gerade mit Sekt auf unsere Freundschaft an, als es passiert. Das Licht geht aus, die Musik bricht ab. Nur die Kerzen brennen weiter. »Stromausfall!«, schreit mein Bruder und macht sich sofort mit Wilfried auf den Weg zum Stromkasten.

Nach und nach gewöhnen sich unsere Augen an die neue Dunkelheit.

»Guck mal, wie schön man jetzt die Sterne sehen kann!« Ulli deutet nach oben, und alle um ihn herum folgen seinem Beispiel. Irgendetwas stimmt mit meinen Augen nicht. Ich blinzle ein paarmal.

»Seht ihr das auch?«, fragt Heike, unsere andere Kollegin aus der Schule.

»Ja, da am Himmel!«, ruft Monika. Jetzt rufen alle »Oh« und »Ah« durcheinander. Der Himmel sieht ungewöhnlich aus. Ein schwaches grünes Licht schimmert über den Baumwipfeln. Andere Teile des Himmels sind rosarot gefärbt.

Alle starren nach oben.

»Stromausfall in der ganzen Ecke hier, die Sicherungen sind in Ordnung, wir müssen abwarten und einfach selber singen!«, ruft Sebastian von der Terrasse. Niemand achtet auf ihn, weil alle damit beschäftigt sind, den Himmel anzustarren.

»Das sind Polarlichter«, sagt Klaus, der in meiner Nähe steht.

»Polarlichter? In Deutschland?«, frage ich. Davon habe ich nie gehört. »Die sind selten zu sehen, auch weil es oft zu hell ist, aber es gibt sie. Hab das letzte Mal 1982 so ein schönes gesehen!«, mischt sich Herr Schibalski ein und nimmt seine Liebste in den Arm.

»Wahnsinn. Die kann man sicher nur sehen, weil der Strom ausgefallen ist. Was für ein Zufall!« Jule schmiegt sich an Sophie, die sie auf dem Arm hat. Das Wort Zufall verfängt sich in meinem Herz. Jetzt oder nie.

Ich schaue in den leuchtenden Farbenhimmel und wünsche mir mit aller Macht, dass Svenja ihre große Liebe findet.

Hat Klaus nicht gesagt, ich hätte einen Wunsch frei? Ich wünsche mit meinem ganzen Herzen in den schimmernden Sonnenwind am Himmel hinein. Maja wird mich verstehen. Maja lässt den ganzen Himmel leuchten.

»Alles okay?«, fragt mich Klaus, der mich wohl beobachtet hat. Ich nicke und blinzle meine feuchten Augen wieder frei.

Was ich jetzt brauche, ist eine kalte Cola. Ich bin ziemlich allein an der Zinkbadewanne. Die meisten gucken immer noch fasziniert das seltene Naturschauspiel an. Karl reicht mir von hinten einen Flaschenöffner.

»Was stehst du hier rum? Geh und küss sie endlich!«

Sein Gesicht wechselt rasch von Überraschung zu Freude. Er haucht mir sanft ein Küsschen auf die Wange und verschwindet in der Dunkelheit. Das war wohl ein Danke. Ich seufze ganz leise, stelle die Flasche weg und setze mich auf die Schaukel. Ich stoße mich ab und bin in acht Zügen in der optimalen Schaukelhöhe. Meine Haare fliegen hinter mir her und umhüllen mich wie eine Wolke. Über mir leuchten die Polarlichter, neben mir feiern meine Freunde, und in mir drin, da wirkt die Magie.

Was wird aus

Amor – Der Kater bleibt noch ein paar Wochen bei Hanna. Eines Morgens verschwindet er spurlos im Nebel und taucht nicht wieder auf. Svenja vermutet, er ist mit einer hübschen Nachbarkatze durchgebrannt und zeugt jede Menge Nachkommen. Dr. House kam jedenfalls nie dazu, ihn zu sterilisieren.

Gerda – zieht wie angekündigt aus dem Wohnwagen aus. Hanna und sie treffen sich regelmäßig zum Kaffeeklatsch. Das geht allerdings nur im Sommer bei gutem Wetter, denn sie sitzen immer am Campingtisch und trinken Tee aus winzigen Tassen und essen Butterkringel.

Sandra Liebermann – kommt tatsächlich mit Jochen zusammen. Allerdings hält die Beziehung nur, bis Jochen eine Stelle in Hamburg annimmt. Für eine Fernbeziehung sind sie nicht geschaffen, aber Sandra erbt immerhin seine Wohnung und kann aus ihrer zu teuren Bude am Park ausziehen. Außerdem kauft sie sich einen schönen Dildo, der nicht grün ist.

Klaus – ist immer noch mit Monika zusammen. Er macht sich ganz gut als Opa. Die beiden passen gerne gemeinsam auf Liz und Sophie auf. Mit Hanna hat er allerdings ein viel besseres Verhältnis als mit Sebastian. Aber manche Dinge sind einfach so, wie sie sind.

Bibby – lebt immer noch im Zoo. Auf Ausbrechen, Hortensienzertreten und Kugelrobinienkosten hat sie keine Lust mehr.

Svenja – heiratet tatsächlich ihre große Liebe Karl. Auf ihrer Hochzeit ist die Deko dann endlich auch ganz in Weiß. Die beiden bekommen im knappen Abstand von einem Jahr zwei Söhne, die sie weniger schlafen lassen als jeder Schichtdienst. Hanna ist Patentante und genießt es sehr, nach ihren Nichten jetzt zwei Jungs »zu düngen«.

Hanna – lässt sich freistellen und radelt mit Ulli ein Jahr lang durch Europa. Danach arbeiten beide wieder als Lehrer an ihrer alten Schule. Aus ihnen wird nie ein Liebespaar. Die seltsamen Zufälle hörten mit den Nordlichtern auf.

Judith Pinnow
Die Phantasie der Schildkröte
Roman

Edith ist Versicherungsangestellte, extrem strukturiert, Single und wohnt allein in einer kleinen Wohnung in Köln. Ihr Leben verläuft in sehr engen Bahnen. Tagsüber arbeitet sie bei einer Versicherung, abends schaut sie Fernsehen. Außer zu ihrer Mutter, mit der sie sich pflichtschuldig einmal im Monat trifft, um sich von ihr kritisieren zu lassen, hat sie kaum Kontakte. Das ändert sich, als sich eine Zehnjährige in ihr Leben drängt und ihr Aufgaben stellt. Auf dem Weg zu sich selbst muss Edith merkwürdige Dinge erledigen, aber vor allem lernen, sich anderen Menschen zu öffnen.
Ein zärtlicher, poetischer Roman über die Kraft des Wünschens.

416 Seiten, gebunden

Weitere Informationen finden Sie auf
www.fischerverlage.de

AZ 8105-3035/1